# Où passe l'aiguille

## DU MÊME AUTEUR

*Femmes en galère, enquête sur celles qui vivent avec 600 euros par mois*, La Martinière, 2005.

*Les SDF*, Le Cavalier Bleu, 2005.

*J'habite en bas de chez vous*, avec Brigitte, Oh ! Éditions, 2006.

*Papa, maman, la rue et moi : quelle vie de famille pour les « sans-domicile » ?*, Pascal Bachelet Éditions, 2009.

*Pour vous servir*, Flammarion, 2015 ; J'ai lu, 2016.

# VÉRONIQUE MOUGIN

## Où passe l'aiguille

ROMAN

*À mes chers cousins G. et L.,*
*dont les souvenirs ont inspiré ce livre.*

« L'élégance, c'est aussi savoir s'adapter
à toutes les circonstances de sa vie. »

Yves Saint Laurent

BEREGSZÁSZ,
HONGRIE

Avril-mai 1944

Elle est venue de très loin, peut-être même de Chine, par on ne sait quelle bizarrerie d'aiguillage, par un contresens pugnace – Kiss n'habille que l'homme – l'improbable soie s'est glissée dans l'une des mailles rétrécies par la guerre, bien trop tard. Elle aurait mérité une caresse après ce long voyage mais une fois arrivée chez nous, mon père l'a déballée sans façon. Il a coincé le premier mètre sur la table de coupe, sous ses deux mains bien à plat, comme avant, comme s'il allait dégainer sa craie et finir de mater cette sauvage bientôt transformée en doublure de veston. Il l'a scrutée longuement, par habitude sans doute, de haut en bas, dessus dessous, puis dans un soupir repliée d'un coup sec et ligotée dans son papier gris. On ne voit plus maintenant le tissu fluide et brillant, juste aux deux extrémités du rouleau un faisceau de nacre et de reflets comprimés. C'est dommage.

Une fois libérée, l'étoffe ondule en crans souples et froissés. Chaque pan déroulé est une vague qui s'élève, miroite puis s'écroule. Le sol finit par disparaître sous un océan de plis et de replis – ça passe le temps et c'est joli. Par chance, le placard à rouleaux de mon père n'a pas encore été entièrement vidé. Un coup de couteau sur la ficelle et le coton inonde la pièce à son tour, puis le drap de laine, la toile, la mer monte, à l'abordage ! Le carton plein de papiers d'emballage fait mon navire. Gaby grimpe sur la table, il s'empare du mètre de bois. Cet avorton ose me défier ? J'empoigne la plus longue paire de ciseaux. Le combat fratricide fait rage au milieu des flots. L'ennemi est petit mais tenace, il me porte un coup sévère – rafale de bobines en pleine trogne. Je réplique et sacrifie la boîte d'épingles qui éclate sur son front. Les pointes s'éparpillent par dizaines dans l'écume des lames du parquet.

— Épingles renversées, signe de malchance, annône mon frère.

— Arrête de répéter les conneries de papa et bats-toi, minus !

— Tu vas voir ce que tu vas prendre, grand con.

Mais l'odieux nain n'ose plus avancer à cause des épingles, voilà ce qu'il en coûte de s'attaquer pieds nus à son aîné. Il s'abrite derrière le buste mannequin, je flanque cette proue par terre d'un coup de talon. Défait, mon ennemi ancestral chouine comme le bébé qu'il est. Victoire de l'expérience, de la force et de la ruse ! Soudain, dans le couloir, une galopade : il est temps de trouver refuge sur les hauteurs.

Dans quelques secondes, j'aurai enjambé la fenêtre et, du haut de mon arbre, j'entendrai un long rugissement, à mi-chemin entre le cri de la mouette enragée et le râle sifflant du cachalot blessé. Tout le quartier l'entendra, d'ailleurs – Herman Kiss a la colère sonore. Ma mère arrivera, discrète comme toujours, pour apaiser la furie de mon père et ranger le champ de bataille navale. Elle ramassera les bobines tombées à terre, et les épingles, et les tissus, sans trop soupirer. Au pire, elle dira :

— C'était vraiment le moment...

Ce n'est le moment de rien, de toute façon, ni de se battre, ni de jouer, ni même de parler ou de bouger une oreille : les Allemands nous ont envahis avant-hier. La Hongrie, maintenant, c'est chez eux. Personne ne sait ce qu'ils vont faire de nous, nous exproprier, nous déplacer peut-être, tout le monde se perd en conjectures. Je ne suis pas comme la soie, moi, je n'ai jamais été très loin. Si nous partons vraiment, ce sera mon premier voyage. Nos affaires déjà se font la malle, l'oncle Oscar est parti hier avec la montre de mon père et les velours. Ce soir il viendra chercher la laine et le coton, la soie inattendue, il veut tout prendre et tout cacher, même le mètre et la paire de ciseaux. Il a peur des réquisitions, des pillages. Mon père résiste : d'accord pour mettre les tissus à l'abri mais il n'est pas question que sa chère machine à coudre, sa Pfaff dernier cri, ce bijou technologique né de l'alliance féconde de la mécanique et du progrès, quitte la maison sans lui.

— Il te resterait toujours tes aiguilles, suggère ma mère.

Mais les aiguilles n'ont pas de crochet rotatif, elles ne transpercent pas le cuir comme du beurre. La Pfaff 130, si. Problème de la modernité : en cas de départ précipité, elle ne tient pas dans la poche.

Souvent on me dit : ne le fais pas. Et c'est comme si un vent d'orage me poussait, je le fais quand même. Il paraît que je suis né comme ça. Ne grimpe pas à l'arbre, ordonne ma mère, à cause des beaux vêtements, à cause de la chute qui me cassera une jambe, à cause de l'heure qu'il est, l'école ne va pas m'attendre. (En réalité, ma mère n'ordonne jamais. Elle me lance ce regard appuyé, implorant, elle attend en silence que la sagesse en moi se répande comme une sève. Quand l'irrigation tarde, elle lève les yeux au ciel, comme si là-haut Quelqu'un y pouvait quelque chose. Dans les cas extrêmes elle me parle, à voix douce mais quand même, des bonnes manières, de la politesse, du respect. Moi je respecte l'arbre en grimpant dessus.)

Il est fait pour ça, l'arbre. Il a le tronc qu'il faut, large, rugueux, strié, quasiment un escalier, et des branches basses épaisses qui t'invitent à monter avant de filer en ramures fines et tordues comme des mains de vieux. À mi-hauteur ça fait un coude perdu dans les feuilles, avec deux trois bouquins d'Indiens et le chat sur les genoux c'est le bonheur complet, pas de leçon à apprendre, pas de prière à réciter, pas d'aiguille ni de dé à coudre, rien ni personne pour me pourrir la vie. Là-haut, je suis tranquille. En plus, en me penchant un peu, j'ai la maison des femmes pile dans l'axe. On voit, pas de très près mais on voit, la porte bleue, le volant des robes sur le seuil, parfois un visage, le plus souvent une main pressée qui dépasse des volets à demi rabattus, toute mince la main, toute légère, toute blanche, on dirait presque une colombe ou un machin dans le genre, mais une colombe qui cloperait vu qu'elle attrape une cigarette et l'allume. Puis le bras déshabillé repose sur le rebord de la fenêtre, immobile dans la fumée, seuls les ongles brillants battent une mesure imaginaire, cinq gentilles griffes éraflant le bois sombre. Je pourrais regarder ça jusqu'à la nuit, la cendre en suspension et les doigts qui s'agacent, mais ça ne dure pas. Un homme arrive sur le chemin. La cigarette disparaît, la porte s'ouvre. Le type entre comme un courant d'air et ressort vingt minutes après avec l'air détaché de celui qui revient de la boulangerie. Enfin les doigts impatients réapparaissent à la fenêtre. Parfois la main est différente, lourde, rose, engoncée dans une manche à grosses fronces comme un jambon, et de désespoir je détourne les yeux – il n'y a plus rien à voir. Le chat saute alors sur mon épaule l'air de dire Une de perdue... Dans mon cou il ronronne, consolateur, mais détale la seconde suivante vers la cuisine d'où s'échappe un parfum de crêpes au fromage. De deux choses l'une : soit mon chat souffre de graves sautes d'humeur, soit ces bêtes ont le cœur directement relié à l'estomac.

Quand j'étais petit – mon frère était à peine né, c'était le bon temps – nous avions grimpé sur l'arbre avec Hugo, Janos, tous les copains et leurs grands frères, à l'époque il était un peu moins haut, c'était facile de sauter dans le jardin des femmes. Interdit mais facile. Lorsque la porte bleue s'était entrouverte sur le premier client on avait tous surgi en beuglant « les puuuuutes, il est allé aux puuuuutes » jusqu'à ce que tout le quartier s'attroupe et que ces dames sortent, les cheveux un peu défaits. Je les voyais de près cette fois, les mains blanches et les volants, la peau comme du lait. Le client aussi je le voyais de près, c'était le volailler, sous nos huées il ressemblait au poulet apercevant le hachoir. J'avais drôlement rigolé, sur le coup. Tout le monde avait rigolé d'ailleurs, sauf mon père, heureusement tout petit déjà je courais assez vite.

Cette année c'est sûr, j'entre chez les femmes pour de bon. Enfin j'espère. On n'est plus sûr de rien, avec les événements. J'ai presque fini de récolter les fonds. En attendant j'observe ma cible, caché sous les feuilles. Je suis l'Apache aux aguets, je suis le Comanche de l'arbre du fond du jardin, je suis Vipère Furtive traquant la maison bleue. J'ai 14 ans maintenant et la discrétion d'un Sioux ; c'est le privilège de l'âge.

— Descends !

Repéré, merde. Surtout, pas bouger.

— Encore en train de flemmasser, Tomas Kiss ? Descends de cet arbre tout de suite ou je viens te chercher par la peau des fesses !

Je ne reconnais pas la voix. Elle est rauque et bizarre, si c'est mon oncle Oscar je vais encore devoir me planquer sous le lit pour éviter l'avoinée. La dernière fois, ils ont dû s'y mettre à trois pour m'en faire sortir.

— Ta mère t'attend, espèce de singe, tu passes à table.

Une tignasse rousse contenue par des oreilles qui tentent de s'envoler, deux échasses en guise de jambes et une allure de légume monté en graine : c'est Matyas le maigrichon, très content de sa blague.

— Je t'ai eu, tête de caillou, t'as cru que c'était le gros Oscar, hein ?

Matyas, c'est l'apprenti de mon père. Il est censé devenir tailleur comme lui mais au train où vont les choses, rien n'est moins sûr. Par ailleurs la tâche s'avère plus complexe que prévue : il semblerait que Dieu ait pourvu Matyas de deux mains gauches et d'un bon sens impossible à localiser. En plus il a une maladie de la tête, un truc bizarre qui le jette par terre de temps en temps, il devient raide et luisant, ses yeux roulent comme des billes, un poupon géant jeté hors de la vitrine du marchand. Il se requinque vite, mais ça surprend tout de même.

— Enfin, se lamentait un jour le père de Matyas auprès du mien, entre ses crises mon fils est parfaitement normal ! Comment se fait-il que vous n'arriviez pas à lui transmettre le moindre savoir-faire ? Après des mois d'apprentissage il sait à peine enfiler une aiguille !

S'il y a un sujet chez mon père qui ne supporte ni la légèreté ni l'approximation, c'est bien son métier. Avant d'en parler, ça ne rate jamais, il se racle longuement la gorge comme s'il allait résumer d'un seul tenant toute l'essentielle gravité du monde et une fois qu'il a ouvert la bouche, il faut s'accrocher pour en placer une. Trois quarts d'heure lui sont nécessaires pour édifier son public en matière de couture masculine, discipline qu'il pratique avec passion depuis vingt ans et qui, à ses yeux, confine à l'art. Mon père s'apprêtait donc à dérouler dans l'ordre les huit chapitres de son plaidoyer – indispensable précision de la coupe, connaissance des matières, sens des proportions, rigueur, persévérance, travail, doigté, belle façon – quand son interlocuteur l'interrompit tout net :

— Depuis qu'il travaille chez vous, mon fils n'a pas progressé d'un iota ! Ce n'est pourtant pas sorcier d'apprendre à coudre !

La qualité de l'auditoire laissait visiblement à désirer mais mon père, maintenant décidé à défendre l'honneur de sa profession, lança à nouveau un vigoureux raclement de gorge, aussitôt court-circuité par le père de Matyas :

— Même un veau saurait faire un ourlet !

C'est avec le nez frémissant d'indignation que mon père a alors drastiquement écourté l'entretien :

— Un veau sans doute, mais pas votre fils.

Le monsieur est parti en claquant la porte et Matyas est resté chez nous. Il continue de coudre dans la mesure de ses moyens, s'occupe de la cheminée et donne des coups de pied au chat, le tout au ralenti.

— Il est gentil, dit ma mère, il est gentil Matyas, mais il est lent... Et cette façon de parler ! Le vocabulaire, tout de même...

C'est vrai qu'il est lent, Matyas. La plupart du temps il marche d'un pas lourd, ensuqué, on le dirait lesté de sacs invisibles qui le font ployer vers l'avant. Quand il reçoit un ordre tout bête, panique à bord, il décélère encore davantage. Une fois qu'il a rangé dans l'âtre chaque brindille une par une, monté fébrilement une pyramide de bûches, ramassé l'allumette qu'il a laissée échapper trois fois et enfin lancé une maigre flambée, ma mère a oublié depuis des lustres qu'elle l'avait chargé de faire du feu et on se les gèle. Pareil pour la couture, domaine où il brille par son inaptitude.

— Il s'applique, c'en est stupéfiant, constate mon père. Et plus il s'applique, moins le vêtement est d'aplomb. Matyas, c'est du liseron : embrouillé, attachant, simplet.

Il se trompe complètement, mon père. Matyas ce n'est pas du liseron, faut voir les flèches qu'il taille. La première, il me l'a faite en échange de mon goûter. J'avais un arc mais pas de munitions et lui un canif et toujours faim, alors on s'est arrangés. Depuis, c'est comme si j'avais ouvert un robinet, il ne s'arrête plus ! Ses flèches fendent l'air comme pas possible et leur allure...

Il leur sculpte des petites ailes sur les côtés, et vas-y que je te colle des plumes et des feuilles, et vas-y que je te ficelle des chutes de tissu au bout... Ça lui vient comme ça, paraît-il. Il y passe des heures, assis entre les deux plus grosses racines de l'arbre, la foudre tomberait qu'il ne bougerait pas d'un pouce. À chaque coup de canif il souffle sur la flèche, la sciure s'accroche à ses cheveux comme de la poussière de lumière. Si t'es pressé passe ton chemin mais le résultat, c'est du jamais vu. L'oncle Oscar dit souvent que pour réussir sa vie, il faut être au bon endroit au bon moment, eh bien pour Matyas c'est pile l'inverse : sous un tipi des Appalaches il y a trois cents ans, le gars aurait fait un malheur. Malheureusement pour lui, nous sommes en Hongrie et en 1944, tailleur de flèches n'est plus un métier et mon père s'est mis dans le crâne de faire de Matyas un tailleur tout court. Quand je vois mon ami suer sang et eau sur la doublure d'un manteau, et son air effaré à ne plus savoir dans quel sens tirer l'aiguille, ça me fout un cafard terrible : quel toquard aurait osé demander à Geronimo d'enfiler un dé à coudre ? Cela dit, il faudrait être drôlement fort aujourd'hui pour deviner, dans l'asperge besogneuse et myope, le grand chef indien qui sommeille. Le pire, c'est que mon père croit dur comme fer que chacun peut s'améliorer, dans la vie en général et en couture particulièrement, mon pote se farcit donc un paquet de leçons particulières. L'autre soir, après avoir passé une heure à observer les différences entre le taffetas, le coton sergé et la laine peignée, il était au bord du suicide :

— Ton père me met des coupons sous le nez et je ne vois rien. Rien, Tomi. Je crois que je me fous complètement des tissus.

J'ai failli lui dire qu'on était deux dans ce cas mais ça ne l'aurait pas consolé alors je suis allé à la cuisine chouraver des biscuits au pavot qu'il a mangés jusqu'à la dernière miette, léchée à même la boîte. Après, Matyas m'a appris à fabriquer une sarbacane. Des fois, je préférerais avoir un grand frère comme lui plutôt qu'un petit qui fait toujours tout bien.

— Tomi, descends de cette branche, qu'est-ce que tu fous ? Viens bouffer, c'est l'heure !

Je n'aime pas manger. Matyas le sait très bien, je lui file souvent ma part en douce, parfois je fais moitié-moitié avec le chat. Il n'est pas normal non plus, ce chat. Au moindre bruit, une feuille tombée par terre, un passant dans la rue, il s'enfuit comme s'il avait le diable aux fesses mais dès qu'il s'agit de grignoter un morceau il rapplique ventre à terre, il traverserait une maison en flammes pour une aile de poulet. Tout le contraire de moi, finalement. Je n'aime pas la viande, mâcher prend trop de temps, je préfère la soupe mais quand ma mère fait de la soupe, une fois sur deux c'est celle que je déteste, avec les épices. Et puis je m'ennuie à table.

Le repas c'est le seul moment où mon père m'a sous la main ; il en profite pour « m'expliquer des choses » (le sens de la vie, les secrets d'une surpiqûre réussie, les hauts faits de sa jeunesse), ça commence souvent par « Quand j'avais ton âge, mon garçon » et c'est très long, mais lorsque mon père n'a rien à expliquer il se souvient de choses désagréables et c'est encore plus long. Ces derniers temps, son sujet de ruminations dînatoires, c'est mon avenir. J'ai dû arrêter l'école, pas ma faute, entre le numerus clausus et les interdictions d'exercer telle ou telle profession, ça fait un bail que faire des études générales n'est plus franchement recommandé. Nous les jeunes juifs avons tout juste le droit d'apprendre un métier, manuel bien sûr, faudrait pas qu'on ait trop de prétentions.

Moi, j'ai choisi de m'orienter vers la plomberie. Tous les jours j'enfile la salopette, j'adore, mon père pousse des soupirs terribles en me voyant. Lui me verrait tailleur, bien sûr. C'est son rêve, *Kiss Couture* de père en fils, mais les rêves des autres m'encombrent, moi je serai plombier et c'est tout, même si ça énerve mon paternel. Avant, c'était mes résultats scolaires qui l'agaçaient. Sur mon bulletin de notes, en haut à gauche, il y avait écrit mon prénom, mon nom et puis ISR, le diminutif d'israélite. Ça veut dire juif mais ISR c'est plus court, le tout tient sur une seule ligne et en dessous il reste de la place pour l'adresse de l'école. Le nom et l'adresse, voilà les seules lignes de mon bulletin que mon père lisait calmement. Je l'énerve souvent, mon père, même quand je ne le fais pas exprès.

— Tomi, tu descends à la fin ? C'est moi, Matyas ! Dépêche-toi un peu, j'ai pas la journée !

Aujourd'hui je rentre chez moi, figure-toi. C'est pas que j'ai envie, hein... Mais ma mère préfère. Avec les Allemands dans le coin, je serai mieux au village.

Du sommet de mon arbre on ne voit pas que la maison des femmes, on découvre tout le quartier, les vélos qui glissent d'une rue à l'autre, le chapeau de pierre de la grande synagogue et l'atelier du ferblantier, tôle entassée et outils par terre. Celui-là, il aurait mieux fait de ranger son bazar au lieu de nous livrer la grande bassine. Mon père était ravi, tu parles d'un progrès, depuis mon frère et moi devons nous laver dedans chaque semaine sans exception. Si je pouvais me hisser encore plus haut, tout en haut de l'arbre, en équilibre sur sa flèche pointue, sûr que je verrais la ville entière, le canal bien serré sous le pont de pierre et même plus loin si ça se trouve, là où les vignes dévorent les collines, là où scintillent les lacs glacés, jusqu'aux montagnes aux ours... J'aimerais bien explorer le monde, moi. C'est la faute au cinéma. Il te fourre des merveilles sous le nez, sur le grand écran des canyons vertigineux et des cactus géants, des plaines infinies décoiffées par le vent, tu cavalcades là-dedans pendant deux heures et quand la séance est finie, tu es censé retourner gentiment à la maison. C'est sadique. Plus tard, quand la guerre sera finie, je partirai pour le plaisir, je voyagerai loin. En attendant je grimpe haut, c'est un début...

— Oh Tomi, tu m'écoutes ? Je me casse, mon pote ! T'es débarrassé de moi. Allez viens que je

te serre la main, je vais pas partir comme ça...
Tu m'entends ?

J'ai entendu, Matyas. J'ai entendu ce que tu
as dit et comment tu l'as dit, ta voix qui ne rit
pas comme d'habitude et là-dedans il n'y a rien
qui me plaît. Comment je vais faire maintenant, pour les flèches ? Et le feu, chaque matin
l'allumage, c'est moi qui vais me le coltiner,
peut-être ? Pourquoi tu me fais ça, Matyas, tu
crois que tu as fini d'apprendre ? Mais tu es
un nullard encore, à 17 ans toujours apprenti,
tu n'arrives même pas à découper sur le trait
alors reste, Matyas, veux-tu ? On t'aime bien
chez nous, et puis il y en a pas déjà assez qui
sont partis ? Même ceux qui sont censés rester
toujours, même les amis, même les pères sont
partis, pour travailler dur, très dur, ce n'est pas
de la rigolade les travaux forcés, le rabbin lui-
même a lâché un À bientôt qui avait une gueule
de kaddish et il a disparu comme les autres. Ça
fait trop longtemps que ça dure, tu sais. À peine
on commence à oublier l'absent qu'un autre est
emmené. Certains rentrent finalement, il faut
revivre avec, ce n'est pas facile Matyas, et les
malchanceux, les faibles, les lents, ils ne rentrent
jamais, tu vas devenir quoi sans nous, et moi
sans toi ? Alors reste, Matyas, reste, ça suffit
les départs. On se quittera plus tard, quand la
paix sera revenue.

— Tu veilleras sur le chat, mon Tomi.

C'est la meilleure ! Comme si tu t'en occupais,
de la bestiole ! Allez sale menteur, ferme-la, ce
sera plus facile, on fera comme si tu revenais

vite, va-t'en maintenant, et ne dis rien, rien du tout, manquerait plus que tu m'en sortes un terrible toi aussi, un Bonne chance ou un Prends soin de toi, un truc qui pue la déprime comme ça...

— Au fait, Tomi, c'est quoi son vrai nom, au chat ?

— Le nom du chat c'est Le Chat. Salut Matyas. Je n'aime pas les complications, moi, ni les au revoir, surtout en ce moment.

*Suis pas si bête, j'ai dit « tu t'occuperas du chat »
pour le rassurer, le Tomi. Mais il va partir aussi,
ma main à couper. Les Allemands ne nous ont pas
envahis pour des prunes, ils vont nous prendre.
Paraît que les gendarmes regroupent déjà ceux de
mon village pour les emmener travailler. Travailler
où, tout le monde se le demande, moi je m'en fous
pas mal ; travailler comment, ça oui, j'aimerais
bien qu'on me le dise. Pour m'entraîner avant.
Parce qu'il faudra que j'y arrive, et tout de suite.
Si seulement je savais ce qu'ils vont nous demander... Mon père et les autres pourront peut-être
m'aider, si c'est trop difficile. C'est pour ça que
je rentre en vitesse. Manquerait plus qu'ils s'en
aillent sans moi.*

*Il m'aurait pas dit au revoir, le môme. Je lui
en veux pas, il est têtu. C'est pas une tête qu'il
a, c'est un pavé. Une bourrique est moins obstinée que lui. C'est de famille, son grand-père,
son oncle, tous sur le même modèle, tous dans
le tissu, tous des bourriques. Surtout son père,
et je sais de quoi je parle : M. Kiss, quand il a*

une idée dans la tête, il l'a pas au pied. Je me souviens, avant tous les problèmes, il employait un ouvrier à la boutique, Abel, un bon couturier, et un musicien du tonnerre. Le patron lui a dit : « Tu apprendras le violon au petit. » Quand Abel jouait un air, ça collait des frissons à tout l'atelier mais quand Tomi empoignait le machin, c'était les vitres qui tremblaient. La rigolade... Il en aurait crevé de rage, le petit, il détestait ça. Son père a insisté : « Il apprendra, un point c'est tout. » Alors le môme a épluché le violon. Le premier jour, il a retiré une corde, puis il a dépiauté un morceau de bois, encore une corde... Au bout de trois semaines c'était plus un instrument de musique, c'était un trognon de pomme. Le patron a cédé : Tomi a laissé tomber le violon, un point c'est tout. De toute façon, si on le force il s'enfuit et on le retrouve perché dans l'arbre, quand on le retrouve... Celui-là, on le mettra pas dans une case. Moi c'est le contraire, j'aimerais bien y entrer, dans les cases, mais j'y arrive pas. J'arrive pas à grand-chose, à cause de ma tête, ou alors c'est Dieu qui m'a fait comme ça mais pourquoi ? Je donnerais cher pour savoir quel travail ils vont nous donner, les Allemands.

L'important, c'est qu'ils me demandent pas de coudre. J'y peux rien, ça veut pas. Quand je sculpte, ça va, les morceaux s'associent dans ma tête, ils tournent, c'est beau comme une valse d'Abel, j'entends le rythme d'abord, les mouvements arrivent, ensuite y a plus qu'à suivre les pas. Avec les tissus, rien. Pour la boucherie, c'était pareil : je distinguais pas un quasi de veau d'une côte d'agneau. On m'a même placé chez un comptable, y a pas eu moyen. Les choses normales, ça marche pas avec moi. Même la fille de l'autre fois, la brune du bordel, elle m'a regardé et je ne sais plus comment elle a tourné sa phrase mais ça voulait dire : t'es totalement à côté de la plaque. Elle m'a raccompagné à la porte et rien fait payer. Je rentre pas dans les cases, moi. Y a peut-être même pas de case pour moi. Quand j'y pense ça me fait mal et il comprend ça, Tomi... Il va me manquer, le môme. Je donnerais tout, tout pour savoir dans quoi on va bosser.

Matyas est parti depuis huit jours maintenant. Il a dû retrouver les siens. *Les siens* c'est important, en tout cas c'est ce que ma mère répète en ce moment : « Les nôtres, c'est tout ce qui compte. » Il y a même un proverbe qui confirme ça, « ma maison s'élève là où vivent les miens » ou un truc dans le genre. Mouais. Encore faudrait-il savoir avec certitude qui sont exactement les nôtres, en dresser une liste indiscutable et stable, essaye un peu pour voir, par les temps qui courent ce n'est pas facile facile. Dans les miens à moi par exemple, il y a Matyas. On a un point commun : les Indiens, mais pas que. Moi aussi les gens me regardent bizarrement, les voisins, les cousins, la vieille Berta d'en face, tout le monde me fixe avec un mélange dégoûtant de chagrin et de gêne l'air de dire Quel malheur ! ou alors Tiens, c'est vrai qu'il est là celui-là, voire même un mélange de ces deux attitudes dégueulasses. Matyas et moi sommes scrutés, lui à cause de sa maladie de la tête et moi... je ne vais pas m'étendre sur le sujet sinon je vais encore m'énerver mais le fait est qu'on se comprend, lui et moi. On rigole bien ensemble, enfin on rigolait. En plus il habitait à la maison ce qui, à en croire le proverbe à la noix, en faisait un des miens incontestables. Maintenant il est parti, Matyas. Moins un sur la liste des miens.

Est-ce que les chats comptent ? Je n'en sais rien mais je m'en fous. Le chat : plus un sur ma liste.

Hugo Lazar : plus un. Je l'aime moins que Matyas mais il habite pile en face de chez moi et nous avons été dans la même classe de la maternelle jusqu'à la fin de l'école. Si je le rencontrais aujourd'hui, pas sûr que je le repérerais, Hugo. Ce n'est pas le genre de gars qu'on repère. Il n'est ni grand ni petit, ni drôle ni triste. Il est noyé dans la masse, même chez lui. Faut dire qu'il a deux grandes sœurs et deux petits frères par-dessus le marché, je sais ce que c'est, ça pleurniche, ça colle, ça dénonce, c'est pas marrant du tout. Sa mère a toujours un enfant dans les bras quand ce n'est pas deux ou trois, il n'y a plus de bras pour Hugo alors il passe son temps dehors, à guetter les nuages exceptionnels ou les étoiles filantes, le ciel c'est son grand truc. Le foot un peu moins, faut avouer, mais il joue quand même. Lorsque je m'entraîne le soir il fait le gardien ; une fois sur deux il se planque à l'arrivée du ballon, néanmoins dans l'intérêt du jeu mieux vaut un goal effrayé que pas de goal du tout. Le matin, quand je me force à boiter sur le chemin du boulot, je le croise souvent en train de faire semblant de lacer ses chaussures et on arrive ensemble en retard – c'est toujours quinze minutes de gagnées sur la journée de travail. Lui a été placé dans une fabrique de draps et moi chez le plombier d'à côté. Finalement on traîne beaucoup tous les deux. Il n'est pas emmerdant, Hugo. Il ne parle presque pas. Il est là, c'est tout, et ça ne me dérange pas. Je suppose que ça le fait entrer d'office dans la liste des miens.

Le père d'Hugo est tailleur comme le mien. Mon père serait furieux d'entendre ça mais peu importe, je le dis quand même : le père d'Hugo est tailleur comme le mien. D'accord, son père n'est qu'un raccommodeur, il n'a pas le beau diplôme de maître tailleur avec lettres dorées et signature du doyen. Pendant que mon père fabrique un seul beau costume, le père d'Hugo en bricole dix moches, mais au final, qui va au cinéma tout seul ? C'est moi. Parce que mon père travaille tout le temps. Quand je me lève, il travaille, le soir idem, toujours une commande sur le feu, toujours une retouche en cours, une doublure à peaufiner. Ses clients arrivent il faut tout déballer, ils exigent ci, finalement ils préfèrent ça, il faut tout remballer, ils sont pressés, lui à genoux prend les mesures, épingle le revers du pantalon tandis qu'ils se redressent devant le miroir, eux bien droits lui à terre. Quand je le vois courbé sous ses clients, sous sa machine, ça me fait plus que pitié. Pendant ce temps-là, Hugo regarde des films avec son père et ses frères, tranquille. Enfin, il regardait des films, parce que maintenant plus personne n'y va, au cinéma, on n'a plus le droit, et mon père n'a presque plus de clients, mais tout de même, la couture ça me dégoûte.

Il faudrait que j'ajoute mon père à la liste des miens, et ma mère bien sûr, sans oublier mon frère. Tout le monde les inclurait, ça paraît évident, mais pas pour moi. Parce que mon frère il m'énerve, et mes parents... Mes parents je les ai virés de la liste depuis ma bar-mitsva. Ils l'ont mérité. Ce jour-là j'étais censé devenir un vrai juif, un adulte, un Kiss à part entière, un membre de la communauté, bref, un homme. J'allais recevoir mon premier châle de prière, on allait m'admirer dans les grandes largeurs. Je devais réciter un passage de la Torah et broder autour tout seul devant l'assemblée. Mon père m'avait taillé un nouveau costume exprès, avec son meilleur tissu et des épaules bien carrées.

— Je t'apprendrai à fabriquer de beaux vêtements comme celui-là, il m'avait dit.

Je ne l'avais pas contredit, ce n'était pas le moment de se disputer. Ce devait être un grand jour. Mon jour. Au lieu de ça j'ai eu honte comme jamais dans ma vie à cause d'eux. Au début j'ai lu mon discours devant tout le monde sans réfléchir : « Une pensée pour ma mère qui est décédée... », je récitais le papier que le rabbin m'avait collé sous le nez, « ma mère décédée », qu'est-ce que ça venait foutre là, je ne pigeais rien, ma mère était devant moi assise sur le banc dans sa robe la plus habillée, pas décédée pour deux ronds. Quand j'ai compris le texte j'ai espéré que la terre s'ouvre et m'avale.

Les gens me regardaient, fallait voir... Encore pire que d'habitude. Fixement et tristement, sans surprise, ils savaient depuis toujours, ils savaient que ma vraie mère était morte à ma naissance et que l'autre, celle que je prenais pour maman, celle toute chic à la synagogue, était fausse comme un jeton.

Maintenant que j'y pense, il y avait bien cette vieille photo bizarre dans un coin de notre salon, mon père avec tous ses cheveux, bras dessus bras dessous avec une dame aux longs cils qui ne ressemblait pas tant que ça à ma mère, plus fine, moins charpentée, malgré ça la pose familière, les doigts qui se touchent. J'aurais pu me douter, j'aurais dû... Mais cette photo-là c'est comme les pantalons trop étroits qui gênent aux entournures, on s'y fait. Un jour arrive on ne sent plus que ça coince. S'il y avait eu quelque chose de vraiment grave dans la famille on m'aurait tenu au courant, pardi : voilà ce que je croyais, comme un âne. En fait, personne ne m'a jamais rien dit, ni mon père, ni les voisines, ni le Rebbe, personne. Tout ce temps ils se sont contentés de me regarder vivre avec ma mère en toc. Je ne peux pas les effacer, leurs yeux dégoûtants de pitié, leurs yeux tristes hypocrites, tu parles d'une communauté – de vrais menteurs et mes soi-disant parents en tête des traîtres, alors leur châle de prière, leur rouleau de Torah, leurs beaux costumes, tous leurs chiffons à la con, ils peuvent se les garder et s'asseoir dessus, je leur fais un lot.

Après la cérémonie je me suis enfui pour la première fois. J'ai jeté un pain entier et un coupon de velours dans un sac et j'ai couru jusqu'à la gare. Le velours c'était pour revendre ou troquer, une fois le gros pain fini. Je filais comme une fusée avec mon baluchon, j'aurais pu m'envoler, plus jamais ils ne me reverraient et ils l'avaient bien cherché, il était tard mais je m'en fichais, j'allais passer la nuit sur ce banc, sur ce quai, prendre le premier train et me tirer loin d'ici, en Amérique. J'imaginais mon départ, le brouillard blanc du train entrant en gare, le grincement des freins à fendre les rails et mon cœur cognait si fort que je n'ai pas entendu mon oncle arriver derrière moi. Il revenait de s'hydrater chez un voisin et m'avait repéré de loin. À un cheveu près... J'aurais embarqué pour le bout du monde, garanti sur facture, si Oscar ne m'avait pas ramené à la maison par la peau du cou.

Il n'est pas commode, mon oncle. Il est aussi grand que large et me regarde souvent sans cligner des yeux, le doigt pointé, avec l'air du juge prêt à lâcher sa sentence : c'est pénible, surtout que parfois je suis vraiment innocent. Oscar est le frère de mon père, son frère *aîné*, il précise systématiquement au cas où quelqu'un l'aurait oublié. Dans la famille il se dit que, jadis, mon père est resté dans notre ville par amour tandis que son grand frère, lui, partait au loin tenter sa chance dans les affaires. L'amour n'était sans doute pas la meilleure option vu que notre maison est aujourd'hui deux fois plus petite que celle d'Oscar, qui achète et vend des étoffes dans toute la Hongrie et même au-delà. Ils sont magnifiques, les tissus d'Oscar. C'est ce que tout le monde dit : « les tissus d'Oscar Kiss sont magnifiques », et même quand ils ne le sont pas tu as plutôt intérêt à t'extasier sinon Oscar te fixe avec son gros doigt pointé et sa voix la plus grave :

— Si, Tomi, regarde mieux, c'est beau. C'est sublime même. C'est beau comme la chasuble d'Étienne Ier.

Et il sourit, en s'essuyant le front. Je ne sais pas qui est ce M. Premier mais si mon oncle le croise un jour, sûr qu'il lui achètera sa chasuble, et à bon prix encore. Il sait négocier, Oscar. À l'écouter il sait tout faire, d'ailleurs il a de *hautes responsabilités* et souvent mal à l'estomac, aux reins, au foie, pourtant il n'est pas si vieux mon oncle, même si son ventre arrive toujours avant lui ; en tout cas personne ne peut ignorer qu'il souffre ici ou là à cause des *responsabilités*. À chaque fois qu'il vient chez nous il détaille son bulletin de santé et la balade n'est pas très ragoûtante, de la vésicule bouchée à la rate bilieuse en passant par l'intestin contrarié, lequel mène, par un chemin surprenant mais inévitable, à la fameuse gorge sèche. Mon oncle gémit jusqu'à ce que mon père comprenne et sorte la bouteille. À l'intérieur, il y a des plantes, de l'anis, des épices et je ne sais quoi, macérés ensemble dans l'alcool ça donne un jus épais et sombre qui t'arrache la langue, j'ai goûté l'autre nuit quand tout le monde dormait, en plus ça empeste la feuille pourrie. Le pire, c'est que cette mixture coûte cher ; le pharmacien en vend à la cuillère pour les pauvres tandis que les riches la sirotent après chaque repas. Comme on n'est ni riches ni pauvres, ma « mère » en possède une fiole verte dans le buffet. « Ma mère »... Tu parles ! Je ne l'appelle plus maman depuis que j'ai appris ce que j'ai appris le jour de ma bar-mitsva et quand je dis « ma mère », maintenant, je fais en sorte qu'on entende bien les guille-mets... Cela posé, je dois reconnaître qu'elle s'est toujours débrouillée pour qu'on ait chez nous ce qu'il faut, y compris de la liqueur qui fait digé-rer. L'oncle Oscar a plus de moyens que nous bien sûr, grâce aux *responsabilités*, mais chez lui pas de bouteille alors ma mère dégaine la nôtre et tonton cesse de geindre. Avec un lent geste du bras, il salue l'arrivée du « souverain remède contre tous les maux de la terre ». Il aime faire des phrases, Oscar.

— Ça soigne, ajoute-t-il gravement, la main sur le ventre et les yeux plissés de contente-ment, après avoir vidé son verre. Ça soigne et ça hydrate.

Et comme l'hydratation est mère de l'hygiène, il s'en verse un deuxième d'un air très concentré, pas plus haut que le bord, et encore un peu, c'est qu'il fait assez chaud, une gouttelette pour faire bonne mesure, un médicament ça ne peut pas nuire. À la fin, Oscar n'a plus mal nulle part mais il parle excessivement fort. Je me demande parfois si mon oncle ne vient pas chez nous juste pour siroter le souverain remède que ma tante lui refuse, sous prétexte qu'il a des effets secondaires assez bruyants.

— Tu ne peux pas exclure que ton oncle ait réellement une grave maladie de l'intestin, Tomi. Il existe un microbe qui assèche les viscères, ça te fait comme un papyrus à l'intérieur. Je le sais, je l'ai lu.

Ça, c'est Serena. Capable de placer « viscères » et « papyrus » dans la même phrase. Elle a mon âge et habite à côté, je l'aime bien même si des fois j'aimerais qu'elle en sache un peu moins. Le problème avec Serena c'est qu'elle connaît beaucoup de choses. Elle écoute bien, mais pas que : elle parle aussi. Elle a lu un paquet de livres, du coup elle a un avis sur tout et il faut souvent qu'elle le donne. Quand elle ne parle pas, elle regarde au fond des choses et des gens, elle comprend un paquet de trucs rien qu'en scrutant, sans bouger un cil, sans faire aucun mouvement, comme si elle n'avait pas de corps, juste un cerveau super-efficace relié à une paire d'yeux devins et sombres. À part ça elle est marrante, Serena, elle a toujours des idées spéciales et on peut vraiment compter dessus. C'est mon copain numéro deux sauf que c'est une fille, pas une fille comme celles de la maison des femmes (Serena n'a pas de mains-colombes ni de lèvres foncées qui te retournent le cerveau, elle n'a pas de peau veloutée qu'on pourrait regarder la journée entière) mais c'est une fille quand même et comme chacun sait, il y a des choses qu'on ne peut pas faire avec une fille. Jouer au foot, par exemple. Dans mon quartier tous les copains adorent ça, pour le ballon on se débrouille, on joue avec des bas roulés en boule ou avec la balle pelée du grand Tibor quand on arrive à la lui piquer, à la rigueur avec un caillou mais jamais, jamais avec des filles.

— Tu as peur de te prendre un but de fille, Tomi ?

Quand la conversation prend ce tour-là, j'arrête de répondre à Serena et il se produit exactement l'inverse de ce que je visais : elle s'énerve deux fois plus, son cerveau tourne à deux mille tours/minute et sa langue presque aussi vite. Elle shooterait aussi bien que n'importe quel garçon si elle le voulait, aucune étude scientifique fiable ne prouve qu'une vaut moins qu'un, etc. Mais elle a beau faire défiler tous les arguments possibles et imaginables, je leur réponds, à elle et à ses cellules grises en surchauffe, avec toute la puissance de la fatalité : on joue au foot entre hommes parce que c'est comme ça.

— Et la rivière, Tomi, on ira rien que tous les deux, bientôt ?

Serena fait partie des miens même si elle est vraiment bizarre, des fois.

La rivière, il faut y aller en groupe. Dès qu'il fait beau on s'y précipite, l'eau est gelée à hurler et quand elle est tiède on gueule quand même, pour rigoler. Avec les branches larges on fabrique des ponts, des gourdins, des tipis et des barrages avec les pierres luisantes (qui servent aussi à se castagner, il faut bien le dire). Sur la rive les herbes sont hautes, leurs pointes s'enfuient dans le courant, elles se tordent comme des papiers brûlés sans jamais parvenir à larguer les amarres. C'est toute une histoire de les regarder mais bientôt l'un de nous se remet à l'eau, alors chacun laisse tomber ce qu'il fait et se précipite à ses trousses... Longtemps, à la rivière, les copains et moi sommes restés là où on avait pied. Et puis j'ai attrapé la grippe, la vraie, celle qui te cloue au lit et t'enfonce des aiguilles dans la nuque. Pendant des semaines ma mère m'a gavé de thé bien citronné, elle me massait le dos et profitait des compresses pour me câliner l'air de rien. Le soir, elle s'allongeait à côté de moi et posait ma tête sur ses cuisses, Je suis ton oreiller elle disait, repose-toi, et elle me chuchotait des mots sucrés. Je sentais le parfum du thé chaud, la douceur de la robe de chambre, une sorte de peignoir souple et le moelleux de ses jambes, c'était confortable comme tout, à l'époque je ne savais pas encore ce que je sais alors je ne râlais pas trop – un soupir pour faire croire que j'avais passé l'âge, sans plus.

— Va t'amuser plus loin, Gaby, ton frère se repose.

Ma mère disait ce genre de trucs au frangin, il ne fallait pas déranger ma sieste, quand j'étais malade il n'y en avait que pour moi et ma fièvre, tant pis pour le nain. Ça lui faisait bizarre, au chouchou, de passer après... Du coup je serais bien resté malade encore un peu mais la grippe a fini par guérir. Le pire, c'est que tous les copains savaient nager quand j'ai pu retourner à la rivière. La honte si je m'étais retrouvé tout seul comme un âne sur le bord... Il n'y a rien que je déteste plus que ça, ne pas être aussi bien que les autres, les regards par en dessous, les Tu l'as vu ?, les Pauvre Tomi, ils collent aux joues comme de la bave... Du coup j'ai rusé, quand j'ai pu y retourner. Je suis arrivé en maillot de bain, discrètement, et je me suis caché derrière le gros buisson le temps d'observer comment nageaient les autres. La bonne planque que c'était, le buisson ! La fraîcheur du ruisseau m'arrivait avec le vent, un coup d'œil entre les branchages emmêlés et les copains apparaissaient. Ils glissaient sur l'eau, d'abord les mains droit devant puis sur le côté, les cuisses qui se rétractent comme des grenouilles qu'on pique et rebelote, les mains, côté, les cuisses. C'était ça nager, et c'était dans mes cordes, alors au bout d'une demi-heure d'entraînement aérien je me suis jeté à la flotte, directement là où c'était bien profond, là où tout le monde était. Je n'ai pas bien compris ce que mes bras et mes jambes ont fabriqué pendant que j'étouffais mais lorsque j'ai refait surface je flottais presque aussi bien qu'Hugo, Ivan et Janoska. J'ai même fait semblant de rigoler et ce n'était pas facile, essaye de rire avec l'eau qui te remonte dans les narines.

Janoska ce n'est pas son vrai prénom, mais depuis que Janos est né on ne l'appelle pas autrement. C'est comme ça chez nous : mon frère Gabor c'est Gaby, la cousine Maria, Marika, une fois sur deux le diminutif est plus long que le prénom mais quand Gaby a demandé à quoi ça rimait d'allonger les mots quand on veut les raccourcir, on lui a conseillé de finir ses devoirs plutôt que d'encombrer sa cervelle avec du vent. J'ignore si toutes les familles fonctionnent ainsi mais dans la mienne, on n'aime pas beaucoup les points d'interrogation.

Avant, les adultes nous rejoignaient parfois au bord de l'eau avec de grandes nappes, des fruits, des gâteaux, celui qui avait oublié son sandwich tapait dans le panier du voisin. Matyas, le chat, mon père et ma mère, les oncles et les tantes, Hugo mon voisin d'en face et les autres copains du quartier, tous ceux qui pique-niquaient sur les grandes nappes faisaient partie des miens. Maintenant les Allemands sont arrivés et on ne sait même pas si on pourra bientôt retourner à la rivière. Maintenant mes parents ne sont plus vraiment mes parents, maintenant la plupart des hommes qui grignotaient sur l'herbe ont disparu aux travaux forcés. « Ma maison s'élève là où vivent les miens », tu parles ! Les miens se volatilisent, parfois j'ai peur que la maison s'écroule.

Tomi et moi nous jouons au foot de temps en temps. Le foot je n'aime pas trop ça mais j'aime bien Tomi. Il habite en face de chez moi, de ma fenêtre je vois son arbre. Il l'a transformé en cabinet de lecture-garde-manger-poste d'observation et j'en passe, une fois on a même fait le mur pour y pioncer toute la nuit, genre cow-boys au clair de lune. On ne sait jamais ce qui va arriver, avec Tomi. C'est une sorte d'étoile filante : une boule de feu qui s'amène sans crier gare, te harponne dans sa lumière et fuse sans laisser de trace pour ressurgir quand on s'y attend le moins.

— Sois raisonnable, lui serinent ses parents, comporte-toi en adulte.

La dernière fois que Tomas devait devenir un adulte, c'était lors de sa bar-mitsva et ça a viré au grand drame : franchement ça ne donne pas envie.

Je ne lui ai pas dit qu'il était mon étoile filante, Tomi, il serait capable de se vexer. C'est son défaut, il est susceptible, surtout depuis

45

ce fameux jour où tout a dégénéré. Je m'explique : au début de sa bar-mitsva ça allait encore, c'est à la fin que l'affaire a déraillé, au moment de la prière des disparus. Tout le monde est sorti de la synagogue sauf ceux qui avaient un mort à prier. Mes parents et moi sommes restés à cause de ma cousine, la pauvre, elle s'est lavé les cheveux un jour de grand froid, le lendemain c'était fini pour elle. Tomi a voulu s'en aller mais le rabbin l'a rattrapé par le col. Il l'a poussé sur l'estrade et lui a collé un papier dans la main. « Lis », il lui a dit, et Tomi a lu. À la fin du premier paragraphe, il remerciait sa mère qui avait donné sa vie pour lui. Ces mots-là, exactement : « Ma mère qui a donné sa vie pour moi. » Faut voir la tête qu'il a tirée en lisant ça. Lui, il croyait qu'il en avait une, de mère, une vivante, d'ailleurs elle était assise à côté de la mienne dans la syna.

Apparemment tout le monde le savait, que sa vraie mère était morte à sa naissance, à cause de l'accouchement. Trois ans après, tout le monde avait été invité au remariage de son père avec la sœur de la morte. Tout le monde connaissait l'histoire, tout le monde sauf Tomi. Le rabbin devait croire que son père la lui avait déjà racontée, ou bien qu'il avait compris tout seul, peut-être bien que le rabbin espérait que Tomi allait avaler la nouvelle sans faire de vagues, je ne sais pas, le fait est qu'il se trompait totalement. Le soir même, Tomas m'a appelé par la fenêtre, il voulait savoir si je savais, moi *aussi. J'ai marmonné un truc, j'avais entendu mes parents en parler, et puis la vieille Berta...*

*— C'est ma faute si elle est morte ? Ma vraie mère, elle est morte à cause de moi tu crois ?*

*Bien sûr que non, ce n'était pas du tout sa faute, la dame était morte par accident, parce que c'est la vie, les naissances ce n'est pas facile, le bébé n'y est pour rien, mais je n'ai pas répondu sur le coup. Je suis comme ça, moi, le temps que je trouve la bonne réponse c'est souvent trop tard.*

*Le soir de sa bar-mitsva, Tomi s'est enfui pour l'Amérique. Il en avait marre d'être toujours celui qui fait tout foirer. Je le comprends : ici c'est déjà pas facile pour nous les juifs, on nous montre du doigt, on est accusé du matin au soir – la guerre de maintenant et celle d'avant, le prix des choses et même le mauvais temps, ça nous retombe systématiquement dessus. Tomi, lui, a double dose : juif et orphelin, à peine né il avait tort deux fois. Il voulait tout recommencer dans un pays où il n'aurait pas été coupable. Je suis vraiment content que son oncle l'ait rattrapé avant qu'il ne s'en aille pour de bon. C'est triste sans lui, même si des fois il exagère. Par exemple il y a deux jours, il a chié devant la porte de sa voisine parce qu'elle le regardait trop. Les gens le regardent, c'est vrai, depuis longtemps, avec tristesse ou avec curiosité, ça dépend. Avant il savait pas pourquoi mais maintenant il sait : sa mère, la seconde, celle qui l'élève, est aussi sa tante.*

*Et son frère, le petit Gaby qui est né après le remariage, c'est un peu son cousin. La famille de Tomi est un vrai sac de nœuds, voilà pourquoi les gens le fixent avec leurs yeux sales : ils essayent de le démêler.*

Au début, ce n'était pas si terrible. Au début c'était du gravillon. Des petits cailloux balancés sur notre passage, des « sales juifs », des « salauds de youpins », les premières fois tu essayes de coincer le cafard qui t'insulte et puis après, ça glisse. À Noël, de temps en temps, quelques illuminés s'amusaient à casser nos vitres pour nous punir d'avoir crucifié le Christ. Ma mère ramassait les morceaux. On était habitués et ça ne m'empêchait pas d'avoir un paquet de copains cathos. À l'école on était mélangés, après l'école aussi, nous faisions du théâtre ensemble. Le théâtre, c'est la spécialité de Serena. Ça a commencé par des petites histoires qu'elle racontait à Pourim, on se fichait un peu d'elle mais têtue comme elle est son répertoire s'est étoffé ; quand elle a eu fini ses cinq actes elle a voulu entraîner tout le monde, même moi.

— Tu verras, quand on joue la comédie, on est ailleurs.
— Hein ?

— On voyage, quoi. Et pas besoin de matériel, tu es à New York ou au sommet de la montagne à la minute où tu le décides.

Dans ces conditions j'ai dit d'accord et je ne regrette pas. D'abord on se déguise, j'aime ça, et puis rien n'est grave sur scène. Je peux être orphelin ou avoir cinq mères, devenir riche à millions ou carrément tuer des gens, tout le monde trouve ça normal, personne n'a pitié et même mieux : on m'applaudit à la fin. Bref, au théâtre nous étions mélangés aux cathos. Au foot également, parfois on jouait eux contre nous mais c'était plus une façon de nous départager qu'autre chose. La vérité c'est qu'on vivait bien ensemble, les chrétiens et nous, depuis belle lurette. Jadis nos parents cohabitaient gentiment, et nos grands-parents aussi, encore avant eux c'était pareil. Notre région changeait régulièrement de propriétaire, elle avait appartenu à l'empire d'Autriche, puis à l'Autriche-Hongrie, puis à la Tchécoslovaquie, tous les quatre matins le dossier évoluait mais concrètement ça ne faisait guère de différence : entre nous ça collait toujours. Et puis, en 1938, les Hongrois sont redevenus les maîtres. Ils se sont alliés à Hitler, la guerre a éclaté et le gravillon dans nos godasses s'est mis à grossir. Il y a eu des lois contre les juifs, des quotas, un paquet de décisions exprès pour nous faire suer. À l'école, par exemple, quand j'y allais encore, le jeudi nous étions mis à part pour les corvées. Ce jour-là il fallait porter un brassard jaune pour qu'on nous reconnaisse bien. On pelletait la neige, on coupait du bois pendant que les autres, ceux qui n'avaient pas tué le Christ, chantaient des chansons en marchant au pas. Des fois on devait ramasser les poubelles. Les pires jeudis, on se coltinait les jardins publics. On nous réunissait au parc, tous les ISR deux par deux et en silence sous la statue du général moustachu, celui qui commande aux arbres et aux bancs avec l'air de vouloir leur décocher un coup de pied au cul. Là, nous passions encore relativement inaperçus. Hélas le matériel était bientôt distribué, il fallait se disperser et à découvert on ne voyait plus que nous, avec nos grosses pelles et nos brassards dorés. Balayer les feuilles ça allait encore, mais il fallait aussi ramasser ce que les chiens avaient semé sur l'herbe. Le temps qu'on marche jusqu'à la poubelle, impossible de respirer, il ne fallait pas trembler – un faux mouvement et ça nous giclait sur les pieds. À l'œil déjà on évaluait le risque, sèche ou molle. Pendant qu'on expertisait le sol les passants nous fixaient, nous, avec nos têtes baissées et nos chargements puants, certains flâneurs souriaient, on devait être d'un drôle ! D'autres semblaient attendre de voir si on allait y arriver. Ça m'aurait fait un plaisir fou de leur faire avaler ma cargaison, à tous ces guignols. Après on rentrait à l'école et c'était fini, juste quelques blagues sur l'odeur, rien de plus. Du gravillon je te dis, du gravillon dégueulasse mais pas dramatique non plus. Le souci, c'est quand les gravillons sont devenus du gravier, de bons gros cailloux fourrés dans nos chaussures.

Le gouvernement s'est mis à prendre les gens, comme ça, sans leur demander leur avis. Il les rendait après la plupart du temps, mais pas toujours, on s'en est rendu compte quand des tas de gars qu'on connaissait ne sont pas rentrés, des juifs étrangers qui vivaient dans notre région depuis des lustres. Des rumeurs horribles ont circulé, les adultes chuchotaient pour en parler et s'essuyaient les yeux, puis les juifs hongrois comme nous sont partis à leur tour, pour travailler. Mon père y est allé aussi, aux travaux forcés, la première fois je devais avoir 11 ans. Juste avant son départ il m'avait coursé avec le balai à cause de l'histoire des boutons... Il faut que je la raconte, celle-là. Avant qu'on nous déteste, mon père possédait un atelier, un bel atelier de couture dans la rue principale du centre-ville. L'enseigne était petite mais les amateurs de beaux costumes connaissaient le chemin. Ils savaient qu'à l'intérieur il y avait du savoir-faire, les tissus merveilleux d'Oscar et la machine à coudre, pas n'importe laquelle, la Pfaff ultramoderne avec ses écailles cuivrées qui brillent dans l'obscurité et un socle en forme d'arabesque effrayante, un vrai dragon l'engin.

— Cette machine, disait mon père, c'est la fierté de la ville ; elle peut réaliser une myriade de points différents selon que tu règles la targette ici ou là.

Même Antal Kluger, le tailleur d'en face – le genre de gars à nommer sa boutique *The Tailor Shop* alors qu'il n'a jamais fichu les pieds en Angleterre ni même quitté Beregszász –, même ce prétentieux-là n'avait pas une si belle machine ni autant de clients que mon père. Personne n'en avait autant, avant la guerre. Dans son atelier, sur la gauche, il y avait un meuble à tiroirs en bois plein à craquer de boutons merveilleux, des rouges avec des stries en relief, des bleus bordés de couronnes argentées et même des nacrés avec des reflets arc-en-ciel incroyables... Pour jouer aux osselets, ils étaient parfaits. Quand j'ai commencé à les apporter dans la cour, les copains sont devenus fous ; ils voulaient tous me les gagner, on faisait des parties démentes. Ceux qui ricanaient à cause de l'odeur de chien merdeux auraient pleuré pour que je leur en vende ne serait-ce qu'un seul... Quand mon père a fini par m'attraper, le meuble à boutons avait à peine été vidé au quart mais il m'a fait une morale pas possible, le genre « faut-pas-voler-pas-mentir-respecter-le-travail-et-les-gens ». Ses sourcils s'élevaient à angle droit et il roulait des yeux de bête. Même avec ces yeux-là, j'aurais préféré qu'il ne parte pas aux travaux forcés.

— C'est quoi les travaux forcés ?

Gaby et ses questions... À l'époque déjà, il en posait beaucoup. Aujourd'hui son vice s'est aggravé. Je ne sais pas si je l'ai déjà précisé, mais chez nous on n'aime pas trop ça. Enfin, les adultes n'apprécient pas. J'ignore si Gaby est naturellement curieux ou habité par l'esprit de contradiction, à moins que ce ne soit encore, comme le pense ma mère, un tour malicieux du destin qui s'ingénie à placer les bébés insomniaques chez les parents lève-tard

et les femmes bavardes chez les maris migrai-
neux, mais le fait est : mon frère, c'est l'as de
la devinette. Le champion de l'interro surprise.
Comment naissent les montagnes ? Pourquoi
on dit « shabbat » ? Et pourquoi on le fait ?
Pourquoi on est juifs, d'abord ?

— Parce que c'est comme ça, répond mon
père quand il est à la maison.

— Et pourquoi c'est comme ça ?

Questions et re-questions. Personne ne sait
où Gaby va les chercher ni comment elles
arrivent, parfois pas une seule pendant quinze
jours et soudain elles sortent en rafales comme
les hirondelles de la grange. Pourquoi l'herbe
est verte alors que le ciel, lui, est bleu ? On se
creuse le ciboulot, on s'enquiquine à répondre,
on argumente jusqu'à essorer le sujet et une
fois terminé, mon frère nous regarde par en
dessous l'air innocent et nous demande d'où
vient le vent.

— Eh, c'est quoi, les travaux forcés ?

Après avoir tenté de ne pas entendre, ma
mère n'a pas pu y couper : elle a expliqué et
on a tout compris. Notre pays était en guerre,
il fallait construire des routes et fabriquer des
obus. Ça coûte cher, la guerre, par conséquent le
secret pour gagner c'est d'avoir plein de gens qui
travaillent beaucoup sans être payés. Les plus
hautes autorités de Hongrie ont décidé qu'on
ferait ça très bien, nous les juifs, bien mieux
que les protestants et les catholiques réunis.
Tous les jeunes hommes de mon quartier sont
donc partis trimer gratuitement.

— C'est logique, a dit ma mère.

Ma mère aime beaucoup quand c'est logique. Lorsqu'une affaire la tracasse par ses causes tortueuses, inaccessibles, par ses conséquences indistinctes et sinistres, par sa menaçante étrangeté, quand toutes les explications du monde se bousculent au portillon sans qu'aucune soit capable de le clore rationnellement, ma mère réfléchit jusqu'à ce qu'elle réussisse à tirer ce fil, *c'est logique*. Alors les inquiétudes se dispersent, les chagrins battent en retraite et la porte se referme pour l'éternité sur les bataillons de doutes toxiques et indisciplinés. Moi je le trouvais plutôt vieux, mon père, pour travailler loin et longtemps, en plus il avait déjà été blessé en 1914, ça commençait à bien faire, mais il a fini par partir lui aussi aux travaux forcés, parce que la guerre avait faim de bras. Logique. Gaby et moi l'imaginions ramasser des mines sur le front russe. Les vieux du quartier racontaient ça, le samedi, à la synagogue, « à mains nues » ils disaient, « nos hommes ramassent les mines à mains nues et ils crèvent comme des mouches ». Les vieux le savaient on ne sait comment, par le courrier, par les ragots. Gaby essuyait de grosses larmes avec sa manche. Le père d'Ivan, le boiteux, était mort pendant le travail obligatoire, de froid ou de faim, personne ne le savait avec exactitude, en tout cas c'était bien triste et ça ne nous rassurait pas : aux travaux forcés il semblait y avoir un tas de façons de mourir.

Un soir où Gaby posait vraiment trop de questions, ma mère nous a assis sur le fauteuil vert. Elle a pris le ton sérieux des grandes occasions et nous a regardés droit dans les yeux. Il ne fallait pas croire les rumeurs, elle a dit. Notre père nous manquait, c'était logique, il était loin mais pas en danger, car le destin malicieux savait également être juste, surtout avec ceux qui avaient déjà beaucoup pâti. Oui, le destin démêlait les nœuds de la vie quand il le fallait, et quel nœud plus terrible, plus injuste, plus énorme que les travaux forcés ? C'est pourquoi papa ne ramassait pas de mines ni ne souffrait du froid : il coupait du bois et creusait des fossés à cent kilomètres de la maison, parfois même il exerçait son métier de tailleur bien au chaud dans un atelier et dans ses vêtements habituels, juste avec un brassard jaune sur la veste, comme nous quand on était de corvée. Il n'y avait pas de quoi s'inquiéter. À cet instant, Gaby et moi avons pensé que le discours de notre mère touchait à sa fin, mais non, elle était lancée comme un cerceau dans la pente : on allait s'en sortir même si papa n'était plus là pour gagner notre vie, rien de grave, il rentrerait et recommencerait à tailler, à coudre, à repasser, il fallait simplement attendre sagement, économiser, faire avec ce qu'on avait, oui, *faire avec* elle répétait, *papa va revenir*, et son menton tremblait. Cette nuit-là je n'ai pas réussi à fermer l'œil. Tout voltigeait dans ma tête, les mines à la main, les nœuds obèses du destin, mes boutons arc-en-ciel, je les regrettais ceux-là, c'était plus dur à l'école, les regards baveux, les « T'as vu il n'en a plus », est-ce que j'allais réussir longtemps à *faire avec* sans papa ? Soudain j'ai senti le chat se blottir contre mes jambes dans le lit, c'était moelleux et doux comme une couverture de satin. Quand j'ai compris que le chat c'était Gaby, je lui ai envoyé un faux coup de pied par principe et on s'est endormis collés l'un contre l'autre.

Mon père est rentré en un seul morceau des travaux forcés, cette fois-là comme les suivantes, mais ça a commencé à tanguer quand même, surtout la nuit. Depuis ça me vient sans prévenir, des images atroces, moi avec le brassard jaune et la grande pelle sur le front russe, Gaby tout maigre dans le froid, des images dégoûtantes qui rampent dans le cerveau dès le matin, le genre à laisser une trace visqueuse, et si, et si, et si, tu n'as aucune envie d'y penser mais tu rumines quand même, ce qu'on va devenir, si ça va aller, ça grossit en boule filandreuse et collante, ça descend dans ton ventre, tu cours pour l'éjecter, tu grimpes à l'arbre, rien à faire ça ne bouge pas, alors tu te bats un peu, le premier copain qui passe fait l'affaire mais la boule étouffante et molle reste accrochée. Qu'est-ce qu'on a fait. Qu'est-ce qui va se passer demain. Même au foot, au moindre temps mort tu retournes à cette chose-là, qui durcit, tu la sens remuer maintenant et elle fait mal, on va partir aussi, peut-être disparaître. Si tu ne repensais pas au peigne du destin et à la certitude de ta mère – « votre père est toujours rentré, toujours, si ce n'est pas une preuve alors quoi, si nous partons nous reviendrons » – tu finirais par manquer d'air, par perdre l'équilibre. Oui, c'est le jour où ça commence à tanguer que tu t'aperçois à quel point tout tenait bien d'équerre, avant, et tu ne t'en rendais même pas compte.

Quand il est revenu des travaux forcés, la première fois, mon père est passé par hasard devant le brocanteur et il a repéré en vitrine, posés sur de jolis coussins comme des bébés dodus face au photographe, ses huit fers à repasser que j'avais vendus pour me payer des bonbons. Et des glaces. Et des illustrés, aussi. Sans me vanter j'avais drôlement bien fait avec ce qu'on avait, j'aurais même pu inviter tous les copains au cinéma si je n'avais pas eu la sagesse d'économiser pour aller voir à la maison des femmes si j'y étais.

— Tu vas vraiment y aller ? me demandait Hugo en regardant l'argent, tu vas aller voir ces... ces filles ?

Est-ce que ça lui arrivait, à lui, de penser à autre chose qu'à ses cartes du ciel ? Bien sûr que j'y serais allé, j'aurais poussé la porte bleue et peut-être même deux fois, ces fers c'était vraiment l'affaire du siècle ! Mais quand mon père est rentré des travaux forcés il a ruiné tout le projet. Il est passé devant le brocanteur et il a vu ses fers bien pomponnés derrière la vitre. Il m'a regardé. Il s'est de nouveau tourné vers les fers comme s'il leur demandait confirmation et sans doute ont-ils confirmé parce que son visage est devenu très blanc, puis un peu rouge, suffisamment pour que je file à la maison en quatrième vitesse sans demander mon reste. Quand la porte d'entrée a claqué à en défoncer les carreaux, j'ai compris qu'il valait mieux me cacher dans la grande armoire et bien verrouiller de l'intérieur. De là je n'ai pas entendu tout ce que mon père a rugi mais en substance il se demandait ce qu'il allait devenir, avec moi. Tout le monde se posait la même question en ce temps-là, et les choses ne se sont pas arrangées depuis.

— Viens ici, Tomas, regarde comme je fais.
— J'ai pas trop le temps, papa...
— Tais-toi quand tu parles à ton père, viens ici j'ai dit. Aujourd'hui tu vas apprendre quelque chose, la base, mon garçon, la base du métier de couturier.

Mon père ne renonce jamais. Dès que je passe à moins de dix mètres de lui, il m'agrippe avec ses bobines, ses fils, ses grandes tirades. Pour m'en dépêtrer, une seule solution : attendre qu'il baisse la tête sur l'ouvrage pour m'échapper discrètement à reculons par la fenêtre.

— Reste ici, Tomi, je te vois tu sais. Même les yeux fermés, quand tu crois que je ne suis pas là je te vois. Il paraît qu'hier tu as craché sur maître Tolvay ? Ne nie pas, on me l'a dit. Peu importe qui me l'a raconté, nous sommes un groupe tu sais, une famille, une communauté, n'oublie jamais ça, mon fils. Cracher sur un avocat... Tu crois que tu es grand, c'est ça ? Tu crois que tu peux tracer ta propre voie en toute liberté, faire tes erreurs, te faire justice seul, tu crois cela mais c'est faux. Chacun de tes actes nous engage tous, surtout en ce moment. Tu dois respecter les règles mieux que n'importe qui, mieux que les catholiques, plus que jamais. Que ça te plaise ou non tu es un enfant, tu es un juif, et tu es un Kiss. Or les Kiss respectent les lois et ne crachent jamais sur leur représentant, même s'il l'a bien mérité. En outre, tous les Kiss savent coudre un point d'arrêt alors viens ici que je te montre.

Peu importe quels détours tortueux emprunte sa pensée, mon père retombe toujours sur son dé à coudre.

— Je fais plomberie, papa. Plomberie, les soupapes, les vannes, les clés à molette, pas couture.

— Ah oui, oui, oui, oui, la plomberie, je sais... Une grande chose, la plomberie ! D'ailleurs ne dit-on pas intelligent comme un plombier ? Goethe lui-même n'était-il pas plombier à l'origine ? Et Attila, et Bartók, tous nos grands hommes, des as du robinet bien sûr ! Sérieusement, Tomi, qu'est-ce qui te plaît là-dedans ? Ça ne peut pas être le matériau, rien de plus laid que la ferraille, ni l'hérédité : il n'y a pas la moitié, pas le tiers, pas le quart d'un plombier dans la famille, alors quoi ? Je te parle, Tomas, qu'est-ce que tu aimes tant dans les tuyaux, vas-y je te prie, explique-toi, je suis tout ouïe.

— Tes costumes, ça me barbe.

— Ça te... Ça te... Répète plus fort si tu l'oses !

— Les costumes m'emmerdent, voilà. Ils sont tristes, gris, déprimants, personne n'est jamais heureux d'en voir un. Au moins quand la salopette du plombier arrive, les gens soupirent d'aise. Le bleu, ça les requinque.

— Baisse-toi un peu que je te gifle.

*Il aurait pu être mon apprenti. Il aurait dû être mon apprenti, ma chérie. La couture, c'était le chemin naturel. « Où passe l'aiguille passe le fil », comme on dit. Mais Tomi se moque du fil, des aiguilles et des proverbes. La plomberie, c'est son choix. C'était ça ou acteur. Acteur ! Comme dans ses westerns ! Au moins la plomberie est un métier. Il se fout des tuyaux comme des aiguilles, c'est la salopette qui lui plaît. Elle en impose, d'après lui, avec toutes les poches, les doubles coutures, et ce bleu, la belle affaire ! Crois-tu qu'il y ait des enfants de traverse, comme les chemins ? Tu me dis qu'il faut de la patience, ma douce Anna... J'en ai moins que toi. C'est difficile depuis si longtemps, avec Tomi... Quand j'avais son âge, jamais je ne me serais permis, devant mon père. Par ailleurs un costume gris n'est jamais barbant, ni morose. Prends dix vestons et regarde bien : il y a les reflets, les effets de trame, de chaîne, la brillance ou au contraire, l'opacité. Aucun drap ne tombe comme un autre. Tomas préfère les chemises à carreaux de cow-boy, les fanfreluches,* les déguisements, c'est ce qu'il aime, les shmattès de théâtre ! Et le bleu de travail qu'on voit venir de loin, misère, cette salopette criarde, tape-à-l'œil, quelle erreur ! Il ne connaît pas l'histoire, Tomi. Hier c'était le chiffon rouge qu'on nous cousait, maintenant c'est le brassard jaune mais ça veut dire la même chose : à dégager ! Mieux vaut passer inaperçu. Le costume sombre, c'est la sécurité. Tous les catholiques en portent et nous aussi. Non seulement on les porte mais on les fabrique, dis-moi un peu comment on pourrait être plus hongrois ? Mais Tomi ne veut pas être hongrois. Il veut être américain, exprès pour m'énerver. Paradoxalement, Gabor est plus mûr. Il me regarde souvent travailler. On ne l'entend pas arriver mais soudain la table de presse se met à parler :

— Comment on surfile ? Pourquoi faut couper ?

Gabor est assis là-dessous depuis une heure. Il veut coudre, lui, pourtant c'est le cadet. Rien ne devait se passer ainsi, ma douce, rien du tout.

Un jour, je me souviens, les mots se sont retournés contre nous. C'était le jeudi de mon anniversaire, mes 12 ans peut-être, ma mère avait fait un gigantesque gâteau plein de noix et d'autres trucs infects qui collent aux dents, pas pu l'avaler, je préfère les pains au sucre, alors elle m'avait envoyé acheter du sucre mais voilà : derrière la caisse de l'épicier, la pancarte prévenait qu'ici on servait les vrais Hongrois, pas les comme nous. Une phrase en dessous précisait « ni les chiens ». Avant, des phrases comme ça n'auraient jamais été imprimées. Dites, oui, ça faisait des années qu'on en entendait des vertes et des pas mûres, mais écrites...

— Écrites c'est beaucoup plus grave, Tomi, avait décrété Serena, qui en la matière n'est pas objective du tout (pour la situer, c'est le genre de fille qui relit les livres. Elle parle même à des auteurs morts, dans sa tête). Quand c'est écrit ça devient vrai, Tomi, et même pire que vrai : réel.

Sur ce coup-là Serena avait sacrément raison. Avant, chez l'épicier, les affiches disaient

« Bienvenue » ou « Trois poivrons achetés un offert », à la rigueur « La maison ne fait plus crédit », on était encore des Hongrois presque normaux, en tout cas on le pensait et là, d'un coup, les mots nous tombaient dessus : plus le droit de manger des pains au sucre, même le jour de notre anniversaire.

« Chiens », maintenant que j'y pense, ne fut pas le tout premier mot à nous dégringoler sur la tête. Juste avant, mon père avait dû donner son atelier à M. Zambo à cause de « la souillure ». M. Zambo est catholique, il était aussi l'employé de papa et il est devenu son patron parce que les comme nous étaient trop sales pour diriger une entreprise, voire même pour travailler. Les banquiers juifs de notre ville, les directeurs d'usine, les propriétaires de vignes – il y en avait un bon paquet dans le temps – ils ont tous dû rendre leurs clés. Interdiction également de « polluer l'université » en suivant des études supérieures, et d'épouser des catholiques afin de ne pas « contaminer la société des racines aux branches », une fois le premier mot tombé les autres suivent comme des dominos et on s'en rend compte sur le seuil de l'épicerie, interdiction d'entrer, faudrait pas qu'on vienne sagouiner le commerce des honnêtes gens avec notre grosse souillure.

— C'est quoi la souillure ?

Évidemment, Gaby avait posé la question à papa qui lui avait décoché le sourcil en pointe en guise de réponse. Moi j'avais compris grâce à mes années en plus : quelqu'un, quelque part, avait décidé que nous étions impurs, toxiques et assez envahissants avec ça. Il fallait donc d'urgence séparer les parasites que nous étions des personnes véritables...

— Pour qu'on arrête de les souillurer.

Tomi avait fini par piger. Après, d'autres mots encore se sont écroulés sur nous, la « peste » et les « microbes », les « ferments pourris » à « extirper de l'humanité », mais « la souillure » fut le premier de tous les dominos.

C'est incroyable, en réalité, cette histoire de souillure. Mon père taille depuis des années des costumes très propres à tout un tas de gens haut placés, le maire, les juges, les avocats, mais il a tout de même donné sa boutique, parce que la loi c'est la loi et si on commence à ne plus respecter la loi, tout part à vau-l'eau. Mon père dit souvent ça : « La loi c'est la loi, sinon tout part à vau-l'eau », avec un air... Comme si un typhon atroce allait nous balayer dans des torrents de boue, nous foudroyer d'éclairs terribles, on finirait tous raides morts avec de la flotte jusqu'aux oreilles. Pour éviter ce cataclysme, mon père a donc donné son magasin à M. Zambo. Quelques mois plus tard M. Zambo a viré mon père, qui est rentré à la maison tout blanc et rouge mais sans rugir, non, sans hurler ni cogner sur les murs, sans même se plaindre. Mon père a posé son chapeau et enfilé ses chaussons, calmement et toujours pour la même raison, vau-l'eau. Il s'est posté devant la grande bibliothèque, a ouvert un bouquin et quand mon père lit debout sans tourner les pages pendant un certain temps, on peut être sûr que le dossier est très, très grave. Finalement il s'est remis à coudre, ça finit toujours comme ça avec lui. Il a installé sa machine dans notre salon mais comme par hasard, bing ! interdit aussi, sous prétexte qu'il y a déjà beaucoup de tailleurs juifs qui bossent à domicile et il faut reconnaître que c'est vrai : quatre, rien que dans notre rue.

Alors là, dès qu'il s'est agi de lui interdire de toucher une aiguille, mon père est devenu beaucoup moins formel sur les principes. Le respect de la loi, tout ça, il n'en a plus tellement parlé et il a continué de coudre en cachette à la maison. Au début, la plupart de ses clients catholiques ont fait comme si de rien n'était, y compris le maire qui n'a pas cessé de s'habiller chez nous. Faut voir comme il admirait son reflet dans le miroir, le maire, il hochait la tête en se caressant la bedaine, « Vous êtes un artiste, monsieur Kiss », il avait l'air de drôlement apprécier ses complets-vestons tout enjuivés... Le soir, ma mère ramassait les fils tombés par terre, elle rangeait les bobines en fredonnant et repliait les coupons, l'atelier se faisait tout petit pour se redéployer le lendemain. Mais de décret en décret, nous sommes devenus parfaitement infréquentables. Même l'avocat Tolvay, qui noyait mon père sous les compliments en demandant une ristourne, même ce sale traître s'habille ailleurs maintenant et fait semblant de ne plus nous connaître. Ce n'est pas le seul à nous avoir laissés tomber. La guerre a drôlement allongé la morte-saison et les rides sur le front de mon père. C'est pour ça que je préfère la plomberie, aussi. Les gens se détournent de leur tailleur attitré en fonction de la religion, de la loi, de la politique. Les tuyaux, paradoxalement, sont assez inflexibles. Ils pètent sans se soucier de la conjoncture et leur propriétaire est toujours bien content de trouver un professionnel en urgence, peu importe si celui-ci sort de la synagogue.

À l'heure qu'il est, nous sommes sous surveillance. Des fonctionnaires assermentés viennent vérifier si les artisans juifs privés de boutique n'ont pas la rouerie d'œuvrer à domicile. Si mon père est pincé chez nous un dé à coudre sur le doigt, il est cuit. À chaque fois que quelqu'un tape à la porte, c'est le même numéro : mon frère jette un œil par la fenêtre et n'ouvre que si on connaît. Heureusement le contrôleur principal s'habille aussi chez nous, gratis. De temps en temps papa lui glisse même un billet dans la poche et ma mère soupire. Elle se fâche toujours sans le son. Moi non plus je n'aime pas tellement voir ça, la main de mon père dans la poche du contrôleur, sa main furtive, un peu servile, enrobante... On dirait que c'est le contrôleur qui tient mon père tout entier dans la sienne, de main. Vau-l'eau, quand on regarde bien, ça fait un bail qu'on y est jusqu'au trognon.

*Ils n'ont pas tort, dans le journal : « Le bacille juif nous dévore. » C'est dit à la façon des gratte-papier, avec un lyrisme ! Mais ce n'est pas faux, on ne peut pas le nier, ils ont proliféré. Je le vois, moi, je ne fais que ça toute la journée, des contrôles, des contrôles, des contrôles, à tous les coins de rue il y a un tailleur juif en activité, et avant les lois c'était encore pire. Et que je te fais venir le cousin, et que l'aîné prend la suite, et que je rachète la boutique du voisin, et que je profite de tout, c'est simple : ils ont bouffé le marché. Trop c'est trop, faut le reconnaître... « Exterminer », faut pas exagérer, mais maintenant qu'on les a réduits ça va déjà mieux : autant de boulot en plus pour les Hongrois de souche.*

Je résume :

On n'avait déjà plus le droit d'aller au cinéma.

On n'avait plus le droit de faire le marché aux mêmes heures que les autres.

On ne pouvait plus se balader dans la rue n'importe quand, seulement durant les créneaux autorisés.

Depuis quinze jours, il est strictement interdit de mettre le nez dehors sans une étoile cousue sur le revers. Ce ne sont plus des graviers que le Reich balance dans nos godasses, mais les rochers des Carpates. En vérité, mieux vaut ne plus sortir de chez soi du tout, à cause des passages à tabac. À l'extérieur, au moindre faux pas, un regard, un air insolent et parfois sans aucune raison, tu te fais battre comme un tapis. Mes parents ont décidé de me garder à la maison le temps que le climat s'améliore. Plus question de plomberie pour le moment, mon apprentissage est suspendu. Ça ne me dérange pas plus que ça, surtout depuis l'inondation. L'autre jour, fuite chez le coiffeur Stein, cinq centimètres de flotte dans son salon de beauté. Je le vois débarquer dans l'atelier de mon patron, affolé, la chemise trempée jusqu'aux coudes et le peigne derrière l'oreille, il demande où est le plombier. Mon patron est absent et ses ouvriers aussi alors je réponds : « Vous l'avez devant vous. » Ce n'est pas un mensonge mais de l'anticipation, j'ai déjà la salopette et les outils, en plus cela fait des semaines que j'observe mes collègues travailler. Je fonce donc bidouiller robinets et soudures. Bilan : cinquante centimètres d'eau dans le salon de coiffure. Depuis mon patron me fait la tête, quelques jours de vacances nous feront à tous le plus grand bien.

À la maison, j'ai de quoi m'occuper : toute la journée je tape dans des cailloux et je bouquine mes Indiens en haut de l'arbre. J-O-I-E. Mon père, en revanche, appelle ça « ne rien faire » et mon désœuvrement l'agace prodigieusement.

— Qui n'enseigne pas un métier à son fils lui apprend le métier de voleur, pérore-t-il, et quand mon père commence à citer le Talmud c'est très mauvais signe.

Je ne sais pas s'il s'ennuie ou si Matyas l'apprenti lui manque, force est de constater qu'il a tenu quarante-huit heures avant de pourrir ma joie et d'instaurer la leçon de couture quotidienne. Gabor est convié afin qu'il « s'imprègne » aussi, c'est son mot. L'autre jour, mon père nous a montré comment prendre les mesures, ce n'était déjà pas une mince affaire. Avant-hier il m'a déblatéré tout son dictionnaire, de B comme biais à Z comme zigzag (il n'y a pas de A, je l'ai noté également mais mieux vaut éviter de le lui faire remarquer : quand mon père nous imprègne c'est silence obligatoire). Hier, je devais coudre droit. Ça semble facile à première vue, moi aussi je comprends très bien ce qu'il faut faire mais tu n'as qu'à essayer pour voir, le fil gesticule à gauche à droite, on dirait qu'il te nargue, mes ourlets à moi tremblotent et partent de traviole comme s'ils venaient de descendre la réserve de schnaps de l'oncle Oscar. Ce n'est pas ma faute, le fil est fourbe. De naissance. Dès le départ de sa vie il se planque, vas-y pour l'attraper dans le cocon du papillon, dans la fleur du coton, dans la tige du lin et je ne te parle même pas de le choper sur le dos du mouton, pour y arriver il faut se lever tôt. Je n'invente rien : les gars dans le temps ont mis des millénaires à le domestiquer (je tiens l'information de Serena qui lit des revues compliquées sur les siècles passés). On dit « filer » la laine, l'affaire a l'air toute mignonne-facile, en réalité c'est la guerre : pour sortir un fil correct il faut battre la laine la tremper l'étirer la tordre, du sauvage je te dis. D'ailleurs il en reste toujours quelque chose : quand tu t'apprêtes à passer cette saleté de fil dans le chas il gigote encore. Tu as beau tenir l'aiguille et viser sans trembler, il faut toujours qu'il s'échappe, alors quand il s'agit de le coudre droit... Franchement ce n'est pas de la mauvaise volonté de ma part, on ne peut pas consacrer sa vie à un truc aussi retors.

Ce qui me requinquerait vraiment, ce serait d'aller voir les femmes de la maison d'en face.

Mais mon père m'a confisqué tout l'argent et je ne dois pas être le seul dans ce cas : chez ces dames ça ne se bouscule pas au portillon, d'après ce que je constate du haut de mon perchoir.

— Ce ne sera pas encore pour cette fois, hein, Tomi ?

Hugo se marre. Bonjour la solidarité. Il a de la chance, lui, il peut passer ses journées dans l'arbre. Ses parents ne l'enquiquinent pas avec les apprentissages, ils consacrent tout leur temps à chercher des sous pour manger.

Ce matin, j'ai essayé de me planquer dans l'arbre à l'heure de la leçon mais mon père est venu me chercher avec l'air de celui qui n'hésitera pas à se servir de tous les moyens légaux et illégaux pour m'en faire descendre. C'est devenu crucial d'enfiler un dé sur mon doigt, à croire qu'il a raté sa vocation d'enseignant.

— Il faut envelopper le client, m'explique-t-il à voix basse.

Quand mon père avait son atelier c'était pareil, le premier gars qui parlait fort se faisait fusiller du regard. Selon lui les idées poussent mieux dans le calme, et les vêtements aussi. Il chuchote, donc, et on est prié de tendre l'oreille :

— Les rouleaux de tissu que tu sors devant le client, les mesures, tout ça, ce sont des caresses. Immédiatement, il comprend qu'il est entre de bonnes mains. Les mains, Tomi, dans notre métier, il n'y a que ça qui compte. Nos mains fabriquent du beau. C'est ce que le client exige :

du beau. Il faut l'embellir. Ruser, si besoin. Remonter une poche, foncer le tissu, ça amincit.

Je me tamponne de ce que veut le client, s'il préfère un revers ou une poche plaquée. Je me contrefous de caresser les étoffes et ceux qui les portent dans le sens du poil et surtout, surtout, je ne comprends pas ce que mon père entend par « beau ». Attention, ne nous méprenons pas, je ne suis pas contre les tenues qui en jettent. Quand tu te balades avec une pelle à merde devant les passants du parc, mieux vaut être habillé correctement sinon il te reste quoi ? Mais les costumes de mon père, c'est marron foncé ou vert sapin, une forêt monotone et morte. Moi, j'aime quand ça claque, rouge, jaune, vert. L'an passé, il m'a fait un manteau soi-disant du dernier chic, gris foncé avec les boutons noirs. On avait envie de pleurer rien qu'en le regardant pendu sur le cintre, pour couronner le tout de la fourrure au col, horrible. Il y a des matières qui m'énervent et d'autres non, c'est comme ça, et le vison… C'est entre le plumeau et la perruque, ça chatouille, ça frotte, on meurt de chaud et quand c'est humide, ça pue le chien. En plus c'est du cadavre et ça se voit. L'animal crevé contre mon cou, non merci. Le premier soir, j'ai oublié le manteau à l'école, le lendemain je l'ai laissé à la maison, le troisième jour je l'ai caché sous le lit et quand ma mère l'a retrouvé, je l'ai accroché à l'arbre. Alors mon père m'a menacé de façon totalement exagérée et j'ai renfilé la gabardine, bien obligé. Comment est-ce arrivé, je ne sais plus, mais en essayant de séparer la fourrure du manteau la manche s'est déchirée, emportant avec elle le haut du dos. S'ils avaient vu ça mes parents auraient eu trop mal au cœur, peut-être même la tentation de me couper en rondelles ; pour le bien de chacun j'ai préféré balancer le vison et son linceul à la rivière et j'ai fini le trajet en gilet, même pas froid, il m'en faut plus pour frissonner, moi. Le lendemain, mon père a été convoqué à l'école pour le motif suivant : « Tomas vient en classe dans une tenue inadaptée au climat. »

— Votre fils risque la mort ! lui dit gravement l'enseignant en pensant à l'éventuelle pneumonie que me provoquerait l'absence de manteau.

Songeant sans doute au prix de l'animal à qui j'avais fait prendre un bain éternel, mon père n'a pas contredit le maître et j'ai encore passé la soirée dans l'armoire...

— Tu rêves, Tomas ! Regarde ton frère, il est attentif, lui ! Ouvre tes oreilles, mon grand : dans la couture il n'y a pas que le savoir-faire. Il faut écouter le tissu et celui qui le portera. Être tailleur exige de la finesse.

Des paroles tout ça ! Au final, un gros plein de soupe en mal de garde-robe commande et toi tu t'exécutes en lui léchant un peu les bottes, en plus tu es obligé de tripoter des visons morts, voilà la réalité. Mon père a beau la draper dans de jolis mots, il a beau l'emballer dans « connaissance des textiles et savoir être », dans « théâtre de la vie » et dans « sens du commerce », il a beau dire « compas dans l'œil » et « coupe structurante », quand tu déchires ces flonflons ridicules pour voir l'authentique face des choses, tu te retrouves devant la vérité toute nue : couturier c'est un travail de larbin, un point c'est tout.

— Apprends, tu comprendras plus tard. Quand tu seras mûr.

Je pourrais tuer mon père pour ce genre de phrases. Chez nous, il a toujours le dernier mot. Ma mère non plus ne s'oppose pas. Il parle, elle le regarde et le quotidien plie sous ses ordres à lui. Longtemps, j'ai cru qu'il était le patron partout, *monsieur* Kiss. Dans les rues de notre quartier comme au milieu de sa boutique, il marchait lentement, sans sourire, les yeux plissés, bien droit, un empereur. J'ai tout gobé. Je pensais que le monde lui appartenait. Ses ouvriers lui obéissaient, sous ses doigts le tissu souple tombait droit en veston. Ses désirs façonnaient la réalité, ça ne faisait aucun doute. Mon frère le pense encore, il n'a que 8 ans, il ne voit pas encore les choses telles qu'elles sont mais moi, je sais : en réalité, le royaume de mon père est minuscule. Il tient tout entier entre les quatre murs de notre maison. Au-delà, Herman Kiss est n'importe qui. Avec ses clients, avec le maire et les juges, il a toujours été petit et aujourd'hui il n'est plus rien. Plus de boutique, plus de clients, plus de fournisseurs. Lors des réunions de famille, quelque chose dans l'air le rétrécit. Il suffit que l'oncle Oscar entre dans la pièce pour qu'une pression invisible rampe sous les mots et le comprime. Elle ne date pas d'hier, cette charge silencieuse, mais aujourd'hui elle l'écrase également dehors. Dans la rue, dès qu'il croise un catholique, mon père descend du trottoir, même quand il y a de la place pour deux. Il baisse la tête, et son regard... S'il pouvait se coller au mur, passer sous une affiche, disparaître dans un trou, il le ferait. Il me fait penser aux musaraignes crasseuses qui s'aplatissent pour glisser sous les portes.

— Il faut jouer leur jeu, m'a-t-il expliqué, il faut jouer leur jeu le temps que ça se tasse.

Il voudrait bien me faire croire ça, mon père. Il aimerait me convaincre qu'il feint la bête traquée, qu'il joue au bon juif obéissant, que tout cela est pensé, décidé, ourdi pour tromper l'ennemi en attendant que la guerre se termine, mais je sais que c'est pire que ça. Je le sais depuis l'autre jour, depuis qu'une chose incroyable est arrivée, après que le voisin d'en face s'est fait tabasser par des chrétiens, sans aucune raison.

— La chasse est ouverte et nous sommes le gibier.

Le voisin avait l'œil en sang quand il a dit ça, sa mâchoire tombait un peu et je l'ai vue arriver à ce moment-là, la peur – pas la surprise, ni le choc ni l'étonnement – la vraie peur sur le visage de mon père. Ses lèvres se sont crispées, ses yeux ont viré couleur de boue. Mon père s'est éteint, d'un coup. Il le cache derrière ses tissus, derrière ses discours, il fait diversion mais il a simplement, terriblement, minablement peur. Mon père est le gibier. Nous sommes tous le gibier.

Il n'y a pas que les agressions gratuites : des enlèvements ont lieu aussi, contre rançon, et puis des dénonciations pour « non-respect du port de l'étoile » ou une autre connerie, ainsi les commerçants catholiques se débarrassent de la concurrence à peu de frais, c'est pratique. Certains voisins cassent nos vitres, désormais c'est tous les jours Noël. Jamais je n'aurais imaginé qu'ils soient aussi nombreux à nous haïr. C'est simple : ils sortent de partout, comme si une digue avait rompu. Leur nom c'est « les antisémites » mais les copains et moi on les appelle les connards.

— Tomi !

Il y a ce réflexe extraordinaire chez ma mère : peu importe le tombereau d'ennuis qui nous tombe sur le coin du nez, elle trouve encore le temps de surveiller mon langage. Entre elle et mon père, c'est simple, j'étouffe. Tout à l'heure, j'étais prêt à tout pour m'aérer un peu :

— Et si on allait prier ?

Mon père a manqué tomber de sa chaise.

— Tiens donc ! Qu'est-ce qu'il t'arrive, Tomi ?

J'ai bredouillé mais il ne m'a pas laissé le temps d'argumenter.

— On reste à la maison, c'est plus prudent. En plus la synagogue a été réquisitionnée.

— Réquisitionnée ? Mais par qui ? Pourquoi ? Et pour qui ?

— Tomi, tu ne vas pas commencer à poser des questions comme ton frère, n'est-ce pas ?

J'aurais pu m'énerver, cogner sur un meuble comme je fais parfois, mais j'ai été bien mûr : après le repas, mon père somnolait sur un livre, ma mère rangeait la maison avec Gaby, je suis sorti par le jardin sans rien dire à personne puis j'ai marché jusqu'à la synagogue. Et j'ai vu. Maintenant je suis rentré, la lune s'est levée, mes parents sont au lit et Gaby ronfle à côté de moi. J'aimerais bien dormir comme eux mais quand je ferme les yeux, je revois. Les tables, les bancs, la bibliothèque, toute la synagogue balancée sur la chaussée. Les meubles jetés avec les ordures, les livres tout gondolés dans le caniveau. À l'intérieur, ça empeste la sueur et la flotte sale. Des dizaines de familles s'entassent les unes sur les autres, les bébés sur leurs mères, des vieillards aussi, des blanchis, des voûtés, serrés dans les coins, ça fait des gros tas de gens partout. Les flics ont rassemblé là les juifs des villages alentour, ceux de Badalo, de Gut, de Bene, à coups de crosse, comme des paquets. Je cherchais mon pote Matyas, il vient de Gut lui aussi, quand j'ai vu arriver un flot d'habitants fatigués. Il y avait parmi eux une jeune femme aux joues rosies par l'effort, aux bras ronds cisaillés par des baluchons de toutes tailles, noués fermement les uns aux autres en guirlande multicolore. Elle portait sur son dos un colis proéminent, anguleux, protégé de journaux, ficelé de toutes parts et comme si ça ne suffisait pas, à la main un poupon haut comme trois pommes zigzaguant sur ses petites jambes. C'est elle qui m'empêche de dormir, surtout, avec son air décidé, sa façon de tout tenir à bout de bras, tout le précieux de sa vie empaqueté dans les tissus rouge et bleu. Son fichu lui collait au front comme en plein été, des gouttelettes de sueur glissaient à son cou nu, c'était tentant d'aller

lui proposer un mouchoir ou un coup de main,
d'ailleurs je m'avançais quand elle a trébuché.
La montagne de ses ballots s'est écroulée, les
choses ont cassé, le petit est tombé en poussant
des cris. L'un des gendarmes s'est précipité sur
eux pour les tabasser. Il les traitait de tous les
noms. Les coups résonnaient bien dans la synagogue, les coups et les insultes aussi. Sa mère
à lui n'a pas dû l'emmerder beaucoup avec le
beau langage.

Il ne dort pas. Ils ne dorment pas, ni Tomas ni Gabor. Ils n'ont jamais bien dormi, alors en ce moment... Je les entends gigoter dans leur lit jusqu'au milieu de la nuit. Les gens disent : elle ne sait pas y faire, mais j'ai des enfants sans sommeil il n'y a rien d'autre à comprendre. Les gens parlent, j'ai l'habitude, c'est le lot des secondes épouses, mais la rumeur, le laid et le sale, je ne les laisse pas entrer chez nous. Je barricade tout, les portes et les oreilles. Même avec les barricades les petits ne dorment pas. Gabor crie, il a chaud, il a soif, il s'enroule autour de moi, il me parle des loups et des forêts sombres, de châteaux dévastés au bout de chemins étroits, d'ogres ensanglantés dans des grottes profondes, quinze secondes après son dernier mot il ronfle et c'est moi qui ne dors plus. Je fais semblant, pour ne pas inquiéter Herman, mais je ne dors pas. Tomi, c'est autre chose... Il ne me demande jamais rien. Il se tourne, il se retourne, il froisse son oreiller, il geint les dents serrées et n'a besoin de personne. Il ne dort pas, il ne mange pas, il décourage, il jette ses affaires,

81

il cogne il tape il déchire il repousse il se bat et c'est pire depuis qu'il sait toute l'histoire : il met tout son cœur à se faire haïr. C'est logique, bien sûr, mais ça ne marchera pas. Que cela lui plaise ou non, je lui ferai toujours des gâteaux, je lui tendrai toujours mes bras, comme avant... Au tout début je le gardais seulement, il était si petit, sans maman, c'était bien triste, je m'occupais de lui pendant que son père allait travailler, puis de fil en aiguille... Tomi c'est le ciel qui me l'a confié, et ce que le ciel noue personne ne peut le dénouer. Parfois il y arriverait presque, à tout déchirer, mais je tiens bon. Ça aussi, j'ai l'habitude.

C'est notre tour, les gendarmes arrêtent tout le monde. Enfin tous les ISR, bien sûr, les CAT restent chez eux et nous regardent passer. Ça a commencé par la rue du menuisier, puis celle du rabbin : il faut débarrasser le plancher dans les deux heures, voire tout de suite. Certains de nos voisins sont partis de chez eux en cinq minutes, à pied, avec trois pots de confiture enveloppés dans une couverture. D'autres ont chargé leur maison entière sur la charrette, ça débordait de louches et de matelas et au sommet, en équilibre sur la table de chevet, la cuisinière à bois. On a même vu le docteur poussé hors de chez lui par les gendarmes, à moitié en pyjama, avec son oreiller dans une main et sa femme dans l'autre. Le docteur ! Maintenant on sait qu'ils nous prendront tous, alors ma mère fait les bagages. Elle cuisine aussi, depuis deux jours. Il n'est pas interdit d'emporter de la nourriture alors elle prépare en vitesse des cornichons, des saucissons, quelques œufs durs. Ça bouillonne dans tous les coins et elle, virevoltant en peignoir blanc au milieu des bocaux, semble avoir six bras.

— C'est ce qu'on va manger là-bas, demande Gaby, des cornichons et des œufs ?

— Je ne sais pas. Maintenant sortez de ma cuisine et rassemblez vos affaires, l'essentiel seulement.

Mon frère tire une drôle de tête, il aime bien les repas qui ressemblent à des repas. Au départ, j'avais prévu de mettre dans un sac mes journaux préférés, quelques boutons, des osselets... Gaby et moi ramassions des bâtons dehors (ça peut toujours servir), quand le chat a traversé la cour fou furieux, poursuivi sans doute par un moucheron terrifiant ou par un diabolique courant d'air.

— Dans quoi on va la transporter, la bestiole ? j'ai crié à ma mère.

Elle a passé sa tête à la fenêtre et m'a regardé bizarrement, j'ai compris.

— Il faut être fort, Tomi, a précisé mon père, comme si on lui avait demandé quelque chose.

Du coup je n'emporte rien. Pas de livres, pas d'osselets, même pas un petit bâton de rien du tout. Je n'ai pas besoin de joujoux, moi, je ne suis pas comme Gaby. Je suis fort déjà, plus que fort même, l'autre soir je me suis battu avec le gros Samuel et Almos le Bigleux, les deux contre moi. Ce jour-là je suis rentré à la maison avec une balafre de cinq centimètres au moins, ma mère a failli s'évanouir mais fallait voir ce que les autres avaient pris. Je n'ai pas versé une seule larme quand elle m'a soigné, pourtant ça pissait

le sang sur son peignoir, pas une larme j'ai
lâchée, ce n'est pas pour flancher aujourd'hui.
Finalement ce n'est pas vraiment mon chat, ce
chat ; il est arrivé chez nous un matin et il a pris
ses aises, voilà tout. S'il a trop faim en notre
absence, il n'aura qu'à faire son boulot, chasser
les souris. Je lui ai quand même laissé le gros
salami dans le creux de l'arbre, ça lui permettra
de tenir jusqu'à ce qu'on revienne.

— Il ne mourra pas de faim, va.

J'ai beau expliquer ça à Gaby, il pleure. Il dit
que non, ses yeux le piquent c'est tout, mais il
s'essuie avec ses doigts terreux et ça fait des
rigoles grises sur ses joues. Il ne veut pas quitter
le chat, pas question, ni la maison, ni l'arbre, ni
son lit, il ferait tout pour rester chez nous, il pro-
mettrait presque de dire bonjour-merci-pardon,
il jure même de se baigner chaque dimanche
sans râler. Il n'a rien compris, comme d'habitude.
La toilette, le coucher à heure fixe, la politesse,
les repas : ces balises péniblement indéboulon-
nables et les disputes qui s'y accrochaient en
tortillons bruyants viennent d'être balayées par
le sale vent de la guerre. Nous entrons dans un
tunnel où le quotidien disparaît.

Mon frère inspire par à-coups, violemment,
des sanglots bruyants pleins de morve, c'est
contagieux et assez répugnant alors je l'emmène
dans la cour, près du puits. On grimpe dessus
pour apercevoir les sous, tout au fond. Il faut se
tenir en équilibre au-dessus du vide, bien accroché à la manivelle, sans se prendre les pieds
dans la corde ni glisser. C'est profond là-dedans,

et sombre aussi, vaut mieux se concentrer. Mon frère a beau se débattre je le tiens fermement, avec un bras je fais le tour de sa taille. Il me demande, C'est où, c'est où l'argent ? On ne voit rien du tout en bas, pas le moindre petit billet, pas le plus faible éclat d'or pur, mais Gaby oublie de renifler en scrutant le trou noir du puits, et ça fait du bien quand ça s'arrête.

La noyade de l'argent a eu lieu il y a quelques jours. Ma mère était en train d'émincer des choux quand mon oncle a débarqué à la maison. Il soufflait comme un phoque sur le point d'exploser. Ma mère a dégainé l'alcool qui pue mais Oscar l'a arrêtée net : sa gorge le brûlait bien sûr, mais ce n'était pas le moment de se soigner. On a tous compris que l'heure était grave. Mon père s'est approché, mon oncle a posé la liasse épaisse sur la table et un grand silence est tombé.

— Compte, a dit l'oncle Oscar, et ça ressemblait à un ordre.

Mon père s'est exécuté, additionnant en silence, passant sa main sur les plis des billets, essuyant son front humide puis empilant l'argent en tas rigoureusement parallèles. C'était la même précision maniaque qu'il mettait à repasser une chemise neuve, en plus moite.

— Mille dollars, a-t-il conclu avec une drôle de voix.

On aurait dit qu'il avait une angine. En face de lui, Oscar gonflait la poitrine, un peu plus il doublait de volume.

— Je ne vous raconte pas comment je les ai obtenus, lâcha-t-il avec un grandiose dédain, en pointant les dollars bien rangés par mon père.

Des billets qui avaient connu les gratte-ciel, la statue de la Liberté et peut-être même un ou deux chefs indiens, des billets sauvages, des billets modernes, des billets libres, en un mot américains, s'alignaient désormais en piles religieuses sur la table de Herman Kiss, tailleur à Beregszász, dernière étape d'un périple aussi clandestin qu'improbable dont l'oncle Oscar garderait pour toujours l'assoiffant secret. Sur l'or non plus, il ne dirait pas un mot. Parce qu'il y en avait aussi, de l'or. Du vrai, il brillait comme dans les films. Avec ce petit cube-là, sûr qu'on pouvait s'offrir un poste de radio, peut-être même un avion.

— Tu rêves ! me coupa Gaby, comme si un nain de son espèce connaissait quoi que ce soit à l'aviation.

Derrière le rideau, on entendait tout et on ne voyait pas trop mal non plus. Le frangin et moi nous étions cachés là pour écouter tranquillement la conversation ; on voulait savoir où les gendarmes allaient nous emmener, malheureusement les adultes parlaient d'autre chose. Ils racontaient que les affaires du menuisier, du docteur et des autres gens embarqués en premier avaient été volées dès qu'ils avaient tourné le coin de la rue. Leurs bijoux, leurs vêtements, toutes les jolies choses qu'ils n'avaient pas pu prendre avec eux avaient disparu en moins de deux. Certains voisins s'étaient servis, certains gendarmes aussi.

— On n'allait pas se laisser plumer comme des volailles, a dit mon oncle.

Lui avait senti le vent, visionnaire comme il était, avant même que les Allemands nous envahissent il avait prévu le coup et, naturellement, vendu tout ce qu'il avait pu. Son stock et celui de mon père, la soie, le mètre et les ciseaux, les pendentifs des femmes, la montre du cousin, les meubles des anciens et d'autres choses encore dont je découvrais l'existence, tous les objets de valeur de la famille avaient été troqués contre les billets du Far West et l'or carré superbrillant. Maintenant mon oncle avait le pactole et nous le puits, ça tombait bien, on allait cacher l'un dans l'autre et les pilleurs l'auraient dans le baba. Mon oncle articulait profondément, comme un homme dont les dernières forces sont en jeu. La transaction lui avait donné fort mal à l'estomac, tous ces soucis n'arrangeaient pas sa vésicule, et sa gorge, ma foi, était parcheminée, bref ma mère déboucha la bouteille. Mon oncle s'hydrata encore deux ou trois fois en attendant minuit puis il partit à pas de conjuré jeter l'or et l'argent à la flotte. J'imagine, car en réalité je dormais depuis belle lurette quand sonna l'heure de noyer le magot. Le cube a dû tinter contre les pierres profondes du puits, abîmer ses arêtes scintillantes aux parois, à moins qu'il n'ait disparu sans bruit dans l'eau noire, comme un chat derrière un mur.

— C'est comme ça que naissent les trésors, a conclu Serena lorsque je lui ai raconté l'histoire.

Je ne sais pas si je l'ai déjà dit, mais cette fille a toujours en stock une explication définitive.

*J'ai croisé Tomi tout à l'heure. Quelque chose le tracassait, je l'ai senti. Pas besoin d'un dessin, je devine ce qui remue à l'intérieur des gens. Parfois ça les agace. En ce moment je les vois bâtir des murs dans leur tête. Ils rationalisent, ils se rassurent, ils relativisent, « ça pourrait être encore pire », « les Russes sont au pied des Carpates ». Ils dédramatisent, « les Allemands seront bientôt battus », pierre par pierre leur mur monte. Mais le soleil se cache, la nuit dilue les remparts et l'inquiétude glisse jusque dans les lits où les adultes ne dorment pas. Au matin, ils ressemblent à des outres vides et recommencent à colmater. Tomi, lui, n'a pas peur du départ ni de l'inconnu qui nous guette. Il a cette énergie aveugle qui le protège. Il s'inquiète seulement pour l'or et l'argent dans le puits. Il pense que les billets seront vite fichus, trempés, il craint que le lingot ne soit rouillé quand nous reviendrons à la maison. Il dit « quand nous reviendrons » avec le ton des conquérants. Il est certain des deux mots, du nous comme du retour, ses bras longs et nerveux dessinent ce cercle que nous allons parcourir, d'ici au là-bas inconnu aller-retour, il dit « quand nous reviendrons » et entre les bras conquérants il n'y a aucune place pour moi. Tomi... En lui rien ne tremble quand il me regarde, pas de lueur qui vacille, seule une lumière vive, un éclair aux contours nets et francs, l'amitié quoi. Il frappe dans un caillou, fait mine de s'envoler et retombe dans la poussière brune, les poings fermés. Ce n'est pas pour moi qu'il fait ça, le coup et le geste, c'est pour le monde entier, pour montrer qu'il est fort, pour faire envie et pas pitié, pas pour moi mais un jour peut-être, si l'on revient... « Quand nous reviendrons... » Il est si fier, Tomi, et si naïf. L'or ne rouille pas, tout le monde le sait.*

Je suis déjà parti, moi, pas loin mais souvent. Parfois, avant toutes ces interdictions, avant le couvre-feu, je m'en allais seul, je semais mon frère et je filais au cinéma, je virais de bord. Au lieu de rentrer à la maison je mettais le cap sur la rivière, parfois je buissonnais dans les bois et advienne que pourra. Ce ne sont pas des bois aux lynx et aux ours, ni des forêts penchées de montagne, duveteuses de neige, presque phosphorescentes, mais je les aime bien quand même avec leurs pentes légères et leurs chemins sinueux, interminables entre les fougères. Là-bas je marchais longtemps, et quand la fatigue arrivait le meilleur moment commençait. Je m'asseyais sur un tronc mousseux, la nuit allait tomber. Déjà les bruits sonnaient l'alarme, les grenouilles, les oiseaux bizarres. La lune se levait. Le temps passait lentement. Derrière les derniers arbres se dessinaient des broussailles obscures, le noir profond de la forêt. C'était l'heure des animaux dangereux et de la faim, je ne devais pas être là mais je n'avais pas peur.

Quand je pars comme ça, sans prévenir personne, je n'ai jamais peur, ni froid. Une lampe secrète me réchauffe : j'imagine mes parents. Ils sont pâles, anxieux. Ils ignorent où je suis. Mon père frappe à la porte des voisins, « Avez-vous vu mon grand ? », il court d'une maison à l'autre, il me croit blessé ou pire... C'est bien fait pour lui, et pour moi c'est délicieux, comme une gourmandise, ou un cadeau auquel on ne s'attendait pas. Il craint pour moi, mon père. Son angoisse me remplit en entier, je pourrais la boire toute la nuit, c'est bien la preuve qu'il ne m'en veut pas d'être mal né, d'avoir ruiné notre famille, d'avoir tout gâché, quel bonheur son inquiétude ! Je frotte encore la lampe : je vois ma mère échevelée, elle tremble, peut-être même pleure-t-elle un peu. Je ne suis pas son vrai fils mais elle a quand même du chagrin, beaucoup de chagrin même, c'est flagrant. Dehors, l'ombre a dévoré le monde. Mon père maintenant veut battre la campagne, sonder la rivière. Ses bras agités voudraient retourner les collines, fouiller le tréfonds des vallons, soulever l'obscurité goulue qui a mangé son fils. Plus personne ne pense à s'occuper de Gabor, recroquevillé sur le tapis du salon. Ils craignent tant pour ma vie, mon père le traître, ma fausse mère, mon demi-frère ! Ils m'aiment, tous, à la lumière de la lampe c'est évident, seul l'amour te dévaste autant quand il disparaît dans la nature, un peu plus et j'en pleurerais, de leur tendresse inquiète, de leurs gestes déroutés, de leur attente ardente et folle, alors je rentre à la maison pour en avoir le cœur net. Ma mère est livide, elle me broie dans ses bras. Gaby s'est endormi tout habillé au pied du fauteuil. Le soulagement de mon père éclate quand il me voit sain et sauf, sans la moindre petite égratignure. Puis il s'aperçoit que je n'ai pas d'excuse non plus pour rentrer à point d'heure et il hurle à m'en défoncer les tympans mais peu m'importe : ces soirs-là je dors bien.

Mon père ne me tape jamais. Il se retient, il crie. Il tremble de rage quand il me surprend à jeter la nourriture. Il soupire lorsque les voisins se plaignent de moi. Il rougit, il lève les yeux au ciel, il grogne, il secoue la tête, il s'égosille pour me faire obéir. Tout son corps se désole, je suis un fugueur, un malin, un coquin, une canaille. Je vole, je mens, je déserte, je suis le roi des scélérats, peut-être. Mais qui a menti le premier ? Qui m'a fait gober que j'étais comme tout le monde, le fils de ma mère et de mon père ?

Le jour de ma bar-mitsva, j'aurais aimé que personne ne me rattrape. Je serais parti pour toujours en Amérique. Je ne suis pas comme mon père, moi, je n'ai pas peur de sortir de mon trou, de traverser les frontières. Quand la guerre sera finie j'irai travailler à l'étranger, comme l'oncle Oscar. Je ferai des phrases, je donnerai des ordres, j'aurai une grande maison, je ne croupirai pas dans un atelier, je n'aurai jamais mal aux doigts ni au dos comme un pauvre tailleur. Si les Allemands nous emmènent chez eux travailler, je ne vais pas pleurer. C'est ce que dit la rumeur : on serait relocalisés en Allemagne, loin des Alliés qui avancent. J'ai bien vu comment nos gendarmes traitaient les vieux et les femmes, l'autre jour dans la synagogue... Les soldats allemands ne valent pas mieux, quand on vivra chez eux ils nous traiteront sûrement plus mal que des chiens. Mais au moins, on ne sera pas sur le front à jongler avec les mines. Il faudra bosser dur là-bas, mais si mon père a supporté les travaux forcés, j'en suis capable aussi... Il verra, si je suis fort ou non. La relocalisation ce ne sera pas bien pire que de rester des heures seul dans la forêt, pas pire que de se jeter dans la rivière glacée sans savoir nager, pas plus crasseux que de ramasser les bouses au parc. Puisqu'il faut partir, je suis prêt.

Maintenant ma mère a rangé tout ce qu'il est humainement possible de ranger. Elle a jeté sur les fauteuils, sur la commode et même sur l'armoire de vieux draps clairs auxquels des générations de Kiss se sont frottées. Nous cohabitons avec des fantômes de coton dévoreurs de meubles. Peuplée de ces nouveaux habitants, notre maison semble désormais nous prier de la quitter sur la pointe des pieds. L'essentiel de nos affaires a trouvé refuge chez les voisins. Reste la machine à coudre, la « fierté de la ville », aux yeux de mon père aussi précieuse que l'or mais impossible à balancer dans le puits. Sa chère Pfaff, il a décidé de la cacher chez l'un de ses amis. Pas un ami normal bien sûr, un ami catholique. Ferenz il s'appelle, très pieux paraît-il, mon père et lui ont fait l'armée ensemble. Ça doit créer de sacrés liens parce que ce gaillard taillé à la serpe est très gentil avec nous, même en ce moment où il faut vraiment avoir envie de nager à contre-courant. Il m'ébouriffe toujours les cheveux pour me dire bonjour et fourre dans mes poches les meilleurs biscuits jamais mangés pour me dire au revoir. Ferenz les mitonne lui-même – c'est un gastronome, il peut passer une heure à gloser sur le moelleux d'un gâteau aux noix puis trois à préparer le repas, après il enchaîne sur la sieste et ronfle sur son canapé sous le grand crucifix ; le type sait vivre, ça ne fait aucun doute. Je me demande toujours, à le voir si terrien, si délicieusement vautré dans le péché de gourmandise, à quoi peuvent bien ressembler ses prières. Bref, Ferenz habite dans un quartier excentré, une maison blanche entourée de hauts murs. Mon père aurait préféré y aller seul avec tout ce qu'il se passe en ce moment dans les rues mais il faut se mettre à deux pour transporter la machine, enrubannée avec mille précautions et planquée dans la brouette sous une montagne de cartons elle pèse toujours une tonne. Il s'agit d'être costaud, rusé et discret histoire de la déménager sans se faire remarquer – c'est une mission taillée sur mesure pour moi, en avant !

Ma mère a laissé de côté casseroles et bagages, postée à la fenêtre de la cuisine elle nous regarde partir. Une fois dehors, mon père lui adresse un signe de la main, un silencieux « Ne t'inquiète pas », le même depuis des mois, main levée contre le mauvais sort, d'habitude ma mère vaque aussitôt et il ne reste alors pour nous observer que la vieille Berta, la voisine, éternelle vigie mal dissimulée derrière ses rideaux. Aujourd'hui j'aimerais bien essayer ce truc moi aussi, mes cinq doigts pointés en l'air pour rassurer ma mère, mais mon père se fâcherait peut-être que je m'immisce dans leur code à eux. Alors je garde mon poing dans ma poche et au bout de la rue je me retourne : ma mère est toujours là, immobile malgré le code. La vieille Berta nous observe aussi derrière ses carreaux, si elle pouvait sauter dans la brouette pour nous surveiller de plus près, sûr qu'elle le ferait.

*Il a son regard, le même exactement. Les cils qui remontent sur les côtés et ce bleu, ce bleu transparent comme le lac, c'est sa mère tout craché... Elle avait de beaux yeux la pauvre Julia, et pas que les yeux, belle de partout, et partie si jeune, quel malheur ! Anna a fait le travail, elle a élevé le gamin et elle l'aime, ça oui, je peux en témoigner, on est voisines et j'entends tout comme si j'habitais chez eux. Mais les yeux du gosse c'est Julia absolument, surtout quand il les plisse comme maintenant, en soulevant la brouette. Ça doit lui faire drôle à Anna de voir les yeux de l'autre... Ça nous fait drôle à tous... Pauvre gosse... Il fait l'adulte avec sa casquette sur le côté... Ça sent la magouille à plein nez cette brouette, pas bonne idée, pas bonne du tout, tu vas voir ce qu'ils vont leur mettre les gendarmes s'ils les attrapent en train de cacher des choses, même le petit ils vont le taper, on voit ce genre de choses tous les jours... L'autre matin il m'a volé mes bas pour en faire un ballon. Ça joue au dur mais je sais moi, la vieille Berta elle sait tout : sous la casquette il y a juste un enfant perdu.*

Le peigne du destin doit avoir des dents sacrément puissantes pour démêler les nœuds (ou est-ce l'œil surpuissant de ma mère qui protège à distance ?), car mon père et moi croisons cinq soldats allemands sur le chemin qui mène chez Ferenz sans qu'aucun ait la curiosité d'aller voir quel dragon mécanique se cache dans la brouette. Le premier troufion se cure le nez avec beaucoup de concentration, le deuxième est absorbé par la très jolie mercière qui nettoie sa vitrine, les trois autres débattent sans doute d'un sujet palpitant et les gendarmes, eux, ne nous lancent pas même un crachat. En vingt minutes la machine à coudre arrive à bon port. Je m'étais imaginé qu'elle trônerait chez Ferenz comme chez nous, en totem précieux, au milieu du salon, au pire dans sa chambre à coucher, en fait pas du tout. Après nous avoir embrassés, désaltérés et ragaillardis avec une pleine assiette de pâtisseries faites maison, Ferenz s'extrait d'un bond du canapé profond.

— C'est l'heure du crime ! annonce-t-il de sa voix la plus grave, et il me décoche un clin d'œil.

Direction la cuisine, porte de derrière, traverser le jardin, les escaliers au fond après la tonnelle, attention c'est raide, marche après marche jusqu'à cette grande cave fraîche, sombre et voûtée où dormira désormais la fierté de la ville, bien entourée de couvertures épaisses et de bonnes bouteilles.

— Ici les Allemands ne la trouveront pas, ta merveille, dit Ferenz de son ton habituel, dont on ne sait jamais s'il est sérieux ou s'il se moque.

— Sauraient-ils seulement la faire marcher ?

Ils rient. Ça me fait bizarre quand mon père rit. Le phénomène est rare mais immuable – yeux fermés, tête penchée en arrière, une note grelot répétée jusqu'à épuisement de l'hilarité – encore plus bizarre ici car amplifié sous les arcades, sa joie ricochée sur les murs courbes ; le gloussement à peine éteint, Ferenz propose de tous nous cacher dans la cave à vins, avec la machine. Mon père sourit encore, sur sa lancée, mais les yeux grands ouverts – gaieté 100 % toc véritable – puis il promet à son ami de venir récupérer la machine à coudre dès qu'on reviendra.

— Ne t'inquiète pas pour nous, ajoute-t-il, et sa main rajuste une couverture sur l'engin.

Plus personne ne rit. Plus personne ne parle non plus et il fait froid, soudain, dans le grand silence. Nous remontons tous les trois, plus vite que tout à l'heure, les mains collées au mur pour ne pas chuter, pressés de laisser l'écho du sous-sol, attirés par la lumière qui perce, happés par la douceur du jardin après le frais de la pierre, et voilà nous y sommes, debout dehors sans bouger sous le soleil, éblouis, amollis, pour un peu on se croirait en temps normal, avec les oiseaux qui piaillent, les premières feuilles duveteuses et les nuages accrochés comme des flocons dans les branches.

— C'est bon, n'est-ce pas ?

Ferenz pose sa main sur ma tête. J'aimerais rester planté là, à respirer le ciel chaud dans son jardin, à l'abri de sa maison blanche bien close, bien meublée, bien vivante, derrière ses hauts murs, dans son quartier tranquille où tout et tout le monde est à sa place, mais mon père, brusquement, remercie notre hôte – Il est temps de partir, on ne va pas te déranger plus longtemps – un quart d'heure après nous tournons le coin de notre rue. L'ombre de ma mère se détache toujours, immobile, derrière la fenêtre.

— Elle n'a pas besoin de savoir ce que Ferenz nous a proposé, pour la cave. Compris Tomi ?

Et mon père conclut à voix basse, en levant sa main vers le ciel :

— De toute façon on sera vite de retour.

*Seigneur dans ta bonté et ta miséricorde, viens au secours de l'ami Kiss et de sa famille, accorde-leur ta protection dans les épreuves incertaines qui les attendent et remplis leurs assiettes, oui, surtout celle du petit qui a un vaillant coup de fourchette et le grand aussi d'ailleurs, il fait le difficile mais à cet âge-là on a besoin de manger et pas qu'un peu. Je t'en prie, Seigneur, ramène-les tous à la maison en un seul morceau, en attendant je garde la machine au chaud dans la cave, par Jésus, le Christ, Notre-Seigneur, Amen.*

Et voilà, elle me regarde encore. C'est une maladie chez elle, je ne peux même pas taper dans le ballon tranquille… Avant qu'on nous enferme ici, c'était pareil : quand je remontais la rue jusqu'à l'école, la vieille Berta me fixait en étendant son linge. Elle me caressait des yeux avec l'air de me plaindre et les autres voisines faisaient pareil, certaines chuchotaient sur mon passage « c'est le fils de Julia, pauvre gosse », j'entendais tout. J'avais envie de leur hurler dessus, aux grosses biques, JE NE SUIS PAS LE FILS DE JULIA, JE SUIS LE FILS D'ANNA ET TU NE SAIS MÊME PAS CHUCHOTER, mais ça m'aurait collé encore plus la honte, alors je m'essuyais les pieds sur leurs draps tout propres et elles se mettaient à crier aigu en me traitant de voyou. Le pire c'est qu'elles avaient raison sur toute la ligne, elles savaient pour ma vraie mère, elles savaient tout, moi je barbouillais leurs draps quand même, après mon passage elles ramassaient leur linge tout sagouiné mais la vie est ainsi, je le sais maintenant, parfois

103

des choses injustes arrivent alors qu'on n'a rien
fait pour mériter ça.

Elle me regarde toujours, la vieille. Saleté de
commère ! Puisque c'est comme ça, je vais pisser, tiens.

— Où tu vas ? Tomi, où tu vas ? Tu veux plus
jouer ? T'as l'air énervé, qu'est-ce qu'il y a, je
peux t'aider ? Je peux venir avec toi ?

Il ne court pas assez vite, mon frère. Quand il
se rapproche, un croche-pied et c'est fini, je le
sème. Berta est scandalisée mais je préfère être
un voyou qu'un pauvre enfant, à tout prendre.
Le rêve ce serait d'être comme tout le monde, un
enfant avec une seule mère, ou même mieux que
tout le monde, mais pas une source de potins
et d'yeux humides. En ce moment, c'est l'unique
point positif de notre situation, je ne suis plus
le sujet de conversation favori des bavardes
du quartier. La vieille Berta mise à part, plus
personne ne se passionne pour la misère des
autres : chacun la sienne, ça suffit amplement.
Les gendarmes nous ont parqués dans la plus
grosse briqueterie de la ville, tout le monde la
connaît dans le coin. D'habitude, les briques et
les tuiles sèchent à l'air libre, sous de hauts toits
posés sur des piliers en bois. Depuis deux jours
c'est nous qui séchons à leur place par terre
et par centaines, entassés dans ces grands hangars sans murs, sans chaises ni eau courante
ni cuisine. On a besoin de tout et il n'y a rien,
heureusement ma mère est très forte à ce jeu :
avec de la paille et un drap elle nous a fait un lit,
puis un repas avec ses bocaux. J'ai mangé tout

ce qu'elle m'a servi, cette fois, parce que la soupe d'ici c'est vraiment de la flotte et c'est une seule fois par jour. Dans son genre, le ghetto est parfaitement organisé : tout est prévu pour qu'on soit le plus mal possible et on y restera, paraît-il, jusqu'à nouvel ordre. Chacun se demande quel sera ce nouvel ordre, personnellement je ne vois pas bien comment on pourrait tomber plus bas, il n'y a même pas de toilettes. D'abord on se retient, on pense à autre chose, et puis on fait entre les baraques, comme des bêtes, même les femmes, sous l'œil des gardes hongrois et des soldats allemands.

— Cochon ! Cafard ! Mouche à merde !

Le gendarme qui me surprend derrière un pilier n'a pas assez de vocabulaire animalier pour m'insulter longtemps. Il est jeune, la peau très blanche, grêlée. Hautain et laid, l'archétype du connard, avec des veines foncées qui courent sur son cou maigrichon. Je lui écrabouillerais la tête, si je pouvais. J'en suis capable : l'an passé, Janos a essayé de me traiter de bâtard, le mot était à peine sorti de sa bouche que je lui avais déjà cassé trois dents.

— Va chier ailleurs, limace de juif !

Je me rhabille sans demander mon reste tandis que ce sale dégénéré me regarde d'un air dégoûté. J'aimerais bien voir son sang couler sur le poteau, son front ouvert comme un fruit trop mûr. Mais il a une arme, alors je détale tandis qu'il continue de beugler :

— Vous êtes bien tous pareils !

Aux yeux du gendarme, je suis exactement comme les autres. Les jeunes, les vieux, les orphelins comme les mères de famille, nous les juifs sommes tous des déchets, des erreurs, des rebuts du genre humain seulement bons à entasser dans un séchoir à briques. Peu importe le nom exact de nos mères, Julia, Anna, le gendarme n'en a rien à faire, ce qui compte c'est notre sale race, ce qui prime c'est nos sales petites gueules de youpins, nos sales manies de youpins, nos sales croyances de youpins : ma religion, voilà le crucial, le fondamental, la véritable affaire d'État.

C'est assez fréquent, j'ai l'impression, que les uns se fassent une montagne d'un truc dont les premiers concernés n'ont presque rien à cirer.

Moi, par exemple, je m'en fiche un peu d'être juif. En ce moment, ça m'arrangerait plutôt de ne pas l'être mais c'est ainsi : juif, on ne peut pas arrêter. L'administration hongroise farfouille même dans l'arbre généalogique de gens qui avaient oublié qu'ils l'étaient et d'un coup de tampon, bam ! elle leur rafraîchit la mémoire. Ils ont beau jurer sur Jésus-Marie-Joseph qu'ils sont catholiques baptisés et confirmés depuis belle lurette, le scribouillard de la mairie leur cloue le bec – « La conversion ça compte pas » – et exhume la preuve irréfutable : l'acte de naissance de leurs grands-parents Aaron, Edna et Salomon. Ces pauvres chrétiens repartent plus israélites qu'ils ne sont arrivés, sonnés de devoir leur inoxydable judaïsme à des aïeux depuis longtemps disparus dont il ne reste que les noms presque effacés au cimetière et une jambe de bois au grenier.

Hugo m'attend devant notre hangar.

— T'étais où ? Ça fait vingt minutes que je te cherche.

— À la plage.

— Très drôle. Tu dois veiller sur Gaby, ta mère est partie chercher de l'eau. T'as vu, y en a encore plein qui arrivent...

Joseph Rosenberg vient d'entrer dans la briqueterie. C'est le petit-fils de Berta. Jovial le garçon, grand, costaud. Il aurait fait un goal du tonnerre s'il avait accepté de lâcher son Talmud de temps en temps mais chez lui, on est quasiment rabbin de père en fils alors le foot, c'est comme le ruisseau ou le cinéma : impur. D'ailleurs le grand Jojo n'a jamais été dans notre classe. Jusqu'à présent, il fréquentait une école spéciale. Ils sont comme ça, les orthodoxes, ils ont leurs endroits, leurs habitudes, leurs vêtements à eux. Sa mère porte une longue perruque et son père un chapeau noir, si on veut les croiser il faut sacrément bien connaître le chemin de la synagogue. Transplantés au milieu de la briqueterie, les Rosenberg ont l'air effaré des nouveaux venus, cette incompréhension terrifiée, contagieuse, avec en plus, dans leur cas, est-ce le chapeau, la perruque, la vieille Berta accrochée à leur bras, quelque chose de terriblement bizarre, douloureux à voir – des poissons jetés hors du bocal.

Joseph nous fait un petit signe de la main en entrant dans le hangar. Il s'installe au fond, ses cinq sœurs sur les talons, et déballe avec soin son panier sur le sol terreux. De sa maison, il n'a apporté que son châle de prière et ses tefillin. Hugo n'en revient pas : lui a pris un sac d'osselets et un lance-pierre. Chacun son nécessaire.

— Alors, les mégères, qu'est-ce que vous observez comme ça ?

Serena nous a rejoints. Elle, avant de partir pour la briqueterie, a jeté trois livres dans une couverture, un point c'est tout. On lui montre les huit Rosenberg assis par terre en rang d'oignon.

— Eh bien quoi, qu'est-ce qu'ils font ?

— Rien. Justement.

Les Rosenberg ne font rien. Les parents de Joseph ne s'affairent pas comme les nôtres, ils ne cherchent ni paille ni clou, ils ne tentent pas de fabriquer quelque chose avec presque rien, un siège avec une couverture, un paravent avec un drap, dans cette frénésie inquiète du ghetto. Le grand Joseph a posé ses tefillin. Il ferme les yeux et son père, et sa mère, penchés vers lui, l'accompagnent dans sa prière. Ils murmurent en balançant le torse, en levant les mains, serrés les uns contre les autres, joints dans le même rythme, indifférents au monde, au bruit, au chariot de soupe qui passe en grinçant, comme s'ils nous rappelaient qu'il n'y a rien à faire, pas la peine de s'agiter, rien à espérer sinon un miracle. Avec ses sœurs et le rabbin, ils forment un cœur battant dont l'onde se répand alentour. À peine touchées les femmes s'immobilisent, les vieillards fatigués lèvent le nez, au chant des Rosenberg la baraque s'interrompt pour appeler à l'aide et c'est comme un bataillon de soldats perdus qui baisserait les armes.

— Qu'est-ce qu'il se passe, Tomi ? demande mon frère. Tomi, pourquoi tout le monde pleure ?

Manquerait plus que je m'y mette, moi aussi, une fois que la première larme est sortie on glisse dessus et c'est fichu. Je tire Gaby par la manche, Hugo et Serena nous emboîtent le pas et nous nous éloignons loin de la vibration qui vient, contagieuse et toxique.

Dans ma famille comme dans celle des copains, on est juif, pas besoin de secouer les hautes branches de la généalogie pour le prouver, mais on n'en fait pas tout un plat. Ma mère porte ses vrais cheveux et mon père n'a jamais posé son aiguille pour prier. Sauf à la synagogue, bien sûr, pour shabbat et les grandes fêtes. Ces jours-là, faut voir, c'est du sérieux, mon père s'applique. En le voyant si pénétré, on lui décernerait la médaille de la foi. Tu parles... Il fait semblant, pour plaire à ses clients. Quand il avait sa boutique, il habillait ces grands messieurs de la communauté, les rabbins, les professeurs, les Rebbe, et eux ne plaisantent pas avec le culte. Ils veulent un tailleur qui partage leurs convictions, un couturier pieux et honnête qui ne leur fourguera pas du *cha'atnez* dès qu'ils auront le dos tourné. Le *cha'atnez*, voilà la grande affaire de mon père, la clé de son succès ! C'est un tissu qui mélange laine de mouton et lin. Il est impur au dernier degré. Un seul demi-centimètre de lin dans un costume pure laine et les prières de celui qui le porte ne peuvent plus s'élever jusqu'à l'Être Suprême, elles restent bloquées en bas pendant des lustres. Tous les textes l'affirment : le *cha'atnez* est à bannir dans l'habillement. D'ailleurs, si l'on s'abstient toute sa vie d'en revêtir, « nous recevrons dans le monde futur des vêtements de délivrance et un manteau de justice », ou quelque chose dans le genre. Mon père récitait ce genre de trucs, avant, au milieu de sa belle boutique. Il scandait droit dans son costume chic et sans pli, en détachant bien les syllabes, man-teau-de-jus-tice, avant de promettre une confection parfaitement casher. Les rabbins, les Rebbe, ils adoraient entendre son blabla. Ils enfilaient le costume garanti sans *cha'atnez*, payaient rubis sur l'ongle et partaient à la synagogue le cœur léger. Je parierais que mon père n'a jamais cru en Dieu.

— Poussez-vous un peu, les enfants, vous gênez.

Il est revenu dans la baraque, M. Kiss. Son costume est froissé. Il ne travaille pas mais il a l'air plus fatigué que jamais. Il avance vers nous puis remarque le groupe des prieurs et s'arrête, hésite, oscille d'un pied sur l'autre, puis s'agrège au chœur vibrant des Rosenberg comme on se jette à l'eau, presque surpris, sans l'avoir prévu. Tous les adultes s'y sont mis, finalement, ceux qui croient et ceux qui font semblant, un par un happés par l'onde fervente de la prière, les orthodoxes et les autres, les femmes en perruque et celles en cheveux, les vieux, les jeunes accrochés à leurs bébés, ceux dont le ciel est l'habituel recours, ceux qui l'implorent en dernière cartouche, ils se sont approchés, attirés par ce tourbillon d'espérance triste dont l'épicentre n'est autre que le grand Jojo, tous unis maintenant sous le toit de tuiles pour demander non plus un clou, un drap, un morceau de pain ou un verre d'eau mais le sauvetage de tous et que descende sur nous, avec les rayons du soleil, l'indulgence de Dieu.

— Tu crois que ça sert à quelque chose, de prier ? me demande Hugo en les regardant.

Je hoche la tête :

— Bof.

— Si l'Éternel n'entend pas, ce ne sera pas la faute du costume, chuchote Gaby. Le costume du grand Jojo c'est papa qui l'a taillé et les costumes de papa, ils propulsent les prières bien comme il faut.

— Gaby veut parler du *cha'atnez*, précise Serena, comme si elle était la seule à connaître le dossier.

Personnellement, je ne vois pas comment la ferveur des Rosenberg pourrait être bloquée par un micropoil de mouton, fût-il tissé à un fil de lin. Encore un truc inventé de toutes pièces pour nous compliquer la vie. La religion, j'ai remarqué, ça finasse, ça emberlificote tout à l'extrême avec des milliards de règles auxquelles il n'y a jamais rien à comprendre, au final c'est comme ça parce que c'est comme ça, ça m'agace.

Dans la baraque, Joseph range son châle. On n'a toujours ni lits, ni chaises, ni toilettes et même plus de forces. La prière maintenant terminée a bu l'énergie qui restait. La vieille Berta ne me regarde plus, son regard balaie le vide. À intervalles réguliers, elle semble se réveiller en sursaut et demande où l'on est. Joseph tient sa main sans répondre. Il fait nuit. Quand je ferme les yeux, je vois la peau grêlée du gendarme et quand je les ouvre la paille grise et la terre poussiéreuse, la robe sale de ma mère près de moi allongée. Elle dort, elle. Elle dort n'importe où, tant que mon père est à côté. Autour de nous des vieillards se lamentent, ceux qui ne se lamentent pas pleurent, ceux qui ne pleurent pas soupirent et les bébés... Les bébés c'est terrible. Ce n'est plus la prière enfiévrée de tout à l'heure qui résonne sous le hangar, ce n'est pas la supplique vibrante, commune, le tourbillon sonore de l'espoir, mais un sanglot à cent voix, une plainte multiple, désaccordée, qui ne cesse pas. Impossible de fermer l'œil. Je donnerais cher pour avoir un pain au sucre et puis un matelas, même en tissu impur. « Qui se garde dans ce monde de porter du *cha'atnez* méritera dans le monde futur des vêtements de délivrance et un manteau de justice. » C'est maintenant qu'on en aurait besoin, de la délivrance et du manteau.

*Repose-toi, ma femme chérie, ma beauté brune, ma tendre inquiète, endors-toi vraiment... Tu fais comme si, je le sais. Moi non plus je ne te dis pas tout, pourquoi le faudrait-il ? C'est pareil pour les tissus, la transparence ne sert personne... Tu aurais peut-être accepté, toi, la cave pour abri. Je préfère me plier à leurs règles. On ira où ils veulent, on travaillera autant qu'il faut pour leur convenir et ça passera. C'est toujours passé. Heureusement nous ne sommes pas en Pologne ici, notre gouvernement protège ses juifs. Et puis nous sommes ensemble, toi, moi, les enfants, mon frère, ta sœur... Oscar a appris qu'en ville il y a des travaux. Son voisin de hangar a été réquisitionné pour réparer la chaussée. Là-bas il a troqué son alliance contre deux pains qu'il a fait entrer dans le ghetto planqués sous sa chemise. Je vais t'en rapporter, moi aussi. On se débrouillera ma belle, la guerre va vite se terminer maintenant. Dors, ma petite femme, prends des forces, c'est leur dernière vengeance, après ils en auront assez et la vie reprendra comme avant.*

— On reste ensemble.

Voilà trois semaines qu'on est coincés à la briqueterie et mon père n'a qu'une obsession : *ensemble*. Le reste – la crasse, le bruit, le froid, les insultes – on dirait que ça ne le dérange pas, pourvu qu'on soit en famille. L'oncle Oscar vit dans le hangar d'en face, la sœur de ma mère et son mari dans celui d'à côté. Chaque jour et parfois plusieurs fois, mon père fait le tour de la famille (Est-ce que tout va bien, avez-vous dormi, nous avons encore des tomates si ça vous intéresse, je cherche de l'aspirine), et attrape au passage quelques nouvelles du front. Il revient soulagé ou sombre mais toujours taiseux, pas moyen de lui soutirer une parole à part « demain ça ira mieux » et, quand on insiste, « tais-toi et mange », éventuellement accompagné d'un rugueux « un point c'est tout ». Ça, au moins, ne change pas. Mon père a toujours été le spécialiste de la discipline avec ses « tu feras du violon » et ses « ma boutique sera la tienne », toutes ces phrases qui me donnent envie de défoncer les portes à coups de poing... Il est tenace, mon père, une scie lente qui s'acharne sans dévier.

— On reste ensemble, et on travaille.

Deuxième obsession paternelle, terrible : le travail. Sans travail, mon père ne sait pas vivre. Heureusement il a trouvé du boulot. À force d'envoyer les catholiques au front et de parquer les juifs dans des séchoirs, ça devait finir par arriver : il n'y a plus assez d'hommes en ville. On manque de travailleurs partout alors l'administration a pioché dans le ghetto des ouvriers, des électriciens, des menuisiers. Les tailleurs n'étaient pas la priorité mais mon père a levé le doigt quand même et il se rend désormais régulièrement dans un atelier de couture tenu par un catholique. Il est authentiquement ravi. Pourtant c'est juste un travail, bon sang, pas de quoi se réjouir ! Mon père regrette que je ne l'accompagne pas. Si je savais coudre, j'irais avec lui à l'atelier. Il dit ça, mon père, « si tu savais coudre », comme si la chose la plus cruciale au monde en ce moment, c'était tirer l'aiguille. Moi je me rends utile, dans la briqueterie, très utile même. Je m'occupe des nouveaux, ceux qui sont arrivés après nous. Ils sont perdus, on dirait qu'ils viennent de recevoir un grand coup sur la tête et parfois c'est le cas alors je les guide. Je ne sais pas tenir une aiguille mais ils s'en fichent pas mal, les gens, puisque je leur dégotte des clous, un oreiller, je leur explique tout ce qu'il faut savoir – Votre baraque est là, plus loin on peut faire du feu pour bouillir l'eau, ici les latrines, on les a creusées, oui c'est devant tout le monde mais c'est mieux que rien – grâce à moi ils comprennent rapidement le fonctionnement de la briqueterie et ceux qui ont déjà compris, je les aide : je donne le bras aux vieilles, je soulève les paquets, je déniche une couverture. Ils me remercient, tous, ils me touchent, ils me serrent. Je ne sais pas coudre mais je fais du sacré bon boulot, avec les gens.

Mon Rebbe, par exemple : il a débarqué l'autre jour avec toute sa famille. C'est lui qui m'apprenait la religion à coups de pied aux fesses, chaque matin à l'école hébraïque. Dès son arrivée dans la briqueterie, il a cherché « les chambres ». Quand je lui ai apporté de la paille, il a tiré une drôle de trombine, puis il est devenu tout chose, un peu plus il me tombait dans les bras.

— Tu es un brave garçon, finalement. Tu m'excuses pour les claques, hein ?

Ils l'ont rasé, le Rebbe. Il ne se ressemble plus du tout maintenant. Il a de drôles de touffes qui lui poussent sur la tête et plus un poil autour des oreilles, en le regardant on a envie de rigoler alors que ce n'était pas le cas jusqu'à présent, mais alors pas du tout. Sans ses *payès*, c'est n'importe qui. Je donnerais cher pour lui rendre ses cheveux et le détester comme avant.

Le Rebbe n'est pas le seul à se ramollir. Ici les gens deviennent étranges, surtout le soir, quand la nuit tombe. Ce n'est pas juste les vêtements froissés, les yeux cernés, c'est dedans que ça se passe : les nerfs lâchent. La vieille Berta ne regarde plus personne, même pas moi, elle hurle comme un chien malade et quand elle se tait, il

y a toujours un fou pour dire « on va tous crever là » ou un truc dans le genre. L'autre jour,
quelqu'un s'est jeté contre le mur pour s'enfuir.
En temps normal, les adultes hésiteraient entre
rire et pleurer, mais là ils font taire les dingos
et retournent s'allonger, chercher à manger ou
de l'eau pour se débarbouiller, toujours à l'affût de quelque chose, toujours sur leurs gardes,
la crosse des gendarmes n'est jamais loin. Les
connards ont réussi : le soir, nous sommes des
cafards, sales, grouillants, silencieux.

— Arrête de dire n'importe quoi, s'il te plaît.
Serena n'aime pas que je m'énerve comme ça.
Je l'ai rejointe en fin de journée, Hugo m'a suivi
et on se retrouve tous les trois, dans un coin,
près de l'infirmerie. Serena a les yeux humides,
on dirait presque qu'elle va pleurer, elle aussi.
D'habitude notre amie a de beaux yeux
sombres et secs, éventuellement brumeux quand
elle est triste, voire noirs de colère mais mouil-
lés, c'est de l'inédit. Si elle flanche elle aussi
alors quoi, ça va s'arrêter où ? Serena regrette
son chemisier brodé, celui avec les crans devant
comme des petits volants, elle le met souvent ce
chemisier et elle a raison, quand elle bouge les
crans se soulèvent on dirait qu'elle va s'envoler,
c'est joli, mais dans la précipitation voilà : elle
a laissé le chemisier dans le grand coffre à linge
et elle le regrette tellement qu'elle en pleurerait. En plus l'école lui manque. C'est fou mais
c'est ainsi, l'école lui manque, et le pire du pire :
elle n'a plus rien à lire. Plus un bouquin. Ceux
qu'elle a emportés, elle les a déjà lus vingt fois,

elle les rouvre, elle essaye de toutes ses forces mais ça ne fonctionne plus, impossible de rentrer dedans. Si seulement elle avait son grand recueil de contes, celui avec l'histoire géniale du paysan séduit par une sorcière dragon, elle s'y plongerait tout entière et n'en ressortirait qu'à l'heure de la mauvaise soupe, et encore. Mais ce livre-là est resté à la maison avec le chemisier.

— Maintenant je suis coincée ici, dit-elle, et ses yeux se noient, un peu plus et ils vont déborder.

— Ton histoire géniale, c'est celle du type qui part aux champignons ? je demande.

— C'est ça, enfin non pas vraiment, les champignons on s'en moque. L'important, c'est que le héros rencontre la mauvaise personne, et son amour le détruit à petit feu.

J'ai gagné, les yeux de Serena s'assèchent. Je connais ce bouquin, ma mère me le lisait avant. La sorcière est irrésistible de face avec sa grande natte qui pend jusqu'au sol, mais son dos est creux, ses entrailles sortent par l'arrière. Hugo aussi s'en souvient, surtout de l'illustration des viscères qui pendouillent quand l'horrible bonne femme super-puissante s'envole dans le ciel pour affrioler le jeune paysan. Le pire, c'est que ça marche : le type tombe raide dingue de la dragonne. Faut être sacrément niais pour aimer une fille sans dos qui crache le feu et plus encore pour apprécier cette histoire-là, mais Serena a l'air dévasté de ne pas avoir le bouquin sous la main, alors aux grands maux les grands remèdes : Hugo et moi on va lui refaire le livre.

— Je fais la sorcière, tu fais l'homme, me dit-il.

— Jamais de la vie, on tire à la courte paille.

Soit. On tire, je perds. Puisque le sort est contre moi, je relève un peu le bas de mon pantalon, je retrousse mes manches, je joue le pauvre paysan et Hugo la sorcière maléfique. Avec ses bras ballants il mime les boyaux qui dépassent dans le dos et ajoute même des tentacules sur les côtés en ôtant les manches de sa chemise. Serena désapprouve :

— Les tentacules, ce n'est pas dans le livre.

Mais on a le droit de broder, quand même. L'histoire commence donc au fin fond de la forêt lointaine où vit la créature jolie devant et toute dégobillante derrière. Hugo fait mine de brosser de longs cheveux et bat des cils comme une actrice de cinéma, bien caché derrière un arbre invisible. Dur d'enchaîner sans ricaner mais c'est à moi de jouer : je déambule d'une baraque à l'autre en sifflotant comme à la cueillette, un caillou par-ci, un autre par-là, je ramasse les champignons imaginaires avec l'assurance du spécialiste qui ne confondrait jamais une amanite avec un bolet. Notre interprétation doit être plutôt convaincante car Serena nous regarde avec étonnement, certes, mais sans faire aucune remarque désobligeante. Ma récolte est terminée et la sorcière prête à entamer son grand numéro de charme lorsqu'un véritable gendarme hongrois entre en scène, intrigué par cette réunion de conspirateurs débraillés rôdant au crépuscule les mains pleines de caillasses.

— Nous faisons du théâtre, monsieur, précise Serena avant que le malentendu ne s'installe.

— Du quoi ? grommelle le boursouflé en tripotant son fusil.

— Une pièce, monsieur. Un drame légendaire, plus précisément.

Et elle sourit au gendarme sans montrer ses dents, de ce sourire sage et studieux qui explique que son père à elle ne l'ait jamais poursuivie avec un balai. Le gros ébahi hausse alors les épaules avec l'air de celui qu'on a dérangé pour rien et dès qu'il est parti, la sorcière surgit devant moi dans un ébouriffant entrechat. C'est parti pour la parade nuptiale, Hugo chante à tue-tête, s'envole dans les airs, redescend en tourbillon, projette une giclée de feu qui retombe en étoiles filantes, tout ça sans aucun accessoire mais mon pote compense par une gestuelle hors du commun, et voilà : le paysan que je suis, foudroyé par l'amour, baba d'admiration, accompagne la sorcière serpentine jusqu'à sa hutte souterraine et lugubre. Franchement, je veux bien faire plaisir à Serena mais mon rôle est trop ingrat, d'autant plus que dans le livre le jeune paysan reste deux ans en esclavage chez l'affreuse mégère et en sort vieilli, grisonnant, vidé, pour mourir quelques mois après. Crétineries ! Enfantillages ! Mon paysan à moi en a davantage sous le pied. Alors que la sorcière s'apprête à me jeter dans sa cage suspendue, je rassemble mes forces et – improvisation – la saisis par les cheveux.

120

— Tu m'auras pas comme ça, je crie, et Hugo, un peu surpris mais très réactif, répond d'une voix sépulcrale en roulant les *r* :

— Sale moucherrrrrrrrron, tu crois me rrrr-résister ?

Puis il ajoute, frappé par une subite inspiration théâtrale, prenant le ciel à témoin :

— Je suis Hitlerrrrrrrrrr et je vais t'exterrrrrr-miner !

Serena constate à haute voix que la fin du conte n'est pas très réglementaire mais on s'en fout on rigole bien, surtout quand le paysan, très remonté par une potion magique à base de patates vénéneuses, met une raclée extraordinaire à la sorcière, une dérouillée d'anthologie, comme celle que les Russes vont servir aux Allemands dans les plus brefs délais. On se roule par terre avec Hugo, c'est vrai qu'on est ailleurs quand on joue, je comprends maintenant, je ne suis plus à la briqueterie mais sur un ring, sur le front, au fond du chaudron bouillonnant des batailles, je suis le champion du crochet du gauche, je suis la Russie conquérante et vigoureuse, je suis tous les Alliés, j'envoie à Hugo et à ses tentacules-soldats des coups de poing mirifiques, il me répond par d'approximatifs directs du gauche dans la mâchoire puis articule « je meurrrrs » d'une voix étranglée – ce maboul ne joue pas mal du tout, c'est toute la Wehrmacht qui expire dans son râle idiot. Deux minutes d'agonie plus tard, les jeux sont faits : Hitler la sorcière est cuite, le vaillant Russe a gagné et lorsqu'on se relève, lui et moi, poussiéreux

et hilares, Serena pose ses grands yeux médusés
sur nous :

— Vous croyez encore aux contes de fées, les
garçons ?

Il est vraiment temps qu'on se tire d'ici.

*Pauvre gosse. Pauvre gosse ! Pauvre gosse...*

Je n'en peux plus de vivre dans ce séchoir moisi. On est au moins dix mille là-dedans, ça pue pire qu'un clapier... Les gens ont le moral à zéro, certains se laissent vraiment aller, la vieille Berta répète en boucle les mêmes conneries, « pauvres gosses, pauvres gosses », on a tous envie de la tuer. Je ne sais même plus quel jour on est. Heureusement, la relocalisation a commencé. Deux trains sont déjà partis vers l'Allemagne. Oscar et sa famille étaient du premier voyage, Serena et ses parents du second. Enfin quand je dis voyage, c'est largement exagéré : ils ont tous grimpé dans des sortes de wagons à bestiaux, sans compartiment ni rien.

— On reste ensemble, ressasse mon père, mais il n'a même pas été fichu de manœuvrer assez finement pour qu'on parte dans le même convoi qu'oncle Oscar.

— Chacun son tour, lui a rétorqué l'administration.

Le pompon c'est qu'on n'a plus rien à manger, le dernier pot de confiture a été vidé il y a belle lurette. Ma mère dit qu'au bout d'un certain temps c'est logique, les réserves s'épuisent, mais on a faim tout de même. Ce midi, elle a fouillé partout, elle cherchait le salami de secours, celui qu'elle avait empaqueté en rab pour les cas d'extrême nécessité, celui que j'ai sorti du sac discrètement juste avant notre départ et laissé dans notre jardin pour le chat. Je ne sais pas comment ni pourquoi ma mère m'a soupçonné, subitement elle est devenue dingue : elle se tapait les cuisses, elle pleurait, elle hurlait. Ce n'était pas logique, ça, pas du tout, ma mère poussant des cris, je ne l'avais jamais vue furieuse avec le son. Gaby sanglotait et elle a fini par le prendre sur ses genoux, ce lèche-bottes, alors elle a arrêté de crier et il a cessé de pleurer. Ils étaient assis par terre, tous les deux, collés l'un à l'autre, longtemps. On aurait dit que je n'existais plus. Ma vraie mère ne m'aurait jamais fait ça, jamais. Elle m'aurait félicité d'avoir pensé au chat et c'est moi, d'abord et uniquement, qu'elle aurait enlacé. Si elle disparaissait, ma fausse mère... J'y pense, parfois. Si elle pouvait s'en aller d'un coup, avec mon faux frère, repartir là d'où elle est venue, du passé, quand j'étais très petit et même plus tôt encore... Si on remontait au tout début, au point zéro, à ma naissance, on pourrait recommencer la vie sans drame, sans accident, tout reprendrait normalement à partir de cette minute-là, quand on m'aimait mieux, quand on nous aimait mieux, avant que tout ne dégénère.

*Il est pas toujours gentil, Tomi. Il me file des coups de pied, il veut pas que je reste avec lui. À la maison déjà il était comme ça. Quand je jouais à cache-cache avec mon copain Florian dans notre jardin, il faisait exprès de pourrir la partie. Florian finissait de compter et me cherchait partout, c'est le jeu. Eh bien Tomi se postait toujours bien en évidence juste à côté de la charrette où je me planquais, il ne disait rien mais je sais qu'avec ses yeux il guidait Florian, par ici, par là, plus à gauche... J'étais découvert dans les trois secondes à cause de lui. Ça le faisait marrer que je perde. Ce matin, j'ai coincé mon pied dans un trou et je ne peux plus marcher alors Tomi m'a porté jusqu'au hangar. Il m'a couché en ramassant bien la paille sous ma tête pour faire l'oreiller et quand je me suis réveillé, il était toujours là à caresser ma cheville. Il est comme ça Tomi, tout pénible, tout sec, puis brusquement sa tendresse sort du bois et t'attrape par surprise... Si j'étais totalement son frère, il m'aimerait bien tout le temps. Mais maman ne l'a pas porté dans son* ventre, seulement dans ses bras. Du coup elle est presque sa mère, moi je suis presque son frère et ce presque le tracasse, c'est comme une marche invisible sur laquelle il trébuche. L'autre jour, il m'a dit : j'aurais préféré que tu ne naisses jamais. Il était énervé. Tout le monde était énervé ce jour-là, maman avait beaucoup pleuré à cause du salami. Depuis qu'on est dans la briqueterie, ça arrive, les gens éclatent sans prévenir. Ils tordent leurs mains, ils ne se tiennent plus, ils dégoulinent, même les parents, même les vieux, ils se tapent la tête, ça fait trop de bruit. Tomi aussi, il pleure. Il se cache, il cogne sur les affaires mais ses larmes coulent dedans, je le sais. Je le connais, depuis le temps. Quand je suis né Tomi était déjà là, comme papa, comme maman, alors pour moi il n'y a pas de presque, c'est mon frère tout entier.

J'aimerais bien rentrer chez nous.

Ça y est, notre convoi est prêt. Avant de quitter la briqueterie, il faut laisser dans un seau tout l'argent qui nous reste. Mes parents sont assez tranquilles de ce côté-là, ils n'ont plus un sou. Les autorités veulent s'en assurer alors elles ordonnent à tout le monde de se déshabiller entièrement. On ne devrait jamais voir ça, ces peaux blêmes, ces peaux velues, ces plis de peau, ces peaux flasques et ces peaux tendues, ces peaux d'hommes partout, quand ça te touche c'est dégoûtant mais pour les femmes c'est encore pire. L'un des gendarmes soulève leur poitrine avec un bâton pour voir si rien n'est planqué dessous. Quand les seins de la dame retombent, la suivante s'approche. Un autre gendarme fouille où je pense, aussi. Je ferme les yeux quand arrive le tour de ma mère mais tout de même, on entend les bruits.

On aurait pu être ailleurs. On aurait dû être ailleurs. Si mon père avait accepté la proposition de Ferenz, on serait cachés chez lui en ce moment au lieu d'être nus devant les flics, dans les courants d'air du séchoir à briques. Si seulement il avait dit oui au lieu de non, ce n'était pas grand-chose finalement, presque rien, un hochement de tête dans le sens inverse et on aurait emménagé à la cave, où exactement je n'en sais rien, peut-être tout contre la machine à coudre ou du côté des bouteilles de vin, il aurait fallu faire attention à ne casser ni l'une ni les autres, voire même fabriquer un rempart avec nos valises ouvertes, j'aurais certainement su faire ça, oui, je suis assez doué pour construire des barrages à la rivière. Il aurait fallu être ingénieux, et discrets, mais on aurait gardé nos sapes. Les gendarmes rigolent de nous voir nus.

— Je suis là, chuchote mon père, et il me serre la main comme à un petit enfant.

Je sais bien qu'il est là, et moi avec, toute la famille est là à cause de sa décision à la con alors il peut se la garder, sa main. Moi je me débrouille bien tout seul. Je ne pleure pas. Je me concentre sur mes vêtements en tas à mes pieds. Dans quelques minutes je les renfilerai, elles sont sales nos fringues mais bien opaques, on ne verra plus les peaux. Les rails arrivent pile dans la briqueterie ; il ne faudra pas marcher beaucoup pour grimper dans les wagons.

CAMP DE TRANSIT,
AUSCHWITZ – BIRKENAU,
POLOGNE

Fin mai 1944

— *Ausziehen, schnell !*

L'un de nous comprend, il se désape et jette ses habits en tas au milieu, et les autres l'imitent en vitesse. L'Allemand crie encore, *Schnell !* et les manteaux s'empilent puis les vestes, la blouse du maraîcher, la chemise du pharmacien et celle du maître d'école, le manteau de M. le juge, les sous-vêtements, les caleçons courts et longs, c'est terminé. Il n'y a plus de magistrat, plus d'enseignant, plus de médecin ni de commerçant, juste des pantins velus qui ne savent plus où se cacher. Un vieux militaire se tient bien droit à côté de mon père. Je le connais de vue, cet homme-là, tout le monde le connaît dans notre ville. Déjà, il dépasse le plus grand d'entre nous d'une bonne tête, et il n'a qu'un seul gros sourcil noir qui court de l'œil gauche à l'œil droit sans discontinuer. C'est une sorte de héros, il a fait la guerre de 1914. Depuis il traverse la vie comme une solennelle commémoration, la tête haute et le buste raide, toujours prêt pour un garde-à-vous au pied levé, même chez le marchand de harengs. Maintenant il attend tout nu au milieu des autres, plus haut et peut-être plus nu encore, tellement visible, tellement digne, aberrant, lui-même n'en revient pas, les yeux écarquillés sous le sourcil unique et les mains, ses grandes paluches d'artilleur exemplaire agrippées à un mouchoir blanc rebondi.

Sur ordre de l'Allemand, Qu'est-ce que tu tiens, toi ? il écarte les plis du tissu et les médailles apparaissent. Il y en a au moins vingt, des rondes, des étoilées avec des rayons d'argent sur les côtés, des dorées dessinées en relief, un vrai fouillis de métal brillant et de rubans gros-grain.

— Tu les balances aussi, aboie le SS, et le vieux pleure comme un enfant.

*Pourquoi ? Pourquoi mes décorations ? Qu'est-ce qu'ils vont en faire ? Je les ai gagnées, ce sont les miennes, et mes vêtements ? Ma veste, où est ma veste ? Rendez-les-moi. Rendez-moi tout. Il n'en est pas question, j'ai combattu ! La croix de guerre, je l'ai méritée. Qu'est-ce que ça leur ferait de me la rendre ? Je n'irai pas. Lâchez-moi, lâchez-moi, vous me faites mal. C'est bouillant ! Vous m'avez fait mal, arrêtez, c'est glacé. Ôtez vos mains de ma tête ! Pas mes cheveux je vous en supplie... La bravoure, juste celle-là, donnez-moi juste celle-là s'il vous plaît. Maman, viens me chercher, je ne veux pas. Je ne veux pas être ici.*

Les gens deviennent fous, et ceux qui ne le sont pas y ressemblent. On vient d'être rasés, et pas que les cheveux : tout. Devant, derrière, sans façon, le type t'arrache le crâne avec sa tondeuse, il te cisaille le torse et s'en contrefout. Si tu râles il te tombe dessus, au suivant ! On est poussés tout nus, comptés et recomptés par des sortes de prisonniers qui crient. Heureusement nous sommes entre hommes, dans notre groupe il y a Hugo, son père, le mien, des voisins du quartier... Les femmes et les enfants doivent avoir un autre local rien que pour eux, on a été séparés sur le quai. Après le rasage un gars nous jette des vêtements, enfin quand je dis « vêtements », c'est très exagéré, des vieilles fripes rêches, rapiécées, décousues, balancées à chacun au petit bonheur la chance. Les plus chanceux d'entre nous ont des manches et des jambes, pour la taille aussi c'est le hasard qui choisit : on voit les bourrelets des gros et les mollets des grands. Même le pharmacien de Beregszász ferait fuir les corbeaux. Le pharmacien, ça fait un choc... D'habitude, ce type est le chic incarné, costume sombre, manteau long, canne argentée. Paraît qu'il fume certains produits qu'il vend et lorsqu'il n'en prend pas, bing, la tremblote, la sueur partout, il devient tout bizarre. Mon père l'appelle « le drogué » avec cette grimace étrange d'effroi ou de dégoût qui supprime toute velléité de demander des précisions. Je n'ai donc jamais su exactement le nom et la recette des produits en question, ni même combien de fois par jour il en fallait à notre pharmacien pour rester dans un état normal, mais j'ai toujours imaginé ce type reclus au crépuscule dans son arrière-boutique tapissée de peaux de serpents, drapé dans une cape de satin violet et ganté de velours, caressant une fiole de cristal fumante, en mage sophistiqué régnant sur l'armée puissante des philtres. Aujourd'hui le mage ressemble à un clochard, on lui jetterait une pièce en passant. La honte. La honte pour lui et pour mon père, pour le juge et le maître d'école, la honte sur nous tous, tant de honte et si peu de tissu pour la cacher... L'essentiel est de ne pas regarder. Ni le pharmacien ni personne. Je fixe mes pieds, c'est tout. Malheureusement tout le monde n'a pas cette délicatesse. Ce type, à côté... Je sens qu'il m'observe... Délicatesse ou pas, s'il continue je lui en colle une.

— T'as une chemise trouée toi aussi ?

C'est Hugo ! Hugo, mon pote, la tête qu'il a sans ses cheveux, atroce. Et sa dégaine... Dire que j'ai la même... Je me replonge aussi sec dans l'observation du sol. Les jambes de mon père tentent d'entrer dans un pantalon fort peu épargné par la vie et sa voix chuchote au-dessus de moi :

— Boutonne-toi correctement.

Je n'y arrive pas. Les boutonnières dégueulent et la moitié des boutons manque, j'ai envie de tout arracher.

— Tomi ? Tomi, calme-toi. Ça va aller ?

Je devrais relever la tête, un coup d'œil rapide juste pour répondre « ça va », mais j'ai peur de voir le ventre de mon père dépasser du pantalon, ou pire.

*Encore des Hongrois. Avec celui-ci ça fera trente-sept convois depuis le 2 mai. D'après mes relevés, 20 % des arrivants passent la sélection, en moyenne. Le reste est détruit, on garde juste les vêtements. Aujourd'hui, sur 2 602 juifs : 529 hommes aptes au travail. Les femmes, je ne les compte pas, ce n'est pas mon rôle, seulement les hommes. 529 aptes, ça fait encore 529 uniformes à fournir. Faut se débrouiller. À la Kammer nous n'avons pas vu de tissu rayé réglementaire depuis des mois. On donne ce qu'on peut, les vêtements des morts peinturlurés en rouge pour éviter les évasions, bricolés avec un bout de rayé dans le dos. Certains nouveaux venus râlent, ils osent encore. Ils se plaignent de la tenue. Ils ne connaissent pas leur chance : être en tenue, c'est être en vie. Ils ignorent tout, les nouveaux. Ces Hongrois-là par exemple, ils ne seront pas tatoués, ils sont en transit – seront supprimés plus tard ou partiront dans d'autres camps. Nous le savons, pas eux. Ils débarquent, ils nous pressent de questions, Quel est cet endroit, Où sont les autres,*

*les femmes, les petits, les vieux ? La casserole,
la cheminée, les nouveaux ne comprennent
pas, et quand on leur explique plus clairement,
les files, le gaz, les fours, les mères éliminées avec
les enfants, ils ne pigent pas non plus. Même si je
leur montrais les chiffres, il y aurait un blanc. Ici
la vérité aussi est en transit. Il faut du temps aux
gens pour arriver à la croire. Une heure, un jour,
un an, ça dépend. Après seulement, ils pleurent.*

Hugo est adossé contre le mur. Il tient son pantalon d'une main et sa tête de l'autre. Son père s'est évanoui quand le type à calepin lui a dit : « Regarde la fumée, elle est là ta famille. » Les gens appellent maintenant leur femme, leur mère, leurs fils, des dizaines de prénoms jetés en l'air, j'aimerais me crever les oreilles. J'aimerais me glisser contre mon père, me cacher sous sa veste, m'aplatir, me dissoudre dans chaque fibre de tissu sale. Mais mon père s'est éloigné. Il regarde loin devant, sans bouger. Il a tort. On n'est pas concernés, nous. Les autres peut-être, mais pas nous. Sur le quai tout à l'heure, quand nous sommes arrivés, j'étais déjà en rang mais il y avait des chiens, de grosses bêtes musculeuses tenues en laisse courte par des Allemands à képi. Gaby a peur des chiens, lui, alors je me suis retourné pour voir s'il allait bien. Il n'était plus là. Et ma mère non plus. Disparus. Volatilisés. De l'autre côté du quai, des femmes et des enfants alignés avançaient en file longue, très longue, j'ai cherché dans cette file-là et je n'ai vu personne, ni Gaby ni ma mère, pourtant j'ai de bons yeux, moi, un lynx. Sûr qu'ils se sont échappés à temps. Dans la file des sauvés ils se sont mis, une file spéciale comme la nôtre mais pour les mères et les petits, ça existe, obligé, combien tu paries qu'ils sont dedans, papa ? Personne ne peut disparaître comme ça, personne. Maman est forcément quelque part, maman, oui « maman » parce que c'est la mienne, de mère, je n'en ai qu'une même si des fois j'ai affirmé le contraire, d'ailleurs je n'aurais jamais dû le dire et encore moins le penser, jamais jamais jamais j'aurais dû faire ça, ni taper Gaby, ni fuguer ni faire pleurer tout le monde, ils sont vivants j'en suis sûr, hein papa ?

Mon père ne m'écoute pas. Il ne me regarde pas. Il fixe les barbelés. *Vorsicht Hochspannung Lebensgefahr.* Il n'entend même pas le vieux à côté de lui qui éructe, accroupi, ses bras maigres agrippés à ses genoux.

— Pas possible, pas possible… Pas possible.

Ce petit homme sec est un marchand de biens de Debrecen. L'horrible coiffeur de tout à l'heure a oublié à l'arrière de son crâne une touffe de cheveux gris frisottés. On dirait un chat pelé, roulé en boule de désespoir ou d'ennui, dont la mèche improbable flotte au vent.

— Pas possible, Roosevelt ne laisserait pas faire ça. Roosevelt ne laissera pas faire ça.

Le vieux relève la tête : il vient d'attraper un bout de ficelle et ne le lâche plus.

— Personne ne laissera faire ça, ni Roosevelt, ni Churchill, ni Horthy...

Il énumère les noms de nos sauveurs potentiels et plus la liste s'allonge plus sa colère monte. De Gaulle, Staline... Dès qu'ils sauront, ils agiront, le vieux en est convaincu désormais, il le martèle les deux poings sur les hanches, outré, et on l'imagine très bien, lui, apprenant la stupéfiante nouvelle dans son appartement cossu du centre-ville de Debrecen – des familles entières parties en fumée au cœur de l'Europe –, taper du poing sur son beau bureau en bois brillant, jeter son journal par terre, repousser brusquement son fauteuil pour bourrer sa pipe avec indignation, sauf que le vieux n'a ici ni pipe, ni journal ni bureau ni dignité, il s'agite à moitié nu dans la cour dégueulasse d'un endroit dégueulasse qui pue le cramé et franchement, on ne sait plus très bien en le regardant, lui et sa touffe ondulante de colère, en nous regardant tous, tondus, rasés, lamentables et seuls, s'il faut rire ou pleurer ou se jeter sur les barbelés sans réfléchir plus longtemps.

Si Serena était là, je sais très bien ce qu'elle ferait. Elle toiserait ce pauvre vieux en soupirant, l'air de dire « Roosevelt, Churchill... Mais il rêve, celui-là ! », puis elle partirait en voyage dans sa tête, comme si tout autour n'existait pas. Moi je n'y arrive pas. Je me demande où elle est, Serena, et maman aussi. Sûr qu'elles ne sont pas passées entre les mains du coiffeur, des cheveux de femmes ça ne se coupe pas. Elles ont pris un autre chemin pour un autre hangar, c'est évident, ou alors elles se sont cachées dans un coin avec les enfants. Il y a bien des renfoncements sur le chemin, des rochers, quelques arbres, peut-être même une grotte ou deux, ça en fait des planques, et Gaby est très fort à ce jeu-là, il aura emmené maman avec lui à pas de loup. Il l'aura tirée par la main jusqu'à la meilleure cachette, « Viens maman, suis-moi, la grotte est là », ou un vieux souterrain, je ne sais pas, un arbre creux, un puits tari, une crypte, oui, pourquoi pas, une vieille crypte abandonnée, ils s'y seront terrés et ils y sont encore, c'est sûr, en tout cas je ne vais rien dire à personne. Cette fois j'ai compris, Gaby. Je n'aurais jamais dû te dénoncer, quand tu jouais à cache-cache dans le jardin, j'aurais jamais dû montrer la direction à ton copain, c'était stupide, je regrette, t'imagines pas comme je regrette, mais je vais me rattraper, mon vieux. Je ne vais rien dire à personne, pour toi et maman dans la planque. Rien. Pas un mot. Même pas dans ma tête. Si je ne pense pas à vous, plus du tout, jamais, ça ira. Personne ne saura, personne ne devinera où vous êtes, cette fois tu ne seras pas triste Gaby, et toi maman tu ne seras pas déçue, je vais faire bien, même mieux que bien : bouche cousue, cerveau troué et vous resterez dans la crypte, vous y resterez jusqu'à ce que ça s'arrange, vous tiendrez le coup et moi aussi, et papa aussi, jusqu'à ce que Churchill, ou Staline, ou de Gaulle, peu importe, arrive et nous tire de là, tous.

BUCHENWALD,
ALLEMAGNE

Juin 1944

Dans le train qui nous a emmenés ici, j'ai retrouvé Matyas. Je l'ai tout de suite repéré au milieu du wagon avec sa dégaine impossible, son allure de haricot mal planté, l'apprenti de mon père, mon copain ! Hugo, son père, le mien, le pharmacien, on était tous passés à la moulinette, mous, débraillés, de vrais chiffons, méconnaissables, mais lui, Matyas, se ressemblait toujours : paumé, voûté, taiseux, ralenti, comme avant, avec plus de crasse et moins de cheveux, j'aurais pu l'embrasser, tiens, tellement j'étais content de le voir ! J'aurais dû.

— Tu sais ce qu'ils vont nous faire faire ? il m'a demandé.

Il tremblait. Son frère lui a pris le bras, gentiment. Je ne savais pas qu'il avait un frère. Ça m'a fait drôle.

Dans les wagons à bestiaux on devait être mille, en plus il y avait ce seau au milieu pour… Bien sûr il n'y a pas de toilettes… Enfin les gens allaient et venaient sur le seau, devant tout le monde. Matyas ça l'angoissait, l'odeur, les bousculades. Les gens s'engueulaient et pas pour rigoler : les baffes volaient bas. Au moindre chahut les SS nous menaçaient avec leurs flingues. À côté de nous il y avait ce journaliste d'un certain âge, Pál Nagy, à l'époque où nous allions encore au stade il couvrait toutes les rencontres de l'équipe de foot de Beregszász. Mon père et lui se tapaient dans le dos avant chaque match, ils se donnaient du « patron » et du « l'ami », cinq minutes après le coup d'envoi ils s'engueulaient déjà sur des points obscurs du règlement. Quand j'étais petit, je détestais les entendre. Ils parlaient fort, tout le monde nous regardait plutôt que le match, mais maintenant j'ai compris : l'embrouille, ça fait partie du plaisir sportif. Bref, ce vieux-là s'est pris un coup de poing et Matyas a carrément sursauté. Il s'est mis à s'agiter, mon pote, ce n'était vraiment pas le moment de lever les bras en l'air et de faire ces sons bizarres, des gargouillis rauques qui faisaient peur à tout le monde. Le convoi était à l'arrêt au milieu de nulle part lorsque Matyas s'est mis à délirer complètement. Il secouait la tête, il criait, son corps entier faisait des bonds. Les SS se sont approchés.

La nuit, parfois, ton rêve te mène jusqu'à une falaise abrupte et belle, ou en haut de l'immeuble le plus haut, au bord d'un nuage floconneux et soudain c'est la renverse, tu trébuches dans le vide sans rien à quoi te raccrocher, sans personne pour te retenir, tu tombes et tu sais que tu vas mourir, tu tombes sans fin jusqu'à ce que la peur te réveille en sursaut. Moi je ne me réveille pas.

Les Allemands ont hurlé quelque chose à Matyas. On aurait dû leur répondre mais leurs flingues étaient tellement près, ni moi ni son frère ni personne n'a osé expliquer qu'il ne s'agissait pas d'une mutinerie, juste d'une crise de sa maladie bizarre. Les balles ont sifflé, chacun s'est ratatiné dans le wagon. J'ai cru que j'étais mort mais quand j'ai ouvert les yeux, nous étions tous vivants, sauf Matyas. À l'arrivée il a fallu descendre son corps et le mettre sur le tas. Je ne me réveille pas, je te dis.

— Date de naissance ? m'a demandé le larbin.

Il ressemblait au cow-boy dans le dernier film que j'ai vu, le rouquin avec le menton à la retroussette. Nous faisions la queue dans une baraque en rondins et j'avais le sosie de John la Galoche devant moi, chevauchant un tabouret armé d'un stylo, les jambes bien écartées, un grand registre ouvert sous les yeux.

— Date de naissance ? il a beuglé.

— 25 août 1927.

En vrai c'est 1929, pas 1927, mais sur le quai l'autre jour, quand on est arrivés du ghetto dans le premier camp, il y avait ce vieux bizarre tout voûté avec son calot dégueu et ses rayures, une vraie tronche de bagnard. Il marmonnait comme s'il mâchait une chique, *achtzehn, achtzehn.* D'abord je n'ai rien compris mais il a répété devant Hugo, en jetant des coups d'œil à la ronde, *du : achtzehn Jahre alt*, et mon père a ajouté à voix basse :

— Écoute le monsieur et fais ce qu'il te dit, Tomi.

Tu parles d'un monsieur ! Et tu parles d'un exemple, si maintenant les adultes aussi racontent n'importe quoi ! *Achtzehn* ça veut dire 18, 18 ans, et j'en ai 14, moi, pas un de plus. Mais mon père a insisté :

— Tu dis que tu as 18 ans, un point c'est tout.

Je me souviens d'un truc, j'allais encore à l'école, mon bulletin était tellement moisi que j'avais légèrement modifié les notes. Quelques points en plus par-ci par-là, rien de dramatique... Mon père l'avait remarqué, faut voir comment il m'avait insulté, falsificateur, faussaire, j'avais tout entendu. C'est lui maintenant, le faussaire, lui et le vieux bagnard qui veut absolument me vieillir, et les autres, tous des menteurs, les Hongrois avec leurs lois même pas légales, les gendarmes cogneurs, les Allemands et leur « relocalisation », depuis que le train est parti de la briqueterie et depuis plus longtemps encore si j'y réfléchis bien, les mots sont collés aux choses n'importe comment, plus personne ne sait quelles règles s'appliquent ni pourquoi, alors va pour la falsification. *Achtzehn*, néanmoins, est un peu risqué – qui va gober que j'ai quatre ans de plus que mon âge ? À chaque fois qu'on me pose la question je dis *sechzehn*, 16 ans, un point c'est tout.

— 25 août 1927, j'ai donc affirmé à La Galoche.

— 55789, il a répondu.

Maintenant je m'appelle comme ça : 55789. Il faut le prononcer dans la langue des connards, *fünfundfünzigtausendsiebenhundertneunund-achtzig*, une chance que j'aie fait quatre ans d'allemand à l'école. Mon père est le 55790, Hugo le suivant et son père celui d'après. Ici, tout le monde a perdu son nom. Les détenus plus anciens ont aussi perdu leurs muscles. Dans ce camp pourri il n'y a pas d'hommes normaux, que des sacs d'os numérotés. Ce n'est pas bon signe, pas bon signe du tout, même si mon père, dont la tête est plus dure que la semelle de ses fers à repasser, refuse de s'en apercevoir.

— Ça va aller.

C'est son expression préférée depuis qu'on est arrivés. Il le dit et le répète comme si tous les ennuis allaient rebondir dessus. J'ai du mal à comprendre ce qui va aller, exactement, puisque Matyas s'est pris une balle dans la tête, que maman et Gaby sont restés là-bas, je ne sais pas vraiment ce qui pourrait bien se passer vu qu'ici on est enfermés, affamés, insultés, éti-quetés comme des paquets, battus comme des tapis, obligés de chier devant tout le monde et de dormir à plusieurs sur des planches dans une cabane en bois, alors quoi papa, qu'est-ce qui va aller exactement, hein, vas-y, étonne-moi, quelle bonne surprise nous réserve Buchenwald ?

— Tais-toi et mange.

La soupe ressemble à un plat de rouille liquide et on n'a pas de cuillère. À la maison, jamais personne n'a réussi à me faire manger la croûte du pain ni la crème du lait.

— Ça va aller.

En vérité mon père n'en sait rien. Personne ne sait ce qui est prévu pour nous alors chacun ficelle des conjectures déprimantes avec des bouts d'informations volées ici et là. Après la soupe des groupes se forment, on échange des renseignements, tout le monde échafaude des hypothèses sur du vent.

— Ici ils brûlent les gens dans des fours. Ils vont nous liquider.

— Faux, les cheminées sont celles de l'usine ! On va travailler.

— Et les camions, tu les as vus les camions ? Pleins de macchabées !

— Lázsló Schmidt a croisé Jenö Hacker qui a vu Gedeon Klein qui a eu des nouvelles de sa fille, les femmes sont encore en vie.

— Vous n'avez pas compris ce qu'ont dit les types, à Birkenau ? Elles ont été empoisonnées au gaz, toutes, avec les enfants.

— Mais pas du tout, les mômes sont regroupés dans un camp spécialement conçu pour eux. Ils mangent même des tartines.

La cour de notre baraque bruisse de suppositions gonflées d'espoir ou de larmes, selon la personnalité de l'émetteur et l'heure qu'il est – le jour décroît, le moral aussi. Mon père se tient au centre des bavards. Lui ne parle pas, il écoute. Il galope après les bruits qui courent, il se précipite sur la moindre rumeur, la plus petite miette d'Il paraît que, l'observe, la soupèse, la coupe en quatre, la dissèque mentalement, la passe au crible des prisonniers plus anciens et une fois la matière expurgée de ses scories fallacieuses ou fantaisistes, M. Herman Kiss m'expose solennellement la moelle de la connaissance véridique :

— Les camions chargés de cadavres viennent des camps alentour. Les fours de Buchenwald, où nous sommes, servent à la crémation. Dans ce camp on va travailler. Ça va aller, fiston.

Mon père essaye de me vendre qu'ici c'est mieux qu'ailleurs. Plus il est sûr de quelque chose, moins j'y crois. Hugo, au moins, ne cherche pas à me rassurer. Il ne galope pas après les dernières nouvelles comme un chien en quête d'un os à ronger. Il n'extrapole pas, il ne jacasse pas, il n'essaye pas de savoir de quelle pâte merdique demain sera fait. Il est assis dans un coin de la cour barbelée et il regarde le ciel en silence. C'est un tic chez lui, toujours le nez en l'air. Ça l'évade, paraît-il. Dans ces moments-là, j'ai l'impression de ne pas exister du tout.

— Hugo ?
— Ouais ?
— T'es où ?
— Nulle part. Je cherche.

Il replonge la tête dans les nuages. C'est un ciel de printemps au-dessus de nous, un toit bleu sombre moucheté de blanc avec la lune en invitée d'honneur.

— Hugo ?
— Quoi encore ?
— Qu'est-ce que tu cherches ?

— La trace de maman et des sœurs, et de Matyas. Certains disent que lorsqu'une personne naît, une étoile en plus apparaît dans le ciel. Si l'inverse est vrai, les étoiles vont s'éteindre en masse et...

— Oh mais ça va, ta gueule !

— Ben pourquoi t'as demandé alors ?

Un brouhaha nous interrompt. Nous partons demain, l'information vient de tomber. Un détenu la tient d'un autre détenu qui la tient d'un surveillant qui la lui aurait répétée avec l'air de penser « Pas de chance, mon gars ». La nouvelle enfièvre la baraque. Nous quittons Buchenwald. Les camions, dit-on, sont déjà prêts, on peut y tenir à cinquante bien tassés. Hugo ne regarde plus les étoiles :

— Tu crois que ce sont les mêmes véhicules qui transportent les vivants et les morts ?

# CAMP DE DORA-MITTELBAU, ALLEMAGNE

## Juin 1944-avril 1945

Son mégot est fin comme une aiguille – un bout de papier journal tordu sur un morceau de tabac – mais le vieux tire dessus avec délectation et la fumée grise disparaît dans sa bouche. D'abord il la déguste, cette fumée, il la love dans une joue puis dans l'autre, enfin une longue inspiration : elle glisse dans sa poitrine comme un serpent. Six pantins maigres et rayés observent le spectacle, cinq autres squelettes se hissent derrière eux. Maintenant qu'il faut expirer, le vieux fumeur se penche vers un camarade du premier rang qui attend, tête redressée, bouche entrouverte, et il souffle entre ses lèvres suppliantes, dans un baiser puant, le serpent grisâtre que le jeune homme s'empresse d'avaler à son tour, goulûment, les yeux clos. Il est heureux, le jeune, il fume en second mais il fume quand même, il a payé le vieux pour ça. Autour d'eux les spectateurs tendent leur cou maigre pour respirer les effluves de tabac perdus, leur présence est tolérée mais gare à celui qui pointe son nez dans le cercle sans avoir été adoubé, il se prend un vigoureux coup de poing dans les côtes. Au bout de quelques minutes, l'assemblée de fantômes se disloque avec un regret creux, une tristesse lasse : le mégot est fini.

— Ici les gros fumeurs meurent en premier, explique un ancien du camp à mon père. Ils échangent une bouffée contre un bout de pain et, de clope en clope, ils crèvent de faim.

Je n'ai jamais vu un endroit pareil. Personne n'en a jamais vu, ni même pensé, imaginé ou cauchemardé. C'est une sorte de prison, en bien pire. Un camp de travail, sauf que le travail en question te tue. Un asile de fous tenu par les porcs les plus sadiques que la terre ait portés. Un cauchemar de boue et de planches posé sur une jolie petite colline arborée. Ce n'est pas la seule blague, ici, rien que le nom du camp se fiche de toi : Dora, ça s'appelle. Dora comme une fille, comme une belle fille, et tu te retrouves enfermé dedans comme un chien galeux. Enfin au départ tu ne sais pas que c'est le pire trou de la terre. Tu entends parler de baraques, de toilettes, de soupe du soir, alors tu te raccroches comme un naufragé aux mots rassurants, tu recommences à respirer mais les choses derrière les mots te trahissent aussitôt : les baraques n'ont ni lits ni plancher, les toilettes sont des fosses, les soupes pleines de cailloux. Ici les bonnes surprises n'existent pas.

Le premier jour, un SS a débarqué dans la baraque. Tout est pointu chez lui, les bottes, la cravache, le nez, même le sourire, ce type est un couteau. En moins de deux j'étais en rang devant lui raide comme un piquet, je commence à avoir l'habitude, à la briqueterie c'était pareil. Me découvrir, marcher au pas, me mettre en ligne, en carré, en rond, en rang par cinq, *zu fünf !* et surtout, peu importe la consigne, le plus vite possible, je sais faire, moi, c'est une chance. Pál, le journaliste sportif copain de mon père, n'entend pas bien les ordres. À force de hanter les tribunes beuglantes des stades de foot, il a aiguisé son œil – il repère une faute de main à un kilomètre – mais perdu son oreille. Il obéit en décalé, une fois qu'il nous voit agir. Quand le SS pointu nous a demandé de reculer, l'Ami Pál s'est retrouvé tout seul devant pendant deux secondes, deux secondes de trop. Le SS lui a envoyé un coup de pied terrible dans le ventre et l'ami s'est écroulé au sol.

— Ici vous crèverez, a précisé le SS. Mais il y a deux façons de mourir : une bonne et une mauvaise.

Il s'est approché de Pál et a posé sa botte pointue sur sa gorge.

— La bonne, c'est pour ceux qui obéissent bien et travaillent beaucoup. Ceux-là meurent gentiment, sans souffrir. Les autres meurent mal, c'est simple.

Il appuyait sur son cou.

— Compris ?

Compris : un retard, un faux pas, une erreur, un bruit déplacé, un mot de trop et on nous liquide, comme Matyas, comme une fourmi qu'on écrase, il n'y a pas de seconde chance.

Le pied de l'Allemand sur la gorge de l'Ami Pál, j'y pense tout le temps. La mauvaise mort. Celle qui te fait mal, celle qui dure. Beaucoup de gens ont le droit de te tuer, ici : les SS, d'abord, avec leurs bottes bien astiquées, les *Hauptscharführer*, les *Rapportführer*, les *Unterscharführer*, eux, ce sont les grands chefs. Et puis il y a les petits chefs, des prisonniers à qui les grands chefs ont délégué la plupart des basses besognes : surveiller, compter, nettoyer, etc. Ainsi à chaque coin du camp (du *Lager*, comme on dit ici), grouillent des petits chefs de toutes sortes, chef de baraque, chef d'équipe, sous-chef, du larbin qui récure les chiottes à celui qui sert la soupe, ils ont chacun un titre différent mais toujours imprononçable, *Blockälteste* ou *Stubendienst*, et j'en passe des plus croquignolets. Ces gars-là, les petits chefs, ne sont plus des détenus de base comme nous. Avec leurs responsabilités ils ont gagné certains privilèges : le droit de porter de belles chaussures en cuir par exemple, ou d'avoir un meilleur lit, de posséder un gourdin et de nous taper dessus jusqu'à ce qu'on crève.

— T'as vu, les petits chefs ont presque tous un triangle vert brodé sur leur chemise.

Il faut toujours qu'il ait l'œil à tout, Hugo. Le temps qu'il ne passe pas à parler, il l'occupe à observer. C'est vrai, tous les prisonniers ont un triangle et celui des petits chefs est vert.

— Et il veut dire quoi le triangle vert, gros malin ?

— Il veut dire casier judiciaire. Les Verts ont fait de la taule avant d'être ici, Tomi.

Je ne sais pas d'où Hugo tire cette information mais elle confirme que le camp, c'est n'importe quoi – une grande échelle dont les barreaux seraient fichus n'importe comment. En haut de cette échelle des détenus il y a les Verts allemands, donc, des délinquants, des escrocs, des pervers, des criminels qui dans la vraie vie pourrissaient en prison et qui ici, à Dora, forment l'élite des prisonniers et obtiennent les postes de petits chefs. Tout en bas de l'échelle, après les résistants, les Tsiganes et les Témoins de Jéhovah, il y a nous, les *Stücke*, les « morceaux » de rien du tout, les cafards de la création : les juifs. On n'a droit à rien, ni aux colis ni à la cantine, on échappe rarement aux pires corvées et certains prisonniers crachent sur notre passage. Moins bien considérés que nous dans le camp ça n'existe pas, à part peut-être les homosexuels qui, eux aussi, sont perçus comme une peste. Il existe même dans le Code pénal allemand un article spécialement contre eux. Quand je suis arrivé dans le camp, je n'avais qu'une vague idée de ce qu'était l'homosexualité, mais aux repas les détenus plus âgés en racontent des vertes et des pas mûres sur les mœurs des uns et des autres, ainsi mon idée floue s'est-elle drôlement précisée. Bref, la hiérarchie du camp déteste les homosexuels, du moins la journée parce que la nuit c'est autre chose. Les homosexuels portent un triangle rose. Les opposants au régime nazi en ont un rouge. Nous, un jaune. Si tu as la malchance d'être à la fois juif, résistant et homosexuel, ton triangle ne ressemble plus à rien, ni ton espérance de vie.

Pendant la journée, nous sommes répartis dans des kommandos. Ce sont des groupes de travail dirigés par des prisonniers privilégiés qu'on appelle les kapos. Mon père et moi sommes tombés chez les asphalteurs, un kommando atroce où ne triment que des juifs. La place principale du camp est un champ de boue et de pierres, un marécage collant sur lequel les chefs ont jeté des madriers pour pouvoir nous frapper sans trop se tacher. Nous devons aménager cet endroit dans les plus brefs délais. Ça, c'est la théorie. En pratique je passe les pires journées de mon existence : des heures à porter des rails et à pousser des wagonnets chargés de terre dans un sens puis dans l'autre sans jamais m'arrêter de courir. Je suis fort, ça ne fait pas un pli, je travaille comme un adulte, mieux même, je l'avais dit à mon père que j'étais puissant, et courageux, il le voit bien, mais combien de temps peut-on travailler si dur ? Quand ce ne sont pas des rails que l'on déplace ce sont des poutres, elles pèsent des tonnes, il faut se mettre à quatre pour les soulever. Le kapo du matin est un Vert assez correct, il frappe comme un sourd mais nous autorise à travailler par groupes de six, celui de l'après-midi est une brute épaisse qui s'amuse à faire des binômes impossibles, deux grands devant deux petits derrière, les petits flanchent sous le poids de la poutre, c'est hilarant.

L'autre jour, en portant un rail, mon père a glissé sous la charge. La brute s'est jetée sur lui et l'a frappé à bras raccourcis. J'ai continué de travailler. La matraque s'acharnait sur mon père roulé en boule par terre et j'ai pensé Si je tombais à mon tour ? Ça ferait diversion, si on me tape moi on le tapera moins lui... Mais je n'ai pas osé. Le kapo cognait de toutes ses forces. À chaque coup il poussait un petit cri. Puis il a attrapé mon père et disparu derrière une baraque en le tirant par le col sans que je fasse rien, sans que je fasse un geste, sans que je dise un mot pour le sauver. Je suis fort, oui, mais il y a le bâton, et la mauvaise mort.

À l'heure de la soupe, j'ai retrouvé mon père dans notre baraque et c'était... Je ne peux même pas l'expliquer, le soulagement que ça m'a fait de le voir, un soulagement immense, terrible, poisseux quand je me suis souvenu ne pas avoir bougé le petit doigt pour l'aider. Il boitait.

— Qu'est-ce qu'il t'a fait, le kapo ? j'ai demandé.

— Rien. Rien du tout.

Mon père avait son ton professoral, celui qui s'accompagne d'un haussement d'épaules sauf qu'il n'arrivait presque plus à les hausser, ses épaules.

— Il m'a ramené à la baraque pour que je me repose. À cause des courbatures.

Il m'a regardé dans les yeux :

— Il ne faut pas t'inquiéter pour moi, Tomi.

— Je ne m'inquiète pas. Ici, ça va aller. On va travailler, on va rester ensemble et ça va aller.

Moi aussi, je sais mentir.

En vérité tout le monde s'inquiète. Enfin je ne sais pas ce que pensent les autres gars de la baraque, les Polonais, les Ukrainiens on ne les fréquente pas, même les Hongrois qu'on ne connaît pas on s'en méfie, j'ai vu des types se faire tabasser pour une miette de pain alors nous restons ensemble pour tout, pour manger, pour dormir, même pour pisser. Mon père et moi, Hugo et le sien, l'Ami Pál et Sémaphore, un juriste très copain avec mon père, nous restons collés ensemble, du coup je ne sais pas exactement où en est le moral des autres mais, ce soir, le nôtre a dégringolé dans nos godasses. Tout le monde a l'air d'avoir 100 ans, même Sémaphore.

Sémaphore n'est pas son vrai prénom bien sûr, je ne sais pas pourquoi on l'appelle ainsi. La plupart du temps, rien qu'à l'énoncé de son surnom, tout le monde a un sourire en coin, il faut dire que cet homme-là est un peu le roi de la blague – il en a toujours une bien bonne en stock. Sémaphore a été envoyé aux travaux forcés en Ukraine, il a ramassé des mines à la main devant les tanks, il a attrapé une pleurésie, avant ça la foudre est tombée dans son jardin, il a même réchappé d'un incendie. Selon le côté où on se place, sa vie n'est qu'un incroyable coup de bol ou une remarquable exception aux lois de la justice humaine qui veut que les emmerdements soient relativement bien répartis entre les individus. Dans les deux cas il vaut mieux en rire alors c'est ce qu'il fait, d'habitude : ce type est un réservoir sans fond de plaisanteries vaseuses et de jeux de mots vulgaires (mes préférés). Ce soir dans la baraque, Sémaphore pleure. Son gros corps est soulevé de hoquets ridicules.

— On n'y arrivera pas, lâche-t-il dans un grand silence. D'ici, je peux vous l'affirmer, personne ne sortira vivant.

Jamais vu Sémaphore dans cet état. Je donnerais mes deux mains pour qu'il me décoche un clin d'œil, ou une grande tape dans le dos, un croche-pied, peu importe, une des blagues stupides qu'il faisait quand il venait dîner à la maison... Mais non, Sémaphore ne plaisante pas : on va tous crever là, il en est sûr, et en la matière le gars est un expert – il a quand même ramassé des mines sur le front. Si je n'étais pas un dur, je crois que je me mettrais à pleurer, moi aussi, mais mon père me tire par la manche :

— Allons nous reposer, c'est l'heure. Et n'oublie pas de retirer tes chaussures.

Les Allemands qui nous exploitent ont un sens très personnel de l'hygiène, à la fois rigidement maniaque et parfaitement absurde. Exemple : je ne me suis pas encore changé depuis qu'on est arrivés et je n'ai pas l'impression que ce soit prévu au programme. On se torche avec ce qu'on a, c'est-à-dire une manche, un bout de sac de ciment quand on a le cran d'en voler, sinon rien du tout. Mais l'immonde crasseux malpoli qui a l'outrecuidance d'entrer dans la baraque avec ses chaussures reçoit une volée de coups de bâton qui lui passera l'envie d'oublier les bonnes manières. À l'entrée de la baraque 23, on laisse ses godillots boueux comme dans le vestibule de Mme la Baronne, afin de ne pas salir. Sauf que par terre dans la baraque, c'est également de la boue et on y couche. On dort à mille là-dedans et à même le sol, ni sur le dos ni sur le ventre mais sur le côté, les jambes des uns encastrées dans celles des autres, tellement serrés qu'on ne peut pas bouger le petit orteil. Ça colle des crampes terribles de rester dans cette position alors de temps en temps, pendant la nuit, quelqu'un beugle « Tout le monde à droite ! » et nous pivotons tous en même temps.

— Dors, Tomi, je suis là.

Mon père pose sa main sur mon bras.

— Peux pas, j'ai faim. Et c'est trop dur, par terre.

En vérité je pourrais m'évanouir de fatigue, les yeux à peine fermés couler comme un plomb malgré le sol dur et mon estomac qui fait des huit, mais non merci, sans façon. Les gens meurent, la nuit, et je ne parle pas des suicides, je parle des gens qui s'éteignent d'épuisement dans leur sommeil, sans le vouloir. Ils meurent de la bonne mort mais ils meurent quand même, à peine froids leurs frusques disparaissent et le matin on balance leurs corps nus sur le palier de la baraque. Les porteurs empilent les cadavres sur la charrette, un tas muet et blanc de bras et de jambes sans vêtements ou presque, sans chaussures, sans cheveux, des morceaux de rien dépossédés de tout. Je ne veux pas dormir, moi.

— Quand j'avais ton âge...

166

J'avais raison sur toute la ligne, depuis toujours : mon père est une fontaine intarissable, un raconteur pathologique, rien ne peut assécher la source de ses histoires du bon vieux temps.

— Quand j'avais ton âge, mon garçon...

Les copains nous ont rejoints dans la boue et mon père continue à chuchoter :

— Quand j'avais ton âge, ton grand-père – mon père – n'avait pas encore ouvert sa boutique de tissus, il vendait ses coupons dans toute la région, sur les marchés. Il arrivait la veille au soir en voiture à cheval et dormait sur place.

Hugo bâille à s'en décrocher la mâchoire mais il a une question, sans doute lue dans mon esprit à moi, ça arrive souvent entre nous, on se demande la même chose en même temps :

— Le grand-père, il dormait par terre à la belle étoile avec le canasson, genre cow-boy ?

— Non, dans la charrette avec la marchandise, précise mon père.

— Quand tu entendais un rouleau de velours ronfler, c'est qu'Ignace Kiss était en ville, ajoute Sémaphore à voix basse.

— Je m'en souviens, se mêle le père d'Hugo. Quand il revenait en fin de semaine à Beregszász, son costume semblait sortir de la gueule d'une vache.

— Même froissé le sien était plus beau que ceux que tu fabriques, raccommodeur !

Mon père est allongé contre moi et devant moi s'étend Hugo, et devant lui son père, et Sémaphore, et l'Ami Pál, nous tous ensemble serrés sur la paille pourrie, liés par les jambes, par les bras, par les souvenirs, par les blagues usées de notre vieille langue et elle finit par m'emporter, cette chaleur-là, la dernière chose qu'on ait, la seule que personne ne peut nous enlever.

Ce matin, je n'ai pas retrouvé mes chaussures. C'était la ruée comme d'habitude : à quatre heures trente du matin on nous réveille à coups de gourdin et tout le monde se précipite sur ses godasses ou sur celles des autres, on n'y voit goutte là-dedans, et bien sûr il y a des pourris, des immondes malhonnêtes, des moins que rien, de véritables enflures qui font exprès de se tromper. Ils te piquent tes chaussures en meilleur état que les leurs ou davantage à leur taille et tu te retrouves pieds nus avec le chef de block pressé dans ton dos, alors tu te jettes à ton tour dans le tas pour saisir des godillots corrects, trop grands peu importe, mais un détenu plus baraqué te les arrache des mains et voilà : tu finis comme un âne avec la paire de galoches la plus inconfortable, celle que le camp te fournit dans son immense générosité, des saloperies de sabots en bois qui pèsent une tonne et glissent, à la moindre occasion ils partent tout seuls et te laissent derrière. Avec les *Holländer* aux pieds on m'entend venir de loin : clac clac clac, en plus ils collent à la boue. Encore heureux que j'aie trouvé un fil de fer sur le chantier, ça me fait une bride qui les tient à peu près.

— *Achtung !*

Manquait plus que ça : un SS se pointe sur la place d'appel. Il est brun de cheveux, des poils sombres courent jusqu'au bout de ses doigts qu'il tient serrés sur une sorte de matraque assez souple. On lâche tout, on se précipite en carré et le gradé prend place au milieu de nous.

— Votre kommando a besoin d'un nouveau kapo, annonce-t-il. Qui est volontaire ?

Dans notre assemblée, c'est la stupéfaction. Nous sommes tous juifs, et personne n'a jamais vu de kapo juif nulle part dans le camp. Kapo et juif : je ne pensais même pas que ces deux mots pouvaient s'acoquiner.

Les kapos forment une classe de prisonniers à part, une caste de privilégiés. Tu les reconnais à l'œil nu, ce n'est pas seulement l'arme qu'ils portent (un goumi, une matraque, un club, un bâton, peu importe), c'est une allure. Les kapos ont encore une certaine allure. Leurs cheveux sont un peu plus longs, gominés parfois, et l'uniforme rayé ne tombe pas sur eux comme sur nous. J'ai mis le temps mais j'ai compris : certains se le font retailler sur mesure par des détenus qui étaient couturiers dans leur vie antérieure. Même les kapos aussi mal vêtus que nous ont l'air moins minable, tout vient de la tête – la leur reste toujours droite quand la nôtre est baissée. Ils traversent la baraque avec l'allant de ceux qui peuvent tabasser les plus faibles et ne s'en privent pas. Autre caractéristique : les kapos sont Verts et allemands, de temps en temps un Noir ou un Rouge vient confirmer la règle, mais ça s'arrête là. Un kapo à triangle jaune, quelle blague ! Sûr que le SS aux doigts velus nous tend un piège grossier. Ah tu veux être kapo misérable raclure de juif, prétentieuse limace pourrie, tu veux t'élever hors de ta condition eh bien prends ça, et ça, et encore ça ! J'imagine l'hilarité de ses collègues, quand il leur racontera le bon tour qu'il nous a joué...

— Je répète : votre kommando a besoin d'un nouveau kapo. Qui est volontaire ?

Le gradé s'impatiente. Il tape du pied, on dirait bien que son histoire de kapo juif est sérieuse, il faut un candidat très vite sinon sa colère retombera sur nous tous. Là ! Un détenu a bougé ! C'est Abram, un jeune de notre région, petit, râblé, pas causant mais pas fourbe non plus, le bon camarade qui donne toujours un coup de main à son voisin sans lui piquer sa femme. Il a été déporté avec son grand-oncle très bigleux dont les lunettes ont cassé. Depuis, Abram remplace ses yeux. On les voit dans le camp bras dessus bras dessous, plus les jours passent plus le jeune est maigre et le vieux lent mais l'attelage avance toujours. À l'annonce du SS, Abram a bougé, peut-être, sa main a légèrement tressauté ou même pas, peu importe, on le pousse hors du rang : voilà notre volontaire.

— Regarde, dit le SS à Abram, regarde-moi bien et apprends.

L'*Hauptscharführer* fait signe à un petit détenu d'approcher, l'assomme à grands coups de gourdin et le rejette dans le rang. Puis il tend l'arme à Abram :

— À toi, kapo, choisis ta cible. Celui-là, tiens, le vieux. Corrige-le.

C'est l'oncle qui a été choisi. Abram le frappe, bien obligé, mais pas trop fort, en reprenant son souffle entre chaque mouvement.

— C'est ça que tu appelles taper ? hurle le SS. Je vais te montrer, moi, comment on doit taper !

Le SS se déchaîne sur Abram qui tombe évanoui. Quand il reprend ses esprits, Abram n'est plus Abram, c'est un fou, un enragé, une machine à cogner sur son vieil oncle.

— Eh bien voilà ! commente le SS, satisfait.

Aux pieds d'Abram, l'oncle n'est plus qu'une masse fracturée et sanglante que l'on évacue sur un brancard.

— Où l'emmènent-ils ? je demande.

— À l'infirmerie, pour le guérir, répond mon père d'une voix sourde.

Je ne veux pas lui faire de peine mais le vieux sur la civière n'est plus vivant, plus vivant du tout, ça non, c'est garanti.

— Rien n'est jamais sûr, Tomi, pas même le pire.

Il dit n'importe quoi, mon père. Le pire est sûr, sûr et certain même, on est dedans jusqu'au cou mais on y est tous les deux et même s'il est vieux, mon père, même s'il ne comprend rien et qu'il dit n'importe quoi, je suis presque sûr qu'il ne me taperait pas, si on lui en donnait l'ordre. Il ne me laisserait pas tomber. Je ne sais pas ce que je deviendrais ici sans lui.

*Où es-tu ma douce, ma belle, ma reine ? Tomas
et moi sommes en vie, ne t'inquiète pas. Nous
sommes arrivés dans un monde à l'intérieur du
monde, un repli inimaginable de la société offi-
cielle, une doublure cachée, crasseuse, épouvantable, l'envers filandreux du monde vrai. Et pour
être sûr que nous ne nous en échapperons pas,
ils nous ont rayés, entièrement. De haut en bas,
des rayures grossières comme la camisole du fou,
comme le paletot du maudit. L'étoile ne leur suffisait plus, ma douce, ni le triangle, ni les grilles
barbelées, il leur fallait du tissu infâme et que le
vêtement entier nous isole. Ceux qui parmi nous
rêvaient de s'évader n'y songent même plus : personne dehors ne s'habille comme ça.*

*Dehors... L'autre côté du monde. Nous le voyons
d'ici. Il n'y a qu'à pousser jusqu'à la baraque 104
pour contempler les clochers de la ville, à quelques
kilomètres. La plaine s'étend derrière le mirador.
C'est incroyablement beau, autour du camp.
Mais dedans... Dedans est invraisemblable. Pour
construire les baraques il a fallu raser les arbres,*

et transpercer la colline pour y installer une usine souterraine. La pierre a explosé, les troncs sont tombés, les hommes aussi. On voit encore les cicatrices. Sous terre, paraît-il, les détenus fabriquent des bombes et des fusées, ils triment sans eau, sans trêve, sans voir le jour. Tomas et moi travaillons en surface. Les premiers juifs de chez nous ont arraché les racines à mains nues, nous avons pris leur suite pour terrasser la place d'appel et aménager les blocks. Courir, soulever, courir encore, poser, aucun ordre n'arrive sans coups. Nous ne sommes pas des ouvriers, ma chérie, nous sommes des outils ; quand l'un casse il est jeté. Des détenus gantés sillonnent le camp, souvent par deux, arrimés à de lourdes brouettes ou à des brancards, ils débarrassent les corps. Ici c'est un métier, porteur de cadavres. Ici tout est massacré, ma douce, les gestes, la nature, les gens et ce qui les unit.

Te souviens-tu d'Abram, le neveu du maréchal-ferrant ? Il nous dirige maintenant. Il cogne. Là où nous vivons désormais il n'y a plus d'amis, plus de voisins, plus de frères, il n'y a même plus de pères. Un père se doit d'être un phare, une balise, droit devant... Nos garçons ne nous regardent plus et ils ont raison : nous ne sommes plus ni droits, ni devant. Le grand malheur met tout le monde à égalité. Transmettre, instruire, inspirer, c'est fini, même les protéger on ne peut plus. Je ne peux plus, moi. Si Tomi savait coudre, ça ne se passerait pas ainsi mais il ne sait pas, et hier soir, ma belle... Hier soir un gradé est entré dans notre baraque. Il a demandé aux tailleurs de se faire connaître. J'ai essayé de ne pas lever le doigt, j'ai essayé mais je n'ai pas pu. Tomi est jeune, il peut tenir encore chez les asphalteurs. Moi je vais mourir si j'y reste. J'ai levé le doigt et aujourd'hui je ne suis pas allé travailler dans la boue de la place d'appel. Je suis sorti, ma douce. J'ai traversé le camp, la plaine intacte et puis la ville jusqu'à un atelier de couture. Dans cette boutique il y a des machines à pédale et du calme, j'arrive à tout faire les yeux fermés, en tirant l'aiguille j'ai même le temps de réfléchir. Aujourd'hui j'ai pensé à toi et à Gaby. J'ai vu ton visage et le sien, tes yeux doux, les mèches blondes et raides dans son cou. La beauté revient quand je couds là-bas, c'est un vrai lieu. Demain j'y retournerai. Nous sommes cinq détenus à avoir été choisis, cinq sur trente. Si Tomi savait coudre… « Les tailleurs, levez le doigt ! » C'était un ordre, ma chérie, j'ai juste obéi.

— Oh, Tomi, tu dors ?

— À ton avis ?

— Ouvre les yeux, j'ai un truc à te demander.

Maintenant on ne couche plus par terre ; des châlits ont été construits dans nos baraques. Hugo et moi sommes toujours encastrés, mais en hauteur, pour causer discrètement c'est un peu mieux et Hugo aime bien causer, même quand je dors.

— Dis mon Tomi, tu te souviens du jour de l'arrosage ?

Bien sûr que je me souviens ! C'était au printemps, avant que les Allemands ne nous envahissent. Nous avions pondu une pièce de théâtre avec les copains, une idée de Serena. On répétait dans la grange du père de Tibor, en rimes et tout, je jouais une sorte de prince mi-homme mi-cheval et Serena ma favorite très cruelle. Dans les tissus de mon père j'avais trafiqué nos costumes, des capes géantes ceinturées avec de la corde, des toges trouées pour passer les bras, Hugo avait dessiné au charbon un décor de voûte étoilée sur le grand drap. Avec un marteau et un vieux pot de chambre le tonnerre résonnait là-dedans, c'était dément. Il y avait même deux eunuques et un interlude chanté tout en octosyllabes, on avait abattu un boulot dingue. On s'imaginait réclamés par le grand théâtre de Budapest quand au dernier moment, cette branche pourrie de Tibor s'est arrogé le premier rôle au prétexte que c'était *sa* grange dans laquelle nous répétions, et pas la nôtre. Dans sa version de l'histoire, on jouait carrément les larbins. Grimpé sur le toit, je devais jeter de la pluie au moment où il entamait l'acte II, Serena incarnait une servante et Hugo un chandelier, tu parles d'une carrière ! On n'a pas laissé faire ça, bien sûr. Après mûre réflexion, Hugo et moi avons redonné au pot de chambre sa fonction initiale et le jour J, dans la grange pleine à craquer de copains réunis pour la première du *Prince Cheval contre le grand vizir*, j'ai fait pleuvoir sur la tête de Tibor notre production hebdomadaire en déclamant un quatrain de mon cru, qui faisait rimer prétentieux avec sale con. Ce n'était pas très abouti comme poème mais l'essentiel y était : le jeune premier pataugeait dans la pisse. Sa toge était trempée jusqu'aux chaussettes, son pantalon aussi. Des semaines après, on en rigolait encore avec Hugo mais Serena pas du tout, elle était furieuse, on avait ruiné l'œuvre majeure qu'elle avait passé des semaines à écrire. Au bout de longues semaines, elle avait fini par comprendre, sinon pardonner : là où l'honneur est en jeu, il n'y a plus de théâtre qui vaille.

— Elle était fortiche en octosyllabes, Serena, lâche Hugo. Tu penses souvent à elle, toi aussi ?

Je ne réponds rien parce que je n'aime pas cette question, ni ce *était*. Je me méfie des souvenirs qui t'affaiblissent, je préfère mille fois penser aux vêtements d'avant qu'aux gens qui étaient dedans et encore, même le souvenir des habits me déprime, surtout quand je revois la toge chaude et colorée de Tibor, ce pantalon à la bonne taille, ces chaussettes hautes, ce trésor précieux que j'ai dégueulassé exprès. À cette époque-là, je ne savais pas, pour les vêtements. C'était juste des choses. J'ignorais à quel point c'était merveilleux d'avoir sur soi du tissu propre, neuf et qui sent bon. Maintenant je sais.

Ici les chaussettes valent de l'or, seule une élite en porte. Et rares sont les uniformes qui ont des poches, les détenus les plus malins ficellent leur bas de pantalon pour pouvoir ranger des trucs dans la jambe. Quant aux chaussures, ma foi, elles méritent à peine ce nom. Certains détenus les perdent en route et se retrouvent sur la place d'appel un pied nu abîmé par les cailloux, le ventre tordu par l'angoisse d'être déclaré inapte au travail, car inapte c'est terrible, tout le monde le sait, c'est le début de la fin, alors les boiteux lancent des regards éperdus d'envie et de rage au voisin qui, lui, a encore au bout des jambes deux souliers normalement constitués et devant lui quelques jours de vie supplémentaires. Entre ces deux extrêmes, les pieds nus et les chaussures de ville, s'alignent des rangées entières de godillots plus ou moins éviscérés, avachis, dépareillés, des claquettes inconfortables ouvertes aux quatre vents, des chaussures en toile raidies par la boue et tout un tas de savates composites en lutte contre les éléments, bourrées de papier, rafistolées avec des morceaux de cuir dans le meilleur des cas ou du carton de différentes teintes, lacées à la ferraille, ficelées dans un pauvre cordon fatigué, on dirait le ballot du chiffonnier Mandel, si on souffle dessus tout s'écroule. Les chaussures de mon père se tiennent encore assez bien et elles sont assorties, de couleur marron clair, à lacets, elles montent sur la cheville. Avec de la chance elles vont durer : à l'atelier de couture où il travaille désormais, les affaires s'abîment beaucoup moins. Je suis resté à l'asphalte, moi. Toute la journée ça me trotte, comment va mon père, où il est, s'il est toujours en vie, s'il rentrera, comment je vais faire sans lui, comment, comment, enfin pas toute la journée en vérité, seulement pendant la pause. Lorsqu'on travaille à l'asphalte le cerveau s'interrompt, il faut regarder partout, devant, derrière, doser l'effort, ralentir quand on est hors de vue du kapo, accélérer dans le cas contraire, éviter les coups, les autres, la boue, pas glisser pas lâcher pas trébucher pas perdre les sabots, rester concentré contracté tendu comme une tige d'acier, si je tombe je me brise. Tout est englué, à l'asphalte, même la pensée, ce n'est qu'à la fin de la journée que ça se remet à circuler, le sang, l'oxygène, la fatigue et la peur, surtout la peur, d'abord en flot épais et lent sur le chemin du retour – comment va mon père –, puis plus rapide – peut-être a-t-il eu un problème –, toujours plus fort à mesure que les heures passent, tellement fort le soir venu que le torrent me remplit en entier, il cogne dans ma poitrine, je n'entends plus que ça : retrouver mon père.

Chaque soir, tous les détenus sont réunis pour l'appel sur la place que je me tue à bétonner, des milliers d'hommes fatigués, des milliers de spectres en uniformes rayés, des milliers de crânes mêmement tondus et blêmes, et moi je veux mon père. Il faudrait que je me hisse pour l'apercevoir mais si je sors du lot un SS peut me repérer et là, au minimum, c'est la bastonnade assurée. Alors je le cherche par les pieds. Je scrute dix, vingt, cent paires de chaussures, sabots, savates, godillots, claquettes, non et encore non, l'angoisse monte encore, un kapo mal luné, un passage à tabac, un accident, une sélection ? Surgissent enfin les lacets marron, les souliers de ville aux œillets argentés. Dans ma tête le flot se calme, c'est le meilleur moment. J'ai mal aux jambes, au dos, de la plante des pieds jusqu'au bout des doigts mais l'appel peut durer maintenant, peu importe : les chaussures de mon père sont là et lui debout dedans. Encore une journée de passée.

— Alors, ça va ?
Nous nous retrouvons aux latrines.

— Aujourd'hui, deux costumes, et pas n'importe lesquels : deux vestes civiles croisées pour messieurs avec pantalons, plus une robe de cocktail à plis creux, jolie.

Faut voir comme il parle de son nouveau kommando, mon père, on dirait qu'il a été touché par la grâce. Il me liste ses créations du jour sans m'épargner aucun détail de la coupe ni de l'étoffe qui s'avère toujours de qualité irréprochable : des tissus mirifiques venus d'on ne sait où, des brocarts innombrables, des laines épaisses, des velours moirés, des mailles souples sans oublier les métrages de galons, les sequins brillants, les soies plus chatoyantes que la queue des sirènes... Et ses collègues ! Le Grec génial, l'ingénieux Polonais, le plus grand tailleur de Varsovie et ce Jacques de la fameuse famille des soieries du même nom, Imagine-toi, Tomi, l'habileté de ces hommes ! À l'en croire, M. Kiss fréquente désormais les meilleurs tailleurs juifs d'Europe, autant dire la crème de la crème de la couture mondiale. Le pire, c'est que c'est à peine exagéré.

— La sélection à l'entrée de ce kommando a été sévère, me confirme Hugo. Il paraît que les Allemands ont ratissé tous les camps de la région pour dénicher les détenus les plus compétents en couture. Et mon père n'a pas été pris, tu sais, pourtant il est tailleur aussi je te rappelle...

— Oui, bon, ton père...

— Le vieil Andor n'a pas été retenu non plus.

— Ah ? Ah. Ce n'est quand même pas la peine d'en faire un plat...

— T'es injuste, Tomi. Il est très fort ton père.

Le nouveau kommando de monsieur mon père se nomme *Schneiderei* – ce n'est pas sorcier, ça veut dire « atelier de couture » en allemand et c'est logique puisque c'en est un, avec les machines, les matériaux, les rouleaux, tout, un atelier normal sauf que les couturiers tondus et maigres travaillent en pyjama rayé et que les clients crient *Heil Hitler* en entrant. Si on avait dit à mon paternel qu'un jour il habillerait le III<sup>e</sup> Reich, gratuitement en plus, il ne l'aurait jamais cru et pourtant le fait est : le gratin SS de Dora, obligé de vivre au tréfonds de la montagneuse province où notre camp est planqué mais bien décidé à ne pas renoncer aux plaisirs civilisés qui s'offrent à eux dans les bourgades alentour, a besoin de smokings soyeux et de gants brodés pour se rendre aux bals, aux dîners, aux premières, et c'est mon père, entre autres esclaves, qui s'y colle.

— Nous n'habillons pas que les SS, hein. Les notables du coin nous passent aussi commande, tu sais. On a même envoyé plusieurs costumes à Weimar. Weimar, Tomi ! La ville de Goethe...

Il y a des villes, c'est vrai... Au-delà du camp, quelque part derrière les portes en fer qui dissimulent nos allées boueuses et des baraques froides, il existe des places piquées d'arbres vigoureux, des rues ourlées de magasins colorés, pavées d'un gris luisant après la pluie, un entre-lacs ouvert, vivant, vibrant, bordé de maisons hautes et fumantes, peuplées de femmes aux joues pleines et d'hommes libres ouvrant chaque matin leur armoire pour choisir, sur l'une des étagères damassées, des vêtements comme eux beaux, propres et solides, des vêtements irréprochables, insoupçonnables, des vêtements libres bien que tout juste évadés du trou noir où ils sont nés.

— On nous a aussi commandé un costume de bain pour enfant, ajoute mon père. Tu verrais le tissu, un bijou...

Elles ne sont pas si pourries, les histoires de couture de mon père. Ou alors je m'y fais. Quand il me raconte ce qu'il fabrique à l'atelier, il n'y a plus ni baraque ni chiottes, il n'y a plus de kapos, plus de soupe immonde, plus de puces ni de paille moisie, il n'y a même plus de rayures. Je retourne là où les gens normaux s'habillent normalement. Le bureau du directeur qui a commandé les costumes, je l'ai devant mes yeux : des hommes en veston y fument debout, ils posent un pied sans se gêner sur le barreau de la chaise, leurs pantalons plissent au genou et remontent, les chaussettes dépassent. La chance qu'ils ont d'avoir de vraies chaussettes... Le restaurant aussi, je le vois : les clientes drapées d'organdi arrivent en papotant à la réception ; tandis que la demoiselle vérifie son registre la brune rajuste sa coiffure et remet en place les plis creux de sa robe. Je vois tout, tout, quand mon père me raconte ses journées, y compris la rivière, la rivière vif-argent, glacée, où le petit baigneur prudent glisse un pied puis l'autre, comme à regret, avant de prendre une grande inspiration et de se jeter à l'eau en hurlant pour se donner du courage. Son maillot bleu clair est trempé, l'enfant lève les bras au ciel, victorieux : il a terrassé par K-O la morsure du froid.

À la *Schneiderei*, il fait à peu près bon. Mon père et les vingt-quatre autres types travaillent à couvert, dans le calme. Dans leur atelier personne ne meurt écroulé sous un rail, écrasé par un wagon, brisé par les gourdins. C'est une place en or, il a sauté sur l'occasion, c'est normal. Moi je suis resté à l'asphalte parce que je ne sais pas coudre, c'est normal aussi, c'est même plus que normal, c'est logique et ça ne sert à rien de gamberger, non, ça ne sert à rien de regretter, de refaire l'histoire – si je savais coudre, si j'avais écouté mon père quand il m'apprenait, si mon père ne m'avait pas laissé tout seul à l'asphalte et si, et si – vaut mieux ne pas se poser de questions parce que ceux qui pensent trop ont envie de tuer ou de mourir, d'ailleurs ils meurent tous, les intellos : les professeurs, les philosophes, ceux qui utilisent davantage leur cerveau que leurs mains ont été les premiers à crever dans le camp. Les tailleurs, eux, vivent.

À la *Schneiderei*, ils passent d'un geste assuré le fil noir dans le chas de l'aiguille. Ils cousent la doublure nette et propre. Il y a peu de coups là-bas, pas de boue, pas de merde ni de sang, juste le crissement des ciseaux tranchant la toile, le frôlement des mains habiles sur le mannequin de bois, les aiguilles qu'on pique ici et là et peu à peu, sous les doigts des spectres rayés le bustier précieux apparaît, la ceinture plissée, l'emmanchure élégante, la cascade de volants avec laquelle virevoltera tantôt, sur les parquets cirés, sous les ors des palais de la belle cité de Weimar toute proche, l'épouse du *Kommandant* au bras de son mari. Ah, la femme du *Kommandant*... Elle est blonde, forcément. Et quand elle danse, sûr que son collier rebondit sur ses seins.

— J'ai aussi rapporté une...

Parfois mon père s'endort sur les toilettes en me racontant sa journée, au beau milieu d'une phrase. Dans ce cas il suffit d'un coup de coude bien placé :

— Oh, tu disais ?

— J'ai rapporté de l'atelier une petite cotonnade pas mal du tout, regarde.

Il me sort de sa manche quelques centimètres carrés de toile souple orangée, ça miroite, ça ondule et c'est propre par-dessus le marché, plus que propre, lumineux, éblouissant cet orange, c'est le truc le plus beau que j'aie vu depuis... Depuis qu'on est partis de la maison. Si les rayons du soleil pouvaient être tissés bien serrés, ils auraient précisément cette gueule-là.

— On croit la percale fragile, à tort, précise mon père, assez content de sa prise. Touche, elle ne se froisse pas.

Sous les doigts, c'est comme une caresse. Je colle le coupon sur mon visage, les latrines disparaissent dans un nuage doux et doré.

— Fais attention à la marchandise, quand même.

Le tissu sans rayures, c'est précieux. C'est du tissu d'homme libre, pas de la toile de bagnard. Seuls les cadres du camp, les SS, les huiles, portent des vestes unies, des pantalons unis. Ils ne ressemblent pas à des zèbres, eux, ils ont l'autorisation d'être beaux. Pour nous, les détenus de base, c'est tissu barré de la tête aux chevilles. Les prisonniers des catégories intermédiaires – kapos, doyens, responsables de blocks et autres privilégiés, bref, les *Prominenten* comme on dit ici – bénéficient, eux, d'une certaine tolérance : ils ont le droit à quelques accessoires sans rayures, un mouchoir, éventuellement un petit foulard. Mon père a flairé le marché. Avec les chutes de tissu uni qu'il prélève discrètement dans son atelier, il fabrique en cachette de bien jolies casquettes dénuées de toute zébrure dont les petits chefs, désireux de se démarquer de la caste minable de prisonniers ordinaires dont ils se sont extraits à coups de gourdin, sont très friands. La casquette non rayée, c'est la touche qui les sort du lot, le signe de leur supériorité, comme une matraque en plus raffiné. Herman Kiss vend donc ses fameux couvre-chefs unis au prix indiscutable de cinq cigarettes, cigarettes qu'il échange contre du pain qu'il troque contre des patates qu'il me rapporte, ainsi mange-t-on certains soirs au fond de notre block, avec la bénédiction du chef de baraque gratuitement chapeauté, trois merveilleuses pommes de terre cuites dans le poêle dont la chaleur réchauffe mieux mon estomac que tous les visons du monde sur les épaules dénudées des femmes de SS.

Certaines sont plates, d'autres bombées. Dans les ateliers dignes de ce nom, c'est la vapeur qui fixe leur forme définitive : le bichonneur les moule sur des champignons de bois puis il les plonge dans des marmites à double fond pleines d'eau bouillante. Aucune redingote n'a besoin d'une telle tambouille pour bien se tenir, je te le dis, ma douce... Passons. Sur la tête des ouvriers, ces choses-là restent simples, mais si leur destin est de coiffer le bourgeois, elles seront ornées de broderies inutiles, de soutaches alambiquées, d'une jugulaire, d'une visière vernie, autant de fantaisies qui crient Je suis le luxe ! Malgré tous leurs efforts, les fanfreluches dont on les pare n'arrivent pas à dissimuler l'évidence : elles sont simplettes. Tu peux me croire ma chérie, simplettes, bêtes comme chou. Les artisans de cette spécialité voudraient nous faire gober qu'il existe des savoir-faire secrets, des tours de main qu'on se passerait de père en fils, sans mot, par le sang, et, caché dans les effluves de vapeur, un mystère de la création. C'est beaucoup de prétention. Cela

189

reste un fond, une passe et une visière, point. Un vieux de Birobidzan m'a appris sa technique, trois semaines plus tard je faisais aussi bien que lui. On peut même en fabriquer à la main, sans machine, sans paire de ciseaux incurvés, sans marmite à vapeur et sans talent. Néanmoins il ne faut pas mépriser l'objet : il permet à ceux qui le portent de ne pas avoir froid et à ceux qui le fabriquent de ne pas avoir faim. C'est partout pareil sur la planète depuis la nuit des temps, certains ont froid à la tête d'autres un creux à l'estomac, ces deux misères se résolvent grâce à un morceau de fil et un bout de tissu, il faut bien survivre, ma douce, c'est pourquoi j'ose le dire : à mon tour, comme un pauvre Russe, comme un ouvrier sans capacité, je couds des casquettes pour manger. J'en suis là, ma belle. Des casquettes. À peine des casquettes en réalité, des Mützen, des calots, sans visière. C'est le règlement, ici, pas de visière. On ne peut pas tomber plus bas. Pour mes dernières commandes, j'ai tout de même sophistiqué le fond en le divisant en six parties triangulaires réunies par la pointe. L'effet est légèrement gonflé, c'est assez réussi.

Je n'ai pas vu venir le drame, moi. Mais dans le camp rien ne se règle naturellement, le problème initial roule sur un autre, grossit et t'entraîne de plus en plus vite jusqu'au fond du trou. J'y suis presque, dans le trou : au *Revier*. Le *Revier*, c'est l'hôpital du camp. De dehors, ça ressemble plus ou moins à des baraques normales mais une fois à l'intérieur on voit tout de suite que l'endroit est à peine une infirmerie, plutôt un lieu hybride entre le dispensaire et le mouroir. Des médecins SS y exercent et aussi des détenus qui étaient toubibs, avant, ou infirmiers, ou dentistes voire même maçons ou fumistes, le recrutement concentrationnaire a ses mystères, de toute façon ils n'ont quasiment pas de médicaments à leur disposition. Je n'aurais jamais cru échouer là. Ça a commencé par cette histoire de chaussures qu'on m'a volées. Je me suis retrouvé avec ces mauvais sabots qui collent à la boue et te freinent même quand tu veux aller à fond parce que le kapo s'approche avec son nerf de bœuf.

Ces saletés de *Holländer* ne tiennent guère, ils manquent s'échapper à chaque pas, ils adhèrent ils pèsent ils tanguent, tu as chaussé l'enfer fait godasse. Le kapo, il y a deux jours, m'a trouvé trop lent. Il m'a cogné, une fois, deux fois, cinq fois et j'ai couru, couru ! En courant sous la matraque j'ai perdu ma chaussure gauche. J'ai continué pieds nus bien sûr mais il y avait ce long clou rouillé qui dépassait d'une poutre ; il est venu s'enfoncer pile entre mon gros orteil et son voisin, dans le creux en forme de goutte. Le soir venu, j'avais tellement mal que je ne pouvais pas ouvrir la bouche sans voir des étoiles partout.

— Ça y est, tu te mets à l'astronomie ? m'a demandé Hugo.

J'aurais bien aimé lui envoyer un grand coup de sabot dans les gencives mais je ne pouvais pas bouger. Ce matin, ma jambe avait doublé de volume jusqu'à la hanche, mon père était déjà parti, je ne tenais pas debout alors Hugo n'a plus rigolé : il m'a porté sur son dos jusqu'au chantier. J'étais assis, impossible de travailler. Un SS s'est approché de moi, je voyais son pistolet briller à sa ceinture. Miracle numéro un : il ne m'a pas tiré une balle dans la tête.

— Qu'est-ce que c'est que celui-là ? a-t-il braillé. Il n'est plus en état !

Le kapo de service s'est précipité vers nous matraque en l'air, m'en a balancé un bon coup dans le dos puis, avec moult courbettes à l'*Obersturmführer*, s'est excusé bien bas :

— Pardon, pardon, naturellement, on va dégager tout de suite cette petite raclure de juif, voyez, c'est comme si c'était fait...

Dès que le SS a tourné les talons, le kapo a posé sa matraque, miracle numéro deux, m'a flanqué sur une brouette et a harponné le premier détenu qui passait par là :

— Au *Revier*, et au galop !

Dans le camp, parfois, sans que nul comprenne pourquoi, la grande roue des emmerdes s'arrête de tourner et tu es toujours vivant.

Le *Revier*, c'est immonde. Les morts s'entassent devant la porte et les malades derrière. Ils ont la diarrhée, des ulcères, des grosses jambes, de la fièvre, ils sucent les boutons de leur veste pour se rafraîchir, ils crachent, ils souffrent, ils puent. Des relents de désinfectant se mêlent aux odeurs de... bref, faut pas inspirer trop profond. Un médecin – enfin un grand Allemand édenté qui ressemble autant à un docteur que moi à une pompe à roulettes – me pousse sur un brancard :

— Mal où ?

— Au pied, monsieur, j'ai marché sur...

— Toi juif ?

Il est aveugle ou quoi, c'est écrit sur mon uniforme : triangle jaune, avec le U de *Ungarn* au milieu, on ne peut pas être plus clair.

— Juif, oui.

— Le nouveau crématoire est fait pour toi, espèce de chien !

Puis il se tourne vers ses collègues avec un geste qui me permet de le comprendre sans peine ni traducteur :

— On lui coupe la jambe.

Je suis au bord de l'évanouissement lorsqu'un autre toubib, petit et tchèque, débarque de la salle voisine. Sûr qu'il cache dans son dos la scie pour m'amputer. Avant qu'il ait eu le temps d'articuler une parole, je tente le tout pour le tout :

— Je ne suis qu'à moitié juif, vous savez. Par mon père seulement. Vous allez me laisser ma jambe ?

— Ne t'inquiète pas, petit, et reste allongé que je t'ausculte.

Lui parle comme un vrai médecin. Il a de fines lunettes en acier et pas de scie du tout. Mon pied est dans un état lamentable, dit-il, il faut nettoyer la blessure et enrayer l'infection. Il disparaît après avoir lâché son verdict et c'est avec horreur que je vois ressurgir le toubib sadique de tout à l'heure armé d'une pointe tranchante, d'un liquide inconnu et de pansements en papier. Deux prisonniers l'accompagnent, dont l'un me tient les genoux et l'autre la jambe valide, tandis que le connard en chef triture mes orteils avec entrain. L'anesthésie est faite maison : à chaque fois que je crie, l'un des sous-fifres m'envoie un coup de poing en pleine trogne. Quand le bon docteur tchèque revient, je ne pousse plus le moindre gémissement mais j'ai encore plus mal à la tête qu'au pied.

— Quel âge as-tu bonhomme ?

— 17 ans.

Il me regarde d'un air dubitatif. M'en fous, je maintiens, 17 ans, oui monsieur, après tout c'est un demi-mensonge, je suis vraiment du mois d'août et si mes calculs sont bons mon anniversaire ne devrait plus tarder, à moins qu'il ne soit déjà passé de peu... Le médecin griffonne. Sur son papelard, une bonne et une mauvaise nouvelle : je suis dispensé de travail pendant quinze jours mais je dois revenir ici trois fois par semaine refaire mon pansement.

— Alors je ne vais pas mourir ?
— Non, petit. Tu es un costaud.

Je n'en suis pas sûr, mais j'ai l'impression qu'il a soupiré.

*Quel âge a-t-il celui-là, 15 ans ? Un peu plus ? Avec une infection comme la sienne, il n'en a plus pour longtemps. Tant de morts... Tant de morts si près du but... En ce moment même, les Alliés avancent vers Paris, les Russes sont aux portes du Reich, nous le savons par la TSF. L'un des postes appartient à l'Oberscharführer SS Michaelsen, dentiste de son état, un feignant de première classe. Nous l'attirons hors de sa chambre sous les prétextes les plus acrobatiques pendant que l'un des nôtres capte la BBC. La seconde radio nous appartient, seuls trois camarades et moi-même savons où elle est cachée. C'est une grande source de courage pour nous, détenus tchèques, russes, français, allemands qui tentons de résister... Nous savons que la victoire est proche. Il faut tenir. Nos bureaux du* Revier *sont devenus de véritables fabriques à distribuer les billets de repos. Celui que j'ai donné au jeune Hongrois lui permettra de souffler quelque temps. Durer, voilà tout, et maintenir le plus de prisonniers en vie... Saboter aussi, le plus possible, qu'aucune bombe volante produite à Dora ne soit capable d'atteindre Londres. Dans le tunnel, les camarades affectés à la production détruisent d'une main ce qu'ils construisent de l'autre : des éléments de fuselage sont soudés à l'envers, les petites pièces des gyroscopes disparaissent dans les toilettes… Leur incompétence se déploie, multipliée par la ferme volonté de nuire et par un influx nouveau, fragile, qui n'ose dire son nom et ressemble à l'espoir. D'ici quelques mois, les Alliés libéreront le camp, c'est évident maintenant. La défaite de la Wehrmacht est inéluctable. Nous serons bientôt libres, libres et victorieux. Mais qui tiendra jusque-là ? Sûrement pas le petit juif qui vient de sortir de mon bureau.*

Demain je vais mourir. Voilà quinze jours que je me repose et ma jambe me fait toujours mal, quinze jours qu'on me porte chaque soir pour l'appel, tantôt Hugo qui n'en peut plus, tantôt un colosse que mon père paye pour sa peine, un morceau de pain ou deux patates. À cause de moi, sa production de couvre-chefs a pris un rythme industriel, il ne lâche plus ni son fil ni ses aiguilles. Dans le camp, seuls les kapos totalement rétifs au style ne possèdent pas leur casquette Kiss – il me semble qu'une mode est lancée. Demain, je vais mourir quand même.

Un gratte-papier du camp a décidé que j'étais suffisamment en forme pour retourner porter des rails et pousser des wagonnets. Je sais, moi, que je n'y arriverai pas. Demain je ne pourrai pas non plus soulever les pierres ni courir sur les planches, je ne serai pas capable d'aller vite, plus vite et encore plus vite et les gars comme moi, inaptes au travail, ils finissent dans un transport. Le transport, c'est pire que tout : un aller simple pour le ciel. La direction du camp bourre des wagons avec les détenus les plus faibles, les malades, les blessés, les amputés, ils font un paquet de mille inaptes et hop, à dégager. Le convoi est censé se rendre dans un centre de repos, tu parles ! En réalité, on envoie les transportés vers un camp similaire au nôtre et on ne leur donne quasiment rien à manger ni à boire pendant le trajet pour les faire crever plus vite, ça débarrasse. À l'arrivée il n'y a plus grand monde et les rares détenus qui tiennent encore debout ne font pas long feu. On le sait parce qu'il y a eu des revenants, rarissimes mais bavards, et d'autres preuves aussi. Hugo travaille à la *Kammer* du camp, là où ils distribuent les uniformes et les godasses. Un de ses collègues, un gars à triangle rouge, ne croyait pas à cette histoire de cure de repos, il a voulu en avoir le cœur net : il a marqué les sabots de trois gars sélectionnés pour un transport. Les chaussures lui sont revenues fissa sans leurs propriétaires. Il paraît qu'on les leur enlève en même temps que l'uniforme, avant de les faire entrer dans les wagons. Les transportés voyagent en caleçon, d'autres sans rien du tout. À l'arrivée, même pas la peine de se fatiguer à les désaper : ils sont morts et déjà nus, bons pour le four. Maintenant tout le monde connaît la vérité. D'ailleurs les transports ont été renommés *Himmel Kommandos*, les kommandos du ciel, ça veut bien dire ce que ça veut dire.

Avant ma blessure je les regardais avec pitié, les faiblards, les épuisés, ils s'auscultaient avec passion, ils se palpaient, et lorsque sous leurs doigts ils sentaient leurs pieds faiblir, leurs bras osseux, ils savaient : le prochain kommando du ciel serait pour eux. Moi aussi maintenant je me palpe, et je sais. Tout à l'heure, dans la cour de la baraque traînait une grosse pelle, la même que celles qu'on utilise à l'asphalte. J'ai essayé de la soulever, pour voir. Je n'ai pas pu.

Quand je fuguais de la maison, jadis, j'avais plaisir à imaginer l'inquiétude de mes proches. Je voyais leurs mains tordues, leurs larmes, je me délectais de leur angoisse. Parfois j'ajoutais à ce film noir un dénouement fatal : mes parents dévastés me retrouvaient dans la forêt mangé par les loups, piqueté par les corbeaux, en morceaux au pied d'une falaise. Je me représentais leur désespoir dans le détail, presque au ralenti. Leur chagrin atroce me rassurait mais – c'était le prix à payer – l'idée de mon propre décès me retournait l'estomac, j'avais peur, la poitrine serrée, la nausée, des spasmes, je sanglotais, un vrai bouleversement romantique, conneries ! En vérité la tranquille, l'imparable certitude de mourir asphyxie le sentiment.

— À quoi tu penses ? me demande Hugo.

— À rien.

— Pour quelqu'un qui ne pense à rien, tu as l'air très concentré.

— Je pense aux filles d'en face, chez nous.

— Ah… Je vois.

— Je n'irai jamais, mon pote. C'est fini pour moi. Je suis foutu.

— Ne dis pas n'importe quoi, Tomi. On ira ensemble au bordel si ça te fait plaisir, tous les deux, je te jure, dès qu'on sera sortis d'ici. Elles nous feront peut-être un prix de groupe.

— Tu ne perds pas le nord.

— C'est mon côté astronome, Tomi, et je te le garantis : ta bonne étoile ne va pas te laisser tomber.

J'aime bien discuter avec Hugo, même quand je suis au fond du trou. Surtout quand je suis au fond du trou, en vérité. C'est sans doute ça, un ami : quelqu'un qui parle quand il le faut et qui le reste du temps ferme sa gueule.

*Pauvre Tomi ! Il n'aime pas qu'on le plaigne, mais là... Ce soir, il a réussi à boiter jusqu'à la place d'appel mais il tremble déjà et ça ne fait que quinze minutes qu'on est debout. Nous sommes obligés d'être à l'appel, sauf dispense. Même malade, même mort, on doit s'aligner avec tous les autres, le temps que les SS nous comptent. On est des milliers, ça peut durer une heure ou deux jours si par malheur il manque quelqu'un. Certains détenus claquent sur place, d'autres s'évanouissent seulement, on n'a pas le droit de les aider. Si on bouge, punition. Si on ne bouge pas, punition quand même. L'autre jour, un SS nous a fait retirer et remettre nos calots pendant deux heures. La nuit tombe tôt maintenant, le ciel est tout allumé. Sirius, Antarès... Elles sont innombrables, les étoiles. Pas une de la même couleur que sa voisine, quand on regarde bien. Bételgeuse a des reflets de feu, Rigel est plutôt bleutée, Aldébaran dorée. Je n'ai jamais compris pourquoi celle qu'on nous fait porter est d'un jaune aussi laid – une flaque de beurre sale.*

*Où est passée la Polaire ? J'aimerais bien qu'elle m'aspire. Je m'élèverais dans son scintillement, je me diffracterais en mille poussières irisées et c'en serait fini du froid, des crampes et du vent, je n'aurais plus de corps, quel bonheur ce serait...* Die Rechnung stimmt nicht, *le compte n'est pas bon : trois détenus manquent à l'appel. Ils ont sûrement claqué avant d'arriver sur la place mais pour que l'addition tombe rond il faut aussi comptabiliser les corps alors nous attendons que les morts rejoignent les vivants sous le plafond merveilleux du ciel. Qui nous voit, nous, les gelés, les exténués, les numéros ? Existe-t-on seulement pour quelqu'un ? Sait-Il ce que nous endurons, Celui qui de là-haut devrait tout embrasser ? Il paraît que dans les souterrains de notre camp, les détenus fabriquent des armes volantes, inédites, imparables. Quand elles traverseront les nuages pour écrabouiller l'Angleterre, les verra-t-Il alors, et ceux qui les construisent ? En attendant, s'Il pouvait nous envoyer un message, quelque chose, une perche, un coup de pouce, n'importe quoi, un signe, rien qu'un signe pour Tomi...*

Le SS entre dans la baraque, aussitôt le silence s'abat comme un couvercle et cloue le bec d'Hugo, occupé jusqu'alors à me bassiner avec ma bonne étoile et ma guérison future, aussi improbables l'une que l'autre vu l'état lamentable dans lequel m'a jeté l'appel du soir.

— Y a-t-il des tailleurs ici ?

Le SS a parlé et je n'en crois pas mes oreilles. Des tailleurs ? Des tailleurs, oh que oui ! Moi aussi je veux travailler à l'intérieur, au calme, au milieu des rouleaux de velours et de coton, comme mon père ! Je lève la main bien haut, aussi haut que je peux, à m'en arracher le poignet, à en crever le ciel, elle est là ma bonne étoile et je ne vais pas la rater, je me vois déjà lové dans le chaud cocon de l'atelier, loin de l'asphalte, de la boue, des cris, des coups, mais mon père horrifié baisse aussitôt mon bras.

— Tu ne sais pas coudre, Tomi !

« Tu ne sais pas, tu ne sais pas », c'est tout ce qu'il a toujours su dire de moi, lui. Il préfère peut-être que je crève au terrassement ? Rien à foutre de ses gros yeux, tailleur si je veux, mais il tient mes deux poignets bien serrés contre sa jambe, pas possible de lever mon doigt, et après avoir inscrit les numéros des détenus volontaires, le SS quitte notre baraque sans se retourner.

*55789 : tailleur.*

Il a cru que j'allais lui obéir ! Mon père croit toujours que je vais lui obéir, il est pathétique. Il pense que ça marche encore avec moi, les gros yeux, les menaces, les interdits. Dès qu'il a eu tourné les talons, je me suis précipité dans la cour de la baraque pour rattraper le SS qui cherchait des tailleurs. Sans me vanter, j'ai été l'éclopé le plus rapide d'Allemagne, et le plus convaincant : pardon pour mon retard, je suis apprenti couturier, très motivé, *sehr guter Schneider*, il faut absolument m'ajouter sur la liste, je-vous-en-prie-merci-merci. Le gradé m'a balancé un grand coup de poing dans l'épaule mais m'a inscrit. 55789 : tailleur. Adieu l'asphalte ! C'est qui le plus malin ?

Sémaphore aussi s'est déclaré tailleur bien qu'il soit plus ou moins avocat mais le droit, dans le camp, ne lui permet que de pousser des wagonnets. En ce qui le concerne, il n'y a que demi-mensonge car l'animal a étudié la couture dans sa jeunesse – c'est ainsi qu'il a rencontré mon père. Ce matin, donc, lui et moi pensions prendre le train pour rejoindre un atelier en ville, comme le fait mon père, en réalité nous n'avons pas quitté le camp. Sémaphore, moi et tous les tailleurs autoproclamés de ma baraque avons été emmenés au block 5, le bâtiment face aux cuisines. Il y a là de grandes tables en bois, des dizaines de machines à coudre dans le fond, des bobines de toutes les couleurs, des aiguilles, ça se confirme : je vais devoir coudre. L'important est de paraître crédible. Faire comme si je savais. La couture, c'est mon métier. Ma vocation, même. Ma passion. 55 789, tailleur de père en fils. J'y crois, j'y crois, j'y crois.

— Vous êtes ici à l'atelier du camp, raccommodage et cordonnerie...

Le kapo qui nous parle est allemand. Des petits yeux fourbes, des mains de bébé, il a l'air d'une crapule douillette et assez retorse. À Dora, la grande majorité des kapos porte le triangle vert des anciens taulards mais lui en a un noir, jamais vu auparavant. Un délinquant, peut-être... Ou un saboteur ? Dans la vraie vie, ce gars-là ne doit pas être le genre hors-la-loi flamboyant, braqueur de banques ou dézingueur de trains. Plutôt le style escroc, obséquieux, un bouquet de roses dans une main et ton porte-feuille dans l'autre. Pelotonné sur sa chaise, il parle sans nous regarder en rythmant chaque phrase de légers coups de cravache qu'il distribue alternativement à son *Vorarbeiter* – l'assistant, un vieux avec deux grosses rides qui lui barrent les joues comme des cicatrices – et à sa bonne, un jeune Polonais aux cheveux épais et noirs qui le suit partout avec un grand verre d'eau et sert, semble-t-il, à beaucoup de choses. Régulièrement, le kapo s'interrompt pour faire des risettes à son chien, une sorte de dogue rapetissé, court sur pattes et renflé comme un ballon qui nous abreuve de jappements enroués.

— La paix, biquet ! Vous êtes à l'atelier, donc, et comme son nom l'indique...

Le kapo s'extrait de sa chaise doucement, avance de trois pas en glissant comme sur des patins, perd le fil de son discours, s'agace, fait demi-tour, bouscule sa bonniche qui marchait tête baissée derrière lui avec le verre d'eau, ordonne qu'on l'essuie, reprend son discours, répète deux fois la même chose. Aucune rigueur, ce connard. Tant mieux pour moi : s'il nous surveille comme il cause, je vais m'en sortir. Je coudrai plus lentement que les autres, c'est tout. Le *Vorarbeiter* nous balance une pile immense d'uniformes rayés, les mêmes que ceux que nous portons mais dans un état pire encore, des frusques informes, grisâtres, usées, déchirées de partout. Sur chaque table, une veste a été découpée en petits morceaux qui serviront à boucher les plus gros accrocs. Une fois le vêtement réparé, on est censé le déposer par terre. Il faut retaper dix tenues dans les plus brefs délais. C'est parti, un pantalon ouvert au genou. Je pose la pièce sur le trou, toutes les rayures dans le même sens, et je couds. Enfin j'essaye de coudre. La toile est rêche, l'aiguille me glisse entre les doigts et ce fil, ce satané fil qui ne veut pas aller droit !

À côté de moi, Sémaphore ne quitte pas son travail des yeux. Il sue sang et eau sur les ourlets, ça fait un bail qu'il n'a pas tenu une aiguille. Mon voisin de gauche, lui, a déjà presque terminé de repriser son premier uniforme. Il porte des vieilles lunettes rafistolées avec de la filasse et, au bras, un triangle vert avec la lettre S inscrite dessus. Quand nos regards se croisent, il fait une mine dégoûtée comme si ma seule présence empuantissait son espace vital et on lui voit les dents, toutes jaunes et pointues. Une vraie gueule d'assassin mais question raccommodage, ce salaud-là est un expert : ses doigts s'activent sur le tissu comme le bec d'un oiseau, l'aiguille disparaît à une vitesse folle pour réapparaître pile au bon endroit, il n'y a pas un millimètre de débord entre ses points de fil minuscules. Si je pouvais coudre aussi vite que lui... Mes rayures à moi partent de tous les côtés, les pièces tiennent à peine et les ourlets sont de guingois, c'est atroce. Si le kapo voit ça, je suis mort.

— Allez, allez, dépêchons, répète-t-il en caressant le dos de sa mascotte.

On dirait une erreur, ce chien : un berger allemand croisé avec un traversin. Mais pour cette bête ridicule, le kapo a les yeux de l'amour. Il le berce en lui susurrant des mots doux, genre mon canard, mon pépère, mon sucre d'orge, enfin j'imagine, je ne comprends pas tout mais le cœur y est. Impériale, la saucisse canine accepte les hommages sans bouger une oreille.

— Je veux voir vos dix uniformes réparés et plus vite que ça ! hurle le *Vorarbeiter*.

Entre deux beuglantes, il marche lentement de table en table, renfrogné ; à intervalles réguliers il sort la tête pour vérifier le boulot et agite ses matraques, une dans chaque main, on dirait un gros escargot cogneur. Je n'arrive même pas à finir une seule veste. Je suis fichu, fichu pour de bon, faut que je trouve un moyen, et le tas de mon voisin qui grossit à vue d'œil... Il continue de rapiécer plus vite que l'éclair, cet enfoiré de bigleux ! Et il ne m'aiderait pas ! Il ne lèvera même pas sa sale gueule ridée quand on écrasera la mienne contre le mur, et le kapo vicelard continuera de caresser son clébard ridicule pendant qu'on jettera mon corps dans une brouette. Tout ça parce que je ne sais pas coudre, ce n'est pas juste, ça, c'est... Réfléchis Tomi, réfléchis, trouve quelque chose, « ici on entre par la porte et on sort par la cheminée », mais pas moi, pas maintenant.

Il a cru rouler tout le monde, le petit juif, mais je vois tout, c'est mon boulot ici, tout voir, que le travail soit bien fait et qu'on n'ait pas d'ennui. « Pas d'ennui », c'est la ligne du kapo. Il veut être peinard, à moi de m'arranger pour qu'il le soit sinon je dégage direction la casserole. Vorarbeiter ce n'est pas plus compliqué que ça : on repère les ennuis, on les supprime. Simple. J'ai une vie dehors qui m'attend, moi, une famille, alors je fais ce qu'on me dit, pas d'ennui. Or le môme, là, ne sait pas coudre. Les détenus malhonnêtes dans son genre, c'est la plaie des kommandos : si on les rend ça fout les statistiques en l'air et si on les garde à rien foutre, va justifier ça au SS... Emmerdements assurés dans tous les cas. Ce matin, je n'ai pas repéré son manège, j'avoue. Il m'a présenté ses dix uniformes réparés, j'ai validé sa pile, je n'y ai vu que du feu. Mais cet après-midi... Tailleur c'est une attitude, le corps entier coud, les jambes, les yeux, les bras, tout est concentré même si seule l'aiguille bouge. Le gosse, lui, faisait semblant. Avec ses pieds, sous la table, il volait les vêtements raccommodés par ses voisins, un pantalon à gauche, une veste à droite, et que je te chourave par-ci par-là l'air de rien. Il faisait glisser les uniformes réparés par les autres jusqu'à sa pile à lui, le petit furet ! Je te l'ai attrapé par-derrière, il l'a senti passer, la peur de sa vie il a eue ! Je l'ai traîné dans toute la baraque en gueulant. Il ne faut pas hésiter à en rajouter, surtout au début, ça pose un climat et ça refroidit les autres détenus, d'expérience je maintiens que c'est même aussi efficace que d'en supprimer un pour l'exemple. Une fois arrivé dans le bureau je lui ai déroulé le programme au gamin : quand le kapo reviendrait de la cantine, je lui raconterais tout et pour les menteurs de son acabit, les voleurs, les petits malins, ce serait le kommando disciplinaire, le camp de redressement, quasiment rien à boire ni à bouffer et du travail de chien, il y a quelques adresses de ce style dans le coin, les gars en reviennent tous allongés. Le petit m'écoutait recroquevillé, tout blanc, fermé comme un caillou. Et d'un coup ça a jailli. Ça coulait, ça inondait ses joues, pas les pleurnicheries fabriquées, pas la jérémiade bavarde de vieux ni la tristesse toute fausse pour faire pitié : des sanglots énormes, des torrents de regret. Il s'excusait, il me suppliait, il me déballait tout en vrac, la blessure, le Revier, la pelle, la peur, son père qu'il ne voulait pas quitter, surtout son père, on sait ce que c'est les gosses, ça joue les grands mais sans nous c'est perdu.

Le kapo a bien aimé l'idée du balayeur attitré. Un balayeur dans un kommando de couture, avec les fils, les bouts de tissu partout par terre, c'est normal, après tout, personne ne pourra nous le reprocher, aux statistiques. Et quand les SS viennent visiter, une baraque impeccable ne peut pas nuire. Il a intérêt à astiquer, le môme, comme un fou, comme une femme, mieux qu'une femme même, qu'on puisse lécher le sol. Sinon ce sera des ennuis pour tout le monde et les ennuis, je peux pas me permettre, j'ai une vie dehors qui m'attend, moi.

J'en avais pas vu depuis longtemps, des vraies larmes de vrai enfant.

— Hugo, devine !

— Devine quoi ?

— Le type, là, l'Allemand bigleux, celui à qui j'ai chouré les pantalons le jour de notre entrée à l'atelier, tu sais pourquoi il est détenu ?

— J'en sais rien...

— Devine, je te dis !

— Il a assommé un flic ?

— Non.

— Il a détourné des millions ?

— Raté.

— Il a...

— Encore raté.

— Oh j'ai encore rien dit ! Il est tout con ton jeu, j'arrête.

Le meilleur couturier de l'atelier a tué sa femme. Je le savais ! Il l'a étouffée avec un coussin et il a été confondu aussi sec – avec sa gueule il n'avait aucune chance d'y couper. Le S sur son brassard, ça veut dire *Schwerverbrecher*, en gros il vaut mieux passer au large. Le gars est irrécupérable, dans le genre dangereux.

En plus il déteste les juifs et passe ses journées à nous débiner.

— Méfie-toi de lui, Tomi ! Méfie-toi de tout le monde, répète gravement mon père. Et surtout ne t'approche pas d'une aiguille. Si tu abîmes le travail, les gradés croiront que tu le fais exprès et tu sais ce qui se passera, n'est-ce pas ? Tu sais ce qui arrive aux saboteurs ?

Je le sais. Tout le monde le sait depuis l'autre jour, près du bunker. Les détenus sont arrivés, des Russes, des types comme nous sauf qu'eux étaient accusés de sabotage. Ils avaient les mains entravées et un bâton dans la bouche, bien serré par un fil de fer noué derrière la tête. Ils ne pouvaient pas crier, de toute façon la musique de l'orchestre aurait couvert le bruit. Les SS fumaient, très décontractés. Le bourreau boitait, il est allé d'un Russe à l'autre en traînant la patte pour leur passer la corde au cou. Tsoin, tsoin, les musiciens ont joué pendant leur mise à mort. À la fin nous avons tous défilé devant les pendus en les regardant bien en face, c'était obligatoire, le premier qui détournait les yeux se faisait massacrer. La tête des Russes tombait sur le côté, toute blanche. Voilà ce qui arrive aux saboteurs.

— Fais attention à toi Tomi, ressasse mon père. Fais très attention. Tu as pu t'en sortir une fois en volant, mais pas deux.

« En volant », « en volant », il ne peut pas s'empêcher d'être désagréable, mon père ! Je me suis débrouillé, c'est tout, et finement ! Le premier jour à l'atelier, il fallait bien que je trouve un moyen de m'en sortir. J'ai piqué six pantalons réparés à l'assassin bigleux, mais quand on vole un criminel endurci ce n'est pas du vol, plutôt un juste retour des choses. Et j'en ai pris quatre à Sémaphore, considérons cela comme un emprunt à un ami. Du *vol*, tout de suite les grands mots... Le *Vorarbeiter* a bien compris que je n'avais pas eu le choix. La honte ici n'est pas de voler, mais de se faire pincer. D'ailleurs, dans le camp, on ne prononce pas le mot « voler », on dit « organiser » et ce n'est pas de la fauche, c'est de la stratégie. On organise les sacs de ciment, par exemple : on les choure sur les chantiers du camp et avec trois trous percés dedans ils se transforment en coupe-vent sous nos chemises. Chez nous, en Hongrie, quand on empilait les couches de vêtements pendant les grands froids, on appelait ça la « mode oignon », c'était drôle. Ici un seul bout de sac de ciment sous ta veste est passible d'une volée de coups de bâton. On organise quand même les sacs, histoire de ne pas crever de froid. Dans la baraque où je travaille, ce qui est formidable c'est qu'on peut aussi organiser du papier-toilette. Personne n'en possède dans le camp, ou presque. Moi j'en ai. Les uniformes rayés déchirés qui arrivent sur les tables de l'atelier remplissent parfaitement cet office une fois coupés en morceaux carrés, et à l'heure exquise de m'en servir aux latrines j'ai une pensée spéciale pour les SS qui nous traitent de cochons, de saletés, de déchets sans jamais nous fournir une feuille de papier hygiénique. Oui j'organise, moi, je pique, je détourne,

217

je m'arrange et mon père, malgré ses grands mots et ses beaux principes, fait exactement pareil avec ses casquettes cousues sous le manteau. Le tissu, il le vole dans son atelier, il fourre les chutes dans ses manches mais ça lui ferait mal de le reconnaître.

— Ne vole rien, Tomi, n'organise rien, ne dis rien, ne bouge pas une oreille, tiens-toi à carreau. C'est déjà incroyable qu'on t'ait admis dans cet atelier, alors fais en sorte d'y rester.

Mon père n'en revient pas que j'aie réussi à entrer chez les couturiers et pourtant j'y suis, j'y suis pour de vrai : nettoyeur attitré. Il paraît qu'Antal Kluger, le patron du *Tailor Shop* de Beregszász, est mort. Il a raté l'inscription au kommando de couture parce qu'il était blessé au *Revier*. Il a eu beau tenter de rattraper le coup, supplier, arguer qu'il était « tailleur authentique et de métier », l'administration n'en a rien eu à faire, de ses phrases toutes pleines de mots. Il est resté au terrassement. Ma jambe à moi a guéri à l'atelier, alors que je ne sais même pas enfiler une aiguille. Il y a des trucs comme ça, au camp, des trucs pas logiques qui trottent dans ma cervelle alors je les chasse à grands coups de balai et la journée passe, au chaud, *Block fünf*.

La baraque 5 ressemble à toutes les autres, verdâtre au toit pointu. Elle se dresse en face des cuisines et se divise en deux dans le sens de la longueur : d'un côté la couture, de l'autre la cordonnerie. Une fois par semaine, des tonnes d'uniformes rayés nous arrivent de tous les kommandos, manches arrachées, jambes tachées, ourlets en lambeaux. Par leurs trous dégueulent les coups de matraque, les nuits trop courtes, les jours glacés, le bagne. Même désinfectés, ils puent la souffrance. C'est horrible de voir ça, pire encore de le toucher, on sent sous le tissu le corps lacéré de celui qui l'a porté. On imagine dans la veste en lambeaux le détenu terrassier, asphalteur, porteur de cailloux ou de cadavres, le pauvre gars piétiné, exténué, dehors sous le vent, ou mort, mort peut-être, sinon pourquoi on nous rendrait son uniforme ? Nous sommes vivants, nous. Nous travaillons au chaud, par chance, par hasard, sans même l'avoir mérité, sans rien avoir accompli, sans même savoir bien coudre. Je déteste ce moment, quand les centaines de tenues lacérées tombent sur les tables : un bloc compact de douleur.

Les pièces les plus déchiquetées sont achevées, pas le choix – elles disparaissent nul ne sait où, elles seront broyées, pulvérisées, brûlées, j'imagine, je ne sais pas – et les tailleurs raccommodent ce qui peut l'être. Je la regarderais des heures, leur main sèche qui caresse la manche trouée, le fil qu'elle tire et tire encore, je me fous de la couture bien sûr, rien à taper de ce métier de soumis, de ce larbinat tête baissée, ici c'est même de l'esclavage, les rayures, les cadences terribles et les cris, le bruit des machines, oui mais quand même, il y a quelque chose. Quelque chose de profond, de pugnace, d'obstiné, de jamais vu à la boutique de mon père, de jamais vu nulle part ailleurs dans le camp, quelque chose d'une force entre les mains faibles des tailleurs. Il faut avouer qu'elles en imposent, leurs mains maigres, ces mains tordues, têtues, ces mains rampantes qui vivent encore, qui s'agitent sans bruit comme des insectes d'où sort le fil qui répare, ces mains tisserandes qui prolongent les guenilles, qui referment leurs entailles, qui raccommodent ; sous elles, il faut le voir pour le croire, les pires vestes ressuscitent, les pantalons défigurés guérissent, point par point la blessure se résorbe et le vêtement renaît dans le silence des cicatrices. Moi je vois cette chose, en balayant. Je vois la grande réparation du fil qui va et vient, l'aiguille qui passe et repasse et efface les plaies, la vie même est prise dans cette toile-là alors ils pourront dire ce qu'ils veulent, les salauds, les kapos, les SS, qu'on est des *Untermenschen* des vermines des bestioles à écraser mais les mains animales résistent au grand rien, au broyage, à la disparition, et ça a quand même une sacrée gueule.

À la machine aussi, le raccommodage est beau à voir : une pièce sur le trou et le martyre s'efface en quelques coups de pédale. Les vêtements se réparent mieux que les hommes, surtout avec ces engins-là, noirs, lourds, pas enjolivés comme la Pfaff de mon père mais solides, des carrosseries guerrières, leur aiguille file comme le vent... À l'atelier, il y a une soixantaine de machines à coudre. Quand toutes fonctionnent en même temps, elles font un bruit de mitraille. Ça me démange d'en essayer une. Ce sont des outils d'homme, ça, pas comme le balai.

Une fois les uniformes remis d'aplomb, ils sont renvoyés dans le circuit pour habiller les détenus et d'autres haillons les remplacent. Notre atelier dévore le tissu bagnard et le recrache sans trêve : quand l'équipe de jour des tailleurs va se coucher celle de nuit prend sa place, on ravaude des milliers de fringues chaque semaine. De l'autre côté de la baraque, les cordonniers font la même tambouille avec les chaussures : ils les trient, en réparent certaines, en dépiautent d'autres pour extraire le cuir, ou les lacets, ou les œillets, que sais-je encore, il n'y a pas de petites économies pour le grand Reich. De temps en temps, notre kapo convoque l'un de ses *Vorarbeiter*, un échalas féru d'hippisme dont les activités favorites sont, dans l'ordre : 1 : fumer, 2 : manger, 3 : regretter le bon temps où il fréquentait les champs de courses. Les deux débiles s'installent confortablement au beau milieu de la baraque et Hue dada ! Quand l'un de nous reçoit un coup de cravache, il doit se mettre à cavaler. Il aime rire, notre kapo. Il adore ça, même.

Sa principale source de divertissement est un détenu prénommé Ernst. En plus d'être maigrichon et chauve, ce vieux-là est, pour son malheur, la réplique vivante des caricatures antisémites qui fleurissent depuis quelques années dans les journaux de connards : crâne bosselé, oreilles pendantes, nez crochu. Notre kapo l'a repéré dès le premier jour :

— Très bien, parfait, excellent ! Quel spécimen !

Et un large sourire a illuminé sa face de rat. Depuis, à chaque fois qu'il croise Ernst, le kapo entonne une sorte de marche militaire assez enjouée, « Aïli, Aïlo… Aïla ! », puis baragouine trois couplets avec un bel enthousiasme, ponctuant son récital de vigoureux *Jude* qui ne laissent aucun doute sur le fait que nous, les juifs, sommes les héros de sa chanson. Il semblerait que l'interprétation du kapo fasse rimer *Jude* avec fauteur de guerre et raclure de bidet, entre autres joyeusetés déclamées à grands coups de cravache sur le crâne d'Ernst, lequel tremble comme une feuille dès qu'il entre au block 5. Notre kapo l'a renommé Aïli-Aïlo.

— C'est le juif pur jus, hein biquet ? susurre-t-il à son chien.

Chaque matin, le kapo lâche son roquet sur Ernst qui hurle de peur et tressaute pour éviter les morsures. Une fois le chien calmé vient le rituel de la dent. Ernst a une dent en or et cet or, le kapo le veut. Chaque matin, donc, il tire sur la ratiche d'Ernst avec une paire de tenailles. Il pourrait l'arracher d'un coup, en cinq minutes l'affaire serait dans le sac mais non, il prend son temps. Pour le seconder dans l'extraction, il appelle un gros détenu juif suant et terrifié nommé Felder qu'il a affublé d'un costume queue-de-pie bien trop étroit et promu assistant dentaire. Ernst et Felder, un vieux maigrichon chauve et décrépi à côté d'un petit gros rougeaud habillé pour l'Opéra, ce duo arrache à notre kapo des larmes de rigolade.

— J'ai les meilleurs, dit-il en gloussant, vraiment les meilleurs !

Aujourd'hui, notre kapo est d'humeur spécialement joviale : il lui faut un spectacle. Il pousse ses deux tailleurs préférés hors de la baraque non sans les avoir coiffés de chapeaux à voilette dénichés sans doute par les gars de la *Kammer* dans les valises des derniers déportés.

— Dehors, mesdames, allez prendre l'air !

Ernst et Felder sont effrayés de sortir déguisés de la sorte. Ils ne pourront pas passer inaperçus : il y a juste en face de notre block un kommando en action, trente détenus affectés à la réfection d'un bâtiment qui gesticulent, courent, transportent des planches d'un point A à un point B aller-retour, accélèrent, glissent, tombent, se relèvent, pellettent et martèlent comme des automates déréglés sous l'œil et le gourdin de leurs deux chefs d'équipe.

— Allez, ouste, c'est l'heure de la promenade ! insiste notre kapo.

Le gros Felder ouvre la marche, boudiné dans son habit de majordome, suivi par le vieux Ernst qui tient la queue-de-pie comme la traîne d'une mariée. Ils avancent prudemment dans la rue principale du camp, n'osant lever les yeux de peur d'attirer l'attention, heureux de passer inaperçus jusqu'à ce qu'un des kapos du bâtiment remarque les chapeaux idiots et se mette à glousser. Les détenus terrassiers osent lever les yeux et aperçoivent le tandem, formé de deux prisonniers comme eux, leurs égaux mais tellement laids, tellement aberrants dans leur posture ridicule, dans leur accoutrement stupide, qu'eux-mêmes, les porteurs de planches en simple uniforme rayé, se sentiraient presque des ouvriers normaux. Le second kapo attrape un fou rire, il embauche immédiatement les deux zigotos et ordonne qu'on leur apporte la plus longue poutre. On met le marié à un bout et sa duègne en face, ho ! hisse ! on les regarde soulever. La charge est trop lourde pour eux, on ricane de leur peine. Tout le kommando fait bientôt cercle autour des deux clowns blêmes. Qu'ils sont faibles ! Qu'ils sont minables et grotesques ! Les rires grossissent, s'agglomèrent, éclatent, les éclaboussent. On les bouscule, ils tremblent, c'est encore plus drôle, le public se rapproche encore. Ernst et Felder voient maintenant de très près les visages fendus de grimaces hilares, ils les entendent grincer comme la poulie des pendus alors de terreur ils lâchent la poutre et se mettent à courir aussi vite qu'ils le peuvent, ils s'échappent sur leurs vieilles jambes, sur leurs grosses jambes, la queue-de-pie flottant au vent, pour se mettre à l'abri dans notre atelier avant que les rires ne les tuent tout à fait.

Il fait froid. Depuis que l'hiver est franchement là, notre kapo nous compte chaque soir à
l'intérieur de l'atelier et transmet son chiffrage
à l'administration. Nous sommes dispensés d'appel ! Pas besoin d'attendre des heures dehors à
se les geler ! C'est une chance extraordinaire, un
passe-droit inouï. Le kapo a négocié cela avec
la hiérarchie. Il a pas mal de copains chez les
SS, ça aide, certains gradés sont même invités
dans notre baraque de temps en temps pour
partager un cigare ou autre chose, taper le carton, regarder un match. Un match de boxe, plus
précisément. Il aime beaucoup ce sport, notre
kapo, il possède même une belle paire de gants
en cuir. Jamais il ne se prive d'un bon combat,
ça le délasse après une journée de travail. Ainsi,
pendant que les autres détenus subissent sous le
vent glacial l'interminable appel, nous les gars
du block 5 assistons régulièrement à de petits
tournois : sur un ring de fortune, la bonniche
polonaise du kapo est priée de défoncer la tête
de l'un d'entre nous et souvent de plusieurs

successivement, la plupart du temps ça tombe sur Ernst à la fin alors le kapo lâche son roquet qui galope entre les boxeurs tandis que le vieux se multiplie maladroitement pour parer les coups, les morsures. Le sang gicle, le chien jappe, Ernst ne sait plus où donner de la tête. Nous sommes collés les uns aux autres autour de l'arène. Le poêle emplit l'atelier d'un air tiède qui nous engourdit.

— Quel match ! Quel cirque !

Le kapo admire le massacre, stoïque dans son large fauteuil rembourré de coussins. Ses yeux brillent. J'ignore ce qui lui plaît le plus, le spectacle des poings qui frappent ou celui de nos mains qui applaudissent car j'applaudis bien sûr, tout le monde applaudit, des dizaines et des dizaines de mains qui claquent pour encourager les combattants, pour rythmer la danse incongrue des genoux d'Ernst qui tremblent devant les dents du minuscule roquet, on applaudit tous et même pire encore, on rigole, aucun d'entre nous ne peut s'en empêcher, c'est atroce, c'est irrésistible, c'est encore pire que nous, c'est horriblement soulageant, tu finis toujours par pouffer au nez de ce pauvre Aïli-Aïlo, fou de terreur et de solitude, hilarant de ridicule au beau milieu de l'atelier. À la fin du combat nos mains sont rouges, nos joues aussi, on a bien chaud et à peine honte. Alors notre kapo se lève lentement de son trône et avant de se retirer dans sa chambre avec le joli vainqueur, salue son pauvre peuple avec un sourire bienveillant :

— On est mieux là que dehors, hein les gars ?

Bon ou mauvais, allié ou ennemi, bourreau, victime, homme, femme... Au camp les catégories habituelles se dissolvent, certaines personnes débordent des cases et on peine à les classer, tant leur caractère forme un mélange opaque et sale, une boue qui t'engloutit.

Je l'ai eue ! La dent, je l'ai eue ! Ce matin j'ai lâché une souris à moitié morte sur le crâne d'Aïli-Aïlo, il a sursauté et la dent en or est tombée. On se marre comme on peut, dans ce camp pourri. En plus on se les gèle, moins dix, moins quinze, ça me colle de ces migraines... Pour l'aspirine aussi faut se débrouiller, on a beau être kapo ça nous tombe pas tout cuit dans le bec. Les SS, eux, ils se gobergent, pardi ! Avec certains on peut s'arranger. Kurt m'en vendra, de l'aspirine, en échange de la dent j'obtiendrai tout ce que je veux... Quelle place épatante il a, le Kurt, la poste du camp c'est le rêve de chaque SS. Tous les colis envoyés par la Croix-Rouge arrivent là-bas, ceux des familles aussi, il n'y a qu'à piocher dedans et Kurt ne se gêne pas, il ramasse les médocs, les vêtements, les cigarettes, les biscuits, tout. Faut voir la gueule des détenus quand ils ouvrent leur paquet, y a plus qu'un gâteau moisi et un pauvre bouquin ! Les chocolats de bonne-maman ils les retrouvent en vente à la cantine, et leur tabac c'est papa Kurt qui le fume !

*Y en a un qu'est venu se plaindre, l'autre jour,
un détenu belge, prisonnier de guerre. La dérouillée qu'il a prise... Kurt c'est le SS typique, il s'est
même fait la coiffure à Hitler, la raie sur le côté et
la petite moustache en poils de cul, à la moindre
réclamation il dégaine la schlague. Faut pas les
brusquer, ces types-là, ils ont l'impression d'avoir
chié le monde entier. Faut les prendre gentiment,
par la rigolade. Moi je l'amuse, M. Kurt, il m'a à
la bonne. Les gants de boxe, c'est grâce à lui que
je les ai touchés. Je l'invite aux matchs de temps
en temps, il adore. Dès qu'il y a un truc marrant
à voir dans ma baraque, je l'appelle et il court, le
Kurt, il court ! Sacré Kurt. Enlève l'uniforme et
la raie sur le côté, tu as un bon gros gars dont le
boyau de la rigolade ne demande qu'à être cha-
touillé, comme tout le monde, comme partout.*

La réputation de plaisantin de notre kapo nous vaut régulièrement des visites impromptues qui nous glacent le sang. Ce matin, nous étions déjà au turbin block 5 quand la porte a claqué. Un SS tout galonné, gominé et ceinturé a surgi dans la baraque. Il semblait pressé et furetait dans les coins.

— Où est-il ? Où est le fameux juif ?

On tremblait tous, bien sûr. Quand un Allemand se pointe avec une idée fixe, ce n'est jamais bon signe : souvent le détenu recherché part de la baraque et n'y revient jamais. Ce matin, le gradé cherchait Sémaphore.

— Par ici, mon cher ami, a roucoulé notre kapo, je vais vous amener ce prisonnier sur-le-champ, installez-vous dans mon antre, voici un coussin, vous n'allez pas être déçu je vous le garantis.

Puis il a attrapé Sémaphore, l'a poussé dans son bureau au fond de la baraque et on n'a plus rien vu. En revanche, on a entendu ça :

— Baisse ton pantalon.

Après, l'autre côté du mur a plongé dans un silence parfait. On faisait semblant de travailler mais qu'est-ce qu'ils pouvaient bien fabriquer là-dedans ? Pas de grincements, pas de rires, pas de corps-à-corps, pas de toasts, rien qui évoque les divertissements habituels des gradés. Sémaphore avait peut-être planqué un micro-film secret-défense dans son futal, voire une arme ultramoderne, on se demandait même s'ils n'étaient pas tous morts au moment où le rire du SS a éclaté. Un ricanement d'abord, goutte à goutte, puis les vannes ont lâché, un déferlement, un geyser, une cascade de rigolade, sûr qu'on servait à Sa Majesté le Germain la meilleure blague de l'année ! Il est sorti du bureau en s'essuyant les yeux et, après avoir remis son képi d'aplomb, a gratifié notre kapo d'une bourrade reconnaissante :

— Tu ne m'as pas menti, mon brave, une de cette taille-là, c'est du jamais vu !

Depuis, à l'atelier, c'est le défilé : tous les SS de nature enjouée viennent vérifier la rumeur et voir de leurs yeux le fameux Sémaphore dont j'ai enfin compris le mystérieux surnom. Ces exhibitions intempestives rapportent à notre kapo de nombreuses cigarettes, une réputation d'amuseur public, l'indulgence des SS, et à notre camarade l'assurance de ne jamais voir son numéro apparaître sur la liste noire d'un kommando du ciel : le kapo ne saurait se passer de cet incroyable spécimen.

Dans le camp, un clou te tue, un fil te sauve, l'existence ne tient pas à grand-chose – sauf peut-être dans le cas précis de Sémaphore dont la survie est désormais solidement arrimée au don prodigieux que lui a fait Mère Nature. C'est son truc en plus et le truc en plus, j'ai pu le constater, est indispensable pour survivre. Dans le camp il faut un bon kommando ET un truc en plus. Mon père, par exemple, a l'atelier chauffé ET ses belles casquettes. Le gros Felder, lui, est la tête de Turc préférée du kapo de notre atelier de couture ET il sait réparer les chaussures, son père était cordonnier. Chaque soir, une fois sa queue-de-pie déposée, il s'assoit dans un coin de la baraque et sort de la poche secrète qu'il a cousue à l'intérieur de son uniforme des pièces de cuir et du petit matériel volés grâce à des gars de la cordonnerie. Sous les doigts de Felder, les trous des grolles les plus pourries sont comblés, les semelles ouvertes se referment jusqu'à la prochaine fois. On le paye en bouts de pain ou en cuillerées de soupe, c'est son filon à lui pour manger davantage. Moi, je n'ai pas de truc en plus. Pas de don. Pas de talent, pas de filon. Je ne sais pas coudre des casquettes ni rien d'autre d'ailleurs, j'ignore totalement comment réparer les godasses. Je suis le moins irremplaçable de la baraque 5, bon à rien excepté au ménage. Du jour au lendemain, le kapo peut se débarrasser de moi ou m'affecter à un autre kommando qui sera pire que l'atelier de couture.

Je les vois, les détenus qui bossent dehors, à la construction, au terrassement, aux jardins, aux chiottes, il fait froid maintenant, pire que froid même, les pauvres types reviennent le

232

soir exténués, gelés, à bout. Les plus chanceux portent un manteau, un pantalon, la plupart n'ont pas de chaussettes, ils crèvent comme des mouches. Ceux du tunnel aussi, ils fabriquent des fusées, des bombes ou je ne sais quoi, ils se font tabasser à tout bout de champ. À l'atelier au moins on a un poêle, et pas beaucoup de coups. L'autre jour, pendant que le kapo discutait, ni vu ni connu j'ai échangé ma chemise infecte contre une autre qui venait juste d'être raccommodée, ni sale, ni effilochée, merveilleusement intacte. Il faut absolument que je prenne racine à l'atelier, que je trouve un moyen, n'importe lequel, de m'y rendre indispensable. Toute la journée je les regarde faire, les tailleurs, découper, rapiécer, épingler, ils vont vite, ils maîtrisent le fil et il est beau, leur geste, c'est le geste le plus beau de la journée, le plus propre de tout le *Lager*. Ici manger est sale, on lape. *Sie fressen*, disent les Allemands, comme pour les animaux. Terrasser est sale aussi, pousser des wagonnets pleins de boue ça pue, ça colle, ça tache, ça fait suer, mais coudre à la main c'est impeccable. En plus ça n'a pas l'air sorcier : l'aiguille par-dessus par-dessous et rebelote. Je saurais faire, je le sens.

Parfois, tandis qu'il répare les chaussures, le bavardage de Felder s'égare sur les chemins de sa mémoire et il ne nous en épargne aucun lacet : sa boutique si bien tenue, pignon-sur-rue-moulures-dorures, ses employés fidèles, ses clients nombreux, et bien sûr ça ne rate jamais, sa femme adorée, sa tendre épouse, sa Rachel chérie, la chair de sa chair, ah la douceur de ses bras, ah les bons petits plats qu'elle lui miton-nait, les soupes de légumes, les entremets, les brioches moelleuses, il évoque tout dans le détail à haute voix, malheureusement j'occupe le châlit du dessous avec Hugo et on l'entend horrible-ment bien. Ses souvenirs perforent son cœur et mon estomac, c'est un véritable supplice, est-ce que je pense à ce genre de trucs moi, est-ce que je suis assez stupide pour me torturer, bien sûr que non, les gens et les choses je les laisse bien au fond à l'abri dans la crypte, jamais j'y pense, même les prénoms, même dans ma tête, jamais je ne les dis, maman, Gaby et Oscar, et Serena, je passe mes journées à ne jamais les prononcer et l'autre, là, le Felder qui nous bassine avec ses souvenirs tout chauds... De ma couchette je lui balance de grands coups de genou jusqu'à ce qu'il se taise et c'est un service que je lui rends – les nostalgiques, les pleurnichards, les déprimés, tous les faibles ont déjà un pied dans le four.

— Arrête avec tes genoux, sale petit con !

— Tu nous emmerdes à radoter, papi.

Mon père ne prend plus la peine de toiletter mon vocabulaire. Tout le monde parle comme ça, ici. Il n'y a pas de Merci, pas de S'il vous plaît, aucun coussinet calé au coin des phrases, parfois il n'y a même pas vraiment de phrase, juste des mots jetés en vrac à la gueule du type à qui l'on parle. Une requête emballée poliment, un Je vous en prie, un Vous permettez, ce serait l'équivalent verbal de la queue-de-pie de Felder, une survivance ridicule du monde d'avant, une fanfreluche aberrante, un truc de faible à se faire casser la gueule. Entre détenus, les conversations sont sèches comme des coups de trique. D'ailleurs, le sujet principal ce sont les coups : ceux qu'on a pris, ceux qu'on a évités, ceux qu'on a vus.

— Le responsable de la menuiserie, un taré. Avec une planche il a cogné un convalescent qui sortait juste du *Revier*. Le gars y est retourné aussi sec.

— Une dizaine de coups de gourdin sur un Belge, ses reins étaient en sang.

— Le Russe tabassé hier soir par le sergent ne s'est toujours pas relevé. Son corps est toujours sur la place d'appel.

Chaque jour, avec Hugo, on fait le compte des gnons et puis on imagine comment on va régler le leur aux salauds du camp quand le jour de notre libération sera venu. À ce jeu-là, mon pote et moi sommes imbattables : le pal, la noyade, la machine à baffes, on présente aux soldats du Grand Reich l'addition bien comme il faut, et pourquoi pas la corde ? Souvent je fais revenir dans ma tête le tableau des pendus de l'autre jour, les soi-disant saboteurs russes. Je les revois nettement, blancs, tête molle sur le côté. Mentalement je découpe leurs visages, à la place je mets la trogne de mon kapo, celle du bourreau boiteux, celle du commandant du camp et celle du médecin sadique puis j'admire le résultat. Je contemple les beaux pendus que voilà, le rouge de leurs yeux, le blanc de leur front, leur cou rétréci, leur grosse langue, je m'en délecte comme des reproductions toutes pleines de couleurs que nous offrait le maître d'école dans le temps, les oiseaux sur la branche, les canards à la file faisant plisser le lac, sauf que ces images-là, eu égard à mon bulletin de notes, je n'en voyais pas souvent.

Aujourd'hui pas de pendaison. Une punition seulement, *fünfundzwanzig auf dem Arsch*, c'est cérémonieux aussi, tous les détenus doivent y assister sans exception. Le puni est un Français, un résistant. Qu'a-t-il fait pour mériter ça, mystère, même lui sans doute ne le sait pas mais peu importe : vingt-cinq coups sur le cul pour sa peine. La place principale du camp noircit de monde. Hugo regarde le ciel, pour changer. Lui, c'est le gars facile, donne-lui deux nuages plus un croissant de lune et tu es tranquille jusqu'au lendemain. Près de nous, dix détenus tête baissée semblent en plein conciliabule. Je reconnais parmi eux des tailleurs de mon atelier. Ils chuchotent, ça sent l'entourloupe... Je m'approche.

— Que le nom du Très-Haut soit exalté et sanctifié dans le monde qu'il a créé selon sa volonté...

Ils prient, les cons !

— Béni, loué, célébré, honoré, exalté, vénéré, admiré et glorifié soit le nom du Très-Saint...

Glorifié, rien que ça ! Et béni, ben voyons, pour nous laisser crever de froid ? Pour laisser des pervers nous tuer à coups de gourdin ? Les tailleurs se plantent, il n'y a personne là-haut, personne ne laisserait faire ça, nous sommes seuls, seuls à crever, seuls tous ensemble, eux, moi et les milliers de pauvres types comme nous qui attendent d'être comptés.

— Qu'une paix parfaite et qu'une vie heureuse nous soient accordées...

Cause toujours.

Les SS arrivent, les kapos ont le calepin en main. Nous nous mettons au garde-à-vous. Dans le rang devant moi, il y a un bossu. Je ne vois pas son visage, juste la petite colline de son dos. Elle n'est pas monstrueuse mais elle attire l'œil. Les bastonnades qu'il doit se prendre... Il ne faut jamais attirer l'œil, jamais. Une fois ça m'est arrivé par inadvertance, je suis arrivé en retard à l'appel. Je me suis retrouvé dans la dernière rangée, près de l'allée où passent les gradés. J'étais aligné, ça oui, plus aligné que moi ça ne se pouvait pas, et droit comme un *i*, peut-être trop... Le SS m'a vu. Quand ils te voient c'est la fin. Il m'a décoché un coup de poing terrible, j'ai senti les parois de mon estomac se coller l'une à l'autre. Il ne faut jamais être au bord du rang, jamais, toujours au milieu, fondu au gris, dans la masse, et d'équerre, mais pas trop non plus. C'est le plus difficile, au camp : doser sans vraiment connaître la recette, il arrive que l'on soit puni pour une chose et son contraire, l'autorisé d'hier est interdit aujourd'hui et au final, chaque geste peut être fatal. Mieux vaut donc exister le moins possible. Malheureusement pour lui, le bossu saute aux yeux. Sa veste remonte, la faute à la petite colline. Pour passer inaperçu, il lui faudrait un uniforme spécial, allongé en bas ou plus large entre les omoplates, un trompe-l'œil qui gommerait la bosse. Ils pourraient inventer ça, les tailleurs de l'atelier, au lieu de gâcher leur temps à prier, au lieu de chercher en vain un Dieu absent quand leurs propres mains pourraient faire des miracles.

L'appel est terminé, la punition commence. Le Français se penche, on lui tient les poignets, il présente son derrière nu. Qu'est-ce que ça leur coûterait de lui laisser son pantalon ? *Eins, zwei, drei...* Au bout de trois coups le gars est en sang. *Vier, fünf...* Si le Français était habillé, sûr que le bourreau réfléchirait à deux fois avant de cogner si fort. Le tissu ferait obstacle, c'est dans la tête que ça se passe. En rayé tu es un numéro, une pièce, une part du stock mais tu restes malgré tout un homme, comme le cogneur, l'habit réunit – il n'y a que les hommes qui s'enveloppent, pas les chiens, pas les bœufs. À poil, tu n'es plus personne, une bête dont on voit les côtes. C'est plus facile de nous tuer nus. *Sechs ! Sieben !* Le Français a du cran, il crie peu. Faudrait des uniformes spéciaux pour les raclées, renforcés derrière, molletonnés ou doublés avec du fer, pourquoi pas. Si je pouvais, je fabriquerais ça pour les punis, avec les feuilles de métal qui arrivent dans le tunnel ou avec des dizaines de couches de sacs de ciment... Tant qu'à faire, je me bidouillerais aussi un manteau exprès pour le froid d'ici, qui n'a strictement rien à voir avec le froid normal. C'est simple, le froid d'ici mériterait un mot à part. Il arrive vicieusement de derrière les montagnes, rase notre versant de colline et se jette sur nous pour nous brûler jusqu'à l'os. Quand tu crois respirer de nouveau, bourrasque, il t'emballe vivant dans la banquise, tu n'es plus qu'un corps givré. Quelques morceaux de sacs de ciment ne suffisent pas à me réchauffer et si je me fais prendre avec une double chemise, vol ! sabotage ! je me retrouve à la place du Français : *fünfundzwanzig auf dem Arsch*. Le rêve, ce serait une sorte de toge en duvet. Une couverture de plumes jusqu'aux doigts de pied, épaisse, boutonnée, et une ceinture large pour étouffer le moindre courant d'air. *Acht, neun…* Mon père grelotte à côté de moi. Lui aussi aurait besoin de la toge. Mais je le connais, il trouverait ça « grotesque » ou « fantasque », un truc à lever les yeux au ciel. Ce qu'il lui faudrait à mon père, c'est un costume bien comme il faut, doublé en vison, tiens, puisqu'il adore ça, un vison souple et doux, brillant, chaud surtout, plus un seul centimètre de sa peau ne dépasserait, un vrai costume bien sérieux, bien sombre, dans le genre de ceux qu'il portait avant mais sévèrement retaillé – depuis notre arrivée il a fondu comme une bougie – et voilà : de nouveau M. Kiss.

Quand je rhabille la place d'appel, le temps passe plus vite. *Dreizehn !* Plus que douze coups avant que le Français soit libéré, et nous aussi. En songe j'enfile des gants bruns aux doigts bleus d'Hugo – on voit les pores du cuir quand il serre les poings, c'est du cuir de première qualité – et au petit type voûté derrière lui (un mètre cinquante, sept ans de camp) une veste étroite pour l'allonger. *Dreiundzwanzig.* Au tour de Felder…

Lui, ce n'est pas une queue-de-pie qu'il lui faut, c'est un bon gilet large et long en grosses côtes qui enrobent les bourrelets qui lui restent. L'Ami Pál, notre copain journaliste, porte dans mon esprit une belle chemise un peu snob avec une poche profonde pour son cahier et une écharpe large en laine douce. *Vierundzwanzig, fünfundzwanzig*, la punition est terminée. Les costumes s'évaporent, les hommes aussi. Il n'y a plus sur la place que des fantômes ridicules aux rayures de zèbre et le puni que l'on porte en courant au *Revier*, sanglant et nu.

*Je te le donne en mille, ma chérie : Tomi notre garçon, notre imprévisible aîné, veut apprendre à coudre. Maintenant. À l'époque où nous avions un bel atelier, une boutique, dix paires de ciseaux, cent rouleaux de tissu et une machine à pédale de toute dernière génération, il n'était absolument pas question pour lui de toucher une aiguille mais ici, sans matériel, alors que nous travaillons à des kilomètres l'un de l'autre toute la journée, dans ce trou noir de l'univers où emprunter un dé à coudre est passible de la peine de mort, où le moindre point raté est assimilé à du sabotage, apprendre le métier devient absolument urgent. Cet enfant, ma chérie... Notre enfant a son rythme propre, un rythme unique réglé sur une horloge mystérieuse et contrariante dont je ne comprendrai jamais les ressorts. À sa naissance déjà il était décalé, il refusait de sortir. Quinze jours plus tard il s'est décidé, quinze jours, tellement tard, ma chérie, tu connais la suite...*

*En apprenant à coudre, Tomi veut s'intégrer davantage à son atelier, se faire bien voir du kapo,* consolider sa place. Il veut pouvoir troquer, je comprends tout cela, mais son chemin n'est pas le bon. Avant de maîtriser la technique il lui faudra échouer et que se passera-t-il alors ? S'il pique de travers, s'il arrache une boutonnière, son kapo va le punir, garanti. Tomi nettoie l'atelier et ses supérieurs sont contents, qu'il continue ! Qu'il balaye, qu'il balaye à s'en faire saigner les doigts, à s'en crever le tempérament puisque c'est ce qu'il sait faire ! Tout le monde apprécie le travail bien exécuté, peu importe la nature du travail, tout le monde, partout, il n'y a aucune exception à cette règle, c'est la clé de la réussite.

Lui m'assure qu'avec un peu de veine il sera doué en couture. Tomas pense comme toi, ma douce, que le succès pour advenir a besoin de deux ingrédients sur les trois suivants : travail, chance, talent. Avec de la chance et du talent nul besoin de travail, ni de talent si tu es chanceux et travailleur, ni de chance si tu travailles avec talent... Je ne crois pas à cette fable, ma petite femme. Je ne crois ni à la chance, ni au talent. À toi je peux le dire : je m'en méfie. Le talent m'inquiète. Il vient sans que l'on sache comment ni pourquoi et ne se transmet pas, le talent est égoïste. Pire, il est capricieux : un confrère « talentueux » excellera dans le pantalon sans être fichu de bâtir correctement une veste, nous ne sommes pas assez riches pour cultiver ce genre-là. Il m'a fallu tout savoir faire pour m'en sortir, moi. Je suis un laborieux, ma chérie, un persévérant, rien ne s'est fait sans peine dans ma vie, ni sans chagrin, et la bonne fortune ma foi je ne l'ai guère rencontrée. Le travail en *revanche ne m'a jamais trahi. Imagine-toi qu'à l'atelier en ce moment mon* Meister *me donne en cachette la moitié de son casse-croûte. Il voit comme je m'attelle à la tâche, il apprécie la belle ouvrage. Le travail, voilà tout ce qui sauve. Pas le talent, ma douce, et surtout pas la chance. Surtout pas la chance.*

— Oh, Hugo, viens voir, grouille !

— Quoi, qu'est-ce que t'as ?

— Quelque chose à te dire, maintenant, gros dossier.

— Il peut pas attendre après bouffer, ton dossier ?

— Non, il peut pas. J'ai eu un bol, mon ami, un bol incroyable...

— Ben moi non plus je peux pas, mon vieux. J'ai la dalle alors ton super-bol attendra, c'est ma gamelle que je veux.

J'ai faim aussi, bien sûr, je mangerais un bœuf entier mais aujourd'hui c'est spécial, j'ai trouvé un truc, mais un de ces trucs ! En or. Carrément. Je me glisse à côté d'Hugo dans la file d'attente qui s'allonge devant les bidons de soupe et j'explique : le grand nettoyage de l'atelier ne m'occupe plus que deux après-midi par semaine tellement je le fais vite et bien. Le reste du temps, maintenant, je travaille avec les autres. Eh ouais. J'ai demandé l'autorisation au *Vorarbeiter*, qui me l'a donnée. Je ne couds pas, puisque mon père refuse de m'apprendre, d'ailleurs c'est un comble, après m'avoir pourri la vie avec la « transmission » et l'« imprégnation », maintenant qu'il faudrait m'instruire c'est niet. Peu importe, j'apprendrai sans lui, il verra bien si je n'en suis pas capable. J'ai bien appris à nager sans personne, moi, alors la couture j'arriverai aussi bien à me la mettre dans la poche. Bref, je ne couds pas encore à l'atelier mais je fais tout le reste : je trie, je range, j'apporte les bobines et les uniformes, je débarrasse, je rends service et il y a de quoi faire, je ne m'arrête pas de la journée, à chaque fois qu'on me demande quelque chose j'accepte et je réfléchis après. Ce n'est pas demain que les tailleurs pourront se passer d'un apprenti comme moi...

— Viens-en au fait, me coupe Hugo. Ton gros dossier, c'est quoi ?

— Sois pas si pressé mon pote, vu le monde qu'il y a dans la queue tu n'es pas près de la manger, ta soupe. Écoute plutôt.

Ce matin, à l'atelier, des détenus ont apporté une montagne de paquets, du tissu et une pelote de fil grosse comme un œuf. Pour piquer à la machine, les couturiers ont besoin que le fil soit monté sur une bobine spéciale, en métal, une canette ça s'appelle. C'était mon boulot du jour : préparer le fil. Dans une main la pelote, l'autre bout du fil sur la canette et hop, avec le pied on appuie sur la pédale de la machine, ça se déroule d'un côté ça s'enroule de l'autre, à une vitesse ! Dingue. J'aime bien toucher la machine, elle vrombit comme un moteur... Ce matin, donc, la canette tournoyait, le fil la recouvrait encore et encore, la pelote rapetissait en chatouillant mes doigts et soudain, il n'est plus resté dans le creux de ma main que deux petits objets durs et lisses.

— Des lingots ! beugle Hugo.

La moitié de la file d'attente se retourne vers nous.

— Pas du tout, oh, ferme-la un peu tu veux ?

Trop tard, des Russes s'approchent, les poings serrés. Mon père se colle à ma gauche, le père d'Hugo à ma droite et cette carapace décourage les convoitises. Maintenant nos gamelles se remplissent, le silence s'abat : on bâfre.

— Qu'est-ce que c'est que cette histoire d'or ? chuchote mon père en essuyant sa cuillère.

Ce n'est pas une histoire, c'est du véridique. J'ai trouvé deux bagues dans la pelote. À l'atelier ça arrive régulièrement. En raccommodant les fringues, les tailleurs ont déjà déniché du fric roulé dans les ourlets, des pierres précieuses au fond du pantalon et même, au chaud sous la doublure illégale d'une veste, la photo d'un bébé.

Mon père rentre la tête dans les épaules. Je nous revois, Gaby et moi, accrochés debout sur le puits de notre maison pour apercevoir l'or qui rouille au fond, et maman à la fenêtre... Ce n'est pas tous les jours facile de les laisser enfermés dans la crypte, maman et Gaby. Ils surgissent au détour d'une phrase, d'un geste, mais faut pas, faut jamais s'en rappeler, sinon tout s'enchaîne, on pense aux hangars du premier camp, à Birkenau, aux cheveux rasés, à la fumée, ou bien on se souvient de notre maison, on s'amollit à en crever, heureusement dans la plupart des cas Hugo m'envoie un grand coup de coude qui stoppe illico la gamberge :

— Il paraît que le mois dernier à la cordonnerie, ce salopard de Schütz est tombé sur dix napoléons dans le talon d'une godasse, hein, Tomi ?

— Ouais, parfaitement.

— Mais bien sûr, et il paraît que le grand type qui bosse au kommando des ramasseurs de merde est rabbin !

Le père d'Hugo fait semblant de ne pas croire ce qu'il entend. Ce qu'il voit non plus, on dirait qu'il ne le gobe pas. Depuis qu'on a débarqué des trains il semble traverser le temps comme un somnambule, attendant que quelqu'un vienne enfin le réveiller.

— Toi qui es si malin, Tomi, tu penses qu'ils viennent d'où, les bijoux que tu as trouvés ? me lance l'Ami Pál en plantant ses yeux dans les miens. La femme qui portait l'alliance, elle est où maintenant ?

Il fait un geste vers le ciel.

Faut toujours qu'il déprime tout le monde, celui-là. Des nuages grisâtres et âcres sortent de la cheminée. Notre baraque est pile en face du crématoire, les brouettes de cadavres vont et viennent pendant qu'on mange. Nous ne les voyons même plus, sauf quand Pál nous remet le nez dessus avec ses commentaires pénibles, « nos fils, nos femmes, toutes ces âmes perdues », alors les os saillants des morts, leurs bras ballants fins comme des aiguilles, leurs jambes raides et sèches nous crèvent de nouveau les yeux. « Où errent-elles désormais ? » Pál insiste, ses larmes coulent, en plus il parle fort à cause de ses oreilles mal foutues. Il commence à nous peler les nerfs, ce type. Sémaphore lui tape brusquement sur l'épaule :

— Eh l'ami, regarde un peu là-haut, ta fille !

Pál lève les yeux sans réfléchir, Sémaphore en profite pour lui piquer la fin de sa soupe. Moi aussi, je suis tombé dans le panneau. J'ai entendu Regarde un peu là-haut et j'ai fouillé le ciel vide, aussi vide que la gamelle du pauvre Pál maintenant immobile, hébété, assommé par la blague dont tout le monde rit, d'un rire endurci qui assèche les cœurs humides.

Autour de la table, chacun rêve de rab. La soupe était claire, comme toujours – quoique, il se murmure qu'au fond des bidons chaque soir naviguent encore de vrais légumes, des rutabagas, peut-être même des feuilles de chou que les larbins de service oublient de distribuer et qui font leurs délices, en tout cas aucun d'entre nous n'en voit jamais la couleur. C'est l'heure où les rayonnages de l'esprit s'emplissent de pains au sucre, de macarons crémeux et de tartes au chocolat. Sémaphore salive en silence. Il y a quelques mois encore, il était assez dodu.

— Alors, Tomi, elles sont où tes bagues ? me demande-t-il en soupirant. Où les as-tu planquées ? Montre-les-nous un peu.

— Je ne les ai plus. Je les ai données au kapo de l'atelier.

Les alliances en or viennent brusquement de rejoindre les rutabagas et les chaussons aux pommes au rayon chimères. Sémaphore soupire avec l'air renfrogné des enfants privés de dessert.

— T'as bien fait de les offrir, me console Hugo. Les garder, ça t'aurait apporté que des ennuis. Et il va t'avoir à la bonne, maintenant, le kapo. Qu'est-ce qu'il a dit, quand tu les lui as filées ?

— « Merci. » Il a dit « merci ».

Il ne m'a rien donné en échange, que dalle. Pas un petit bol de soupe, pas une demi-patate, même pas un morceau de pain. Il aurait pu au moins m'autoriser à coudre à la machine. J'aimerais ça. Sûr que je saurais faire, à force de regarder.

— C'est tout ce qu'il t'a dit, « merci » ?

— Nan. Il a ajouté : « Je ferai cadeau d'une des bagues à ma femme », après il a glissé les bijoux dans sa poche et il est parti avec sa bonniche.

Hugo n'en revient pas :

— Comment un type aussi minable peut-il avoir une femme ?

Soudain des hurlements déchirent notre baraque. Un détenu pas plus vieux que moi, frêle, invisible, jamais eu de problème avec personne, vient de bousculer un bidon de soupe sans le faire exprès ; trois gouttes sont tombées sur le pantalon du sous-larbin de service, qui le dénonce au larbin, qui s'en plaint au chef qui s'emporte. Gaspillage ! Sabotage ! Mutinerie ! Le jeune garçon fautif est rossé avec un gourdin. Il hurle.

Son corps rebondit sous la matraque. Je ferme les yeux, les hurlements redoublent, j'imagine la pédale de la machine à coudre sous mon pied. Ni trop vite, ni trop fort, j'appuie : l'aiguille trace en moi son chemin régulier, je me concentre sur sa frappe métallique mais les coups s'abattent toujours sur le jeune type, le plancher vibre, il me faut plus de bruit. J'enfonce la pédale, la machine s'emballe, la canette tourbillonne, les cris du tabassé ne sont plus que des gémissements, on dirait qu'il m'appelle alors j'accélère encore, la fonte grince, l'aiguille cogne, le tissu glisse à toute vitesse sous sa pointe argentée, je n'entends plus rien. Quand j'ouvre les yeux, tout est fini. L'Ami Pál caresse les cheveux du garçon allongé. Il porte son corps devant la baraque. Demain les porteurs viendront le débarrasser. Dans ma tête la machine s'est tue. Je suis sûr que je saurais la conduire pour de vrai, si on me la laissait, cinq minutes seulement. Mais il n'y a jamais de récompense ici, que des punitions contre lesquelles la chance, même celle des innocents, ne peut rien.

*Mes amis se moquent de moi : « Regarde là-haut, ta fille, ton fils, ta femme ! » Ils ricanent. Ils ne supportent pas que j'évoque les disparus. Eux refusent de voir les morts, d'en parler. Ils ne veulent pas se souvenir, ils ont peur. Pour eux la mémoire est un monstre ; toute la journée elle avale les cris et les cadavres du camp, les pendus au cou étroit, les corps enfournés, cette chair hideuse qu'elle digère longtemps sous notre crâne. Pour affamer leur mémoire ils luttent, ferment les yeux, bouchent leurs oreilles, mais l'hydre ne meurt pas. Une fois rentrés à la baraque, ils la voient agrippée à l'ami, au voisin, régurgitant en lui des bonheurs anciens qui le dévorent vivant et c'est elle qu'ils frappent encore, à grands coups de genou. Avec la nuit le monstre semble s'éloigner ; le sommeil approche, opaque et vide, alors mes camarades baissent la garde et leurs souvenirs les mangent.*

— Hugo, tu dors ?

— Oui. Qu'est-ce qu'il y a ?

— Rien. Je viens de repenser à notre jardin, à Beregszász. Peut-être qu'il neige là-bas aussi. L'arbre va crever de froid et puis...

— T'inquiète, il a l'écorce faite pour. Pense à autre chose mon Tomi. Demain c'est dimanche, on va pouvoir se reposer un peu.

Il sait toujours comment me requinquer, mon pote, et à l'économie encore – en trois mots je sors du trou. Son « demain c'est dimanche », c'est tout lui : la bonne phrase, comme un pansement. Ça a commencé doucement, lui et moi, je n'aurais jamais cru, il me collait un peu et maintenant... Maintenant je ne sais pas, il y a d'autres gars dans le camp mais s'il n'était pas là, lui, je crois que je ne pourrais pas vivre. C'est l'habitude, aussi ; à force d'être serrés tous les deux dans le châlit il a dû s'incruster ou un truc dans le genre, on voit ça chez les plantes, maintenant il est un morceau de moi. En plus il a raison, demain on est dimanche et le dimanche c'est spécial : on ne travaille à l'atelier qu'à mi-temps. Du *Lager*, la vie normale s'est retirée comme un brouillard rampant, laissant çà et là des traînées brumeuses dont la plus appréciable est sans conteste ce demi-dimanche chômé. Ce jour-là, les gradés et certains privilégiés vont au cinéma, ils jouent aux cartes ou du piano. Il n'y a guère d'activités de la vie normale qui n'aient pas été importées à l'intérieur du camp à leur intention, y compris les filles.

— Tu les as déjà vues, toi ?

— Non mon Tomi. Il paraît qu'elles ont de vraies robes pas rayées ni rien, et même des accessoires.

Des accessoires... Les détenues prostituées ont le droit de posséder des choses. Mais lesquelles ? Des utiles, comme des sacs, ou un peigne ? Des inutiles ? Des bijoux ? Peut-être même du parfum ? Si ça se trouve, elles sentent bon. Sentir bon, luxe absolu.

— Quel genre d'accessoires ?

— Aucune idée.

Souvent j'imagine leurs barrettes brillantes, leur chemisier bien repassé, les volants mousseux de la robe qui remuent quand la fille bouge... C'est bon, tout ce beau, tout ce propre. La vision éclate quand le gros SS entre dans la chambre.

— Quand même, les salauds... Un bordel, carrément...

— Ici on dit Puff, Tomi. Pas bordel, PUFF.

— Et qu'est-ce que ça change, un bordel c'est un bordel, mon pote, même ici... Dis donc

Hugo, à propos... Comment dire... Ça marche chez toi ?

— Quoi ?

— Ben tu sais, ton truc...

— Ah, ça...

— Oui, ça. Alors, ça marche ?

— Non.

— Ah bon.

— Et chez toi, ça marche ?

— Non plus.

Je m'en doutais un peu. Vu notre proximité, serrés comme des sardines chaque nuit sur la couchette, si ça fonctionnait chez lui je serais le premier au courant. On aurait l'air bien cons lui et moi au Puff devant les filles, si on y allait... De toute façon, on n'a pas le droit – c'est *Juden verboten*, comme tout le reste. On peut seulement y penser mais ce genre de pensées ne me fait plus rien, rien du tout, juste rêver. Mon corps n'a plus d'énergie, plus de contours, il est devenu un poids informe que je traîne. En réalité je n'ai vraiment envie que d'une chose : dormir. Et manger aussi. À chaque repas le dilemme est le même : un peu de margarine, un bol de soupe, du pain dégueulasse, tout dévorer ou en garder pour le lendemain ? Et si l'on conserve quelque chose, où le cacher ? Dès que le sommeil envahit la baraque, des Ukrainiens glissent hors de leur châlit, s'élancent dans les travées, fouinent dans les poches et sous les têtes des dormeurs avachis pour voler tout ce qui se mange, tout ce qui se revend, alors je me serre contre Hugo, je me serre comme un animal, comme un bébé, comme une fille, comme ça ne se fait pas, je me serre comme personne ne le saura jamais, ma peau contre la sienne, mon corps frotté, réchauffé, de nouveau délimité, et nos bras, nos jambes emmêlés forment une pelote tiède, compacte, finie – un nid clos contre la peur et les Ukrainiens au creux duquel repose notre secret, le morceau de pain sauvé de la disette.

— Il paraît qu'on a promis aux filles du Puff une libération anticipée, et qu'elles ont des rations supplémentaires.

— Ah ouais ? Mon *Oberscharführer* va les voir régulièrement.

— Elles doivent encore avoir de la chair, elles...

Nous n'en avons plus, nous, plus du tout, juste les os. Nous sommes pointus, acérés, coupants, nous avons des bêtes par-dessus le marché et les bêtes c'est mortel : les Allemands peuvent nous tuer pour ça. Ils ont des matraques et des flingues mais faut les voir devant un parasite, effrayés comme des enfants, ils craignent l'épidémie, ça les rend dingues, ils ont donc décrété *eine Laus, dein Tod* – un seul pou et tu es mort. Tous les quatre matins, contrôle : le doyen du block nous soulève ce que je pense à la spatule pour vérifier si des parasites y crèchent, parfois il se rince l'œil par la même occasion. Même en volant une chemise propre de temps en temps, je n'arrive pas à éviter les bestioles. Il faut dire que je ne me change pas chaque semaine non plus, faudrait pas que ma propreté louche me fasse remarquer. Quand mon uniforme atteint un point dangereux de crasse, et seulement à ce moment-là, je le bazarde discrètement dans le tas à l'atelier et j'en pique un fraîchement désinfecté. J'ai des bêtes quand même, comme tout le monde. Chaque dimanche, nous allons à la chasse et la chasse est bonne : dans la grosse couture des chemises, galopant sur notre dos sans vergogne, des colonies de poux. On les écrase sous l'ongle du pouce. Des SS passent dans l'allée, leurs bottes brillent, ils reviennent de déjeuner, du bordel, du match de boxe, ils sont minces, cintrés au millimètre dans leur uniforme, ils nous aperçoivent et ils rient : « Alors les crasseux ? »

— Chez eux, ça marche, me glisse Hugo.

Pour sûr ! Tout marche au pas chez les SS. Leur corps est une belle mécanique dont les rouages s'emboîtent silencieusement, une somptueuse machine à broyer. Les kapos, les *Vorarbeiter*, les chefs de chambrées, eux aussi ont un vrai corps. Il faut les voir parader dans les baraques avec leurs cheveux lisses et leur chemise repassée ! Ils se font masser, raser, blanchir par des détenus aux petits soins, parmi nous ils se sont également choisi un mignon – avant l'arrivée des putes il fallait bien se débrouiller, faute de grives on mange des merles. Maintenant ils ont pris l'habitude et puis il faut des coupons pour aller au bordel, ça coûte, alors que piocher dans les détenus c'est gratuit... Pourtant, une fille c'est courbe, c'est arrondi, et les détenus sont anguleux, plats, impossible de les confondre, impossible et pourtant… Un Hongrois de ma région, même pas 12 ans, est le favori d'un responsable de block, un chauve bien bâti. Le petit ne travaille pas de la journée, il attend son maître. En échange il mange des soupes en rab, du pain. Il a une tête affreuse à voir, longue, blafarde, et le reste, mon Dieu, le reste, je ne peux pas m'empêcher de l'imaginer dans le détail et c'est atroce, je ne supporte pas de croiser ce garçon… Ils ne sont pas rares, les jeunes dans son cas. Chaque dimanche, notre chef de baraque s'enferme avec deux Ukrainiens de 16 piges, on entend les verres s'entrechoquer et le reste aussi. Notre kapo a son joli Polonais, le doyen du block son petit Ruthène, et les SS… Si ces connards-là sont des hommes, des vrais, des complets, nous qui sommes maigres, et faibles, impuissants, nous sommes quoi ? Ils sont quoi les jeunes Polonais et le petit Hongrois ? Qu'est-on tous en train de devenir ?

— Hugo, tu dors encore ?

— Non.

— Demain, je ne vais pas aller voir Viktor.

Viktor est un détenu plus âgé qui m'avait à la bonne, jusqu'à présent. Plusieurs dimanches de suite il m'a emmené « en promenade », c'était son mot. Ce gars est affecté aux cuisines mais connaît tout le camp comme sa poche, il a toujours un morceau de pain en stock et une anecdote à raconter sur chacun, mais dessalée, la blague, et drôle ! Il organise beaucoup, lui, il ne mange pas à sa faim mais presque, on lui voit encore des muscles en haut des bras, surtout qu'avant, dans la vie normale, il ramait chaque dimanche avec des amis sur la rivière, il remportait même des compétitions d'un certain niveau. Il m'a tout raconté pendant nos promenades, le bateau qui fend l'eau comme une flèche et les corps puissants bien accordés qui le propulsent en cadence, le barreur qui gueule, le vent sur le visage, je m'y serais cru... C'était rassurant d'avoir un ami aussi balèze que lui dans le camp, quand je marchais à ses côtés, rien ne pouvait m'arriver de trop grave, en plus il me filait du rab de pain...

— Qu'est-ce qui se passe, s'enquiert Hugo, tu n'apprécies plus les balades avec M. Gros Bras ?

Hugo est jaloux de Viktor. Il lui envie sa force, son assurance. On pourra dire ce que l'on veut, pour les biceps l'astronomie est bien moins efficace que l'aviron... Cela dit, Hugo a raison : Viktor aime trop les montrer, ses muscles. Dimanche dernier il m'a proposé de les palper et puis les mollets aussi, et les cuisses, le temps que je comprenne où allait nous emmener l'amitié, j'ai écourté la promenade.

Hugo n'en revient pas :

— Hein ? Non ? Ah bon ? Oula...

— Comme tu dis ! Non mais oh...

— Faut pas se gêner, hein, on dort dans le même châlit mais on n'est pas...

— Pas du tout même.

— Rien à voir.

— Viktor m'a dit qu'il ne me donnerait plus de pain, puisque c'est comme ça.

— La saleté ! Ce n'est pas parce qu'on crève de faim que...

— Bien sûr que non... Rien n'a changé, Hugo, rien du tout, on est les mêmes qu'avant.

Rien n'a changé sauf mon corps maigre et atone, mon corps maintenant pouilleux, pointu, désiré, mon corps inerte affamé qui regrette les bras forts de Viktor, qui ne se réchauffe qu'entre les jambes d'Hugo, ce corps comme un pain tiède dégoûtant au creux des hommes.

*Il n'y a pas que le ciel qui soit beau, ici, la terre aussi. D'un certain endroit du camp on voit le rond de la colline et ce vert, ce vert tendre des arbres qui la protègent. La seule laideur vient des gens, du fond crasseux des hommes. Il ne faut pas longtemps pour que leur boue remonte à la surface, quelques jours, quelques semaines pour les plus verrouillés. Elle dégouline, leur boue, elle remplit chaque sillon. Il faudrait assécher le paysage des hommes, éponger à jamais les saletés qu'ils répandent, la mare grouillante de leurs vices. Je l'avais bien dit, pour Viktor. Je le sentais pas ce gars-là. Mais il ne me croit jamais, Tomi. « T'es une boîte fermée, il dit, c'est pour ça que les gens ne vont pas vers toi. » C'est vrai. J'aimerais que les gens voient directement ce que j'ai à l'intérieur mais ils sont pas devins, les gens... Tomi, lui, s'ouvre, il va vers les autres, il attire. Avec Viktor il a eu chaud, quand même... À la* Kammer, *il y a eu une histoire comme ça : un détenu essayait de flirter avec un autre, mon* Oberscharführer *a dénoncé les deux à la police du* camp, on les a jamais revus. La Kammer c'est une bonne planque, enfin plus ou moins. Le moins c'est l'Oberscharführer. Extérieurement le type est un primate, voûté, cheveux plantés n'importe comment, front bas, grosses lèvres, intérieurement c'est assorti : un demeuré qui déteste le monde entier, en fractionné. Un jour c'est les homosexuels qu'il a dans le nez, le lendemain ce sera les Italiens, le surlendemain les détenus qui font claquer leurs sabots et puis ceux qui respirent trop fort. Le type a perpétuellement ses vapeurs et cogne pour se délasser. Heureusement, mon père lui a rénové en un temps record la doublure de sa veste d'uniforme, depuis il nous aime bien.

Les détenus du camp se pointent à la Kammer quand ils doivent expressément changer de vêtements ou de chaussures. Expressément signifie qu'ils arrivent souvent loqueteux au dernier degré. Problème : c'est la dèche dans nos rayons. Il nous faudrait 8 000 couvertures en plus, et des vestes, des calots, des caleçons, le rayé manque aussi. La direction a réclamé 40 000 paires de chaussures à Berlin et Berlin lui a répondu d'aller se faire voir à cause des restrictions, des bombardements ici et là, des difficultés d'approvisionnement et des tas d'autres raisons dont on se contrefout. Le peu de marchandises qu'on reçoit disparaît en partie, tout le monde se sert, les détenus, les kapos, même les gradés, tout ce qui se revend part dans les tuyaux du marché noir. Les chaussettes valent de l'or. Et encore, on a du bol d'être dans le camp principal, les détenus des petits camps alentour sont sapés bien pire. À Ellrich, une annexe de

*Dora, on a d'abord déshabillé les malades pour habiller les valides, maintenant les travailleurs de nuit empruntent les tenues de ceux de jour, certains restent carrément à poil et ceux qui n'ont qu'une couverture nouée autour du ventre, on les appelle les péplums, comme les films que Tomi et moi allions mater au ciné de Beregszász. Le cinéma... Quand j'y repense... Je pouvais filer tranquille par la porte sans que ma mère s'en aperçoive, elle ne s'apercevait jamais de rien avec moi, pour qu'elle repère il fallait être aux bonnes dimensions, tenir en entier entre ses bras – j'étais trop grand. La mère de Tomi, en revanche, nous abreuvait de conseils, on devait s'enfuir pour lui échapper et ne pas rater la séance, au coin de la rue on entendait encore ses « mets ton manteau » et ses « habille-toi correctement, tu vas attraper la mort »... On rigolait. Ici on attrape vraiment la mort. Les médecins du* Revier *se relaient à la* Kammer *pour nous harceler, ils nous réclament du linge à cor et à cri, il y aurait moins de maladies si les détenus pouvaient se changer davantage. On leur répond que nous n'avons rien en réserve. En ce moment, c'est vrai.*

*Quand il y a du stock, c'est à la tête du client : l'*Oberscharführer *bas du front distribue selon son humeur et c'est plus souvent des grands coups de gourdin que des pantalons propres. Quand il est dans les parages, faut être sacrément motivé pour demander quoi que ce soit. L'autre jour, un Italien voulait remplacer ses chaussures pourries, il est ressorti pieds nus la gueule en sang, il est allé travailler dans cet état. À Noël, plus*

262

personne n'avait accès à la réserve qui débordait de chemises – une livraison inopinée, faut pas chercher à comprendre – ça dégueulait de rayures neuves partout mais personne n'a eu le droit d'y toucher. Les gars du tunnel venaient dans l'espoir de se changer ou d'obtenir un petit manteau, ils repartaient avec leurs sales guenilles pleines de vermine et se les gelaient. Sur la place d'appel, la direction du camp avait monté un gigantesque sapin décoré fallait voir comment, avec tout ce qu'il faut, les rubans rouges, les fils dorés, des tas de guirlandes illuminées. Juste à côté on pendait les punis, les saboteurs, les mutins, les pauvres types qui avaient fauché des fringues. Je ne m'étonne plus de rien ici. C'est ce qui s'en va en premier après l'espoir, l'étonnement.

— Hugo, tu veux savoir la meilleure ?
— Vas-y mon grand, je suis tout ouïe.
— Je sais coudre.
— Hein ?
— Je. Sais. Coudre.
— Tu me fais une blague ?

Non, je sais coudre à la main. Mon père ne voulait pas m'apprendre ? Tant pis, j'ai fait comme pour la natation : je me suis débrouillé, j'ai regardé comment faisaient les autres, à l'atelier. Dès que j'ai pu, je me suis posté près du Vert, le criminel endurci, le *Schwerverbrecher* aux lunettes bousillées. Malgré sa sale gueule c'est le meilleur tailleur du block 5, sans concurrence. Je faisais semblant de balayer et je le scrutais. Le geste sec de son poing qui casse le fil, le mouvement de sa main aplatissant la poche, le petit coup de dé quand il faut, le mètre ruban tenu par les épingles : je lui ai piqué tous ses trucs sans qu'il voie rien et le dimanche, dans un coin tranquille, je me suis fadé les exercices pratiques. J'ai exfiltré une aiguille tout enfilée de l'atelier et mon pantalon a fait office de tissu d'entraînement, puis une manche, puis un morceau de col que j'avais planqué sous ma chemise. Je les ai décousus cousus redécousus pendant des semaines et mes ourlets n'ont maintenant plus rien à envier à ceux du Vert, bien au contraire.

— Regarde, mon vieux Hugo, et admire. Tu vois ce col ? Regarde-le bien, viens plus près, t'as vu ? T'as vu la régularité des points ? C'est impec. Oui bon, presque impec, propre, très propre même. Et il y a un pied, ouais mon Hugo, un pied de col, ça t'en bouche un coin, hein ? Les cols ils ont toujours un pied, pas juste deux pointes sur les côtés, un putain de pied de col, de mémoire je l'ai fabriqué. À la boutique de mon père je les voyais, les chemises en train d'être finies, sur le mannequin elles avaient le haut tout relevé, leurs pointes montraient le plafond et dessous, deux coutures parallèles en arc de cercle, une bande de tissu, le pied quoi, le pied du col ! Je l'ai refait tout pareil. Je l'ai même montré au *Vorarbeiter* de l'atelier et aujourd'hui il m'a laissé travailler avec les tailleurs, à la main. T'entends ? J'ai travaillé comme tailleur, ouais mon pote.

— Sans rire ? T'as été promu, bravo mon Tomi !

— Ça y est, j'ai mon truc à moi, je couds ! Je couds et en plus je balaye comme un as. Jamais il ne me virera, le *Vorarbeiter*, jamais, mais le plus beau c'est...

— Comment as-tu fait ça ? demande mon père, qui surgit derrière mon dos.

Il m'arrache le col des mains, le palpe, l'approche de son œil puis l'éloigne, le rapproche encore, le retourne, on dirait qu'il veut voir au travers.

— Qui t'a appris à faire ça ?

— Personne.

— Où l'as-tu trouvé ?

Mon père croit que j'ai volé le col. Il a raison : c'est ce que je réussis le mieux, la choure. Ce n'est pas ma faute, j'ai ça dans le sang, hein papa, tu le sais depuis toujours ! Moi le fumiste, le cancre, la tête de caillou, j'ai volé tes fers à repasser et tes plus beaux boutons, j'ai volé du pain et des salamis, j'ai volé la natation et aujourd'hui la couture mais le col, ce col-là, c'est moi qui l'ai fait, parfaitement. Et aujourd'hui, à l'atelier, j'ai réparé un paquet de pantalons plus une demi-chemise. Je me suis assis autour de la table avec les autres et j'ai tout recousu solidement, point par point, tête baissée, sur mes genoux les uniformes froissés troués disloqués, de loin je ne ressemblais à rien, à un larbin, ils pensent ça de nous les SS, qu'on est rien qu'une palanquée d'esclaves accrochés à des chiffons, mais ces crétins-là sont myopes comme des taupes. De près c'est tout autre chose de coudre : fermer les plaies, effacer les blessures, remettre dans le circuit, sous le nez des salauds sauver des jambes, des bras et se sauver soi-même, faire durer les vêtements et les gens qui les portent, et nous qui les raccommodons – réparer c'est résister et résister encore, le temps qu'il faut.

*Il sait coudre. Oui ma douce, comme je te le dis, Tomas coud à la main. Ne me demande pas comment il a appris je l'ignore, mais il sait. Il a sorti un col, deux pointes et un pied ça n'a l'air de rien mais le col ne se laisse pas attraper si facilement, crois-moi. Il faut y aller en minutie, veiller au bord à bord, faire coïncider les coutures, parfois la parementure s'en mêle, toujours piquer à petits points. Certains apprentis chevronnés s'arrachent les cheveux sur un col de chemise. D'habitude on laisse sept centimètres de pointe et trois de pied, vois-tu, le col de Tomas a une pointe plus haute que l'autre mais ce sont des choses qui arrivent, surtout au début. Et ses bords s'émoussent, il faut le dire, le tout tombe légèrement mais le gamin n'y est pour rien, cet uniforme de bagnard est fait pour nous humilier avec son encolure trop basse – jamais dans l'histoire du vêtement l'encolure masculine ne s'est ainsi avachie au ras des pâquerettes, un col digne de ce nom se porte haut mais passons. Je dois le reconnaître, ma douce, je dois le reconnaître honnêtement : l'ouvrage de notre fils n'est pas mal du tout. Il est même surprenant, pour un novice.*

J'ai ma clientèle.

Les détenus qui ont perdu un bouton, ceux qui ont peur de se faire matraquer à cause d'un ourlet qui rebique, ceux dont l'uniforme se déchire et qui ne veulent pas se retrouver cul nu, tous ceux-là cherchent de l'aide le soir venu et je suis leur homme. Je répare les accrocs et pour ça on me paye, un fond de soupe, une bouchée de pain. Le fil, l'aiguille, les boutons, les pièces, je les fauche à l'atelier. Je vole, je couds, je vis. Les honnêtes gens, ceux qui ne volent jamais, les réglos, les légalistes, les scrupuleux, ceux qui respectent à la lettre la loi du camp et leur voisin comme eux-mêmes, ceux qui snobent le système D, ceux qui pensent que la raison et le droit finiront par primer, tous les hommes vertueux finissent allongés en tas au seuil de la baraque. Le crématoire est bourré à craquer de gars à la moralité irréprochable. Les autres crèvent aussi, les roublards, les irréguliers, les chapardeurs, les voyous, on crèvera tous, mais plus tard. Je vole du fil et des aiguilles, je vole du temps.

En ce moment, la direction nettoie le camp, il faut faire place nette. Les malades, les faibles, les trop maigres, ceux qui ne peuvent plus travailler, à dégager ! Un train plein de détenus inaptes va bientôt partir vers une destination inconnue, ça pue l'*Himmel Kommando* à plein nez, sûr que personne ne sortira vivant de ce transport-là. Pál, l'ami journaliste, devrait faire partie du voyage – son numéro est sur la liste fatale. Heureusement Sémaphore connaît quelqu'un qui connaît quelqu'un dans l'administration, un type serviable et pas désintéressé, moyennant finance le numéro de Pál pourrait être remplacé par un autre sur la liste. L'idée est géniale. Nous sommes tous soulagés, sauf le principal intéressé.

— Le numéro qu'on va inscrire à la place du mien, il appartient à quelqu'un ?

Le vieux journaliste, c'est un tic chez lui, faut toujours qu'il triture dans les coins, qu'il remue la poussière planquée sous le tapis. Mon père se racle la gorge, il répond Je ne sais pas, peut-être, le ton monte. On s'en tape, gueule Sémaphore, mais l'Ami Pál ne s'en tape pas du tout :

— Ce type, là, celui qui partirait à ma place, il va devenir quoi ?

Silence total. Un numéro inconnu, c'est-à-dire moins que rien, que dalle, juste des chiffres, vient de prendre forme humaine et quelqu'un se soucie de lui. Dans le camp, une chose pareille

270

n'arrive jamais : les gens qu'on ne connaît pas on s'en fout pas mal, et même ceux qu'on connaît... Il arrive qu'un copain annonce le décès de son frère sans ciller, c'est comme ça, les gens clamsent, routine. Notre solidarité, notre empathie, jadis élastiques, ont été essorées par la terreur et par la faim. Les premiers morts nous ont crevé le cœur. Les larmes acides l'ont desséché et la haine rétréci. La pitié a durci avec le chagrin, nous n'avons plus qu'un cœur tanné. La liste des miens a maintenant trois noms, et encore je suis large : mon père, Hugo et par extension son père, voilà les miens, ma garde rapprochée, les trois peaux de l'oignon que je suis. Selon les circonstances, j'ajoute à ces trois-là Sémaphore et l'ami journaliste dont le cœur fatigué semble suivre obstinément le chemin inverse : sa liste à lui s'allonge, les copains, les copains de copains, les étrangers, même les morts, son palpitant est une éponge. Les siens maintenant c'est tout le camp, la terre entière. Il est foutu.

— Hein, il va devenir quoi, le gars qui va partir pour moi ?

L'Ami Pál n'attend même plus la réponse : il montera dans le wagon, puisque son numéro a été inscrit.

— C'est la règle, conclut-il.

On a beau argumenter, ses yeux se perdent dans le vague, il détourne la tête ; il n'y a pas plus sourd qu'un vieux qui ne veut pas entendre.

« C'est la règle », tu parles ! Comme si ça servait à quelque chose, ici, de respecter les règles ! En ce moment, les nazis vident les camps de l'Est avant que les Alliés ne s'y pointent. Il nous arrive d'Auschwitz, de Birkenau, des trains comme celui que Pál va prendre, bourrés à craquer de détenus évacués. Sûr qu'il y a dans le lot plein de bonnes gens qui ont strictement observé la loi de leur Dieu et celle de leur père, de leur pays, puis celle de leur SS. Moi je m'en souviens parfaitement, de la règle d'Auschwitz : « Si tu travailles bien, tu meurs bien. » Les détenus d'Auschwitz ont sûrement bien bossé avant d'être entassés dans ces wagons pourris. On ouvre les portes, ils tombent raides gelés, collés les uns aux autres, ils se sont réchauffés en vain pendant le trajet, on sépare leurs cadavres à la scie. Les survivants reçoivent un morceau de pain, une gamelle de soupe. Ils sont immatriculés, à charge pour eux d'afficher leur numéro sur l'uniforme, crucial le numéro, fondamental, c'est la règle, c'est la loi, si tu n'as pas ton numéro cousu bien en vue sur tes vêtements tu es puni, tu crèves. Mais les arrivants n'ont ni fil, ni aiguille, ni forces, que la peau sur les os. Alors je couds pour eux. Je m'applique. Mon aiguille passe et repasse proprement, le numéro se tient solidement sur le tissu – double plaisir du fil tiré et du morceau de pain que je demande en échange du service rendu. Les nouveaux me payent à regret bien sûr, ils fixent encore leur bout de miche lorsque je l'enfourne dans ma bouche, pas ma faute, c'est le tarif, et puis j'ai faim moi aussi alors je couds, je mange. La plupart des types que je numérote meurent le lendemain ou les jours suivants. Ils ont tout bien fait comme il faut, tout respecté et ils claquent quand même. Ce n'est pas ma faute, non, mais je me demande, je ne peux pas m'en empêcher, seraient-ils encore vivants s'ils avaient avalé leur pain en entier ?

Ces jours-ci, le crématoire ne suffit plus à brûler les cadavres, il y en a trop. De grands bûchers sont montés, une couche de bois, une couche de détenus exemplaires dûment étiquetés selon le règlement, et on enflamme le tout. Moi je ne respecte ni la loi ni la règle, je vole, je troque, je marchande, je couds, je vis, pas ma faute, je ne veux tuer personne, mais quand je ferme les yeux le feu brûle encore et les gens bien me regardent.

*55790 : transféré au kommando Ilfeld.*

Mon père a disparu. Je marche dans un immense verger, seul. Enfin pas vraiment seul : de l'autre côté du talus, au bout du chemin, les ombres rôdent. Elles aussi crèvent de faim et si elles ne trouvent rien à manger, c'est moi qu'elles mangeront. Malheureusement les patates se planquent, j'en cherche en vain depuis des heures – la pomme de terre est le siamois végétal du caméléon, elle est craintive et dissimulatrice. Là ! Le voilà, derrière une futaie, l'arbre haut, rond, emmêlé, l'immense pelote de branches, le patatier gigantesque croulant sous les tubercules ! Je grimpe à toute vitesse et je cueille, je cueille, les pommes de terre me crament les doigts. Elles poussent sur l'arbre déjà cuites, fondantes et salées, c'est pratique, il n'y a plus qu'à les peler avant de les dévorer. Une, deux, trois, dix, quinze, je les avale sans m'arrêter ni reprendre mon souffle, leur pâte brûlante tapisse le fond de mon ventre et me réchauffe jusqu'à la racine des cheveux. Que c'est bon d'être plein ! Ma besace a un fond extensible, c'est une sacrée chance ce tissu moderne, quand on tire dessus il s'étire à l'infini alors je glisse dedans assez de pommes de terre pour une vie entière puis je m'endors, enroulé à la plus haute branche de l'arbre sublime. Le réveil est atroce : les patatiers n'existent pas, mon père a disparu pour de vrai et je crève de faim.

La faim. Ça commence par un poinçon sous le nombril, une saignée profonde à l'intérieur de toi, ensuite ça se diffuse partout, tes bras, ta tête, même tes mains, ton corps entier hurle et personne ne l'entend. On en est là. La direction du camp nous rationne pire que jamais, les légumes de la soupe s'évaporent sur le chemin qui mène des cuisines à notre baraque. Le pain est un eldorado – on murmure dans le camp que les Allemands sentent leur défaite arriver et qu'ils nous en punissent, si seulement c'était vrai ! Même en cousant, même en vendant tout ce que je peux, des bouts de tissu, du fil, j'ai toujours faim. Avant, mon père et moi mutualisions, entre mes petits travaux de couture et ses casquettes il y avait du rab de temps à autre. Maintenant c'est la famine. Le soir, les gars de ma chambrée s'inventent des banquets fous, des ragoûts, du goulasch, des chevreuils farcis avec des pommes duchesse, de la crème fouettée, des orangettes, une pyramide de gâteaux au pavot, ils se goinfrent de mots, d'air froid et de vide et s'endorment en bavant. Bien des détenus n'ont plus que la peau sur les os. Physiquement ils s'effacent, l'affaire s'est retournée, c'est la faim qui maintenant les dévore et sa dernière bouchée est presque invisible : tu parles à ton voisin, ce pauvre type squelettique, mais en fait il a crevé sans bouger. Ce n'est pas la mort dramatique, brusque et bruyante comme on se l'imagine, celle de l'acte V scène III, la vraie fin n'a rien à voir : elle dure. Je ne sais pas vraiment quand ni comment elle commence mais elle prend le temps d'arriver et elle avance, elle use, elle efface, lente et obstinée – l'affamé passe l'air de rien d'un état à un autre, vivant puis mort vivant puis mort, c'est tout, ça se passe comme ça ici, alors on avale vite fait sa ration de pain ; le macchabée n'en a plus besoin dans son état, et puis est-ce qu'on a le choix ?

Je ne sais pas combien de temps je peux tenir ainsi, personne ne le sait. On crèvera de faim, à moins que la direction du camp ne nous liquide avant d'être prise. En arrivant, les Alliés retrouveront un tas de fusillés, ce sera nous. Hugo dit ce genre de choses maintenant, tout le monde le dit et ceux qui ne le disent pas le pensent tellement fort que ça s'entend. Les optimistes sont morts, il n'y a plus personne pour nous faire taire. Même le père d'Hugo a cessé de parler. Il est maigre, un chat pelé, absent, transparent, avachi, aspiré du dedans, chaque soir plus creux que la veille, on ne sait pas jusqu'où il va flétrir. Il pose ses yeux vides sur nous et Hugo le fixe aussi, il le fixe intensément pour le regonfler, pour le faire revenir d'où il est ; ça ne fonctionne pas.

Mon père à moi, je ne l'ai pas vu depuis six jours. C'était un lundi, il n'est pas rentré de son travail. Comme ça, d'un coup, disparu. Pas rentré de l'atelier. J'ai demandé à tout le monde, j'ai regardé partout chaque soir, à l'appel j'ai passé toutes les rangées en revue, des milliers de pieds j'ai scruté, rien, pas de chaussures Kiss dans les rangs ni dans les latrines, personne. C'est atroce, quand on t'arrache la peau qui te reste. Tu es à la merci de tout.

Un kapo est arrivé hier, jamais vu auparavant. Un type long, voûté comme sont les grands, en prime l'air idiot et les dents du bonheur, mais son calot, bon sang ! Une pièce magnifique, pas une de ces saletés gris et bleu collées sur le crâne et assemblées au gros fil, non, presque un chapeau, avec des bords larges légèrement retombants, des coutures invisibles et sans aucune zébrure, de l'uni parfait. J'ai tout de suite compris que ce gars-là connaissait mon père.

— De la part de Herman Kiss, il a dit en me tendant une musette à moitié pleine de pommes de terre.

Vivant ! Mon père était vivant ! Le kapo venait d'Ilfeld, un kommando extérieur à plusieurs kilomètres de notre camp, maintenant mon père dormait là-bas, il n'était pas blessé, ni mort, juste déplacé. Déplacé ! Tu parles d'une nouvelle, la meilleure de l'année ! Le kapo m'a proposé d'aller fêter ça avec lui au cinéma du camp. Tout le monde sait ce qu'il s'y passe au cinéma avec les gradés, alors j'ai décliné poliment. Le kapo a tiré une drôle de trogne avec sa bouche bizarre un peu tordue, il se balançait d'une jambe sur l'autre sans avoir l'air de vouloir s'en aller, puis m'a demandé d'y réfléchir :

— Le cinéma ça te changerait, il a insisté.

Mais je ne lui ai pas laissé le temps d'argumenter, je suis parti en vitesse cuire les patates avec Hugo. On les a toutes avalées en une fois, sans mâcher ou presque, avec la peau, comme dans un rêve.

Aujourd'hui le kapo est revenu. Il ne souriait plus. Il a de nouveau voulu m'emmener voir le film, j'ai refusé, alors il m'a réclamé les patates.

— Rends-les-moi, il a dit, rends-les-moi puisque c'est comme ça.

Il était rouge jusqu'en haut du front et parlait fort sans desserrer les mâchoires. Il m'a laissé jusqu'à ce soir pour changer d'avis ou rendre la musette aussi pleine qu'il me l'a donnée.

Il va revenir tout à l'heure et il n'y a plus personne pour m'aider. Mon père est loin, Hugo ne fait peur à personne, et Sémaphore... Sémaphore a soupiré quand je lui ai expliqué la situation. Il a inspiré longuement, les sourcils haussés, en évitant de me regarder :

— Quand ils veulent, les gradés, quand ils veulent, que veux-tu...

Le père d'Hugo n'a rien ajouté. Il n'a même pas bougé, ni respiré, ni cligné, rien, pourtant je le regardais, il n'y avait plus que lui pour faire quelque chose, et Hugo aussi le regardait, un regard fixe, implorant, un truc à le réveiller, à le secouer, à l'extraire de la boue, à le ressusciter mais nos yeux le traversaient sans l'atteindre. Il n'y a plus d'adultes parmi nous, c'est fini, nous sommes seuls. Je suis seul. Et être seul ici, c'est presque déjà être mort.

*Ils ont déchiré notre monde en entier, métho-diquement, d'abord le décor, ensuite la trame : les femmes, les nouveau-nés. Ces mailles tirées le tissu entier se débine. Ils nous déferont jusqu'au dernier enfant et quand il n'y aura plus d'enfant... Herman n'a pas disparu depuis quinze jours que déjà son garçon dépérit. Ses yeux sont ternes, ses mains flétries, les yeux de Julia, les mains de Herman... Ce n'est pas un gamin de plus qui s'efface mais une famille entière, et après la sienne ce sera la nôtre, moi d'abord, puis Hugo, mon dernier fils, le dernier fil, tout disparaîtra quand ils disparaîtront.*

*Peut-être devons-nous servir à ça, nous les vieux, les fichus, les inutiles, nous qui ne vou-lons plus vivre et que la mort ne prend pas, peut-être restons-nous pour protéger le dernier rang jusqu'à la libération, préserver les Tomas, les Hugo, ces accrocs imprévus au plan, ces mailles qui par miracle résistent, il nous faut vivre encore un peu pour que survivent nos fils, pour qu'ils retissent et rebâtissent et qu'à partir d'eux le monde entier se déploie de nouveau. Après seulement fermer les yeux et tout laisser glisser.*

— Dis donc, raclure, tu lui veux quoi au petit ?

Le père d'Hugo a surgi devant nous, il avait les yeux écarquillés comme jamais, on aurait dit un dingue mais un dingue calme – il y en a un certain nombre dans le camp, des fous de cette catégorie. Fallait voir comme il articulait sous le nez du grand kapo, il lui arrivait au menton mais ça ne l'empêchait pas d'exprimer le fond de sa pensée en détachant bien toutes les syllabes, sans trembler :

— Tu sais ce qu'il leur fait, mon *O-ber-schar-füh-rer*, aux kapos dans ton genre qui veulent emmener les jeunes au ci-né-ma ?

Le kapo n'avait même pas le temps de répondre, le père d'Hugo ne lui laissait pas en placer une. Plus il parlait, plus le grand dégueulasse se tassait.

— Tu veux que j'aille le lui dire, à mon *Oberscharführer*, ce que tu proposes au gamin, hein ? Tu veux que je lui raconte le style de films que tu aimes ?

Ça faisait un sacré bail qu'on ne l'avait pas entendu causer, le père d'Hugo, et il ne s'arrêtait plus, il chuchotait à toute vitesse avec ses grands yeux figés, il répétait chaque phrase trois fois pourtant on avait bien pigé où il voulait en venir, surtout le kapo qui est parti au milieu d'une phrase sans demander son reste. Il courait sur le chemin, le kapo. On voyait les rebords de son beau calot remuer comme des ailes.

Maintenant c'est l'heure de la soupe mais le père d'Hugo n'en veut pas, il la pousse vers nous :

— Mangez, les enfants.

Même si Hugo et moi apprécions très moyennement d'être appelés « les enfants », on se jette sur la gamelle, la moitié pour lui, la moitié pour moi. Son père nous regarde faire, ses yeux de chat tigré suivent la cuillère de la gamelle à nos lèvres, ils nous caressent, ils se régalent de tout, ses yeux, ils sont redevenus vivants comme avant, et une fois la cuillère à soupe bien nettoyée léchée pourléchée, il étire ses bras maigres comme s'il voulait toucher le ciel et murmure en souriant :

— Il a dû rater sa séance, ce sale vicelard.

*Comment va Tomas ? Le kapo refuse de me dire quoi que ce soit, pourquoi ? Pourquoi ? Pourtant, il devait aller le voir, avec la besace pleine de pommes de terre. Il a dû toutes les bouffer, ce salopard. J'espère que Tomi mange un peu... À l'atelier il a chaud, heureusement. En mon absence, qui veille sur lui ? Protège-le, ma douce, protège-le d'où tu es car moi je ne peux rien. Vous êtes le fil auquel tient ma vie.*

Je ne dors pas. Y a pas moyen. Dans un camp non loin du nôtre, un détenu s'est jeté du haut de la falaise en emportant dans sa chute le SS de service. J'imagine le suicidé enlacé au gradé, les doigts serrés sur lui comme des crochets à venin, les yeux grands ouverts sur le vide, les mêmes yeux ronds immobiles que le père d'Hugo a posés sur le kapo d'Ilfeld : l'air de celui qui n'a pas peur. Moi j'ai encore peur. Pas de mourir mais de ce qu'il se passe avant. La porte qui s'ouvre brusquement sur un SS inconnu, les essieux d'un transport imprévu, un ordre inhabituel, ton numéro craché au haut-parleur sans que tu saches pourquoi : le son d'une souffrance nouvelle qui arrive, voilà ce qui me déchire le cœur de trouille.

Ce matin, des avions alliés sont descendus en piqué presque au-dessus de nos têtes, ils mitraillaient à quelques kilomètres d'ici. Certains disent que ça sent la fin, que les Allemands savent leur défaite, qu'ils brûlent déjà tous leurs papiers, moi je ne crois plus aux bonnes nouvelles. Elles me terrorisent, pire que les mauvaises. On ne sait jamais ce qui se cache derrière.

— Elles sont tombées où, les bombes des Alliés ? Elles ont atteint la ville ?

— Si l'atelier de ton père avait été touché on le saurait, me répond Hugo.

Lui non plus ne dort pas. On sent que quelque chose se passe. Même au block 5, à l'atelier de couture, tout semble différent de d'habitude. Aujourd'hui, le *Vorarbeiter* est venu vers moi, aussitôt la frousse m'a cramé la poitrine.

— Je t'autorise, il a dit.

Il désignait les machines à pédales, et son doigt s'est levé menaçant :

— Mais si tu abîmes le matériel, t'es mort.

Mon estomac est monté directement dans ma gorge. En plus la machine à coudre branlait à cause du sol tout de guingois, il fallait y aller prudemment pour ne rien abîmer, ni la pédale ni l'aiguille ni rien du tout. Sémaphore avait le poste d'à côté, il m'a montré le mouvement et j'ai cousu, j'ai cousu doucement, puis plus vite, encore plus vite, à la fin j'allais à une vitesse dingue, les frappes résonnaient dans ma poitrine, la machine était bancale mais j'y arrivais, fallait voir ! Je commandais à la pédale, sous mes mains le tissu filait droit, je glissais, oui, moi aussi je dominais la peur, je la tenais serrée entre mes anneaux. Il y a de ces instants-là, dans le camp, des instants de serpent. J'aimerais qu'ils durent une éternité.

Sémaphore a repris la main pour me montrer une manipulation et au premier coup de pédale, l'aiguille de la machine s'est brisée. À cinq minutes près, on avait fini la journée. C'était la faute du sol, du sol pas droit, Sémaphore n'en revenait pas de la catastrophe, pas droit il répétait, pas ma faute, il était vert de trouille. Le *Vorarbeiter* allait venir nous contrôler, on était fichus. C'est là qu'elle est venue, l'Idée sublime, l'accélération magistrale des neurones, le raccourci fulgurant du cerveau : Sémaphore a glissé une bête aiguille à coudre dans la fente de la machine, à la place de l'aiguille cassée. Le *Vorarbeiter* a jeté un œil en vitesse sans rien remarquer, lui aussi était pressé de débaucher. C'est aussi pour cette raison que je ne dors pas ce soir : je revois la fausse aiguille prête à tomber et le contrôleur qui arrive derrière nous.

— Tu te rends compte, Hugo, casser le matériel... Ce qu'on aurait dû prendre...

— Ouaip, on a supprimé des gars pour moins que ça.

— Tu m'étonnes ! Et moi : rien. Rien du tout. C'est qui le plus fort ? C'est qui le plus veinard, hein ?

Il me remplit totalement, ce double bonheur aberrant, inimaginable, cette chance presque indigeste : le *Vorarbeiter* a été berné et je suis toujours en vie.

— Le gars de l'équipe de nuit a dû le sentir passer, tout de même...

Il dit vrai, Hugo. Le type qui a pris mon poste, à l'atelier, l'aiguille bidon a dû lui exploser à la figure au premier coup de pédale. À l'heure qu'il est, lui est sûrement mort, ou à peu près. Cette pensée rebondit sous mon crâne sans provoquer aucun remous, j'ai beau m'ausculter je ne trouve en moi que l'onde affaiblie du soulagement, de la fierté et de la joie.

— Est-ce qu'on devient vraiment des animaux, Hugo ?

— Bien sûr, mon pote, sinon on pleurerait. On pleurerait tellement qu'on se noierait. D'ailleurs tous ceux qui pouvaient pleurer sont morts : l'Ami Pál, les trois médecins de Beregszász, les rabbins... Il n'y a plus que nous, ceux qui ont le sang-froid et plus une larme à verser.

La première fois que je suis devenu serpent, c'est grâce aux Italiens. Nous partageons la baraque 18, eux d'un côté nous de l'autre. Ils sont impassibles, les Italiens, et discrets, des vipères fines, élégantes, même en rayé, même verbalement – jamais un mot plus haut que l'autre, jamais un « sale juif » qui sort par inadvertance. Ils ont combattu aux côtés des Allemands, après quoi leur pays a retourné sa veste et Hitler en guise de vengeance les a envoyés à Dora avec nous, c'est dire s'il leur en veut. Mes Italiens préférés ce sont les deux Giuseppe, pas frères mais presque, le même prénom, la même allure de prince, l'un brun l'autre blond, pas nerveux pour un rond, mais leurs yeux... Leurs yeux te transpercent sans cligner. Personne ne leur cherche des noises, la faute à ce grand calme oculaire qui te menace vaguement. Lorsqu'ils parlent dans leur langue on ne comprend rien, on dirait qu'ils roucoulent gentiment avec leur air tout comme il faut mais à bien y regarder, le fond de leur histoire est terrible : leurs mains tranchent, leur regard perce, ils se racontent la guerre, le sang qui gicle et compagnie, *mamma mia*, avec les gestes on devine tout ; on devine surtout que sur le front l'ennemi ne devait pas en mener bien large avec les Giuseppe en face. De temps en temps ils parlent des femmes, ça se sent, leurs yeux brillent et ils rient, d'un rire brutal qui clôt la conversation. Ils m'inspirent, les Italiens. Ils ont au moins 20 ans et ils organisent, faut voir comment ! Le blond tricote. Il s'est fabriqué une aiguille et un crochet dans un morceau de ferraille et avec ces petites choses qui ne payent pas de mine, il sort des bonnets incroyables, des kilomètres de couverture, des écharpes à trois tours, tout le camp en raffole, même les Allemands qui lui fournissent la laine et le payent en tartines de confiture. Giuseppe le brun, lui, sculpte. Tu lui files un caillou, une heure après c'est de la dentelle. Son client le plus fidèle est un SS supergradé qui adore l'antique, alors Giu lui en fourgue en veux-tu en voilà. Il y a quelques semaines, il lui a taillé une sorte de déesse bien bidochée avec une couronne de feuilles plus vraies que nature et les plis de la toge s'envolant dans le vent. En fignolant le décolleté, Giu poussait de profonds soupirs. Ça lui manque, les filles. Il a encore des forces, lui, il mange bien mieux que nous. En contrepartie de la déesse aux gros seins, le gradé lui a offert une tranche de saucisson chaque jour, et une tablette de chocolat à la fin.

— Ouah...

C'est tout ce que j'ai réussi à articuler quand je suis rentré à la baraque, une fois la statue finie. Je ne sais pas ce qui était le plus dingue, les seins de la dame en pierre ou l'odeur du chocolat mais ça m'a donné une idée. La chemise de Giuseppe le brun était vraiment sale, indigne d'un type comme lui, alors je lui ai fait une offre : une propre contre le chocolat. On a marchandé, on a topé.

Voler des vêtements, c'est rentable. Risqué mais rentable. Il y a un marché, grâce aux poux surtout. Les types qui ont des bêtes ça les démange, ils en chialent, en plus ils ont peur d'y passer, *eine Laus, dein Tod*, tout ça, il leur faut des fringues propres. Certains tailleurs de mon atelier enfilent une seconde chemise sur la leur et la vendent le soir venu mais ils peuvent se faire pincer, et pas qu'un peu. Ils prennent une chemise supplémentaire, sabotage ! ils se trimballent avec une double couche de vêtements, interdit ! ils vendent au marché noir, crime absolu ! Leur opération est triplement risquée, moi je suis plus malin que ça : je donne au client ma tenue propre et j'enfile la sienne dégueulasse. Une fois arrivé à l'atelier, je dois me changer en piochant discrètement dans le tas de vêtements réparés. C'est à cet instant que je deviens serpent.

D'abord je tremble comme une feuille, puis je me lance... C'est comme un coup de fouet gelé qui chasse la peur. Je suis à l'affût comme jamais, le cœur suspendu, une vipère avant l'attaque, j'entends tout, je sens tout, le *Vorarbeiter* je le flaire à dix kilomètres. Au moindre bruit je reprends mon balai, mais dès que le kapo s'éloigne, je rampe jusqu'au tas de fringues, accroupi derrière une machine en trois secondes c'est fait : je jette ma vieille peau et je me glisse dans la nouvelle, un coup d'œil à gauche, à droite, je reprends mon ménage. Je respire de nouveau. Elle revient à ce moment-là, la peur, mais c'est trop tard, elle a perdu : j'ai volé une chemise propre et je vais l'échanger contre un rab de nourriture. Cinq fois déjà je l'ai fait, ramper, piquer, manger et je vais continuer, bien sûr, ramper, piquer, manger, un morceau de pain, une seconde soupe, j'ai toujours faim, j'ai le cœur qui éclate mais pas les cuisses violettes ni les genoux creux, je suis toujours vivant, moi, malgré la famine, malgré mon père parti, malgré les kapos vicieux, les transports, malgré l'aiguille cassée, ce soir confirme tout, je maraude entre les obstacles, je file, toujours je me sauve, je pique des vêtements, je pique à la main et à la machine, je suis la vipère et je glisserai encore sur le tissu, sur la terreur et sur la mort, tant qu'il le faudra.

À côté de moi, Hugo dort maintenant comme un plomb. J'ai besoin d'air alors je me coule hors du châlit et sur le chemin des latrines je croise les yeux des deux Giuseppe qui me fixent longuement, comme si je partageais avec eux le secret de ceux qui traversent la peur sans une égratignure.

A Dio piacendo, *il n'y en a plus pour long-temps, les bombardements se rapprochent. Chaque explosion résonne au fond de nous. La ville voisine du camp a été pilonnée ce matin par des monomoteurs d'assaut. Bientôt nous égorgerons nos gardiens et rentrerons à la maison respirer le soleil et reprendre nos femmes, boire leurs lèvres humides, mordre leurs seins hauts et ronds, lécher leur nombril de lune creuse, dévorer leur corps chaud palpitant, enfin ! Nous brûlons. En attendant notre délivrance, on se débrouille comme on peut avec ce qu'on a sous la main, parfois il faut insister mais bon, « à la guerre comme à la guerre », disent les Français.*

# CAMP DE BERGEN-BELSEN, ALLEMAGNE

## Avril 1945

Le Russe épluche délicatement son rutabaga avec mon couteau. Son oreille est trouée, elle saigne, il s'en moque. Il ne prête attention qu'au légume. Il veille à ne pas enlever trop de chair avec la peau, parce que la chair est pour lui mais la peau est pour moi. C'est le prix de la location de mon couteau.

Ce couteau, maman, si tu savais... Heureusement que je l'ai, ce couteau. Je l'ai échangé contre deux vestes dans le camp, juste avant de partir. Jusque-là je n'en avais pas, de couteau, c'était un grand tort, quand les Italiens m'ont attrapé j'en aurais eu besoin, tu comprends ? Ce soir-là, le soir des Italiens, Hugo dormait, son père aussi mais pas moi, moi je pensais à l'aiguille cassée de la machine à coudre, je pensais au gars de l'équipe de nuit qui m'avait relayé et aux bombes qui étaient tombées tout près, qui tomberaient peut-être sur nous demain. C'est à ce moment-là qu'ils sont arrivés, les Italiens. Je n'ai pas compris tout de suite, puis dans ma tête j'ai appelé Hugo au secours, et son père, même toi et papa je vous ai appelés, parfois le destin t'envoie du renfort miraculeux mais là personne, sans doute parce que je pouvais encore me débrouiller seul et c'est vrai : je m'en suis bien sorti, avec les Giuseppe. À deux contre moi ça aurait pu être bien pire tu sais, comme le petit Hongrois de chez nous, le favori du chef de block qui en est mort, finalement. Moi ce n'était qu'une fois et encore, je me suis arrangé avec les Italiens. Je m'arrange toujours, moi, je me débrouille tu sais, et je ne meurs pas.

Je n'aurais jamais cru ça des Italiens, jamais. Ils m'ont obligé avec leur couteau, ils en avaient un, eux, et moi pas. Le lendemain j'ai volé deux vestes à l'atelier et je les ai troquées contre une lame. Les Italiens n'ont pas recommencé et moi, je ne suis pas mort. Tu peux être fière de moi, maman : je suis en vie, je sais coudre, je suis un homme tu sais, j'ai un couteau. Il est gondolé, il ressemble un peu à un canif mais peu importe, quand tu as une arme tu as moins besoin de renfort. Aujourd'hui encore j'en ai la preuve : je suis tout seul dans ce grenier, tout seul au dernier étage de cette caserne puante au milieu de dizaines de Russes mais je vais manger quand même, maman. Je vais manger les épluchures de rutabaga. Grâce au couteau.

Les épluchures tombent par terre en petites boucles sales. Le Russe a eu du cran, il est sorti pour trouver à bouffer. C'est dangereux. Il paraît que tous les SS du camp où nous avons échoué n'ont pas fui, il en traîne encore dans les allées, en plus les réserves de nourriture sont gardées par des Hongrois en armes qui tirent sur tout ce qui bouge. On n'a pas le droit de s'y servir, même les poubelles nous sont interdites. Certains affamés mangent un peu d'herbe, des feuilles, mais pour ça aussi il faut sortir, descendre les étages. Je n'arrive presque plus à bouger, moi. Le Russe pouvait encore marcher alors il a attaqué les cuisines. La balle lui a traversé l'oreille mais ça valait le coup : cinq rutabagas. Il aurait pu les gober comme ça, pas lavés tout pleins de terre, c'est une chance que je sois tombé sur un Russe délicat. Il pèle les légumes, moi j'attends. Ses amis nous encerclent pour nous protéger des autres gars qui bavent comme des chiens devant le festin. Grâce au couteau je vais manger, maman, tu as vu comme je me débrouille ? Je vais manger. Ça fait longtemps.

La dernière fois que j'ai vu du pain c'était à Dora il y a plusieurs jours, je ne sais pas combien, mais c'était le jour de notre évacuation. On nous a distribué le morceau de miche et puis nous sommes montés dans le convoi. Sémaphore a grimpé, ensuite Hugo, et son père, puis le garde allemand a baissé son bras sous mon nez, le wagon était plein. Je ne peux pas te décrire le mal que ça m'a fait, ce bras baissé juste devant moi. Je t'avais déjà perdue, toi, et Gaby à Auschwitz, puis Papa, maintenant Hugo et son père disparaissaient ; on m'arrachait la dernière peau que j'avais d'un coup sec. Je suis monté dans le wagon d'à côté avec des dizaines d'autres types que je ne connaissais pas et on a roulé des jours et des nuits sans manger ni boire, assis les jambes écartées, encastrés les uns dans les autres. Il ne fallait pas bouger, sinon celui d'à côté en profitait pour étendre ses guibolles et prendre ta place. Les plus faibles se faisaient jeter à l'autre bout du wagon comme des poupées de chiffon, c'était atroce maman, ils s'écrasaient où ils pouvaient et les Allemands tiraient dans le tas. Quand le convoi s'arrêtait on éjectait les cadavres et on pissait un coup mais pour remonter c'était la guerre : les groupes se gardaient les meilleures places. Tout seul comme j'étais je me suis retrouvé au premier rang bien sûr, juste devant les Allemands. Je voyais chaque détail de leur uniforme, les poches avec la pointe au milieu, le bouffant de leurs pantalons, la ceinture bien haute et l'arme à quelques centimètres de mon visage. Ils avaient ouvert deux boîtes de conserve. Leur viande nageait dans la gelée et ils la ripaillaient sous mon nez, sur de larges tranches de pain, en léchant leurs doigts graisseux. Si mon ventre avait gargouillé... Mais j'arrivais bien à être invisible, silencieux immobile, une couleuvre. Les gardes bouffaient et on entendait les bombardements dehors, ils ne faisaient pas attention à moi, pas du tout, jusqu'à ce que mon voisin de derrière s'oublie sous lui. La rigole a serpenté contre ma jambe jusqu'aux pieds des Allemands qui ont cessé net de bâfrer. Leurs yeux sont tombés sur moi, puis leurs poings :

— Toi, toi...

Bien sûr ils ont cru que j'étais le fautif, le pisseur, le juif dégueulasse qui gâchait leur dîner.

Je n'ai pas eu le temps de me défendre. J'ai eu peur, tellement peur, tellement mal aussi que j'ai fermé les yeux, j'étais mort de peur maman, et c'est là que tu es apparue. Tu dansais comme un feu follet sous mes paupières, une flamme dorée qui m'envahissait et je sentais moins les coups, j'avais moins peur grâce à toi, maman. Je le savais, que tu n'avais pas vraiment disparu, tu étais dans la crypte, ça m'a fait tellement de bien de te voir, oui, même si je suis fort, je ne suis pas un enfant tu sais, ni une femme, pas une femmelette moi, mais ça m'a réchauffé de te sentir tout près de moi, avec toi j'ai eu la force de crier, j'ai dit que c'était pas moi mais l'autre, le Polonais de derrière qui les avait salis. Alors les Allemands ont arrêté de me battre et l'ont assommé lui, encore pire que moi. Quand ce salopard a repris connaissance, il a fait le signe de me trancher la gorge :

— Cette nuit t'es mort, il m'a dit.

Mais le lendemain matin c'est lui qui était mort. Ce n'est pas ma faute, crois-moi, il est mort j'ignore pourquoi et comment mais il fallait bien, tu sais, il fallait que l'un de nous deux meure et c'est tombé sur lui, ce n'est pas ma faute, peut-être aurait-il dû avoir un couteau lui aussi, je ne sais pas, je te jure que je ne sais pas. À l'arrêt suivant on a jeté son corps et celui de beaucoup d'autres, nous gardions juste les vêtements. Plus les nuits passaient moins on était nombreux, au bout du voyage on aurait pu danser dans le wagon tant il y avait de place.

Quand nous sommes arrivés, il a fallu marcher alors on a marché et marché encore, j'ai jeté mon manteau et ma chemise, je ne pouvais plus rien porter c'était trop dur, j'ai senti un bras qui me portait, un autre qui me poussait, il fallait avancer mais je ne voyais plus rien, le quai est devenu flou et la route aussi, il n'y avait plus devant moi que des taches rouges et des zébrures claires. À chaque coup de feu une zébrure s'évanouissait et le silence revenait, un silence parfait, maman, comme au milieu des champs, comme au sommet des arbres. Nous marchions dans du coton, sans ressentir ni voir et je serais tombé, tu sais, si tu n'avais pas été si près. Tu étais là devant moi, une flamme d'or qui m'éclairait, c'est une chance que tu sois sortie de la crypte pour me guider sur ce chemin blanc de poussière et rouge de sang. Je te suivais, je crois.

Maintenant je ne peux plus marcher mais ce n'est pas grave, rien n'est grave puisque je suis à l'abri et je me repose maintenant, tu es près de moi, ton feu me réchauffe, je le vois sous mes paupières. En plus je vais manger. J'ai hâte.

Le Russe a fini de peler ses rutabagas. Il me rend le couteau et pousse le petit tas d'épluchures terreuses vers moi. Je les essuie sur mon pantalon, elles crissent sous la dent, ça fait du bien... Tu m'entends maman ? Il n'y a plus ton étincelle dorée derrière mes paupières, où t'es-tu cachée, tu ne vas pas partir encore, hein ? Je vais mieux, j'ai mangé, j'aimerais juste fermer les yeux maintenant et m'en aller avec toi.

*15/04, 15 h 00.*

Sur ordre du GSO, sommes entrés dans la zone neutre du camp de Belsen. Les portes étaient fermées, bien sûr, mon colonel a dit Go alors j'ai manœuvré le Sherman droit devant et les grilles ont plié comme du papier. Mon Sherman il entre où il veut, et mon colonel aussi. Maintenant on est sur site et il y en a partout, en piles, en tas, dans toutes les allées, des macchabées desséchés, vides, écartelés, bouche ouverte, devant chaque baraquement des dizaines de momies atroces et dedans, Seigneur ! dedans c'est pire : des femmes aussi, des gosses, plein, pourris à même le sol. Même mon colonel a envie de vomir, sauf son respect. Personne ne peut prévoir ça. On vient libérer des prisonniers mais il n'y a que des cadavres, et parmi les cadavres des fantômes. Ils s'attroupent autour du Sherman, on dirait qu'ils n'ont jamais vu un tank ni même un être humain, ils t'attrapent pour te caresser, ils te fixent avec leurs yeux horriblement grands, ils tremblent, ils s'accroupissent sans pudeur, certains ont perdu la tête. « C'est fini maintenant, je leur dis, c'est fini mes chéris, vous êtes sauvés, vous êtes libres. » Ça sonne creux. Derrière moi, les gars de l'Amplifier Unit précisent au haut-parleur : « Vous êtes maintenant sous la protection des forces alliées, tenez bon, la guerre est terminée pour vous » – mais ici ce n'était pas la guerre, mon colonel en est convaincu et nous aussi, ici c'était l'enfer sur terre.

Ce bruit... Un bourdonnement énorme, un vrombissement d'abeille métallique et folle... Ça vient de dehors. Il faudrait que je me lève pour aller voir mais c'est largement au-dessus de mes forces. Le gars des rutas, lui, y parvient. Sa chemise est maculée de sang. Il jette un œil par le vasistas :

— Ils sont là ! Ils sont là ! Ils sont...

Le Russe tombe évanoui. Tous les détenus qui en sont capables se précipitent au rez-de-chaussée. La guêpe monstrueuse se rapproche, je le sens, le sol vibre. Je rampe jusqu'au vasistas : la guêpe est verte avec une étoile blanche sur le flanc, c'est un char en réalité, suivi d'une camionnette étoilée aussi et pleine de militaires. Ce ne sont pas des Allemands, je ne reconnais pas leur langue, le char crache un borborygme bizarre :

— IOUARFRI !

Des Russes, peut-être ? Non, impossible, les Russes portent une étoile rouge sur l'uniforme, et puis mes voisins de grenier ne comprennent pas non plus ce qu'ils baragouinent.

— IOUARFRI !

Ça doit vouloir dire « Hitler est cuit » en américain, ou quelque chose dans le genre, oui, c'est ça, l'étoile blanche, ce sont forcément des Américains, ils sont arrivés, enfin ! La tête me tourne, je plonge dans le brouillard. Quand j'en sors, un jeune militaire est penché à mon chevet. Il a de jolies dents et une tasse fumante à la main. Il est pour moi, le café. Il est sucré, il y a même du lait dedans, il me brûle les mains, c'est merveilleux.

— Douiounidsomecingu'elsse ?

Je ne comprends pas plus le « somecingu'elsse » que le « iouarfri » mais le soldat m'écrit le mot sur un morceau de papier, S O M E T H I N G E L S E, avec un point d'interrogation au bout, il a l'air d'y tenir et serviable avec ça, alors je lui réponds au pif, comme dans les westerns :

— *Okay*.

Et il sourit en me resservant du café.

*On a besoin de tout ici, médicaments, nour-
riture, vêtements. Heureusement les rations
viennent d'arriver, ainsi que l'eau et le charbon.
On distribue à manger, à boire, rien n'y fait, les
cadavres continuent de s'empiler en tas affreux
dans les allées. La mort se moque des déclara-
tions de paix comme des distributions de vivres.
Elle a pris ici un élan monstrueux que rien ne
pourra rapidement enrayer. Nous avons arrêté
une cinquantaine de membres du personnel SS
ainsi que le commandant du camp. Ils enterreront
eux-mêmes les corps. Un peu de justice, à défaut
de miracle.*

Il faut slalomer lentement entre les morts, et marcher nous épuise. Nous tenons à peine debout, jambes faiblardes, entrailles tordues par le café-crème, peu importe : la rumeur court que l'un des pires kapos du tunnel de Dora se planquerait au sous-sol d'un bâtiment à l'autre bout du camp alors nous y allons malgré tout, nous les clopinants, les crevards, les chiasseux juifs, français et russes, nous les zèbres pouilleux et furieux, ohé kapo, nous voilà à l'assaut de ton terrier !

En effet le connard s'y cache, accroupi dans l'angle d'une pièce, un chiffon sale sur le visage. Le voilà traîné au dernier étage. C'est encore un homme, lui : il a des bottes. On les lui arrache aussitôt. Il ne mérite pas davantage sa chemise de bagnard ni son pantalon, rien. Il est nu maintenant et tremblant devant nous, désarmé, désespéré, il sait. L'instant est délicieux mais pas encore assez. *Something else?* La justice bien sûr, pas celle des soldats, la nôtre plus puissante, remettre la balance d'équerre, présenter enfin l'addition, alors les coups pleuvent, avec une corde on attache le kapo tuméfié par où je pense et on le jette par la fenêtre. Il se balance dans le vide, ses membres se déchirent comme un chiffon, il hurle. Du rez-de-chaussée on profite encore mieux du spectacle : le kapo lâché dans le vide puis remonté et lâché de nouveau, une fois, deux fois, dix fois, tu te souviens des *fünfundzwanzig auf dem Arsch*, c'était drôle n'est-ce pas ? À ton tour maintenant. Bientôt il n'y a plus aucun bruit, seulement le corps nu amputé du kapo oscillant dans le vide et la joie pure, retrouvée, le bonheur de nous tous qui le regardons mourir, la tête haute.

Plus loin des gens cuisinent. On s'approche, ce sont des femmes. Elles ont allumé leur feu avec des brindilles et les guenilles des morts. Elles nous regardent. Faut que je me trouve des fringues correctes, et fissa. J'emprunterais bien une veste aux soldats. Elles ont des poches sur le devant, ils portent ça avec des chaussures en cuir à lacets et de petits bérets étoilés qu'ils inclinent sur le crâne. Ils ont la classe, les Américains.

— Ce ne sont pas des Américains, Tomi, ce sont des Anglais.

À l'autre bout du camp j'ai retrouvé Hugo, mon Hugo, recroquevillé au fond d'une baraque avec son père ! Je lui ai sauté dessus à la seconde où j'ai repéré sa bonne tête et il m'a serré à me briser les os, même pas mal, de toute façon la preuve est faite désormais : nous sommes invincibles.

— Des British, t'es sûr ?

— Affirmatif, mon pote.

— Ben pourquoi ils ont l'étoile blanche des Américains partout ?

— Chais pas. Peut-être parce qu'elle est belle, celle-là.

L'anglais est une langue sacrément bizarre. Les gars roulent des patates chaudes entre leurs dents, enfin on a fini par piger une chose : « iouarfri » signifie que nous sommes libres, maintenant. Libres, c'est vite dit. Le camp est bien passé sous commandement allié mais il est toujours strictement interdit d'en sortir, les soldats hongrois montent la garde afin de nous empêcher de quitter les lieux « pour des raisons d'hygiène ». On est contagieux, paraît-il, et toxiques pour changer. Les poux qui nous torturent véhiculent une sale maladie mortelle et finissent avec efficacité le boulot des nazis : à chaque minute des dizaines de gars meurent en hommes libres, des milliers chaque jour. À tous les coins du camp, des panneaux annoncent la couleur : « Danger ! Typhus ! », les majuscules et points d'exclamation sont censés nous effrayer mais on en a vu d'autres.

— Tu trouves ça normal, toi, qu'on soit toujours en taule ?

— On n'est pas en taule, Tomi, on est en quarantaine.

Hugo est d'un calme incroyable, encore pire que d'habitude. Il commence à m'énerver, avec ses nuances.

— Mais je ne l'ai pas, le typhus, et toi non plus. Personne n'a le droit de nous parquer ici. On est

310

libres, t'as pigé ? T'as pas envie d'aller voir ailleurs, toi ? De trouver de la vraie bouffe ? Et tes fringues, tu les as vues ? Je suis sûr que dehors, y aurait moyen d'en organiser des propres. Des Russes sont sortis du camp en douce ce matin, ils ont rapporté un tas de trucs. Allez on essaye, on essaye seulement, juste l'aller-retour.

— Pour quoi faire ? Les Anglais vont nous apporter tout ce dont on a besoin, il n'y a qu'à attendre. J'en peux plus, Tomi, j'en ai marre.

— Eh bien moi aussi, justement, j'en ai marre. J'ai assez attendu. Je n'ai pas envie qu'on me fasse l'aumône. Je ne peux plus voir les portes fermées, les interdits, les Reste tranquille, les Mets-toi là. Je fais une allergie aux ordres et aux barbelés. Nous sommes en avril 1945, ça fait un an pile qu'on a quitté la maison, un an ! J'ai l'impression d'avoir cent ans à rattraper, et ça commence maintenant.

— Si tu ne veux pas sortir, ce n'est pas grave, j'y vais sans toi.

— Reste avec nous, Tomi, s'il te plaît.

Hugo ne veut plus se séparer, jamais, ni de moi ni de son père épuisé qu'il ne quitte pas d'une semelle. Il cherche aussi sa mère, ses sœurs, ses neveux. À Bergen ont échoué des dizaines de milliers de détenus comme nous, en provenance de tout un tas de camps différents, alors Hugo erre de groupe en groupe. Aux rescapés d'Auschwitz il demande : Avez-vous vu Zita Lazar ? Et Szuszanna Lazar ? Et Hédi Lazar ? Il décrit sans se lasser ses sœurs, ses frères, il répète, insiste, remonte chaque fil pour renouer sa fratrie décousue. L'un de ses cousins est mort, croit-il savoir, il était dans le même camp que mon père, lui aussi fabriquait des vêtements pour les SS, leur convoi aurait été bombardé le jour de l'évacuation. Voilà. Le convoi de mon père a été touché. Mon père est mort, peut-être. Personne n'a de nouvelles de ma mère, ni de mon frère, ni d'aucun de mes oncles et tantes. Je n'ai pas de famille à raccommoder, et moi seul sur qui compter.

— T'inquiète pas mon Hugo, qu'est-ce que tu veux qu'il m'arrive ? On est passés à travers tout, c'est pas maintenant qu'on va flancher. Je fais juste une virée dehors et je reviens.

À la sortie du camp, un groupe de Russes – deux squelettes blonds, un grand et un petit roux – sont en pourparlers avec un garde hongrois qui refuse de les laisser sortir. Je me propose pour la traduction des négociations. Y a pas à dire, ils sont forts ces Russes, ils parlent un allemand dégueulasse mais tout de même, ils allient charme et intimidation, surtout intimidation, et ils arrivent à tout. Après avoir promis au planton son poids en cigarettes, nous quittons le camp. Dehors, le soleil écrase la cime des arbres. Des carcasses de tanks font long feu. Les Russes chantent un air triste qui parle de leur foyer et creuse un trou profond dans ma poitrine.

Une grande maison est posée au creux de la colline, un genre de ferme assez cossue. Nous fondons dessus, quelques coups de pied dans la porte et elle s'ouvre. Ça sent le vieux bouquin et le rôti de porc – on a débarqué chez des gens qui ne connaissent pas la faim. Deux femmes, un grand-père, pas d'homme. On colle tout le monde contre le mur. Les Russes s'occupent des Allemandes et moi de l'ancêtre.

— *Hände hoch !*

Ça m'est sorti tout seul et c'est efficace : le papi lève ses mains en l'air. Il tremble, je confisque le couteau qu'il planquait dans sa ceinture. Le surin du vieux a un manche en bois sculpté et une lame bien affûtée, voilà une arme digne de ce nom qui remplacera avantageusement mon canif. Je ficelle le grand-père et je grimpe à l'étage du dessus. Dans la chambre, les rayons du soleil s'écrasent sur une armoire qui épouse le mur entier. Les chemises y sont superposées en tours hautes et nettes, pas un col ne dépasse, pas un faux pli ; une fée délicate ou maniaque est passée par là avec son parfum magique, piquant, ça sent le savon ! Tout est propre ici, les rideaux pastel et les meubles rigoureusement cirés, la lampe en verre coloré du dernier ravissant, le poêle en fonte et les draps bien blancs, bien tirés, dans lesquels cette gentille famille d'Allemands comme il faut a dormi confortablement pendant que nous crevions à quelques centaines de mètres de chez eux. Pour la peine je bazarde mes vêtements d'esclave dans leur lit, les poux ça se partage. Et je m'essuie les pieds dans les draps. Puis je teste mon nouveau couteau sur les coussins brodés – c'est fou ce qu'il est aiguisé, les plumes volent, il neige du duvet d'oie. Soudain j'entends hurler les Allemandes,

elles me percent les tympans ces connes. Je
ferme la porte de la chambre. Maintenant je suis
tranquille, mais toujours à poil : c'est le moment
d'explorer la penderie.

Les chemisiers à gauche, la robe de chambre
à droite, des chaussons à pompons en dessous,
dorés les pompons, faut pas se gêner, et sur les
cintres des tenues plus habillées. Ce sont des
habits du dimanche ou je ne m'y connais pas, du
vrai dimanche de la vraie vie, du dimanche passé
à table, à chanter, à rire, pas le dimanche du
camp, le sale dimanche pouilleux et puant. Je
jette les chaussons par la fenêtre, j'arrache la
robe de chambre du cintre et la penderie se
venge aussitôt : un machin me tombe dessus.

Ça dégouline de tissu, je n'y vois plus rien là-
dessous mais le parfum... Mieux que le savon
encore, des fleurs sucrées qui t'explosent dans
les narines, jamais rien senti d'aussi bon. Déplié
correctement, le machin est sublime : des fronces
minuscules en haut, des pattes d'oiseaux comme
sculptées autour du col, en bas un bouquet de
volants avec un liseré doré, une natte souple d'or
liquide qui coule le long de la couture, un bijou
royal, hypnotique, une finesse dingue, un truc de
riche à porter pour fermer leur gueule à tous les
connards et le tissu, rien que le tissu, la lumière,
la propreté même, velouté contre la joue, chaud
comme une main, soyeux comme un peignoir,
d'une douceur à te consoler de tous les chagrins.
Beaucoup trop large pour moi évidemment, et
importable bien sûr – féminin –, un trésor que
tu ne peux pas enfiler, ce n'est pas l'envie qui

manque mais ça ne se fait pas, c'est une robe quoi, une robe merveilleuse que les Allemandes ne méritent pas, une robe sans personne dedans, sans personne à qui l'offrir, sans mère sans amie sans femme, une beauté toute seule qui t'appelle et que tu ne peux qu'enlacer, coller contre ta peau et respirer jusqu'à en pleurer.

En bas, les Russes ont coupé le doigt de la mère de famille. Son alliance ne venait pas toute seule, madame s'est empâtée depuis son mariage. Ils ratissent maintenant le salon pour trouver quelque valeur que la prudence et la guerre auraient enfouie dans un sombre recoin. À chaque découverte – un billet, du tabac – ils exultent comme au match de foot. De l'argenterie, but ! Personnellement, j'ai chouré un pull, une chemise, un costume, des sous-vêtements, plus une taie d'oreiller qu'il s'agit maintenant de remplir. Direction la cuisine ! Tout ce qui se mange, cuit ou cru, tout ce qui rissole, tout ce qui mijote, tout ce qui nourrit et fait saliver, je le fourre dans la taie. Confiture, viande séchée, cornichons, je vis un rêve, et ces œufs, ces œufs magnifiques, ces gros œufs blancs, ces œufs pleins qui me promettent une omelette majuscule, je les pose délicatement sur le pain. En retournant dans la salle à manger, je croise mon reflet dans le miroir. Ça fait un sacré bail que je ne me suis pas vu. Le pantalon ne tombe pas si mal et la veste, ma foi, cache bien mes bras osseux. Ça doit être du coton raide ou un truc dans le genre, il ne s'affaisse pas comme le rayé, ce n'est pas du tissu mou, voûté, courbé, soumis, pas du tout, l'ensemble est dépareillé, certes, haut bleu bas marron, mais ça se tient ferme, et propre. Je ressemble de nouveau à quelqu'un.

— Toi donner tout nourriture, décrètent les Russes quand ils me voient débarquer avec ma taie d'oreiller bourrée à craquer de victuailles.

— Pas question, on partage. Je garde les œufs, prenez la viande si ça vous chante.

— Vendu, acquiesce le grand blond.

— Costume bien, me souffle le roux.

— Merci.

— Comment t'appelles ?

Je m'appelle Tomas. Tomas Kiss. J'ai 16 ans. Je n'ai plus de famille mais dix-huit œufs, une veste d'homme, un vrai couteau et quatre certitudes : je n'aurai plus jamais peur. Je n'aurai plus jamais faim. Je n'aurai plus jamais de poux. Plus jamais je ne serai un sale petit juif.

*Il y a des pillages. Des vengeances. Des groupes de rescapés s'attaquent aux habitations les plus proches du camp. Parmi eux des enfants, paraît-il... Nous les rabbins avons été envoyés pour aider les survivants ; mais que peut-on faire pour ces petits-là ? Ils sont indisciplinés, bestiaux, imprévisibles, écorchés vifs. La déportation a déraciné toute morale, elle a coupé net les principes que leurs parents en eux avaient fait croître. Où vont-ils aller ? Que vont-ils devenir ? Seront-ils un atout, une force vive pour la nation qui les accueillera ? Ou bien des criminels ? Nul ne peut le dire. Les enfants de Bergen sont des mystères. Il nous faut les consoler mais nous venons à eux les mains vides, avec nos petites mezouzot et nos valeurs anciennes. Ils n'ont pas besoin de cela, ils croient qu'ils n'ont plus besoin de Dieu. La seule chose qu'ils nous demandent : s'ils sont seuls au monde. Ils ont été séparés de leurs proches, ils ignorent souvent si leurs parents sont vivants ou morts. Ils veulent que nous les aidions à retrouver ceux de leur famille qui auraient survécu. Cette mission n'est pas prévue à notre programme mais il nous faut la remplir quand même. Ils n'ont pas le droit d'envoyer du courrier, nous le postons pour eux. Ils n'ont pas les moyens de rechercher leurs proches ni l'autorisation de sortir : nous enquêtons à leur place dans les camps alentour. Mon ami l'aumônier Abraham Klausner, basé à Dachau, a recensé en Bavière des milliers de juifs survivants des camps de concentration. Il a consigné sur un cahier le nom, l'âge, la localisation de chaque personne – des milliers de miraculés couchés sur le papier, un gros volume de vie. Contre des pots de thé et de café, un imprimeur a accepté d'en tirer plusieurs exemplaires qui sont envoyés dans les camps de réfugiés en Allemagne et ailleurs sur la planète. Autour de ce registre, les juifs rescapés se réunissent. Ainsi des hommes sont rassurés sur le sort de leur femme, des fils découvrent qu'ils ont toujours une mère, l'espoir renaît de se retrouver bientôt. Voilà, je crois, la seule véritable aide que nous pouvons apporter aux enfants de Bergen-Belsen : dénombrer les vivants, un par un, noir sur blanc, dresser des listes, les imprimer, les distribuer, qu'elles circulent dans le monde comme un sang nouveau, qu'aux jeunes survivants nous rendions un nom, une place, une famille, et sur cette racine-là le reste repoussera peut-être.*

— Et puis j'ai vu ton nom sur la liste. T O M A S K I S S, en toutes lettres, mon fils ! Tu ne peux pas imaginer ce que ça m'a fait de le lire... C'est une petite de Beregszász qui t'a repéré sur la feuille, elle est venue me chercher en courant. Je repassais chez l'officier Johnson.

— C'est qui la fille, hein, tu la connais papa ?

— Une de ton âge, la cadette du chimiste.

— Serena ? Serena Schwartz ?

— Un nom dans le genre, oui...

— Pas possible ! Serena ! Serena vivante, faut que je le dise à Hugo ! Et tu as des nouvelles de...

Maintenant que j'ai retrouvé mon père je peux enfin sortir tous les noms, les extraire de la crypte et les dire tout haut, Gaby, maman, Oscar, les prononcer en entier, on est bien vivants, nous, alors eux ?

— Tu as des nouvelles des gens de chez nous, papa ? Les petits, les femmes ? Pour Gaby, tu sais quelque chose ? Pour maman ?

— Figure-toi que l'officier Johnson a aussi des enfants, à Topeka, Kansas. Deux fillettes et une femme, une famille complète. Les chemises de gradé sont délicates à repasser, tu sais, dix minutes par manche minimum sinon le linge se venge, ça laisse pas mal de temps pour causer. Je lui ai dit, pour ton nom sur la liste, et j'ai vu que la nouvelle le remuait, ces choses-là se sentent, même quand on a le nez dans le linge. Le lendemain, il m'en a reparlé. Tous les jours j'allais repasser pour lui, ce n'était pas obligatoire mais je préfère travailler, qu'est-ce qui me dit que je pourrai me relever si je me repose ? Les Américains apprécient l'ouvrage de qualité et avec moi il n'y a jamais un pli, jamais, alors de fil en aiguille, l'officier Johnson m'a proposé de m'emmener à Bergen pour te retrouver.

— Il est arrivé ton officier, j'étais dans la file d'attente avec Hugo pour choper des cigarettes et du chocolat, rien à foutre de lui, je l'avais à peine remarqué mais il a crié mon nom. J'ai fait celui qui n'entend pas. Faut se méfier tu sais, faut se méfier de tout le monde, et puis je n'y croyais pas, je croyais que ton convoi avait été bombardé, je pensais être tout seul, vraiment seul tu comprends ? Mais le gradé a insisté, « son père le cherche », « son père Herman Kiss est là », et tu ne peux pas savoir ce que ça m'a fait d'entendre ces deux mots-là, « son père », il parlait de toi l'officier, il parlait de toi vivant, alors j'ai laissé tomber les clopes et le chocolat et j'ai couru vers lui.

— Ce n'est pas un petit sous-fifre de rien du tout, l'officier Johnson, mais un lieutenant-colonel véritable, avec les feuilles de chêne au col, tu les as remarquées ses feuilles ? En argent massif de chez Luxenberg. Ça troue le tissu mais c'est beau.

— Je ne crois plus personne. Sauf toi, papa, sauf Hugo. Je les connais les types serviables, ils veulent toujours quelque chose en échange. Tu sais ce qui m'est arrivé, à Dora, avec les Italiens ?

— Il ne faut plus y penser maintenant. Nous allons partir loin d'ici, Tomas, en Amérique, au Canada, peu importe, là-bas nous n'aurons plus jamais d'ennuis. Il y a des associations juives qui organisent le voyage, elles affrètent des bateaux et même des avions. Il faut remplir des papiers, mon lieutenant-colonel m'a tout expliqué.

— Mais on ne connaît personne en Amérique ! Et si ça se trouve, maman est en vie, et Gaby, et Oscar. Tu es bien là, toi, et moi aussi, t'as vu comme je suis vivant, c'est dingue, toi-même tu n'y croyais pas mais je l'ai fait, alors les autres aussi peut-être, et on fera comment pour les retrouver ? Personne ne devinera qu'on est partis si loin, carrément aux États-Unis, ils nous chercheront à Beregszász, forcément. Et ta boutique, tu la récupéreras comment si on s'en va au bout du monde, hein ?

— Ils n'acceptent pas tout le monde, pour l'Amérique. Il y a une sélection sévère des candidats mais nous avons les aiguilles, nous autres, et montre-moi un New-Yorkais qui va au bureau tout nu ! Un pays a toujours besoin de couturiers. On a toutes nos chances, Tomas.

— À propos de couture, le cousin d'Hugo, celui qui travaillait au kommando de couture avec toi, il a survécu ? Hugo le cherche partout, tu sais.

— *Tailor Master* : sur le formulaire d'immigration je l'ai fait écrire en gros juste sous mon nom. Un titre officiel, ça ouvre des portes. Bientôt on verra la statue de la Liberté, Tomas, on sera sauvés pour de bon.

— Eh, tu m'écoutes ? Tes collègues de l'atelier de couture, ils s'en sont tirés ? Ceux qui cousaient pour les SS, ceux qui étaient dans le convoi avec toi ? Le cousin d'Hugo, il est en vie ? Réponds-moi, pourquoi tu ne réponds pas, ils sont où les autres ?

— Arrête Tomi, arrête avec tes questions, il n'y a plus personne, tu entends ? Parmi les gars de mon transport, pas un survivant. Les Allemands ne savaient plus quoi faire de nous avec ces bombardements alors ils nous ont descendus du train et entreposés dans une grange, avec de la paille. Ils ont mis le feu, Tomi. Ça cramait de tous les côtés, les copains qui tentaient de s'enfuir se faisaient mitrailler et moi... Moi je suis sorti aussi mais les SS m'ont raté. La balle a ripé là, regarde la couture, au-dessus de l'oreille. J'ai fait le mort, mon grand, je suis resté par terre, je ne sais pas, des heures. Je les entendais hurler, les gars dans la grange, ils fondaient dans la fumée noire. Ils ont crié longtemps. Une fois que la nuit est tombée j'ai rampé jusqu'au bois, je me suis caché dans un cabanon. Quand je me suis réveillé, j'étais à l'hôpital, il y avait des Américains partout. Dans la grange ils ont trouvé mille cadavres brûlés, mille, et toutes les nuits je les entends hurler les copains, les collègues de l'atelier, le cousin d'Hugo et tous les autres. Ils vagissent comme des nouveau-nés, ils crachent des cris comme des flèches et toi aussi tu vas peut-être les entendre gémir maintenant que tu sais, mais tu l'as voulu, Tomi, tu as insisté... Écoute-moi mon fils : ton ami Hugo, si tu l'aimes vraiment, tu lui diras que tu ne sais pas où est passé son cousin, que je ne sais pas, qu'on ignore tout et de nous trois, je t'assure que ce sera lui le plus heureux, lui qui peut encore se souvenir proprement de son cousin. Moi je n'ai plus que les cris.

— Je veux rentrer à la maison, papa.

BEREGSZÁSZ,
UKRAINE

Automne 1945

*Ils sont rentrés. Arrête-toi, oublie un peu ta fournée cinq minutes. Les Kiss, ils sont revenus. Si. Enfin pas tous, juste le père et l'aîné. Puisque je te le dis. Au coin de la rue, je les ai croisés, sur le chemin du marché. Tu verrais Herman, il a fondu, j'ai failli le rater. Et son costume... Ah ça ne joue plus l'élégant comme avant, c'est sûr. Je n'ai fait que la moitié des courses, du coup. Tu m'écoutes ? Qu'est-ce qu'on va dire, pour leur cheminée ? Ça va poser des problèmes, je te le garantis. Est-ce qu'on aurait pu deviner, nous, qu'ils reviendraient ? Il fallait bien... On va faire quoi, pour la cheminée ?*

Nous sommes rentrés. Chez nous, à Beregszász. Hugo aussi voulait rentrer. Au départ les vieux n'étaient pas d'accord, pas du tout, folie ils disaient, retourner dans la gueule du loup, vous voulez que ça recommence, les gens nous détestent comme avant et puis les frontières ont changé, la ville est ukrainienne maintenant, et l'Ukraine c'est l'URSS... Mais on s'en foutait des loups, des frontières, de l'URSS et de ce que disaient nos pères – ils n'ont plus cette force métallique qui nous faisait plier avant, cette obstination qui rangeait toujours la raison de leur côté. Nous voulions juste reprendre la vie où nous l'avions laissée, au pied de l'arbre au fond du jardin, au coin de la rue, à l'ombre de la machine à coudre au milieu de l'atelier, sur la berge glissante de la rivière, sur le seuil de la maison des femmes et surtout, surtout, pousser la porte et retrouver ceux qui étaient derrière, ce qui restait des nôtres, cent fois on s'imaginait les rejoindre à la maison, maman, Gaby, les oncles et les tantes, les revoir, les toucher, les sentir, y être enfin, sous le ciel qu'on connaissait, chez nous, alors les vieux ont cédé. Nous sommes rentrés.

D'abord les camions jusqu'à Prague, puis les trains bondés d'enragés comme nous, assoiffés de l'air du pays, affamés du retour, entassés jusqu'à la pointe du marchepied, exaspérés par l'interminable voyage, le dernier après plus jamais. Enfin nous sommes arrivés à l'entrée de notre ville, mon sac me battait les mollets, mon père pressait le pas sans oser cavaler mais le cœur y était : on filait droit devant, on filait chez nous, oui, *chez nous*, même si le nom avait changé, Berehove maintenant, c'est en Ukraine, quelle importance ? Le pont était toujours là et son ruisseau fidèle, puis deux rues à traverser, à droite l'échoppe du brocanteur, encore cent mètres à marcher, passé le coin de la rue on verrait la cime de mon arbre piquant les nuages, notre maison posée sur l'herbe et, pourquoi pas – on en a déjà vu des tours de passe-passe du destin malicieux, un retournement magique, une remise à niveau de la vie –, ma mère derrière le carreau.

Nous y sommes maintenant, *chez nous*, sauf qu'il n'y a plus de *chez-nous*. Il n'y a plus de carreaux, même plus de fenêtres. Nos meubles ont disparu, nos vêtements aussi, costumes, chemises, chaussettes, plus rien, effacée la bibliothèque de mon père, plus un seul bouquin, même la photo au-dessus de mon lit et mon lit envolé aussi, les couvertures, le linge, les rideaux, tout est parti, déshabillée la maison, et puis déchiquetée : les tuiles du toit arrachées, les portes, même la cheminée, à sa place un trou béant, une poche sombre crevée. Sur le mur, le feu a laissé des empreintes hautes et noires. Quelques pierres survivantes s'élèvent aux quatre coins – des lambeaux de maison et au-dessus des lambeaux, seul mon arbre n'a pas bougé. Sûr que là-haut les branches forment toujours un fauteuil et qu'on a la porte bleue du bordel pile dans l'axe mais je ne grimpe pas, je n'ai plus envie. J'écoute. De l'autre côté du mur, deux femmes parlent. Parfois elles s'arrêtent au beau milieu d'une phrase et soufflent. J'imagine entre leurs lèvres la fumée de la cigarette.

— Avant, à côté, c'était la maison du tailleur.

— Tu le connaissais ?

— Comme voisin seulement.

— Je préfère les clients juifs. Ils sont doux...

— Sa femme était gentille. Elle faisait souvent des gâteaux pour ses petits. De temps en temps elle nous en déposait quelques parts, juste ici, au pied du mur.

— Ils ne sont pas rentrés ?

— Non.

— Les enfants non plus ?

— Non plus. En leur absence tout le monde s'est servi chez eux, même Madame. Elle a pris leurs chandeliers, cette vieille chèvre.

— Quel malheur ! Quand la maison aura disparu plus personne ne pensera à eux.

— J'y penserai, moi.

Je pourrais grimper à l'arbre pour voir à quoi ressemblent les deux putes qui nous plaignent mais peut-être sont-elles grosses et vieilles. La réalité est toujours plus laide que ce qu'on imagine.

*Le grand chandelier, ce n'est pas Madame qui l'a, pas du tout, cette sale carne, je lui ai repris ce qu'elle a volé, bien fait pour elle, pour ce qu'elle nous fait, pour tout l'argent qu'elle empoche sur notre dos, je l'ai planqué le chandelier doré, planqué à un endroit que moi seule connais et je leur rendrai, aux voisins, si jamais ils rentrent.*

En fait la pute est jolie. Elle est venue nous voir hier, avec notre menora dans un sac en papier. Elle portait un chemisier étroit à peine fermé par trois petits boutons dans le creux de la poitrine, brillants en plus, forcément ils attiraient l'œil, enfin mon œil, parce que mon père ne semblait rien voir de spécial. Il l'a fait asseoir et nous sommes restés debout parce qu'il n'y a qu'une seule chaise dans l'appartement où on a atterri.

— Merci beaucoup pour..., a commencé mon père.

— Je vous en prie, je vous en prie... Je l'avais caché sous les draps, dans l'armoire...

— Vous êtes bien brave, mademoiselle.

« Brave ». Ce n'est pas l'adjectif que j'aurais choisi pour qualifier une fille avec des mains si fines et des cheveux si brillants sans parler du reste, mais le compliment a eu l'air de lui faire drôlement plaisir.

— Vous êtes rentrés depuis longtemps ? elle a demandé.

— Trois mois, un peu plus.

— Et votre épouse, comment dire...

— Eh bien ma femme... Ma femme...

Mon père hochait la tête, il caressait chaque branche de la menora comme s'il voulait vérifier que les sept y étaient, un, deux, trois... mais au bout du compte rien n'est sorti, pas un mot.

— Ma mère on l'attend, j'ai précisé. On attend mon frère aussi.

Il y a eu un blanc dans la conversation, un blanc odieux. Mon père a baissé les yeux, la fille aussi et comme je n'osais pas croiser son regard triste à lui ni la regarder elle à cause des boutons brillants dans son décolleté, tout le monde s'est mis à fixer le chandelier – faut reconnaître que c'était le seul objet dans la pièce vide. La brune est partie quelques instants plus tard et mon père m'a dit, une fois la porte fermée :

— Il ne faut plus attendre, Tomi. Ceux qui devaient revenir sont déjà revenus. Les autres on les garde là, dans notre mémoire, on les garde précieusement comme la menora sous les draps, mais on ne les attend plus.

J'ai eu envie de prendre son foutu chandelier et de lui défoncer le crâne avec.

Depuis que nous sommes rentrés mon père court après nos affaires. D'abord il a dressé la liste de nos biens perdus, les vêtements, les meubles, la cheminée, tout ce qui a disparu en notre absence, puis il a sollicité l'administration soviétique, pensant bêtement qu'elle allait nous venir en aide. Réponse de ladite administration :

— Soyez heureux qu'on ne vous déporte pas de nouveau.

À ce moment-là, mon paternel a compris que les Russes ne nous aimaient pas beaucoup plus que jadis les Hongrois et que nous n'étions pas revenus dans la bonne case, celle des citoyens normaux qui ont la justice avec eux. Il a donc loué ce petit appartement, dans une maison bourgeoise coupée en tranches fines pour y caser un maximum de déportés comme nous miraculeusement revenus au pays. Une pièce, meublée. Je ne m'attendais pas à ça, comme meubles : une table et la chaise, point. Pas de cadres, pas de rideaux, même pas d'odeurs. C'est une maison irrespirable, on le sent dès qu'on en franchit le seuil, une maison sans gâteau ni lessive, sans fleurs, sans parfum, une maison sans femme.

Quand il est entré pour la première fois dans l'appartement vide, mon père s'est assis, il a pris sa tête dans ses mains et il a pleuré. La première chose que j'ai faite, moi, c'est vérifier où était le placard à provisions. Le placard à provisions, c'est important. Globalement, j'essaye toujours de me trouver à proximité. Depuis que mon système digestif a retrouvé un fonctionnement à peu près normal, je crève de faim, jour et nuit, et lorsque je n'ai pas faim j'ai besoin de nourriture à portée de main, au cas où. Nos estomacs sont devenus élastiques et, pour les remplir, Hugo et moi surclassons la terre entière.

— Salami, à deux cents mètres. Panier de Mme Andras.

— Vu. Tu fais diversion, j'y vais.

Aucune cochonnaille ne nous échappe. Nous sommes devenus les rois du vol à la tire, sur notre passage les mémés tiennent leurs provisions bien serrées et les jardiniers n'osent plus tourner le dos, les fruits disparaissent de leurs vergers comme par magie. Celui qui proteste, on lui saccage ses plantations, ses outils, tout ce qui nous tombe sous la main et ce n'est pas encore assez – qui a volé nos affaires, hein ? Nos livres, nos vêtements, nos photos, la vaisselle, qui les utilise désormais ? On se paye sur la bête.

Pour les repas du midi, mon père et celui d'Hugo ont ouvert un compte à *La Belle Sophie*, l'auberge du quartier dont la tenancière n'a de joli que l'enseigne. En fait elle ressemble à une marionnette de Pourim et se nourrit de liqueur dont elle adopte, au fil des heures, la couleur violacée. Plus l'heure avance, plus le teint de Sophie vire écarlate. À midi pétant, quand nous débarquons pour déjeuner, Bonjour bonjour, Comment ça va depuis hier ?, Sophie la belle luit déjà comme une pomme, ce qui ne l'empêche pas de se désaltérer entre deux clients, sa bouteille l'attend sous la caisse. Quand nous quittons Sophie le ventre plein, sa pomme a viré aubergine et son mari n'est pas plus clair, on ne sait plus si ces deux-là tiennent le comptoir ou si c'est le comptoir qui les tient. À quinze heures, Sophie est cramoisie, elle ne reconnaîtrait pas sa mère si elle la croisait. C'est l'heure bénie du deuxième service : Hugo et moi repassons à table comme si de rien n'était, Bonjour bonjour, Comment ça va depuis hier, bis, et à l'œil.

Au dessert, nous tapons discrètement dans la liqueur de la taulière qui, dans son triste état, n'y voit que du feu. Hugo tape même un sacré bon coup dedans ; depuis qu'on est rentrés il a aussi soif que j'ai faim.

Le jour de notre emménagement dans cet appartement, après avoir bien pleuré, mon père a entendu mon ventre gargouiller.

— Je vais te trouver quelque chose à grignoter, fils, a-t-il dit en reniflant, ne te fais pas de souci.

Il a sorti de sa poche les sous que l'officier Johnson lui avait donnés, une heure après le garde-manger était garni d'un bon petit paquet de viande.

— Voilà, a-t-il souri, ça nous fera la semaine.

Il avait l'air moins triste. Il m'a tapé dans le dos et a ajouté :

— Les bonnes choses sont faites pour être dévorées, mon grand.

Le soir même, j'avais aidé toutes ces sublimes provisions à accomplir leur destin, il ne restait plus une miette de rien nulle part. Mon père s'est rassis sur la chaise unique et remis à pleurer.

— Il ne faudra plus faire les courses à l'avance, j'ai suggéré.

Mon père m'a regardé bizarrement, avec cet air de vouloir plus ou moins me couper en rondelles, puis ses larmes ont arrêté net de couler et il s'est levé d'un bond en disant :

— On y va maintenant.

Il n'a pas pris la peine de me préciser où il était si urgent de se rendre. Je m'en doutais un peu, faut dire, avec mon père la solution est immuable quel que soit le problème : tire, tire l'aiguille, c'est tout. Il galopait sur les pavés, un mur n'aurait pas pu l'arrêter, plus on marchait plus il enfonçait sa casquette sur les yeux, le paysage semblait l'éblouir comme un mauvais rayon de soleil et franchement, c'était bien compréhensible : chez les Levy-Schlesinger un Christ était apparu, et un autre au-dessus de la porte des Apfelbaum, là un massif de géraniums prétentieux que la vieille Berta n'aurait jamais toléré à sa fenêtre, disparue l'enseigne du chiffonnier Mandel et à la place du marchand de harengs parti en fumée, un maraîcher inconnu. Nos magasins ne se ressemblaient plus, ni nos maisons, ni nos jardins et personne, semble-t-il, n'y voyait rien à redire. C'est comme si on n'avait jamais vécu ici, ou si peu. La parenthèse s'était refermée avec nous dedans.

La maison de Ferenz, elle, nous attendait, toujours aussi belle, toujours aussi blanche. Un coup au carreau et la tignasse rousse de notre catholique préféré est apparue. Sous la frange de l'ami de mon père, ses yeux immenses clignaient dans notre direction, cherchant un indice propre à résoudre l'énigme brusquement apparue sur le seuil de sa porte : deux vagabonds froissés et maigres comme des clous, trois cheveux sur le caillou, criant son prénom avec joie. Quelques secondes plus tard, Ferenz nous avait reconnus et nous gratifiait de vigoureuses embrassades.

Avec mon père dans les bras, il ressemblait au géant des histoires qui déracine un épi de maïs.

— Mange, bonhomme, m'a-t-il ordonné après nous avoir jetés dans son canapé.

Au bout de la troisième assiette de gâteaux secs, j'avais encore un petit creux mais Ferenz nous poussa dans la cave à vins. Bien emmitouflée, au pied d'une montagne de bouteilles, la machine à coudre de mon père attendait sagement le retour de son maître.

— Te revoilà, toi...

Sous la couverture, les écailles de la Pfaff 130 brillaient. Son socle en queue de dragon n'avait pas une égratignure, même l'aiguille fonctionnait à merveille pour peu qu'on l'actionne gentiment.

— Ici la guerre est passée sans rien abîmer, a murmuré Ferenz.

Je ne sais pas si mon père a pensé à notre maison toute dépecée, ou à l'année qu'on aurait pu passer tranquilles cachés sous les couvertures, mais il a regardé Ferenz sans sourire ni parler ni cligner des yeux et nous sommes repartis en vitesse. La machine trône maintenant au milieu de notre appartement vide.

Toute la journée, mon père coud des boutonnières, reprise des chemises, taille et bâtit, court d'une livraison à l'autre. Je pourrais l'aider, oui, piquer je connais par cœur – mais rien que de penser aux Fais ci, plie ça, les règles Tomi !, j'ai des envies de meurtre. Redevenir apprenti plombier ne me plaît pas davantage, même la salopette ne me fait plus ni chaud ni froid. Mes rêves d'avant, comme mes dégoûts, sont devenus trop petits, ou trop grands, ils ne vont plus. Le jour, je ne travaille pas. Le jour, j'attends la nuit.

La nuit c'est différent, c'est délicieux. Je rejoins Hugo, ses deux cousines sont rentrées et son cousin Daniel aussi, Serena est revenue également, nous allons au bal. Il n'y a pas de contraintes sur la piste, pas d'ordres, pas d'exigences, pas d'horaires, juste l'orchestre, la rumba et les rires, nous chauds vivants serrés au rythme du son. Pour être exact, Hugo remue plus qu'il ne danse. Son cousin, lui, préfère écouter les musiciens et Serena finit toujours par gribouiller dans un coin (c'est sa dernière lubie, depuis qu'elle est revenue elle tient son journal sur un petit cahier. J'ai regardé derrière son épaule et attrapé les mots « block », « potence » et « gamelle » écrits en gros au milieu de la page, super-joyeuse sa prose). Moi, au bal, je danse. Je suis même le danseur le plus acharné, il faut me jeter un seau d'eau pour se débarrasser de moi. Mon père m'a donné la permission de vingt et une heures dernier délai mais je m'en cogne : je rentre quand je veux, les oreilles bourdonnantes des notes, et quelle que soit l'heure à laquelle je passe le seuil, mon père est assis sur sa chaise, l'ouvrage sur les genoux, une petite colline de fils et de morceaux de tissu à ses pieds.

— Tu. As. Deux heures. De retard.

Mon père n'ajoute rien. C'est sa nouvelle façon d'être furieux. Plus de cris, plus de hurlements, son énergie s'est éteinte dans le camp où la colère ne sert à rien. Il a désormais la rage économique : froide. Ses mots tombent dans le silence épais et l'onde de choc rampe jusqu'à moi. C'est horrible, le silence. C'est le milieu naturel de la terreur. Silence de l'appel, calme des pendus. Je ne le supporte plus. Depuis que nous sommes revenus, à chaque blanc dans la conversation, les visions en profitent pour me sauter dessus. Je revois les châlits, les chiottes de Dora, les odeurs me saisissent, les grincements, les cris. Je suis de nouveau baraque 5, face au crématoire. La fumée fait des taches dans le ciel clair, je transpire, l'air me manque, je m'évanouis si mon père ne me secoue pas comme un prunier.

— Tomas, oh, Tomas, respire, respire doucement, ça va aller, ça va mieux, tu es avec moi ? Bon... Ce n'est pas une heure pour rentrer, mon garçon. Prends le balai maintenant. Par terre, les chutes, ramasse-les, tu veux ?

Ce n'est pas une question. Quand mon père me demande de ramasser les chutes, le « tu veux ? » au bout n'est là que pour faire joli. Un soir, j'ai dit que je ne voulais pas, que son balai il pouvait se l'enfiler où je pense et d'autres choses encore que j'ai regrettées à la minute où j'ai vu le corps de mon père, son corps maigre et vieilli se plier en deux pour ramasser les fils tombés par terre. Maintenant je ne discute plus, je fais ce qu'il y a à faire puisqu'il faut bien que quelqu'un s'y colle, je ramasse, je range, je fais les fils et le balai, je fais les lits et la lessive, je fais la femme.

— Tu nettoies ou tu casses ? me demande mon père quand il m'entend claquer les portes de placard, balancer la serpillière à travers la pièce et secouer le lit à en éclater toutes les lattes.

Je fais aussi le pain.

La recette d'une bonne miche, c'est levure, farine, eau, sel et huile de coude. J'ai regardé faire la voisine et maintenant je maîtrise, chaque semaine je pétris la pâte gluante, je lui colle les baffes que mériterait le monde entier et quand elle est prête, je descends. Le boulanger a allumé son four, toute la rue sent la tartine grillée. Les filles arrivent et les mères aussi, les vieilles, les jolies et les moches, chacune avec sa pâte crue, sa brioche juste levée, sa génoise bien aérée ; en attendant son tour de cuisson on observe la production d'à côté et les yeux parlent d'eux-mêmes, jalousie ou dédain. Devant la boulangerie la file s'allonge, je suis le seul homme au milieu des robes longues et des fichus clairs. On se serre, c'est agréable d'être si proches. Les tabliers des femmes sont attachés dans le dos avec des nœuds comme des fleurs et leurs hanches dessinent des oreillers plus ou moins rembourrés, irrésistibles, je poserais bien ma tête dans le parfum du linge et des gâteaux. La première fois que j'ai fait la queue devant chez le boulanger pour récupérer mon pain cuit, j'ai failli m'endormir debout mais ça s'est mis à vibrionner autour de moi, à rigoler sous cape, à chuchoter de plus en plus fort.

— Qu'est-ce qu'il fait là, celui-ci ?

— En voilà une drôle de ménagère !

— À quoi cela peut bien ressembler, du pain d'homme ?

Alors je me suis énervé et je le leur ai collé sous le nez, mon pain à moi tout juste sorti du four, mon pain doré, brillant, parfaitement rond et levé, du pain d'homme, oui, et je m'y connais moi, mieux que ces connes-là, je sais ce que c'est le pain, le pain c'est tout, sans lui t'es mort, c'est la vie le pain. J'ai crié et les robes se sont éloignées de moi. C'est en sortant de la boulangerie que je l'ai aperçue par la porte entrouverte, la cheminée de notre maison, avec ses montants en pierres presque jaunes et ses chenets trapus, la cheminée disparue de notre maison disparue, la nôtre, collée au mur de la cuisine du boulanger.

Dans ma vie plus rien n'est à sa place.

*Le petit Kiss a fait un scandale épouvantable.*
*Épouvantable, et je pèse mes mots, en plein milieu*
*de ma boutique, devant les clientes. Mme Krawitz*
*a cru sa dernière heure arrivée, on va avoir du mal*
*à la ravoir c'est moi qui te le dis. Un vrai voyou*
*ce petit con. Tout ça parce qu'il a vu la chemi-*
*née, mais si on ne l'avait pas prise chez eux elle*
*aurait été volée, peut-être même détruite, qu'est-ce*
*qu'il croit ? On en prend soin, nous. On l'a bien*
*nettoyée. Il m'aurait tapé si on ne l'avait pas cein-*
*turé, parole ! Comme je ne suis pas méchant, je*
*lui fais une fleur : un pain gratuit par semaine,*
*carrément, alors qu'ils arrêtent de se plaindre, lui*
*et son père. Pour une cheminée dont ils n'ont plus*
*l'usage, c'est franchement bien payé.*

— Hugo ?

— Ouais ?

Nous étions en haut de mon arbre, Hugo et moi, un soir après le bal. La journée je n'y monte plus, je ne m'approche pas à moins de cinq cents mètres de mon ancienne maison, le paysage me fait trop mal au cœur, mais la nuit on ne voit pas la ruine, à peine les arêtes des murs. Le vide, les trous, l'absence, tout est rempli par l'obscurité, en plus il y a de la lumière aux fenêtres des femmes d'en face. En se forçant un peu, on se croirait avant.

— Je t'écoute, mon Tomi, qu'est-ce t'as ?

— Quand je suis né... Quand je suis né j'étais un garçon, tu sais.

— Merci, je suis au courant.

— Écoute donc, au lieu de ricaner : je suis né garçon, on m'a circoncis comme tous les garçons et ma mère, ma vraie mère, est morte.

— Je ne vois vraiment pas le rapport, copain.

— Attends, je n'ai pas fini. Sur le quai à Auschwitz, pareil : j'ai suivi mon père dans la file des hommes et ma mère, la seconde, a disparu. C'était inexplicable, instantané, tu l'as vue partir la tienne, moi pas. D'un coup, plus personne. À chaque fois que je me range du côté des hommes il y a une catastrophe, ce n'est pas anodin, Hugo, pas anodin du tout. C'est un signe.

— Et un signe de quoi, exactement ?

— Maintenant c'est moi qui cuisine pour mon père, c'est moi qui range, c'est moi qui ramasse les fils par terre et je le fais bien mon pote, très bien même, étrangement bien si tu vois ce que je veux dire... Et tu sais, je dis que je déteste faire le pain, en fait j'aime ça. Ce n'est pas normal, je ne suis pas normal, Hugo, pas du tout, arrête de lever les yeux au ciel s'il te plaît. Écoute : quand je suis allé voler des fringues chez les Allemands, à Belsen, il y avait une robe dans l'armoire, belle, mais belle, t'aurais vu, ça faisait longtemps que j'avais rien vu d'aussi beau, j'en aurais pleuré, Hugo, c'est normal, ça, peut-être ? Chialer pour une robe ? Ils ont dû le voir, les Italiens du camp, avec leurs yeux glacés, et Viktor aussi avec ses bras musclés, et le kapo vicelard qui voulait m'emmener au cinéma, ils ont tous vu ça en moi.

— Ils ont vu quoi, Tomi ?

— Fais un effort, merde ! Que je ne suis pas un vrai homme, voilà ce qu'ils ont vu ! En fait j'aurais dû naître fille, peut-être même que j'en suis une à l'intérieur si ça se trouve, une fille enfilée par erreur dans mon corps à moi, avec les boutonnières trop serrées, impossible de sortir, pourquoi pas ? Je ne sais plus... Des fois je préférerais n'être plus du tout, au lieu d'être comme je suis.

Ça lui a coupé le sifflet, à Hugo, d'entendre tout ce qui se passait dans ma tête. Ses sourcils étaient terriblement froncés, il a eu l'air de vouloir articuler quelque chose comme Où va-t-il chercher tout ça ou Appelez vite un docteur ou bien encore Ramenez-moi le vrai Tomi, celui-ci a beaucoup trop d'imagination, mais rien n'est sorti. C'est toujours la même histoire avec Hugo, dès qu'on lui ouvre son cœur, ses mots se font la malle. Il regardait fixement la lune en croissant posée sur le toit du bordel quand son front s'est déplissé d'un coup, comme s'il venait de passer sous le fer. Sans prévenir, il a sauté de l'autre côté du mur en tenant dans sa main gauche la mienne et dans la droite les billets volés dans le portefeuille de Mme Andras.

— Chose promise, chose due, il a beuglé à l'atterrissage.

J'ai compris, alors on a couru comme des dingues jusqu'à la porte bleue et je n'ai plus pensé à la fille potentiellement coincée à l'intérieur de moi, ni au camp, ni aux Italiens ni à rien d'autre qu'aux doigts longs et fins de la brune qui nous a ouvert en souriant. Et depuis, il faut le reconnaître, je me pose moins de questions, même si j'aime toujours faire le pain. D'ailleurs j'en apporte à la brune aux jolies mains quand je retourne la voir. Pour elle, j'ajoute sur la croûte des graines de fenouil en deux frises ondulantes comme ses cheveux et d'autres trucs encore que personne ne met dans la pâte d'habitude, je me demande bien pourquoi vu que c'est délicieux. La première fois qu'elle l'a goûté, elle m'a dit que c'était le meilleur pain au monde, qu'on lui offrait rarement des cadeaux à la fois personnalisés et comestibles, enfin que j'étais un phénomène.

— Un vrai phénomène, elle a répété en attrapant la dernière miette sur son doigt mouillé. Tu ne fais pas comme les gens et c'est une chance, parce que les gens n'ont souvent aucun intérêt.

Je n'avais jamais vu les choses sous cet angle. J'aime bien l'idée, être différent des autres, mais pas forcément pire. Et pas entièrement normal, mais les gens normaux ne sont pas forcément fréquentables, on est bien placés pour le savoir, la brune et moi. « Phénomène », même le mot sonne joliment, il est rond et léger à la fin, il s'envole comme un ballon. C'est ce genre de mots-là qu'elle devrait écrire dans son carnet, Serena, au lieu de s'entêter avec de sales mots pointus et lourds qui nous cassent le moral en mille morceaux. Depuis qu'elle écrit son journal, on dirait qu'il n'y a plus rien qui l'intéresse. La preuve : quand je lui ai raconté mes escapades au bordel, l'autre soir, elle s'est barrée en tirant une tronche de huit pieds de long. Elle et moi on n'est plus copains comme avant.

La première fois que j'ai revu Tomi, c'était jour de marché. Je regardais par la fenêtre, Mme Andras fouillait dans ses poches en pestant, elle cherchait sa clé. Chaque jour l'opération ouverture de porte lui prend davantage de temps. Ma voisine ne voit plus très clair, ses mains tremblent, on dit qu'elle n'en a plus pour longtemps et ces rumeurs déplaisantes l'agacent prodigieusement, elle qui a déjà passé deux guerres et enterré trois docteurs. Mme Andras venait d'enfiler sa clé dans la serrure quand Tomi a surgi comme un diable, la balle au pied. Il slalomait, tournait sur lui-même l'air de jouer un match comptant pour le championnat, puis il a ralenti et tiré dans sa direction en criant :

— À vous madame Andras, allez, la passe !

La balle a roulé jusqu'au bout de la rue sous l'œil suspicieux de la doyenne du quartier qui n'a pas bougé d'une semelle.

— Allez, madame Andras, un petit effort ! La passe, quoi... Vous n'êtes pas si vieille que ça tout de même...

Il n'a pas changé, Tomi. Il n'a aucun respect.

*La balle s'est immobilisée à cinquante mètres de la vieille dame, juste sous les fenêtres du Rebbe, entre un pot de fleurs ébréché et une pierre que le Rebbe utilisait pour nettoyer ses bottes avant de rentrer chez lui mais qui n'a pas servi depuis longtemps puisque aux dernières nouvelles, il n'est toujours pas rentré. Tomi s'est approché de Mme Andras :*

*— Alors, mamie, on reste sur la touche ?*

*Arriva alors ce que personne en ville n'aurait jamais cru voir : Gizella-Marie Andras, 87 ans, piquée au vif, Gizella-Marie qui n'avait jamais de sa vie maîtrisé un autre sport que la broderie au point de chaînette sur peau de mouton, posa imprudemment son panier à provisions aux pieds de Tomas, trottina jusqu'au ballon et, après avoir relevé ses jupons, balança dedans un coup de pied si violent que son chignon en trembla. L'exploit accompli, ma vieille voisine rentra chez elle avec la fierté d'avoir fait mentir les mauvaises langues et deux salamis en moins dans son panier. Tomi : 1, Mme Andras : 0.*

*Il n'a pas changé, Tomi, sauf les yeux : deux morceaux de charbon. Il paraît que le manque de vitamines peut faire virer la couleur, et des vitamines on n'en a pas croisé beaucoup ces derniers temps. Le jour où nous nous sommes revus, Tomi et moi, il m'a demandé d'où je sortais. J'ai commencé à expliquer, il m'a coupée. Depuis que je suis rentrée c'est toujours la même chose : la famille, les voisins, les amis, chacun a une bonne raison de ne pas écouter. Nos récits prennent trop de place, ils encombrent les gens.*

Même Tomi veut oublier, je le gêne quand je parle. Un détail, un mot, et il est de nouveau là-bas, il sue, il s'énerve, il déteste savoir pour les femmes et les enfants, la vérité le rend mauvais, il ne veut plus rien entendre, il claque la porte pour prendre l'air, manger, retrouver Hugo ou ses cousines. Qu'est-ce qu'il leur trouve, à celles-là ? Des sacs d'os comme moi, comme nous tous, pas de seins, plus de cheveux, mais Tomi s'y frotte tout de même, il se frotte aux filles, aux gars, à la musique, son corps maigre a tout le temps faim. Il pense qu'il va se débarrasser de sa mémoire ainsi. Il croit que la guerre est finie et qu'à force de vivre les souvenirs vont faner. Il n'a pas changé, Tomi, il a empiré.

La vérité : la guerre continue, dedans. Le camp nous brûle encore et cette masse bouillante, les visions, les odeurs, la lave dévorante qui remonte, il nous faut y replonger pour la combattre avec les armes que personne n'a pu nous enlever, il nous faut la filtrer, la canaliser, la soumettre au moule rigide et gelé des mots, aplatir les mots dans les pages et les pages dans le livre qui dira ce qu'on a vécu, puis ranger notre douleur refroidie sur l'étagère. Il n'y a pas d'autre issue qu'écrire pour éteindre l'incendie.

Elle parle trop, Serena. Elle m'énerve avec ses phrases qu'elle te jette à la gueule et qui te ligotent. Les morts dont elle parle, est-ce qu'ils ressuscitent ? Non, au contraire : ils re-meurent à chaque coin de phrase, encore et encore, et leurs prénoms répétés te cassent le cœur. Elle n'a pas changé, Serena, sauf que maintenant elle ne fait pas que parler, elle écrit aussi, et un journal ne lui suffit pas. Elle veut faire tout un livre. Sur le camp, forcément, c'est son sujet favori, elle envisage un gros bouquin où elle racontera tout et même plus comme si des mots, nos vieux mots usés, étaient assez puissants, assez neufs, pour contenir ce qu'il s'est passé là-bas et que personne n'avait jamais vu. Serena fait encore confiance aux mots malgré leur fourberie, mal- gré la « relocalisation » et les « douches », les « vous reverrez femmes et enfants ce soir »... Elle pense que son œuvre décrira fidèlement la réalité, ben voyons ! Comme si un tas de papier pouvait se montrer fidèle à quoi que ce soit et à nous en particulier, dans ce cas qu'elle me dise pourquoi les livres de mon père sont tous allés se faire feuilleter chez le voisin dès que les gendarmes nous ont pris. Ils ne nous ont pas attendus, les bouquins, ils ont fait comme si nous n'avions jamais existé. Les livres ne valent pas mieux que les gens.

Hugo n'est pas de mon avis. Il a même demandé à lire le Grand Œuvre de Serena (je crois qu'il est amoureux, je n'ai aucune autre explication). Moi je passe mon tour, sans façon, je connais bien le sujet. Je ne comprends pas cette pulsion bizarre de se replonger sciemment dans la merde dont on vient de sortir... À Belsen déjà, nous n'avions pas été libérés par les British depuis quinze jours que des types se précipitaient sur le premier crayon venu pour gratter leur histoire. Ils ont même monté des spectacles là-bas, sur la vie dans les camps, écrits et interprétés par des gars comme nous qui en étaient à peine sortis ! Le théâtre, vraiment, j'aime ça, mais pour l'évasion. S'ils avaient joué des trucs marrants à Belsen, des vraies choses inventées qui t'aèrent le cerveau, j'aurais essayé de m'incruster dans leur groupe mais là... Ils avaient baptisé leur troupe le KZ Théâtre, KZ comme *Konzentrationslager*, camp de concentration, tu parles d'un divertissement ! L'un des gars avait été régisseur d'un théâtre avant la déportation. Sa pièce a eu lieu sous une tente immense, bourrée à craquer – tu m'étonnes, ça faisait un bail qu'on n'avait pas été au spectacle. Le moins qu'on puisse dire c'est que la mise en scène était réaliste, tout y était : le nazi répugnant qui fracasse la tête d'un enfant, un pendu en chiffons, les rayures bien sûr, nos vrais uniformes, et une baraque dessinée sur des panneaux de bois. Franchement les gars avaient bien bossé les décors, il y avait même le slogan *Eine Laus, dein Tod* écrit comme il faut à la peinture rouge. C'était exactement la réalité, en moins bien joué. Toute la salle chialait quand même. Je me suis tiré de là avant le tomber de rideau – façon de parler, il n'y avait pas plus de rideau digne de ce nom que de beurre en branche. D'autres spectacles ont eu lieu à Belsen mais je n'y ai jamais remis les pieds.

Moi ça ne me fait pas de bien de parler du camp, ni en vers, ni en prose, ni sur scène, ni nulle part. Le théâtre, je l'ai déjà en moi et en pire – pas des scènes un peu effacées, pas des petits bouts de souvenirs qui palpitent gentiment au tréfonds de mon crâne, non : les événements tels quels dans mon cerveau. Ils n'attendent qu'un rien pour prendre toute la place, un prénom lancé dans la conversation, une odeur de brûlé, un moment d'inattention et les revoilà, ils m'emportent. Je suis de retour dans le wagon à côté de Matyas, les balles sifflent à mes oreilles, le sol tremble, je vois le sang épais de mon ami, ses cheveux collés, ses yeux blancs. Je suis dans la baraque 5, le premier jour, assis à une table avec mon aiguille et le *Vorarbeiter* me surprend en train de coudre n'importe comment. Je suis dans le châlit avec le couteau sale des Italiens serré sous ma gorge. Je vais mourir.

Pour arrêter le film, Hugo me flanque un grand coup de pied, quand ça ne suffit pas il me prend dans ses bras et me serre fort, comme un tronc d'arbre pour y grimper, comme quelqu'un qu'on aime et qui va s'en aller, il me serre et je sors du passé, je reviens au monde jusqu'à la prochaine fois.

Les souvenirs heureux, c'est différent, presque pire. C'est pour ça que je ne prononce plus les prénoms, ni les noms, rien. Hugo ne comprend pas. Lui depuis peu s'est remis à causer des uns, des autres, au passé il en parle, je ne lui réponds pas, il me le fait remarquer :

— Gaby, ta mère, l'oncle Oscar... Tu ne parles jamais d'eux.

C'est vrai : je n'en parle pas. Pas un mot. Les mots ressuscitent les gens pour quelques instants mais une fois le mot évanoui dans le silence il ne te reste que l'absence et le chagrin, car les vraies gens, eux, ne sont pas rentrés, toujours pas, ça fait six mois, plus les jours passent pire c'est, plus on sait, ça devient évident, mon père a raison, ceux qui ne sont pas rentrés ne rentreront pas alors oui, je me tais, même quand je pense à eux je ne dis rien, je pousse le souvenir dans un coin. Je ne veux surtout pas provoquer ma mémoire, au contraire : la tenir en laisse courte, l'enfumer. Danser, sortir, cogner, parler d'autre chose, écouter le piano du cousin d'Hugo, respirer la peau de sa cousine, glisser mes jambes entre les leurs jusqu'au matin, vivre. Nuit et jour, oublier.

*C'était une belle soirée, claire et sans nuages, le genre de soirée qui t'offre le ciel pur sur un plateau, par la fenêtre l'univers entier. Le pistolet de mon cousin Daniel était posé sur le piano, il l'avait retiré de sa poche pour jouer à l'aise (Daniel a acheté ce truc au cas où, pour se protéger, c'est comme ça maintenant, on préfère prévenir que guérir et prévenir avec un flingue, c'est beaucoup plus efficace). Donc Daniel nous jouait de très belles choses sur son piano, des complaintes écrites par un Polonais de Cracovie, un poète de première qualité, un vrai* barde yiddish *disait mon cousin, et si on n'avait pas su de source sûre que la vie des juifs en Pologne n'était pas du tout marrante ces dernières années, on l'aurait deviné rien qu'à la mélodie qui te déchiquetait le cœur. Au bout de trois chansons, Serena s'est mise à raconter des choses sur les femmes, à Birkenau, et ces choses-là personne n'avait envie de les entendre alors j'ai mis un grand coup de coude dans les côtes de mon cousin et il a enquillé sur une sorte d'hymne nettement plus* enjoué : la Marche des chômeurs, ça s'appelait. Ça racontait la vie de pauvres types sans boulot, sans pain, sans rien du tout, qui rêvaient ensemble d'un monde meilleur, un monde libre et heureux, et plus ils en parlaient plus le rythme de la chanson s'accélérait, plus la joie se glissait entre les notes, entre toutes les lettres des mots, les doigts de mon cousin sautillaient sur les touches, à la fin on entendait presque la clarinette et avec un piano seulement, c'est très fort. Bref, on s'était bien requinqués grâce aux chômeurs de la chanson quand cousin Daniel a cru bon de préciser que le barde yiddish, l'auteur de la mélodie, était sorti du ghetto de Cracovie les pieds devant.

— Tué par les nazis d'une balle dans la nuque, il a précisé, le jour de la liquidation du camp, un jeudi.

Personne ne lui avait demandé d'être aussi circonstancié, le jeudi, la balle, la nuque, on s'en foutait complètement, en plus les détails ont re-déclenché Serena aussi sec ; elle s'est remise à parler des cheveux longs coupés et du crématoire, le piano ne pouvait plus en placer une. Tomi lui a demandé de se taire, mais pas gentiment, à la Tomi. Serena a battu des cils comme elle fait lorsqu'elle s'en fiche pas mal, c'est joli mais ça énerve, et elle a continué à parler du Lager et des femmes, et même des enfants. C'est à ce moment-là que tout a dérapé. Ce con de Tomi a pris le pistolet et l'a visée, pour faire semblant, pour la faire taire, parce que ce qu'elle disait était pire qu'insoutenable, c'était vrai et on le savait *aussi bien qu'elle. La balle est partie. Serena s'est écroulée et on s'est tous fait dessus.*

*En vérité nous ne rentrerons jamais du camp. Un morceau de nous y est resté, la bonne part, et dans ce trou le sang et la merde du Lager se sont déversés, et la peur, la haine, la colère, un paquet puant sans nulle part où le poser. Avant, pour se délester, il y avait des lieux, la syna, l'école talmudique, c'était pénible l'école mais il y avait les copains, les frères, les sœurs, et puis les distractions, les cérémonies, les fêtes, toutes nos habitudes, maintenant notre monde a disparu. Nos endroits, nos places, les synagogues sont vides, les maisons amies dévastées, même l'épicier, le Rebbe, personne n'est revenu, et l'avenir... « Faire famille », dit mon père, faire des enfants propres et neufs, des bébés sans lest dégueulasse, voilà la solution. Faire famille je voudrais bien, mais il n'y a même plus de juive à épouser à Beregszász, que des cousines et Serena, oui, Serena qui ne pense qu'à parler et à écrire quand personne ne l'écoute. Elle voudrait qu'on lui apporte ses carnets à l'hôpital. Je vais y aller, avec du papier pour elle et une bouteille pour moi. Boire, voilà ma solution à moi, boire pour me débarrasser du sang et de la merde, pour effacer ma mauvaise part et m'élever jusqu'aux étoiles, boire : le chemin le plus court vers un monde meilleur.*

Mon père est assis à côté de moi. Il coud, les mâchoires serrées. Il a payé l'hôpital, l'opération, le médecin, les médicaments, il aurait payé la terre entière pour que tout s'arrange et tout est arrangé : Serena est sauvée, je suis sauvé. Maintenant le pied de mon père écrase la pédale de sa machine, il troue avec fureur le coton blanc et s'il pouvait me passer à la moulinette, je crois qu'il le ferait.

— Tais-toi, Tomi.

— Mais je n'ai rien dit...

Il lâche sa pédale, glisse une aiguille entre mes doigts et me tend une bobine de fil crème.

— Tu crois que tu profites de l'existence, Tomas, mais c'est l'inverse. Tu la gaspilles. Tu te gâches, mon fils. Tu voles, tu paresses, tu détruis, tu es sûr d'être ton propre maître. En réalité, tu continues d'obéir à ceux qui nous détestent. Travailler honnêtement, reconstruire, vivre sa vie bel et bien, elle est là, la grande désobéissance.

Il pose un demi-pantalon sur mes genoux.

— Je ne l'ai pas fait exprès, pour Serena... Je voulais juste qu'elle arrête de parler.

— Et pourquoi ? Pourquoi elle aurait dû se taire ? Si personne ne parle d'eux, qui s'en rappellera ?

Nous ne sommes jamais d'accord, avec mon père. Les souvenirs me brûlent, ils le réchauffent.

— On n'a plus personne, papa, c'est sûr maintenant, plus de famille, plus de maison, même plus de pays. On n'a plus rien. On n'est plus rien.

— Tais-toi, je vais te raconter une histoire. Une histoire très intéressante que mon père à moi me racontait déjà dans le temps, oui oui, je sais, tu n'es plus un enfant, tu es grand et fort mais tu vas m'écouter quand même. Point de chausson.

— Hein ?

— Point de chausson, j'ai dit.

Le ton n'admet aucune réplique. Mon père se racle la gorge, comme s'il chassait avec effort l'envie de m'étriper :

— Pour effectuer un point de chausson dans les règles de l'art, vois-tu, il faut plier le revers à l'intérieur de la jambe. Ce qui, tu peux le constater, forme trois épaisseurs.

Le tissu du demi-pantalon est marronnasse, bien épais. C'est du tissu d'avant-guerre. Il sent la laine et la craie, l'atelier. Je connais ce parfum.

— D'abord tu piques, un petit point. Tu prends le moins de trame possible, léger, léger, quelques fils seulement. Puis dessous un gros point, sans complexe, tu traverses deux épaisseurs du tissu et tu tires. Regarde : sur l'endroit, on ne voit rien. Le point de chausson c'est le secret, la pierre angulaire, la véritable clé de voûte de l'ourlet invisible. Maintenant Tomi, écoute l'histoire.

— Ce n'était pas ça, l'histoire ?

— Non. Enfin oui et non, tu vas voir. Écoute et couds, tu peux faire deux choses en même temps puisque tu es si fort, n'est-ce pas ?

C'est de la pure provocation, je ne réponds pas. Je me concentre sur mon aiguille. Mon père se caresse le crâne et commence :

— C'est l'histoire de Joseph qui a un petit manteau...

— Ça va je la connais, je la connais par cœur.

— Tomi, si tu prononces encore un seul mot je te bâillonne, compris ?

— Compris.

— C'est l'histoire de Joseph qui a un petit manteau, donc. Il le porte beaucoup, son manteau, il l'aime énormément, son grand-père lui a offert le tissu, un beau velours sombre comme Oscar en vendait dans le temps, et son père, qui est tailleur, le lui a cousu pour ses 7 ans, depuis Joseph le porte tout le temps. Mais les enfants grandissent vite, tu le sais bien, ils grandissent comme des haricots par temps humide et Joseph ne fait pas exception alors un jour, bien sûr, un jour son manteau devient trop étroit. S'il l'enfile encore les coutures vont craquer, tout le quartier va se retourner sur lui en roulant des yeux et rire, rire tellement qu'il deviendra aussi rouge que la doublure. Alors qu'est-ce qu'il en fait, Joseph, de son manteau, ne réponds pas, Tomi, écoute seulement : il en fait une veste courte. Plus précisément, il demande à son père de lui en faire une veste courte, une belle veste, dans le velours du manteau. Ce qui est dit est fait et Joseph aime beaucoup sa veste. Beaucoup, Tomi. Il la porte tout le temps, pour aller à l'école, au *heder*, au cinéma, tout le temps.

Je ne suis pas rendu. L'histoire déjà : mon père me fait la version longue, et ce demi-pantalon, misère, cet ourlet de malheur que je dois me fader, ce point de chausson à la con ! Pique et tire, tu parles, plus facile à dire qu'à faire ! J'en ai fait, des ourlets, à l'atelier du camp, et pas qu'un peu, mais jamais des invisibles. Si je tire l'aiguille trop fort ça plisse et l'effet est raté, l'ourlet se voit comme le nez au milieu de la figure. En plus j'ai mal aux doigts à cause du tissu épais comme pas possible, faut pousser sur l'aiguille, il m'aurait pas donné de dé, mon père, sûr qu'il l'a fait exprès pour m'emmerder.

— Imagine-toi que la veste de Joseph, à son tour, commence à donner des signes de faiblesse. Même si ce n'est pas de la camelote, loin de là, le tissu finit par être assez usé par endroits, alors Joseph retourne la veste pour la porter encore, mais les manches s'effilochent bien sûr, surtout aux poignets, alors il décide d'en faire un gilet. Son père lui montre la technique, parce que sans technique on n'arrive à rien, et tous les deux ils fabriquent un joli petit gilet sans manches dans le tissu potable de la veste, avec deux poches sur le côté pour ranger ce que doit ranger un gosse de l'âge de Joseph – 12 ans – un canif, des billes, des gâteaux secs, je n'en sais rien et peu importe, le gilet peut tout contenir sans crainte parce qu'il a des doubles coutures et les doubles coutures, comme tu ne l'ignores pas, sont les plus solides. Arrête de gigoter, Tomi, je n'ai pas fini et toi non plus, tu es très pressé mais dans la vie, écoute-moi bien mon grand, dans la vie il y a des choses qui ne viennent qu'avec le temps alors concentre-toi et couds.

Pique et tire. J'ai enfilé un fil trop long. Pourtant je le savais : jamais plus long que le bras, mais il va voir mon père, comment je vais y arriver. J'ai des mains-insectes, moi aussi je peux te ressusciter un pantalon en moins de deux, je l'ai prouvé cent fois au camp et j'ai fait un pied de col de mémoire, oui, seul, sans schéma, ce n'est pas pour me laisser bouffer par un point de chausson à la mords-moi-le-nœud.

— Quand le gilet de Joseph fut vieilli, déchiré comme un vieux *shmatta* – il ne restait alors que la manche gauche correcte et sans trou –, Joseph ne le jeta pas, bien sûr que non. Il l'aimait, je te l'ai déjà dit, et pourquoi jeter ce qui peut encore servir ? Son grand-père le conseille, tu sais comment sont les grands-pères, hein, toujours un avis sur tout, tu te souviens du tien, Tomi, comme il épuisait le monde avec ses Si j'étais toi et ses Tu devrais, surtout en matière de tissu, personne ne savait si bien que lui, dans le temps il y avait toujours foule devant son échoppe, eh bien le grand-père de Joseph est pareil, bon conseilleur. Il lui dit : avec l'étoffe de la manche, tu devrais te faire une écharpe.

Joseph l'écouta. Il se tailla une petite écharpe dans le biais, puis une cravate quand les bords de l'écharpe furent fichus, et un mouchoir l'année suivante lorsque la cravate s'usa sur les côtés mais je ne te cache pas qu'à ce moment-là le tissu était vraiment très fatigué, presque aussi fragile que la toile de l'araignée, alors le jeune garçon fit ce qu'il put avec le dernier bout à peu près solide : un joli petit bouton, pour fermer son pantalon.

Mon père parle tout bas maintenant, on dirait qu'il se berce lui-même. Un peu plus et il va s'assoupir sur mes genoux, la tête sur mon demi-pantalon qui, soit dit en passant, avance sacrément bien : j'ai huit points de chausson qui méritent à peu près leur nom.

— Son bouton, un jour où Joseph courait après les grenouilles le long de la rivière, il est tombé. D'un coup, comme ça, tombé le bouton. Tiens Tomi, prends la seconde jambe du pantalon et fais le même ourlet. Joseph avait exactement ton âge, 16 ans tout pile. Il a perdu son bouton parce que la vie est ainsi, tes choses les plus précieuses, celles avec lesquelles tu avais traversé tant et tant d'années, celles que tu aimais tellement que tu ne les voyais presque plus et dont tu pensais ne jamais te séparer eh bien celles-ci justement disparaissent sans prévenir, sans que tu t'en rendes compte et tu restes niais, seul, dévasté, avec un grand trou dans le cœur et plus de bouton à ton pantalon.

Pique, léger léger, pique encore, les deux épaisseurs cette fois. J'ai bien entendu les paroles de mon père, ses phrases tremblantes sur le précieux qui disparaît, je sais à quoi il pense et à qui, quand il évoque celles qui s'évanouissent sans qu'on puisse rien y faire, mais je ne retourne pas dans le camp, non. Je tire l'aiguille délicatement. Je ne pense pas à la crypte, au quai, à la fumée et aux gens perdus, je ne sens pas l'odeur de cramé ni sous ma langue le goût du sang. Je me concentre, et je pique. « Celles que tu aimais tellement que tu ne les voyais presque plus. » Un grand coup dans l'estomac, mais ça s'arrête là. Je ne retourne pas dans le souvenir, pas du tout, je suis à l'abri dans le présent, dans mon point de chausson, léger léger, je suis tout entier dans le geste répété et précis, protégé par le revers du demi-pantalon, entouré du voile de parfum de la craie. Je suis dans l'atelier de mon père, à l'ombre de la boutique d'Oscar, sous les tréteaux solides du grand-père et plus loin encore, au cœur d'un pays familier, au creux ouaté du tissu, sous la trame serrée des miens, dans le droit-fil, là où passe l'aiguille. Chez nous.

Quand je relève le nez, la nuit est tombée. J'ai le majeur de la main gauche en compote mais une paire d'ourlets parfaitement invisibles sur un pantalon entier. C'est moi qui l'ai fait.

— Quand ton vêtement sera bien fini on en tirera un certain prix, conclut mon père en coupant un fil qui dépasse. Dis-moi Tomi, quand il n'eut plus rien, le Joseph de l'histoire, plus le moindre bout de la moindre chute du velours que lui avait donné son grand-père, sais-tu ce qui lui est resté quand même ?

— Pas vraiment, non, l'histoire ne finit pas comme ça, normalement...

— La couture. Il lui est resté la couture, Tomi. Celle que son père lui avait apprise et avant lui son grand-père, et le père de son grand-père, la couture qui t'habille et qui te nourrit, celle qui te permet d'être quelqu'un, un homme et pas une bête, depuis toujours, depuis le premier type dans la première caverne, Tomi, la couture ! Celle qui te sauve à n'importe quel coin de la planète, même le plus crasseux des trous noirs du monde, celle qui t'aide à tout oublier et à renaître, oui, à renaître.

Mon père glisse son dé au creux de ma main.

— Ici on n'a plus rien, Tomi, tu as raison. Ta chance, ta fortune, ton avenir, ta patrie, ta famille, tout est entre tes mains, mon fils, tout est là maintenant, seulement là et nulle part ailleurs.

Tu vas voir ce que tu vas voir, l'Amérique.

*C'est pas des vacances, passeur, non. Ça rap-*
*porte mais c'est pas des vacances. Faut se les*
*farcir, les clients : ils veulent jamais payer et ils*
*ont des exigences, grand Dieu ! Ils croient qu'en*
*claquant des doigts je vais les emmener à l'autre*
*bout de la planète. Mais il a pas de tapis volant,*
*Max ! Faut les traverser, les frontières, et se plan-*
*quer, passer les contrôles, enfumer les flics…*
*Dans le train, par exemple, le meilleur truc c'est*
*de faire semblant de dormir. Quand le contrô-*
*leur demande le billet, à peine ouvrir l'œil puis*
*tendre le papier en vitesse sans articuler un mot.*
*Sinon l'accent se fait entendre et c'est parti pour*
*les emmerdements… Certains clients sont plus*
*doués que d'autres. Y en a un, pendant le voyage,*
*dont le cœur a lâché. Un autre s'est arrêté net à*
*Strasbourg et n'a plus jamais voulu bouger. Mes*
*deux derniers clients, ça peut aller. Des Hongrois,*
*père et fils, tailleurs. Ils ont quitté leur pays sur*
*une charrette, avec leurs aiguilles dans la poche.*
*Arrivés en Allemagne, ils ont rempli les papiers*
*officiels pour l'émigration. Ils voulaient aller*

*en Amérique. Ils en rêvent tous, de l'Amérique,*
*ils s'inscrivent, ils patientent, ils supplient, mais*
*elle veut pas d'eux, l'Amérique ! Elle les prend*
*au compte-gouttes, avec un pince-nez. Un an ils*
*sont restés à attendre, mes deux Hongrois, un*
*an dans le trou du cul de l'Allemagne. Je leur ai*
*dit, moi : sans famille aux États-Unis, aucune*
*chance de voir la moitié d'un orteil de la statue*
*de la Liberté. Alors le jeune m'a demandé si je*
*desservais New York clandestinement pour pas*
*trop cher. Mais bien sûr, Majesté, j'y ai répondu,*
*j'affrète un yacht, chez Max le client est roi ! Je*
*suis un blagueur, moi, on se refait pas. Eh ben il y*
*a cru, le môme, il se voyait déjà sur la Cinquième*
*Avenue. Oh les gars, je suis pas agent de voyages !*
*Tout ce que je peux proposer, c'est la France, point*
*à la ligne. Mais ils veulent pas y aller, à Paris ; ils*
*visent New York, à la rigueur Montréal. Alors je*
*leur explique que de France, ce sera plus facile de*
*traverser l'Atlantique, et que Paris c'est le paradis*
*des couturiers, y a qu'à se baisser pour ramasser*
*du travail bien payé... Ce qu'il faut pas dire pour*
*vendre ma salade... Ils ont fini par accepter la*
*France, mes Hongrois. Je n'ai qu'un faux passe-*
*port alors le jeune est parti tout seul avec moi,*
*sans son père. Il a pas retiré ses godasses pendant*
*trois jours et trois nuits. Sûr qu'il avait caché du*
*fric dans les semelles, comme si je ne connaissais*
*pas toutes les planques... Je reconnais qu'il est*
*démerdard, pour son âge, et rusé avec ça, faut*
*voir comment il a fait semblant de dormir dans le*
*train, les ronflements, tout. On a passé le contrôle*
*les doigts dans le nez. Depuis qu'on est arrivés à*

*Paris, en revanche, y a du moins bien. J'ai installé le môme chez une copine qui tient un claque près de la République. Dès qu'il croise une fille, ses yeux sortent de leurs orbites et il n'arrête pas de se tenir l'entrejambe. J'espère qu'il ne va pas me faire une crise cardiaque, celui-là... Je lui ai dit de rester tranquille et de ne pas bouger une oreille. Maintenant je retourne chez les Boches chercher le père. C'est pas des vacances, passeur, faut pas croire...*

PARIS,
FRANCE

1947

Il y a des filles partout. Partout ! À tous les étages, des brunes avec des sourcils en arc de cercle et des chemisiers à pois, des dodues avec des colliers qui tintinnabulent, même une blonde renversante avec les sourcils dorés, elle ondule en secouant ses cheveux, parfois je suis derrière elle dans l'escalier et je voudrais qu'il n'y ait pas de dernière marche, qu'elle reste devant moi pour l'éternité sans jamais disparaître dans sa chambre. Moi j'habite la 37 au bout du couloir. Le passeur m'a installé là le temps qu'il aille chercher mon père. Je ne suis pas pressé. Je laisse la porte ouverte pour voir les filles passer. Faut que j'écrive à Hugo pour lui raconter ça. J'espère qu'il ne m'en veut pas trop, d'être parti sans prévenir. Mais mon père m'avait fait promettre, Tu la boucles, avec le geste de l'aiguille sur les lèvres. Les Russes nous auraient fichus en prison s'ils avaient appris qu'on allait se carapater à l'Ouest, même aux amis il ne fallait rien raconter, et après c'était compliqué d'écrire… Bouche cousue, a dit mon père, c'est ainsi qu'on se sauve. Mais maintenant on est en France, en France j'ai comme l'impression qu'on dit ce qu'on veut à qui l'on veut sans risque. Et en plus, il y a les filles. Faut absolument que j'écrive à Hugo.

À Beregszász il n'y en avait pas autant qu'ici, des filles. Quelques vieilles, oui, des jeunes mais pas nombreuses, pas comme avant. À Paris il y a encore des filles à tous les coins, et pas que des filles : des sœurs aussi, des mères, des tantes, toute la gamme. Je les vois depuis ma fenêtre. Au passage piéton elles se dépêchent, elles pendent leurs petites culottes aux balcons d'en face et dans le square du coin de la rue, elles courent après leurs bambins en riant. Elles rient et elles courent beaucoup, les Parisiennes, quand il y a du vent leurs jupes gonflent, d'en haut elles ressemblent à des fleurs. C'est agréable d'être entouré de fleurs. Ça me change. Je n'ai pas vu beaucoup de jupes ces derniers temps. En Allemagne, dans le centre pour réfugiés, on vivait surtout séparés, elles d'un côté nous de l'autre, ça faisait des réfectoires pleins de chemises de mecs, des dortoirs pleins de pantalons, du linge d'homme qui pue l'homme, du linge rêche et vicelard... Dans les chemises tu peux cacher un surin, et dans les pantalons n'en parlons pas... On ne peut pas vraiment se détendre, entre hommes. Avec les jupes, ça va. Une jupe ça ne veut de mal à personne. J'espère que la blonde va bientôt repasser devant ma porte.

Le seul problème ici, c'est la police. Chaque matin les flics débarquent dans l'immeuble, ils ont leurs habitudes ou ils contrôlent je ne sais quoi, en tout cas je n'ai pas spécialement envie de les croiser vu que je n'ai pas de papiers. La patronne me planque au grenier le temps qu'ils terminent leur petite affaire et lorsqu'ils ont fini, les filles s'apprêtent, pincent leurs joues, arrangent leur décolleté : les vrais clients arrivent. Ils longent les murs d'un pas pressé. Ils montent les marches par deux comme s'ils avaient quelque chose à fuir, les portes claquent, les lits grincent, à cette heure la maison tout entière est saisie d'un courant électrique. Certains habitués semblent sortir de prison ou d'un casino, yeux plissés de loup, veston chic, mains blanches, le genre à te dévaliser sans que tu t'en aperçoives, quand ils sont là je passe mon temps à vérifier que mon fric est toujours à sa place dans la couture de ma braguette. Je l'y ai cousu bien solidement mais tout peut arriver, manquerait plus que je le perde, déjà que je n'ai pas grand-chose… Juste assez pour payer ma piaule mais pas assez pour… Bref. Un jour j'en aurai plein les poches et je reviendrai ici, garanti sur facture, avec un vrai portefeuille bourré à craquer et un costume impeccable, cravate trois nœuds, les autres clients s'en décrocheront la mâchoire de jalousie tandis que je pousserai la porte de la blonde. En attendant il me reste le spectacle. Aux heures creuses, il règne dans la maison un silence relâché, un parfum triste et doux. Les filles sortent de leur chambre et traînent dans les couloirs. La blonde retire ses longues boucles d'oreilles, elle bâille, elle s'étire.

L'autre matin, elle est venue s'asseoir sur mon lit et m'a caressé les cheveux. Paris, vraiment, c'est quelque chose – Hugo ne va jamais me croire quand je vais lui raconter tout ça.

*Il ne m'a même pas dit qu'il s'en allait. Je suis venu le trouver un matin et l'appartement était vide. Tomi s'est enfui avec son père sans rien dire à personne. Je croyais qu'on n'avait pas de secret... Ça fait un bail qu'il est parti, à l'heure qu'il est il est peut-être en Amérique, ou en Australie, pourquoi pas ? Moi non plus je n'ai plus envie d'être là. Je n'ai plus envie d'être nulle part. Si je pouvais j'irais sur la Lune, carrément. Un jour ça arrivera, dans les fusées les scientifiques installeront le nécessaire, des lits, une cuisine. On pourra faire son nid là-haut pour des années. Un jour, sûr. Même l'inimaginable finit toujours par exister. Traverser l'espace, au Moyen Âge les gens en rêvaient déjà, ils dessinaient des engins à propulsion pour aller dans l'espace, des ressorts géants, des chariots tirés par des chevaux ailés, des machins propulsés par des ondes ou des ballons, à chaque siècle il y a eu des rêveurs, tout le monde les prenait pour des dingues, finalement ça s'est fait, le plus mal possible : on a eu les V1, les V2. Pour l'instant ça n'intéresse personne, les balades* sur la Lune, habiter l'espace, ni les Russes, ni les Américains. Ils ne souhaitent qu'améliorer leurs bombes volantes. Tuer mieux, voilà tout, vaincre, conquérir, la guerre n'a rien changé : l'homme ne mérite pas le ciel. Ce serait beau pourtant, un vol désintéressé, juste pour l'amour des étoiles.

PARIS,
FRANCE

1948

— Alli li zenfants...

Marcel retire le mètre ruban qu'il porte autour du cou et le roule en boule avant de le déposer en équilibre au coin de la table de coupe. Il tapote maintenant la coquille de l'escargot de plastique, sans un mot. C'est le signal, le tournoi va commencer. Le tournoi de causette, c'est un truc qui n'existe que chez Marcel. Dans le temps, paraît-il, son atelier de couture fonctionnait normalement : les employés racontaient leurs petites histoires en travaillant, ils se coupaient la parole, Ça ne s'est pas passé comme ça ! Je raconte – Non c'est moi – Tu parles trop – Il m'en est arrivé une bien meilleure, etc. Alors Marcel a posé des règles et de fil en aiguille, c'est devenu le tournoi de causette. Le fer à repasser de Sandor ralentit sa danse. David lève le pied, sa machine à coudre se met à ronronner. À chaque tournoi c'est la même chose, ces deux-là se battraient pour être le premier à en placer une alors il faut toute l'autorité naturelle de Marcel et son long doigt maigre et menaçant pour faire respecter l'ordre.

— Ji commence.

Le registre est imposé : jamais de commérage ni d'anecdote raplapla. L'histoire racontée – c'est la règle pour tous – doit être une aventure. Marcel me l'a bien expliqué lorsque j'ai débuté chez lui :

— L'objictif i di raconter qilqichose d'un pi fou qui s'est vriment passé et qui finit bien. Li milleur ricit gagne.

Quand j'ai demandé ce qu'on gagnait, le patron m'a répondu « li panache » et j'ai noté le mot sur mon carnet pour me le faire traduire à l'Alliance française. Je ne sais toujours pas ce qui m'a le plus étonné ce jour-là, ce que disait le patron ou la façon dont il le disait, cette ribambelle de *i* échappée de sa bouche. Maintenant je me suis habitué, mais tout de même : Marcel, il parle bizarre. Et son tournoi de causette, jamais vu ça nulle part ailleurs. C'est simple : l'atelier de Marcel est en tout point différent de celui de mon père. Chez mon père, trottoir gauche de la rue Basfroi en descendant, c'est silencieux et parfaitement rangé, les coupons d'un côté, la machine de l'autre, les ciseaux en rang d'oignon sur le plan de travail et contre le mur son buste mannequin flambant neuf – mon père a investi dans du Stockman, la meilleure marque (papier mâché moulé à la main, pur savoir-faire français, neuf étapes de fabrication, vingt-quatre heures de séchage, pied en métal inoxydable), on dirait une vieille duègne qui veille à l'agencement parfait des lieux. En face, côté droit de la rue, règne l'anarchie couturière de Marcel : des piles de tissus multicolores au bord de l'écroulement, des dizaines de bobines pas du tout alignées, des histoires en veux-tu en voilà et, du sol au plafond, punaisés en dépit du bon sens, des articles de toutes tailles et de toutes natures, recette du pot-au-feu, résultat des courses, compte rendu de défilés, le papier du jour recouvrant le précédent et donnant l'impression au mur d'être lui aussi venu ici s'habiller. Autre différence : alors que mon père passe la moitié de son temps à courir après son argent, Marcel oublie parfois de faire payer le client. Carrément. Il suffit que la conversation aborde le point douloureux de la guerre pour qu'un vent poussiéreux de tristesse souffle sur l'atelier et emporte avec lui la facture. Le seul point commun qui unit mon patron à mon père, c'est le respect scrupuleux des règles. Marcel, par exemple, ne plaisante pas avec le tournoi de causette. L'histoire racontée doit être vraie, règle numéro un, et sortir de l'ordinaire, règle numéro deux. Gare à toi si tu choisis de partager une anecdote au ras des pâquerettes de la banalité ou si au contraire, pour écraser la concurrence, tu inventes une dinguerie qui n'est de toute évidence jamais arrivée à personne : de son œil vert sombre, Marcel te disqualifiera pour le tour suivant. Il y a deux tours par semaine sauf le samedi, bien sûr, puisqu'on ne travaille pas. Personne ne travaille ce jour-là dans le quartier.

Marcel commence la causette. Il ne raconte jamais sa vie, pourtant je suis sûr que ça en ferait, des anecdotes à se décrocher la mâchoire, sur le chemin entre Varsovie et le XIᵉ arrondissement il a dû lui arriver quelques bricoles, au patron. Mais il n'en parle pas. On sait juste qu'il est arrivé de Pologne entre les deux guerres et qu'il s'est rendu directement rue de la Paix, chez Doucet. Il a regardé la vitrine, les robes mirifiques, les fourrures profondes, les manches perlées de cuivre, les doublures en gazar ; il était arrivé. Si Sandor, le presseur, ne me l'avait pas dit, j'aurais vraiment cru qu'il s'appelait Marcel, Marcel. En réalité son prénom c'est Mordecaï et son nom Ryzow, il a tout changé par amour pour la France – ce pays sans pogrom que les femmes traversent sur des talons hauts. Il n'y a que son accent qu'il n'a pas pu changer, Marcel, et qu'il porte encore comme une fripe inusable et collante.

— Ji suis plus Français qu'un vri Français, précise-t-il au cas où cela aurait échappé à quelqu'un.

Sa fierté nationale s'étale en grandes lettres dorées sur la vitrine de l'atelier : *Marcel Roger, Aux Habits de Paris*. À chaque tournoi c'est dans les beaux tiroirs de la mode française qu'il préfère fouiller, mon patron, plutôt que dans la malle sombre du shtetl, c'est là qu'il déniche les histoires folles dont il nous régale, dans le grand vestiaire de la couture et pas n'importe laquelle, pas celle qu'on bâtit ensemble à l'atelier, non : la vraie, la haute.

Marcel a la vénération des grands couturiers. Il découpe dans les journaux les articles qui leur sont consacrés, les affiche sur ses murs et connaît les moindres recoins de leur remarquable existence. Certains sont en photo dans l'atelier, leur trogne ou leurs vêtements – la robe Junon de Dior avec les nageoires de sirène et les paillettes bleu-vert, la Sylphide de Charles James et le Cruiser de Patou, chaque modèle possède nom, prénom et particule, on est chez les maîtres. À l'heure de la causette, le patron pioche tel ou tel génie de l'aiguille et nous déballe toute son histoire, où il est né et comment il est devenu une légende, pourquoi on s'arrache ses créations de New York à Mexico, à la fin de la causette on pourrait écrire nous-mêmes sa biographie. Avant-hier, par exemple, Marcel nous a raconté Madeleine Vionnet. Première fois que j'entendais ce nom-là, Madeleine Vionnet. Avec un titre pareil, l'histoire de Marcel ne me semblait pas folichonne, en plus j'avais sommeil. La nuit précédente je n'avais pas fermé l'œil à cause des visions. Je m'étais revu dans la baraque, le jour où un des gars s'était pendu... Bref, je n'avais pas assez dormi et voilà que le patron se fend d'une introduction interminable à laquelle je ne comprends quasiment rien mis à part, sur la fin, l'expression « révolution des seins » qui me réveille d'un coup. Madeleine Vionnet, donc. Un vrai pirate cette fille. Née au tréfonds de la cambrousse, à Chilleurs-aux-Bois (les noms de villages français sont incroyables, depuis que je suis arrivé j'en ai entendu de drôles, Vatan,

Grenouillet et même Moisy, où vont-ils chercher tout ça ?). Dans sa campagne, la Madeleine s'ennuie ferme. Elle coud mais elle s'ennuie, alors un jour elle laisse tout en plan, sa petite maison son petit boulot son petit mari sa petite vie bien tenue, et met les voiles direction Londres. Ça en surprend plus d'un, en 1896 certaines choses ne se font pas mais Madeleine, justement, les choses qui ne se font pas ce sont ses préférées. Une fois formée par les *English tailors*, elle part à l'abordage de Paris avec des vêtements de son cru, des plissés jamais vus, des drapés dingues. À ce moment de l'histoire, Marcel empoigne un bout de tarlatane qui traîne et en un tour de main le Stockman ressemble à une statue grecque qui aurait enfilé un tutu.

— Vionnit, elle ni fi rien comme tout li monde.

Elle colle des fleurs partout, rencontre un succès fou et, surtout, elle bazarde le corset. À l'époque les femmes sont emballées, en dessous. Leur poitrine est serrée dans de la toile rigide, raidie de baleines en ferraille. Tout est bien tenu ici aussi, chaque chose à sa place, alors Vionnet fait avec le corset comme avec le reste : elle dynamite l'affaire et explose toutes les cases. Elle veut du mouvement, Madeleine. Quand Marcel dit « mouvement » il dessine la ligne des hanches dans l'air avec ses mains et nos yeux à nous, à Sandor, à David et à moi, suivraient cette courbe-là jusqu'au bout du monde. Les mannequins de Vionnet défilent les seins flottants, les pieds nus, avec des robes fluides, magiques, taillées dans le biais pour mieux voir les corps bouger. Dans le biais ! Personne n'avait osé avant Madeleine. Un pirate, je te dis. Après elle, les Françaises ont pu laisser leurs attributs voltiger tranquillement. C'est ça, la révolution des seins. J'aurais bien aimé que Marcel continue de nous raconter Madeleine Vionnet, ça m'a bien plu ses histoires de poitrines libérées et de robes en diagonale, mais on ne fait pas ce qu'on veut avec le patron et aujourd'hui, il l'a décidé, il racontera Lanvin.

— Lanvin... Jeanne..., commence Marcel.

Il articule le nom avec dévotion, on sent que Lanvin Jeanne n'est pas n'importe qui dans le quartier, ça ne va pas être de la flibuste comme Vionnet, plutôt du grand chic distingué. David ouvre la bouche, il s'apprête à interrompre le patron. L'une de ses maîtresses, une vieille bourgeoise d'au moins 33 ans, porte le parfum *Arpège*, de Lanvin justement, et il aimerait bien s'en vanter mais le doigt impérial de Marcel l'arrête net.

— Ji dit : Lanvin... Jeanne, reprend le patron. Sa spicialiti, c'itait les ipaules. Ille ajouti toujours une fanfriluche dissus, une brodirie, une dentille, di pirles, di boules de laine bouillie. Avant Lanvin, femmes pas avoir d'ipaules, juste un cou. Lanvin a inventi li zipaules. Ille s'inspiri di l'art, di la peinture. Frequenti beaucoup li musi.

Marcel se déplace lentement entre ma machine à coudre et sa table de coupe, somptueux et raide, comme s'il glissait sur des patins en tenant derrière lui une traîne imaginaire. Nous sommes à Florence un certain matin de printemps et sous nos yeux, incarnée par un vieux juif russe, Madame Lanvin Jeanne se promène au musée.

— Soudain, continue Marcel en tournant sa tête d'un quart de tour, Mme Lanvin apirçoit un tableau mirvilleux. Un piisage di Fra Angilico.

C'est l'une des couleurs, surtout, qui subjugue Lanvin, un bleu vibrant, intense, captivant, un morceau de ciel trempé dans un champ de lavande. Aucun bleu n'arrive à la cheville de celui-ci. Marcel, je dois le dire, joue assez bien sa partie, la nuque raide, les yeux écarquillés de stupeur, les lèvres entrouvertes, on imagine le tableau et cet azur de rêve qui en sort pour t'ensorceler les yeux. De retour à Paris, Lanvin n'a plus qu'une idée : fabriquer la teinte inouïe aperçue au musée, retrouver les pigments secrets qui, mélangés, sublimeront ses collections de vêtements et hypnotiseront le monde, et voilà Marcel, campé sur ses pieds, touillant une marmite invisible dans laquelle bouillonne ce bleu unique que Lanvin badigeonnera partout, sur ses robes, ses sacs à main, ses capes, ses tailleurs et même sur les murs de sa chambre à coucher. La dame baptisera son fameux bleu *Quattrocento* parce qu'elle fait ce qui lui chante et qu'elle a bien raison. Par la suite, elle fabriquera également le vert Vilasquez mais c'est une autre histoire que Marcel ne raconte pas vu que son tour de causette est terminé.

Je ne savais pas, moi, qu'on pouvait fabriquer les couleurs. Je ne savais même pas, à l'époque, qui étaient Vilasquez ni Fra Angilico, ni Vionnet d'ailleurs, ni Lanvin Jeanne. Avec Marcel j'apprends une foule de trucs et encore, je ne comprends pas la moitié de ce qu'il dit. C'est le problème avec Marcel, il vit à Paris depuis vingt-cinq ans mais ça ne s'entend pas.

— Dans ma tite ci pourtant clire comme l'eau di roche, se lamente-t-il, ce qui signifie qu'il pense droit mais parle tordu.

Quelque chose a dû se coincer entre son cerveau et sa gorge, il a un tel accent qu'on pourrait y accrocher son pardessus et une grammaire très personnelle, pas du tout celle que j'apprends à l'Alliance française : il met tous les mots dans son chapeau et il secoue. Au final, il ne parle ni le yiddish, ni le français, ni même le polonais, il parle le Marcel, un mélange de tout dans lequel surnage fièrement, comme un poisson d'or fendant les flots obscurs, un terme de français exceptionnellement châtié que j'apporte au cours du soir pour traduction. Ainsi dans l'histoire de Lanvin j'ai attrapé « fanfreluche » et « diagonale » dans celle de Vionnet la pirate. Depuis que je travaille chez Marcel, c'est simple, j'ai l'impression que mon cerveau a doublé de volume mais ce n'est pas le plus beau, non. Le plus chouette dans ses histoires, c'est la liberté. La couture comme il la raconte, ce n'est plus un joli chiffon sur un cintre, ce n'est même plus un gagne-pain, c'est bien mieux que ça : c'est vivre autrement, à l'envers, de biais, comme on veut, c'est foutre au feu tous les corsets, c'est peindre le monde avec ses propres couleurs et vu comme ça, ça me plaît terriblement.

— Lanvin, ille a commenci livrise, ajoute Marcel. Ille livri les chapeaux toute la journi. On l'appili « l'omnibus ». Ille itait rien di tout. Par la suite ille divinu appriteuse, sous les toits. À la fin, ille vivait VII<sup>e</sup> arrondissement, li pli beau di Paris. L'avait mime un magasin di parfums à son nom sur li Champs-Ilysi. Li Champs-Ilysi, missieurs. Un vri gini, Lanvin Jeanne. Mille huitte cent soixante sit, mille nif cent quarante-six.

Mon patron précise toujours la date de naissance du grand couturier et la date de décès, comme un dictionnaire. Quand il referme la parenthèse, la plupart du temps, c'est trop tard : le prestige des héros du dé à coudre a eu le temps de se faufiler et de nous statufier, nous les mécanos, les presseurs, les petits confectionneurs de la rue Basfroi – leur prestige et aussi leur ascension folle, leur incroyable galopade des sous-sols obscurs de la vie au Panthéon de la mode, voilà ce qui nous laisse tous rêveurs, l'aiguille en l'air, le pied levé, silencieux dans l'atelier minuscule et surchauffé.

— Mais qu'est-ce que tu y fabriques exactement, chez ton Marcel ?

— Des vêtements, papa, des nippes pour femme, des robes, des ju…

— Ne me prends pas pour un imbécile, je te prie. Qu'est-ce que c'est que ce tournoi de causette ?

Je ne lui réexplique pas le principe, ça fait déjà dix fois que j'essaye et il fait toujours semblant de ne pas comprendre. En vérité, mon père aimerait que je n'écoute que ses histoires à lui, en travaillant auprès de lui, dans son atelier à lui qui deviendrait, à terme et bien évidemment, le mien. Plus il me voit heureux dans la boutique de son voisin, plus il se renfrogne, c'est presque pire qu'à l'époque où je rêvais de devenir plombier.

— Tu n'ignores pas que le sur-mesure masculin est un secteur porteur, je dirais même plus, un artisanat d'exception, n'est-ce pas Tomas ?

— Oui papa.

— Je peux t'apprendre tout ce que je sais, fils, et en la matière j'en sais énormément...

— Merci, merci beaucoup.

À ce stade de la conversation, on pourrait découper le silence avec une paire de ciseaux.

— Je n'ai plus que toi, Tomi, tu veux que je meure sans transmettre, c'est ça ?

— Arrête, s'il te plaît.

La plupart du temps, mon père se reprend et après une profonde inspiration :

— Il paraît qu'en face vous *arrêtez* de travailler pour raconter vos petites histoires ?

— Ça arrive, oui.

Alors mon père éclate d'indignation :

— Si tous les juifs de Paris faisaient comme vous, les Parisiennes n'auraient plus rien à se mettre !

Mon père dit souvent ça, « Si les juifs de Paris arrêtaient de travailler, les femmes de la capitale n'auraient plus rien à se mettre »... À chaque fois, j'imagine : plus une seule robe dans les magasins, plus un chemisier chez les tailleurs, plus rien dans les placards… Le désert vestimentaire. Les Parisiennes obligées de sortir en petite tenue dans la rue, dans le métro, les filles nues sur les bancs publics, nues au marché et dans la file du cinéma, même dans les barques du bois de Vincennes… Le rêve. En fait, ça ne s'est pas passé du tout de cette façon, Marcel m'a tout expliqué. En 1943, les couturiers juifs de Paris ont bel et bien arrêté de bosser, et pour cause : les Allemands ont raflé les trois quarts de la profession dont les deux fils de mon patron, 16 et 18 ans. Le marché de la confection a été divisé par quatre faute de main-d'œuvre, faute de tissu aussi. Le cuir, le coton et la laine, c'était pour les Allemands. Mais les Parisiennes ne sont pas sorties toutes nues. Elles se sont débrouillées. Elles ont bidouillé des chapeaux en copeaux de bois et des chemisiers dans leurs draps.

— Ci n'itait plus de la mode, c'itait du bricolage, déplore Marcel. La civilisation riculait.

Depuis les étoffes sont revenues dans les ateliers mais pas les enfants de Marcel. Leurs machines à coudre les attendent sous la fenêtre, à côté de la table de coupe. Personne n'a le droit de les utiliser.

— Machine comme animal : ni ripond bien qu'à son maître. Rilation entre homme et machine, fondamintal. Comme ça qu'on fi beau travail.

Je l'aime bien, Marcel. Il nous donne l'impression de réaliser ensemble quelque chose de très important, d'ajouter notre point à une sorte d'œuvre ancienne, sublime et complexe :

habiller les femmes, même si concrètement on se contente de coudre des tabliers pour les clientes dodues du Bon Marché.

Quand Marcel a fini de raconter, c'est au tour de Sandor. Lors du tournoi de causette, Marcel distribue la parole dans le sens inverse des aiguilles de sa montre, sans explication, il fait comme il veut puisque c'est lui le patron. À l'atelier, Sandor est presseur, ça consiste à repasser les pièces tout juste fabriquées. C'était mon travail quand je suis arrivé à Paris, il y a deux ans : j'écrasais les faux plis et j'ouvrais les coutures du matin au soir dans un atelier de la rue des Archives. Au cinquième étage sous les toits il faisait quarante degrés et plus torride encore au-dessus du fer. Je travaillais en slip pour avoir moins chaud. Heureusement j'ai évolué, chez Marcel je suis mécanicien, j'assemble les vêtements en gardant les miens et c'est Sandor qui transpire.

Le garçon a quelques années de plus que moi. Lui a bifurqué par Mauthausen avant de débarquer rue Basfroi et se passionne pour les animaux, à plumes, à poils, à écailles, peu importe, il connaît tous les rayons. Ce type-là n'a rien à faire dans un atelier, il serait bien plus à son aise à la ménagerie du Jardin des Plantes ou au Muséum d'histoire naturelle mais la guerre a rebattu les cartes : le monde entier se retrouve derrière une table de presse. Grâce à Sandor, tout l'atelier sait que les mâles hippocampes accouchent, qu'un python peut avaler un crocodile et qu'à peine nés certains oisillons se jettent du haut d'une falaise sans même savoir voler. Le pire, c'est que les animaux dont Sandor parle survivent à leurs aventures, ça finit bien, rien à redire : à la grande loterie de la vie ces bestioles-là sont avantagées et au tournoi de causette c'est pareil, Sandor gagne presque à tous les coups. En réalité, il ne gagne rien du tout, juste le fameux *panache* qui ne se mange pas en salade, mais tout de même, il nous écrase. C'est agaçant.

Après Sandor, c'est au tour de David. David est mécanicien comme moi, mais français, et le tombeur de ces dames. Chaque semaine une fille différente l'attend devant la porte de l'atelier, en majorité des brunes à longs cheveux et à petites chevilles dont on s'amuse à deviner d'avance les mensurations, généralement comprises entre 85-57-85 et 95-67-105. La suite du jeu, bien sûr, est de promettre à la demoiselle une robe gratis, prétexte à vérifier nos pronostics au mètre ruban. Celui qui s'est planté dans les plus grandes largeurs paye sa tournée chez Camille. Quand le tour de causette vient à David, il parle de ce qu'il connaît le mieux : ses conquêtes. Il ne les détaille pas toutes, seulement les plus rocambolesques : la déjà fiancée, les triplées, la mère de la fille, la fille du maire, etc. Une fois que David a terminé de frimer, la parole est à moi.

La concurrence est rude et mon français approximatif mais question causette, je me défends. Mon grand succès, c'est le récit de voyage. Enfin de mon voyage : Beregszász-Paris en passant par Satu Mare, Budapest, Sopron, Vienne, Salzbourg, Ansbach, Munich et Forbach. Une demi-douzaine de frontières traversées à pied, en train, en charrette et à la nage, tout ça pour fuir l'URSS, le parcours captive mon auditoire même au bout de la cinquième fois. Il faut dire que chaque épisode possède son lot de rebondissements, c'est bien le seul intérêt de voyager clandestinement : rien de ce qui se passe pendant le trajet n'est véritablement prévu au programme. À vivre ce n'est pas formidable du tout mais à raconter, ça prend une autre ampleur. Les passeurs surtout ajoutent le piment qu'il faut à mes histoires : voleurs, fripouilles, tarés, en tant que personnages ils se posent là. Le dernier, celui qui m'a accompagné de Munich jusqu'à Forbach, était un rigolo qui traficotait toutes sortes de marchandises. Il avait emporté avec lui un gros paquet de poudre blanche jamais vue nulle part. Dans sa sacoche, à côté de la farine bizarre, le type avait aussi deux casse-croûte, une collection de cocottes en papier journal, trois paires de chaussettes, un passeport usé et des œillets pour faire tenir la photo de moi qu'on avait ajoutée dessus, plus divers crayons spéciaux pour falsifier le visa en relief.

— Mon sac, c'est les Galeries Lafayette, il disait, on y trouve de tout.

J'ai compris sa blague des mois plus tard, en passant rue de la Chaussée-d'Antin.

Dans l'atelier, je suis souvent le dernier à raconter. Après moi il faut se remettre à turbiner sérieusement. Une fois où j'étais très en forme, les gars ont applaudi à la fin de mon récit, ça résonnait dans la cour. Et encore, je ne leur raconte pas tout. Le centre pour réfugiés, par exemple, je ne raconte pas. C'était en Allemagne, vers Ansbach, dans la zone américaine, on s'est retrouvés là après avoir fui Beregszász. On y a vécu presque un an avec mon père. Là-bas j'en ai fait de belles, avec ça je gagnerais le tournoi de causette haut la main... Dans ce centre il y avait plus de six mille réfugiés comme nous, des Ukrainiens, des Hongrois, des Polonais, des Yougoslaves, des anciens déportés, des apatrides, des poussés dehors par les changements de frontières, tous ceux qui ne voulaient pas retourner chez eux parce que chez eux n'existait plus ou parce que chez eux la Libération n'avait rien changé : on n'aimait toujours pas les juifs. On nous appelait les déplacés, en anglais *Displaced Persons,* et c'était pile le bon mot : nous les DP étions en transit, sans pays, sans famille, sans valise, sans rien d'autre que l'envie d'émigrer. Un an dans un baraquement mais on ne se plaignait pas, de toute façon on n'en avait pas trop le droit. Le pire, c'était la bouffe qu'on nous distribuait, juste assez pour ne pas crever de faim. Les vêtements manquaient aussi, les DP cherchaient des frusques au marché noir. Alors mon père a dégotté du tissu et il s'est remis à coudre. Je l'aidais, on travaillait dans la chambrée. *Fais comme ci, pas comme ça, plus à gauche, attention, les règles de l'art, Tomi, les règles...* J'avais envie de me tirer de là mais on n'avait pas vraiment l'autorisation de sortir du centre. Quand mon père a vendu sa première chemise, il est venu vers moi avec de l'argent et un sourire supérieur, le genre T'as vu comme je me sors de toutes les situations, il avait pris quinze centimètres d'un coup, un peu plus il s'envolait. Quelques jours plus tard j'ai fait mon premier coup : les pommes.

Tout le monde avait plus ou moins faim dans le centre, certains gars vendaient de la nourriture sous le manteau alors un jour je me suis lancé. J'ai piqué un peu de fric à mon père et j'ai fait le mur direction la cambrousse, en train, entre deux wagons pour ne pas payer. Je suis revenu au centre discrètement avec trois sacs de pommes – tout vendu en cinq minutes. Grâce aux sous des pommes, j'ai acheté du tabac, grâce au tabac des timbres de collection. Les Américains ont raffolé de ces timbres, il y avait des oiseaux dessus et des monuments, ils me les ont troqués contre des pierres à briquet, autant dire des lingots d'or. Après ça, tous les DP me couraient après, j'étais Tomi-trouve-tout, l'as de la débrouille, le prince du *black market*. Si la flicaille m'avait attrapé en train de magouiller, mon dossier d'immigration passait directement à la poubelle. Je n'avais pas peur, bien sûr que non, juste un peu honte parfois quand un DP s'arrêtait devant moi et me fixait sans rien demander. Dans ses yeux je m'apercevais alors, les joues rougies, les bras secs, tout occupé à vendre aux affamés. Ma honte passait vite. La plupart du temps je ne pensais à rien d'autre qu'à réussir la prochaine transaction. Les affaires marchaient correctement et j'avais l'estomac plein. Mon père avait le talent, j'avais l'audace, les deux payaient aussi bien. Moi aussi, dans mon domaine, j'excellais.

Marcel n'apprécierait pas du tout que je raconte ce genre d'histoires. Il n'aime pas la magouille, Marcel, ni la resquille, ni le marché noir. Il ne sait rien de ce que j'ai fait à la Libération, ni avant. Il croit que je suis un type bien. Est-ce que les types bien survivent, en France ?

Je suis arrivé chez Marcel par hasard. J'aurais pu être embauché ailleurs, il y a énormément d'ateliers dans le coin. Notre passeur n'avait pas menti : Paris, c'est le paradis des couturiers. Enfin paradis faut pas exagérer, mais couturiers c'est sûr. Entre la rue de la Roquette et la place Saint-Paul, il y a cinq juifs dans chaque pièce et ils s'appellent tous Schneider, Nadel, Szabo, Portnoy ou Fingerhut – avec ces cinq noms-là tu décris un tailleur en entier dans toutes les langues du yiddishland. Je ne sais pas comment font les Polonais et les Hongrois pour s'habiller au pays, désormais toute la profession vit à Paris. Il faut dire que le secteur emploie à tour de bras. Partout on cherche des finisseurs, des presseurs, des coupeurs, des fourreurs, des casquettiers. La France a besoin de s'habiller et nous avons besoin de la France alors tout le monde se retrouve dans la confection, même les gars qui se nomment Rabinovitch ou Tabashnik et qui n'étaient pas franchement prédestinés aux travaux d'aiguille. Mon père s'est installé rue Basfroi, juste en face de l'atelier de Marcel. Elle m'a tout de suite tapé dans l'œil, la boutique de Marcel, derrière la vitre cet amoncellement de froufrous, cette cascade de couleurs et les lettres dorées. Un jour Marcel est sorti sur le pas de la porte :

— Ça t'intirisse, la confiction pour dames !

Ce n'était pas une question, du coup je n'ai rien répondu.

— Tu si coudre à la machine ?

Là j'ai dit oui, parce que c'était plus ou moins le seul mot que je prononçais correctement en français, et puis c'était partiellement vrai : j'avais cousu à la machine à pédale à Dora, quand j'étais déporté. Marcel m'a fait entrer.

— Tu t'assois là i tu m'attends, j'ai un manteau à livri.

Je me suis retrouvé seul devant la machine à coudre de Marcel. Électrique, la machine, rien à voir avec celles du *Lager*. Alors je l'ai démarrée pour m'entraîner discrètement avant que le patron revienne. Sauf qu'il est revenu plus tôt que prévu et qu'il m'a vu piquer n'importe comment, sans son autorisation. Il aurait dû me virer avant même de m'avoir embauché mais non, il m'a montré comment fonctionnait le matériel. C'est ainsi, avec Marcel : il pourrait être déçu de moi ou satisfait, et choisit systématiquement la seconde option.

Pour le travail supplémentaire, par exemple :
je l'accepte toujours. Marcel est persuadé que je
suis « courageux » et « volontaire ». Il se plante
complètement. La vérité : quand je couds, je
n'ai pas de visions. Je ne revois pas le camp,
les punitions, l'appel ou pire. Je me concentre,
l'aiguille passe et repasse, chaque geste mille fois
répété et doucement je deviens le fil, je deviens
l'aiguille, je suis le tissu piqué et l'air que je
respire, le rythme de la machine et le bruit de
l'atelier. Lorsque je travaille, comme quand je
danse, j'oublie. Alors je me lève à cinq heures,
j'attrape le premier métro et jusqu'au soir j'assemble des chemisiers affriolants, des corsages
à pompons, des jupettes fleuries. En plus tout
est payé à la pièce : plus on travaille plus on
gagne mieux on vit, c'est magique, c'est merveilleux, c'est automatique, rien ne peut empêcher ça, en France. Parfois, le soir, j'imagine le
tas de sous qui grossit et tout ce qu'un jour je
pourrai m'acheter, les chaussures en cuir qui
éblouissent, l'entrée-plat-dessert au restaurant,
la voiture pourquoi pas, à force d'imaginer je
pourrais bosser toute la nuit et souvent ça arrive.
    Au début, Marcel me confiait des pièces
simples, puis de moins en moins. On dirait que
ça l'amuse de jeter à mes pieds des piles de
chemises de nuit impossibles avec des poches
bizarres, ou des robes-tabliers avec des revers et
des galons par-dessus le marché, tout un arsenal
de détails biscornus qui nécessitent une technique que je n'ai pas. Souvent je songe à refuser
mais à cette idée un film atroce s'enclenche dans

ma tête : je refuse le travail, le kapo arrive, la terre s'ouvre sous mes pieds, je suis avalé. C'est pour cela, aussi, que je ne dis jamais non. Je dis oui Marcel, les idées noires repartent d'où elles sont venues et je me retrouve avec trente-six puzzles de chemises de nuit dont je ne sais que faire ni par quel bout les prendre. J'ai envie de les déchiqueter tellement elles m'énervent, je couds je découds je recouds j'arrache tout et je recommence. J'en viens finalement à bout dans un plaisir suprême : les chemises de nuit tombent impeccables. Je pourrais hurler de bonheur, m'envoler au-dessus de la tour Eiffel, combler dix rouquines dans mon lit. Je suis surpuissant, un point c'est tout, alors je vais au bal et je danse jusqu'au matin. Le bonheur, néanmoins, c'est seulement dans le meilleur des cas. Dans le pire des cas, après des heures de travail vain, des dizaines de pyjamas désarticulés stagnent encore sur le sol dans un foutoir désespérant, je n'arrive à rien. Alors je traverse la rue au galop et mon père m'aide en maugréant. Il se désole que je dilapide mon énergie dans les basses œuvres de la confection pour ménagères, mode futile et bavarde, alors que je pourrais le seconder dans les hautes sphères du sur-mesure pour hommes, dans un atelier sérieux où l'on ne se raconte pas d'histoires et où l'on fabrique du costume gris qui durera une vie entière. Il comprend tout mon père, mais à l'envers. Marcel, lui, comprend dans le bon sens. Je préfère.

— Ci bien, Tomi, ci tri bien.

Aux yeux de Marcel, tout ce que je fais est toujours « tri bien ». Il ne me trouve pas colérique, il dit que j'ai du caractère. Selon lui je ne suis pas impatient mais rapide. L'autre jour, il m'a même dit que j'étais studieux. Je ne l'ai pas contredit et lorsque j'ai compris ce que le mot signifiait, je me suis souvenu du jour où Hugo et moi avions mis le feu au cartable du maître d'école et j'ai cru crever de rigolade.

— Ci dommage que tu arriti l'icole. Tu divi itre un bon ilive.

Ça me change, toutes ces jolies choses que le patron pense de moi, alors je ne le détrompe pas. Il m'aime comme ça, Marcel, sur un malentendu.

*Il croit que je suis dupe, ce bougre d'âne, mais je vois bien qu'il magouille. Il revend tout derrière mon dos, mes patrons, mes restes de coupons, tout, il contrefait mes modèles dès que j'ai le dos tourné. Même ce que je lui apprends, Tomas le refourgue : il donne des cours payants aux couturiers plus débutants que lui. Ça crève les yeux que ce gosse a été éduqué par les nazis, mais je m'en moque : ce qu'on peut tordre dans un sens peut se tordre dans l'autre, un enfant, même grand, c'est souple comme un mètre ruban. Yvonne m'a appris ça, dans le temps. Elle savait y faire, avec nos petits, un gant de velours. Elle aussi aurait aimé Tomas, même avec ses magouilles. Déjà il se prend au jeu, il passe sa vie derrière mon dos à regarder comment je couds, comment je coupe. Il regarde, il essaye, souvent il réussit, rien qu'en regardant il comprend, parfois il échoue, il enrage. Il déteste rater. Obstiné ! Pire que ça même, sa tête est dure comme un caillou.*

*Il me rappelle Jean, mon fils aîné. Nous l'avions appelé Jean à cause de Jean Patou, le grand* couturier (1887-1936). *Dans les années 1920 je venais d'arriver à Paris, Patou avait créé des robes de dancing d'un raffinement diabolique, des tubes en soie plissée avec des drapés ondulants, des fleurs bouillonnées à la ceinture, des cascades de sequins, et toute cette soie, cette mousseline, ces perles, juste pour refléter la lumière. Il fallait y penser, aux éclairs dorés des lustres qui feraient scintiller la taille fine des danseuses sur la piste, et Jean Patou y avait pensé. Un cerveau, Jean Patou. Avec Yvonne, on s'est dit qu'un bébé doté d'un prénom pareil ne pouvait développer qu'une intelligence hors du commun. On dansait beaucoup, avec Yvonne, avant la guerre.*

*Tomas aussi aime danser, Certains matins il débarque à l'atelier avec des cernes noirs comme des pneus. Son père pourrait l'étriper, je crois. Herman n'est pas le genre d'homme à danser. Jamais je ne l'ai vu faire autre chose que travailler. Il est doué, très doué même, je ne lui dirai jamais, ça lui ferait trop plaisir, mais il le sait, faut voir comme il se glorifie de son titre, maître tailleur... Bêtement il croit qu'il n'a rien réussi à transmettre, que son savoir-faire mourra avec lui. En vérité son talent dort au fond de Tomas, je le vois. Il suffit juste de le faire émerger.*

— Toi qui aimes progrissi...

Voilà comment ça a commencé. J'aurais dû me méfier.

— Ti ni vas pas risti micanicien toute ta vie quand mime...

Le patron avait une idée bien accrochée derrière la tête.

— Tu n'as jami pensi à riprendre ti itudes ?

Là j'ai senti que ça allait dégénérer.

— Pourquoi tu me demandes ça, Marcel ?

— Pourquoi tu riponds toujours à mi quistions par une autre quistion ?

— Pourquoi pas ?

— Ti-toi, Tomas, icoute : l'ORT propose di cours gratuits.

L'ORT, c'est une association philanthropique juive. Quand nous sommes arrivés à Paris, mon père et moi fréquentions leur cantine, un endroit merveilleux où nous pouvions manger sans payer. Selon Marcel, l'ORT offrait aussi des formations aux métiers du textile exprès pour les gens comme moi arrachés par la guerre à leurs études ou à leur famille et contraints de gagner leur vie dans les plus brefs délais. J'aurais pu argumenter que je gagnais déjà ma vie grâce à lui mais Marcel a insisté, les cours de l'ORT étaient gratuits et de bonne qualité, puis il a conclu :

— Ji suis sûr que tu vas itre li milleur, piti.

Alors j'ai dit oui Marcel, comme d'habitude.

Dans la salle d'attente de l'ORT, il y a un monde fou. Dix-neuf personnes devant moi et au guichet, la secrétaire mâche une sorte de bonbon élastique. Elle a une queue-de-cheval rousse bien tirée qui dodeline au rythme de ses mastications, des pommettes énormes et l'air de s'ennuyer à cent sous de l'heure.

— Suivant !

Un type s'avance, une pile de documents à la main. Ses cheveux forment une couronne évidée, de dos à cause de cette tonsure on lui donnerait 50 ans mais de face seulement 20. La rousse du guichet compulse lentement le dossier qu'il lui tend. Entre deux pages, elle gonfle ses joues et souffle dans son bonbon pour former une bulle. Quand, à la place de la bulle, apparaissent ses deux dents de devant, elle hoche la tête, exaspérée. Je n'ai jamais vu une fille qui ressemble autant à un écureuil.

— Vous souhaitez une formation, c'est ça ? demande-t-elle au demi-chauve en soupirant.

— Oui enfin non, j'allais soutenir ma thèse quand la guerre a...

406

La guichetière s'impatiente déjà, sa queue remue comme un métronome.

— Je lis : pas de famille, pas de revenus, vous confirmez ?

Le jeune vieux baisse la tête, on voit son crâne luire.

— Oui, souffle-t-il.

— Donc, pour la formation, bâtiment ou textile ?

Le type hésite, bafouille, se reprend :

— C'est-à-dire que je suis médiéviste, spécialisé dans la peinture du...

— D'accord, bâtiment.

— Ah ? Et je parle cinq langues.

— Très bien. TSF. Réparateur. Vous commencez la semaine prochaine. Bon courage, cher monsieur. Suivant !

Le monsieur en question reste planté devant le guichet, ahuri. La file d'attente s'allonge démesurément, il y a maintenant des gens dans l'escalier.

— Poussez pas derrière...

— Je ne vous permets pas !

— Un peu de respect, j'ai perdu mes parents.

— Mais moi aussi !

C'est au tour d'une dame dont le dossier est épais comme deux volumes de l'encyclopédie. Murmure de désolation dans la foule, on va attendre des plombes.

Le bureau de l'accueil est tapissé d'affiches vantant les vertus du travail. Le travail c'est leur grand truc, aux associations, leur médicament ultime. Que le pauvre type dans la file d'attente ait perdu sa jambe, sa famille ou juste sa boutique, la fille du guichet lui propose toujours la même solution : une formation professionnelle. Je ne sais pas si l'entraide goy fonctionne de la même façon mais chez les juifs à l'heure actuelle, le travail constitue la panacée, contre la paupérisation bien sûr, mais aussi contre les idées noires, l'angoisse, la solitude, les crises de nerfs et les ruminations, contre la dépression et pour l'estime de soi, mais je parierais que contre l'eczéma et les pieds bots, le travail fait également merveille. Ça fait deux heures que j'attends, l'écureuil a fini de buller, c'est à moi.

— Qu'est-ce qu'il veut le petit monsieur ?
— Il veut se perfectionner. Enfin JE veux me perfectionner, en couture.
— Mouiiii… Et en quoi précisément ?
— Euh… En couture.
— J'ai compris, mais encore ?

La guichetière parle très fort. Tout le monde nous écoute. Je commence à avoir chaud.

— Je ne sais pas…
— Comment ?
— En tout, je veux me perfectionner en tout, voilà.
— C'est la meilleure, tu entends Monique ? Il veut se perfectionner en tout !

L'écureuil soupire :

— Tout, jeune homme, n'est pas une discipline. Ici nous proposons des formations professionnelles hyperspécialisées afin de renouer

efficacement et au plus vite avec l'intense satis-
faction qu'apporte le monde du travail.

Elle tente une bulle avec son bonbon, échoue,
fronce les sourcils, remet sa frange en place et
sort un grand classeur.

— Aloooooors, en couture nous proposons les
cours suivants : coupe pour homme, coupe pour
dame, tailleur, maroquinerie, corseterie...

La liste est interminable. Plus la rousse énumère, moins elle parle fort.

— ... lingerie, couture, haute couture...

— Hein ?

— Je répète : LINGERIE, COUTURE, HAUTE
COUTURE.

— Haute couture ? Comme Madeleine
Vionnet ? Comme Lanvin Jeanne ?

L'écureuil éclate de rire :

— C'est cela, oui. Et au terme de votre formation vous aurez une boutique de mille
mètres carrés et votre nom en lettres d'or sur
les Champs-Élysées.

Elle se fiche de moi, cette conne. Je pourrais
lui expliquer que certains couturiers ont commencé livreur omnibus pour finir en pyjama de
vison dans un palais du VII$^e$ arrondissement,
mais elle ne mérite pas que je perde mon temps.
Une fois signé le formulaire d'inscription à la
formation de haute couture, je pars sans demander mon reste, avec l'immense plaisir d'avoir vu
la première grosse bulle de l'écureuil lui éclater
au museau.

— *Kiss Haute Couture...* Ça sonne bien !

Marcel voit loin. Je ne suis pas inscrit au cours de l'ORT depuis trois jours qu'il fait déjà de la place sur le mur de son atelier pour y épingler ma tête, juste à côté du grand Jean Patou.

— Un rêve de beignet n'a jamais nourri personne, marmonne mon père, qui a toujours en réserve un proverbe démoralisant.

Dans ces cas-là, Marcel lui pique la main avec une épingle.

— L'ispoir, Herman, l'ispoir fi vivre.

Marcel espère beaucoup, globalement. C'est pour cela qu'il a changé son nom, dans le temps. Il pensait qu'à force de s'appeler comme un grand tailleur parisien, il finirait par le devenir. Mon patron, il croit que les rêveurs les plus têtus finissent toujours par les manger, leurs beignets. Il pense qu'on a l'existence à l'usure, un jour ou l'autre ce qu'on lui a demandé arrive. Il garde la machine à coudre de ses fils pour cette même raison, l'espoir. Mon père ne partage pas cette religion, d'ailleurs ils ne sont jamais d'accord sur rien, Marcel et lui, ni sur les beignets, ni sur l'espoir, ni sur les enfants, ni sur les rêves et encore moins sur les machines à coudre.

Marcel ne jure que par les Singer. Selon lui, elles écrabouillent la concurrence avec leur corps fuselé, leur fonte brillante incrustée de nacre et, surtout, leur bobine circulaire. Mon patron a même punaisé au-dessus de sa machine préférée une courte biographie d'Isaac Singer, heureux fondateur de l'entreprise du même nom. L'article est agrémenté d'un portrait peint du grand homme qui pose pour la postérité, un manteau d'empereur sur les épaules, une montre en or au gousset – le monde lui appartient. À chaque fois que mon père aperçoit ce tableau, ses yeux et ses mains se lèvent dans une même indignation verticale, prenant le ciel à témoin de l'intolérable supercherie. Lui regrette encore la Pfaff qu'il a laissée à Beregszász et sa nostalgie provoque la polémique dans l'atelier de Marcel, chaque débatteur tentant de moucher l'autre dans son français approximatif :

— Singer n'a rien inventé, juste amélioré machine, affirme mon paternel. Mérite pas son succès. Pfaff beaucoup meilleur.

— Caloumnies ! s'étouffe Marcel. Singir gini ! La pidale, c'est lui ! Avant lui machine pas pidale au pied. Maniville ci tout. Sans Singir tu mouliniri encore sur machine comme un, comme un... scaphandrier. Bicoup talent, Singir. Jouait même thiatre.

— Un imposteur, tranche mon père, que l'argument du théâtre a achevé de convaincre.

— Ce gars avait deux femmes et trois maîtresses, précise mon collègue David avec un hochement de menton admiratif, l'œil rivé sur l'article. Il a même eu vingt-quatre enfants.

Dans l'atelier, un ange passe.

— Hirman, icoute-moi : Singir tris intilligent. Vendu primières machines à cridit, pas chir di tout : cinq dollars. Les Amiricaines elles ont sauti dissus. Un gini, Singir. Mille huitte cent onze, mille huitte cent soixante-quinze.

À ce moment de la conversation, mon père s'incline. Jusqu'à la prochaine fois.

*On se dispute souvent, avec Herman. Avec lui c'est facile, il travaille en face et nous avons plus de sujets de discorde qu'il y a d'épingles dans une boîte. Exemple : il préférerait que son fils fasse l'homme, comme lui. Il ne comprend rien à la mode féminine, Herman, il la trouve inconstante, dictatoriale. On se dispute majoritairement à cause de ça et lorsque nous avons épuisé cette querelle, il se moque de mon accent. Ça aussi, c'est facile.*

*D'abord j'ai aimé la France à distance. Mon père disait : « Un pays capable de se couper en deux pour un juif... » Il gardait tous les articles sur l'affaire Dreyfus. Moi j'admirais les élégantes dans le journal. Je suis arrivé en 1925 à la gare de l'Est et tout de suite, je me suis cassé le nez sur le français. Dans le bus un panneau précisait : « Veuillez ne pas parler au conducteur. » Imprononçable. Le français... Avec ses pièges vicieux, ses verbes mutants, ses lettres muettes qui t'attendent au tournant exprès pour te faire trébucher et ses e, ses e imprononçables... Je suis*

413

tombé sur le français et je ne me suis jamais relevé. Heureusement, je suis aussi tombé sur Yvonne. Presque aucun e dans son nom, c'était bon signe. Elle prenait le bus 27 et moi le 21, on s'est croisés à Luxembourg. Elle portait un tout petit chapeau et elle allait à l'église. Mon accent ne la dérangeait pas, elle voulait toujours que je lui raconte des histoires, des histoires qui se terminent bien, sinon elle se cachait dans son tout petit chapeau pour sécher ses yeux. Je l'ai épousée immédiatement. Ça a fâché tout le monde mais elle s'en fichait, Yvonne, elle me préférait au monde entier.

Quand j'ai été pris en 1943, elle a envoyé des courriers par dizaines à la police, au Maréchal, au Commissariat général aux questions juives, il n'y a qu'à Dieu qu'elle n'a pas écrit personnellement. Grâce à elle je ne suis pas resté à Drancy. Je me suis retrouvé à Bassano, dans le XVI$^e$. Bassano, c'est une sorte d'hôtel particulier avec des portes gigantesques, des moulures, de la dorure jusqu'au plafond, avant l'Occupation le bâtiment appartenait à des aristocrates. Quand le pillage des biens juifs a commencé à Paris, les Allemands ont utilisé ce bel immeuble-là pour entreposer ce qu'ils nous volaient. Enfin pas tout ce qu'ils nous volaient, bien sûr, l'endroit n'était pas assez grand. Les pianos étaient stockés au musée d'Art moderne, par exemple, et les affaires ordinaires – les rideaux, la vaisselle, les jouets – rue du faubourg Saint-Martin, chez Levitan. À Bassano ils n'ont placé que le plus précieux : les meubles d'exception, la porcelaine fine, les cristaux, les chandeliers en argent... Un trésor. Pour en prendre soin il fallait des bras, alors les Boches ont pioché dans l'effectif des internés de Drancy, soixante personnes à peu près, des juifs comme moi conjoints d'Aryens ou des demi-juifs, quelques femmes de prisonniers aussi... Nous étions un peu moins déportables que les autres alors pendant que ceux de Drancy partaient vers l'Est, nous avons été transférés à Bassano. Là-bas, on était prisonniers des belles choses. Il fallait les trier, les nettoyer, parfois les repeindre, les empaqueter dans de grandes caisses en bois bien étiquetées selon leur destinataire : un G pour Goering, un H pour Hitler. Moi je cousais aussi. Parce que dans les locaux, les Allemands ont vite installé un atelier de couture, un vrai avec tout le matériel pour qu'on leur fabrique des vêtements. Ils raffolaient de la mode française, naturellement, et ce n'est pas la matière première qui manquait. Nous recevions des montagnes de tissu, des lainages, des visons, des cuirs, des soies, que du beau, volé dans les ateliers juifs. Parfois il y avait encore l'étiquette sur le rouleau, avec le nom du collègue écrit dessus, Birenbaum tailleur, Maison Simon, Krakowski confection. C'était dans la vie de ces gens qu'on taillait, dans leur travail.

À l'atelier de couture de Bassano nous étions trois tailleurs pour hommes et trois pour dames, une dizaine de couturières, et ce n'était pas trop. Les Allemands nous passaient tellement de commandes qu'on n'arrivait pas à fournir. Des robes, des vestes, des costumes mais aussi des

*chaussures, des visons, à Bassano il y avait éga-
lement un atelier de fourrure, des maroquiniers,
des cordonniers...* Les gars de la Dienststelle
Westen *avaient leurs bureaux à côté, avenue
d'Iéna, c'était pratique pour eux : le jour ils orga-
nisaient les pillages et le soir ils venaient se servir
dans le butin. Le patron, von Behr, s'est fait faire
des dizaines de paires de bottes et des costumes
tant et plus. Sa femme était pire encore, elle pio-
chait directement dans les arrivages. Il fallait la
voir, la Baronne, plonger la tête la première dans
les tas de sacs à main pour mettre le grappin sur
celui qui irait le mieux avec sa nouvelle tenue...
Elle venait souvent. Elle ne voulait pas rater une
bonne occasion.*

*Quand je suis sorti de Bassano, en août 1944,
Yvonne était là. Elle m'attendait. Elle ne dansait
plus, elle était déjà malade. Les gens avaient disparu, les voisins, les amis, les enfants aussi. Ceux
qui cherchaient leurs disparus ne les retrouvaient
pas, ni leurs meubles, ni leur vaisselle, ni leurs
stocks d'étoffes, rien, ils cherchaient des traces
et il n'y en avait plus. Ces traces-là, avec mes
mains, avec mes aiguilles, je les avais effacées,
j'avais participé à la grande disparition en expé-
diant des caisses, en repeignant des meubles, en
transformant des tissus en vêtements... J'y pense
maintenant, à chaque fois que je prends la paire
de ciseaux, c'est comme une dette impossible à
solder. Et Herman lui aussi y pense, j'en suis
sûr. Le jour où je l'ai rencontré, tout de suite
je lui ai demandé dans quels camps il avait été,
en Allemagne. Je demande ça à chaque gars qui*

*en revient, au cas où il aurait croisé les enfants. Il a mis longtemps à me répondre, Herman, il est têtu, mais moi je suis patient. Un jour il est entré dans mon atelier, il s'est assis sans dire bonjour et il m'a raconté. Ils racontent toujours, par bribes, par morceaux, il faut attraper les mots au vol mais on finit par reconstituer la trame. Herman lui aussi a habillé les gradés, là-bas, en Thuringe, les Boches et leurs femmes, et leurs fils, et leurs filles, alors ils venaient d'où les tissus, hein, de quelle boutique juive, de quel atelier pillé, Herman ? Je le lui ai demandé, ça aussi. Il est devenu fou. Je n'ai pas tout compris à sa réponse (il me reproche de mâcher le français comme une mauvaise herbe mais lui ne le parle pas mieux), en substance : si je voulais tirer ce fil-là, celui qui menait aux gens derrière les tissus, je n'avais qu'à le faire tout seul et me pendre avec.*

*Depuis ce jour-là nous nous disputons sur tout, sur rien, sur la mode, nous avons des mots comme on dit en joli français mais ces mots-là ce ne sont que des étincelles, de petits feux minables pour enfumer la grande disparition. On se fâche pour faire diversion. En réalité Herman et moi sommes d'accord : la mode des femmes est inconstante, c'est même sa qualité première. Elle rugit, elle emporte tout sur son passage puis elle disparaît pour rejaillir l'année suivante, différente, irrésistible, c'est une cascade la mode et tu es emporté avec elle, à chaque saison tu renais, il fait bon se plonger là-dedans quand on a beaucoup à oublier. Tomas, mon petit mécanicien, le fils de Herman, il a compris ça. Il sait que la mode est un torrent, il y lavera sa mémoire et il y nagera mieux que nous tous.*

J'aime bien les cours de l'ORT. Il y a énormément de femmes parmi les élèves, elles m'aident quand j'ai du mal. Les hommes s'orientent plutôt dans le bâtiment, à la rigueur dans la cordonnerie. Au cours de haute couture il n'y a que des Rachel, des Esther. Il y a même une Irène, blonde, une Alsacienne d'origine.

— Répète, elle me dit.

Et je dois prononcer chaque mot avec le bon accent, *ruban galon ourlet brandebourg perpendiculaire feston gaufrer remailler entoilage*, très durs ces deux-là, pendant que nous travaillons le tissu Irène se fait fort de polir ma diction.

— Remailler, c'est pourtant pas compliqué, Tomi ! Rrrrre-MA-yé. Répète encore.

Je répète tout ce qu'elle veut et même davantage, mais le surplus elle ne souhaite pas l'écouter, mon français écorche ses oreilles et elle rit. Avec les chutes de tissu, je fabrique des rubans tressés et des nœuds pour les cheveux, la boulangère me les paye en croissants et contre les viennoiseries la fleuriste gourmande me troque ses bouquets invendus que j'offre à Irène. Elle s'en fiche, Irène, de mes fleurs. Parfois, elle se penche pour m'expliquer tel ou tel point de couture, j'aimerais plonger mon visage dans ses cheveux et les respirer pour l'éternité. À la fin de la journée, je n'ai pas tellement envie de rentrer.

Mon père et moi vivons non loin de son atelier, dans un appartement qui fait tout-en-un : chambre, cuisine, salon, salle à manger, dans deux pièces, autant dire qu'il n'y a aucun risque de se perdre. Heureusement les toilettes sont sur le palier de l'étage du dessous sinon on devrait vivre encastrés, et puis ça nous permet de croiser les voisines. La plupart portent un tablier coloré, un bébé dans les bras et, une fois par semaine, un énorme carton plein de torchons à ourler pour le compte d'un confectionneur du quartier. Elles ont mille choses à faire, nos voisines, la vaisselle, la lessive, les courses, la poussière, la cuisine, les ourlets, tout à la main, et ce n'est que poussées par une extrême nécessité qu'elles s'interrompent pour se précipiter au petit coin, dévalant les marches quatre à quatre en tenant leurs jupes. Il faut voir leur air dépité quand elles se cassent le nez, la place est déjà prise... De temps en temps, l'une ou l'autre des voisines nous invite à dîner, mon père et moi. Elles ont constaté qu'il n'y a pas de femme dans notre deux-pièces et devinent que la qualité du menu s'en ressent. Elles ont raison.

Les repas, ce sont les pires moments. Mon père ou moi tentons parfois de cuisiner un goulasch, les jours fastes nous allons le manger chez

Wasserman mais il n'a jamais le goût d'avant. Il sent l'absence à plein nez, ça coupe l'appétit. Au moins quand nous dînons chez les autres, les souvenirs qui sont servis ne sont pas les nôtres. Ils font moins mal. Les habitants de l'immeuble viennent des quatre coins du monde, l'ail et l'oignon sont leurs deux points communs : trois familles grecques, cinq turques, des Polonais plus un Breton. Aucun d'entre eux n'avait vraiment prévu de quitter son pays mais tout le monde est venu s'échouer dans le quartier parce que ailleurs dans Paris, c'est peut-être mieux mais c'est aussi plus cher. Au final, ça fait beaucoup de langues et de condiments qui s'entremêlent dans l'escalier à l'heure du dîner. Nous en profitons d'autant mieux que notre porte reste toujours ouverte, ça nous donne l'impression que l'appartement est plus grand.

— Chez vous, au moins, il n'y a pas de place perdue.

Marianne est notre voisine du troisième. Elle est sèche et toute ridée, elle vient de Thessalonique et elle a raison sauf sur un point : ce logement, ce n'est pas *chez nous*. Chez nous il y a des mères, des frères, chez nous sent le gâteau au pavot, chez nous a disparu, c'est pourquoi ma voisine Marianne a doublement tort : il y a bien une place perdue ici et c'est la mienne. Elle n'a pas ce problème, elle. Elle a emporté son cher pays sans ses valises, tel quel. Elle vit, elle mange, elle fume en France comme à Thessalonique, comme si en ouvrant sa fenêtre elle allait voir la mer, et elle parle le ladino, un mélange d'espagnol et d'hébreu, sauf quand elle s'adresse à nous.

— M'enfin quand même, chez vous, il n'y a pas de place perdue.

Marianne est une personne fascinante. Quoi qu'on dise, rien n'ébranle jamais ses convictions et son regard est si noir, si perçant, qu'on a rarement envie de la contrarier. Dès qu'elle ouvre la bouche on dirait qu'elle va t'engueuler mais en fait pas du tout : elle possède toujours en stock une phrase réconfortante qu'elle accompagne d'une pâtisserie au miel au goût incertain, le plus souvent brûlée.

— Mange, c'est une recette à moi.

— Merci Marianne, mais vraiment, je sors de table...

— Mange, je te dis, aie confiance, pense à la tarte Tatin. On croyait que c'était totalement raté, les pommes en dessous par erreur tout le monde s'en moquait, en fait c'était délicieux. Donne une chance je te prie. Si ça ne te régale pas au moins ça te nourrira.

En soixante-dix ans d'existence, Marianne est devenue experte dans l'art réjouissant de voir la vie sous son meilleur profil. Chez elle, les verres sont toujours à moitié pleins et les mélancoliques de tout le quartier s'y retrouvent pour les vider, les jours de pluie, en attendant le beau temps que la maîtresse des lieux leur promet pour le lendemain, garanti sur facture. Quand l'embellie tarde à venir, Marianne force un peu le destin selon un principe simple : toute contrariété noyée dans un océan de café fort et de bonne humeur finit par disparaître. Du haut de son mètre quarante-cinq, elle s'obstine donc à remplir les tasses et à snober les mauvaises nouvelles. Elle chante aussi, des chansons de là-bas, de sa voix poncée par le tabac brun mélangé au café noir, et si malgré tous ses efforts les choses s'obstinent à exhiber leur mauvais jour sous son nez, ma voisine devient enragée – elle est optimiste, Marianne, mais faut pas trop la pousser non plus, sa patience a des limites. En cas de malchance persistante ses yeux lancent des éclairs, elle trépigne, elle hurle « ah si je pouvais, si je pouvais ! », les mains agrippées à la nappe. Ça la démange de casser la vaisselle. Elle est comme tout le monde dans l'immeuble, elle n'a pas les moyens de ses colères mais le cœur y est.

Elle se calme en fumant des petits cigares et en fabriquant des cache-nez, des bonnets, des sous-verre, le tout en dentelle, créations de son cru qu'elle offre d'autorité à tous ceux qui passent à sa portée. Amis, confidentes, cousins, voisines, son appartement est souvent plein de monde, même le monsieur du gaz repart avec le petit cadeau que Marianne lui fourre dans la poche au moment de dire au revoir. Il paraît qu'une fois quelqu'un a refusé le mouchoir au prétexte qu'elle lui en avait déjà donné six ; nul ne sait ce qu'est devenu ce pauvre homme et Marianne évoque souvent, la voix tremblante de colère et d'humiliation, l'offense alors faite à sa générosité. L'humeur de notre voisine est comme le ciel de Salonique, très beau, très changeant.

— La dentelle, ça ne se refuse pas, peste-t-elle en crachant la fumée de son cigare. La dentelle ça sert toujours.

L'après-midi, son appartement ressemble à un bazar enfumé peuplé de très vieilles dames d'origines diverses crochetant à une vitesse renversante et dont chacune a une idée bien arrêtée sur la plus belle façon de faire. Les deux plus ferventes habituées du lieu venant respectivement de Csetnek et de Bruges – capitales occidentales du napperon – leur controverse peut durer des heures, voire des jours entiers. Elle est, la plupart du temps, interrompue par l'entrée dans le minuscule salon d'un des petits-enfants de Marianne, qu'elle a nombreux, je n'ai pas encore réussi à estimer leur nombre exact. Martine, Mériam, Monique, Mentech, Emmanuel, Michelle, Moshe, on se mélange dans les prénoms, il semblerait que sur le lot trois soient réellement les siens et les autres, ma foi, elle en a hérités de voisins partis pour Drancy et jamais revenus. Une seule chose est certaine : ils sont tous ses bébés, même le colosse de 26 ans à qui elle demande systématiquement, au moment de partir, s'il est bien allé faire pipi. Le pire c'est que le grand dadais lui répond, avec des mots doux comme les câlins qu'il ne lui fait plus, parce que bon, il a tout de même passé l'âge.

Pour ses gâteaux, pour ses colères et ses napperons, pour son grand âge, pour sa porte toujours ouverte et pour un tas d'autres raisons, tout le monde respecte beaucoup Marianne.

Quand elle entre dans une pièce chacun se lève pour lui laisser sa chaise. Elle ne jette pas un regard au siège qu'on lui tend, les rhumatismes n'existent pas, ni l'âge, ni la douleur, ni aucun de ces enquiquinements idiots que la vie invente. Elle trottine jusqu'à la boîte d'allumettes, allume son petit cigare entre ses doigts maigres et plissant ses beaux yeux noirs, souffle sa bouffée au-dessus de nos têtes, comme si elle envoyait pour notre protection un nuage âcre et bienveillant.

— Ça va, Tomichou ? Tes cours de haute couture, ils te plaisent ?

— Oui, Marianne.

— Ils t'apprennent la dentelle là-bas ?

— ...

— Parle plus fort, mon chat, je t'entends mal.

— Euh... Non, Marianne...

— Non ? Comment ça, non ? Va chercher les crochets, je vais t'en donner, moi, des cours. Regarde : le fil ici, puis en dessous, une maille en l'air et rebelote.

J'ai beau avancer mes arguments, l'heure qu'il est, la fatigue de la journée, pas moyen d'y couper.

— Taratata ! Je te l'ai déjà dit, mon petit, la dentelle ça sert toujours.

Personne, du rez-de-chaussée au sixième étage, n'aurait sur ce point l'idée de la contredire : en août 1941, Marianne venait de partir à la mercerie avec ses petits-enfants pour racheter du coton quand les gendarmes sont venus rafler tout l'immeuble.

À la nuit tombée, Marianne et ses copines abandonnent le crochet pour le rami. Le jeu est souvent serré, les vieilles allument la cigarette suivante au mégot de la dernière, ce n'est plus un appartement mais le tripot du troisième âge.

— Alors, Tomi, tu leur as dit à ton école, d'ajouter la dentelle au programme ?

— Oui, oui, Marianne, ne t'inquiète pas, j'ai transmis le message.

— Bien mon chat. Tu veux un petit gâteau ?

— Merci mais je n'ai pas trop faim.

— Tu en fais une drôle de tête, tu es triste ?

— Non. Enfin si, un peu, je me demande... Est-ce qu'un jour on se sent de nouveau chez soi ? Est-ce que je vais y arriver, moi ?

Marianne pose ses cartes face cachée sur la table. Ses adversaires désapprouvent bruyamment : elle va sagouiner la partie, à l'interrompre en plein milieu.

— Tss tss tss, mesdemoiselles, Tomi a besoin.

Marianne trottine jusqu'à la cuisine et en revient avec son remède favori : un litre de café noir. Pas seulement pour boire, ce serait trop simple, pour lire aussi. Marianne fait dans la cafédomancie, un truc que les femmes de chez elle se refilent de génération en génération et qu'elle s'étonne de ne pas voir plus souvent pratiqué en France.

— Au moins avec le marc, on sait où on va, argumente-t-elle devant les incrédules.

Dès la dernière gorgée avalée elle reprend la tasse qu'elle m'a servie, la fait osciller plusieurs fois, la retourne sur une coupelle et s'allume un cigare. Il faut laisser le temps aux oracles de se former. Puis Marianne scrute l'intérieur de la porcelaine. Le moindre raclement de gorge provoque à ce moment précis la fureur de notre hôtesse. Elle lit l'avenir, c'est sacré. Les vieilles, la radio, même les perruches, tout le monde se tait et attend que soit dit ce qui doit l'être, on n'entend plus que le craquement téméraire du poêle et la respiration lente de sa propriétaire. La poudre de café dessine dans ma tasse des arabesques hasardeuses, un petit tas sombre, des rigoles, mais Marianne y voit clairement une araignée avec de longues pattes étalées sur les parois, un losange, un triangle, huit lignes serpentines et d'autres trucs encore plus alambiqués.

— Une grande maison, Tomi, là, regarde. Tu y seras très heureux, pas tout le temps mais terriblement.

— Une vraie maison ? Avec une femme ?

— Plusieurs même. Blondes, brunes, tout.

— Plein de femmes ? C'est bizarre non ? Tu es sûre ?

— Formelle.

Ma voisine aperçoit dans le marc de café les choses qu'elle aimerait bien voir advenir et parfois ça marche : Marianne est très convaincante, avec le destin comme avec le reste. Le temps de faire le tour de la tasse, une bonne demi-heure est passée et les vieilles bâillent, elles s'impatientent, les cartes vont refroidir, le café aussi, mais Marianne ne l'entend pas de cette oreille.

— Ce n'est pas fini, dit-elle.

Et avant que j'aie eu le temps de dire ouf, elle saisit ma main gauche et presse mon index tout propre au fond de la tasse humide. Je dois faire un vœu, pas question d'y couper sinon l'ensemble est à refaire, Marianne se targue d'offrir à ses préférés des séances de divination complètes de toute première qualité, enfin, « offrir », disons qu'elle les fait à crédit.

— As-tu souhaité, petit ?

— Oui, Marianne, j'ai fait mon vœu.

— Très bien, va dormir maintenant, tu me paieras quand tu seras riche.

— Ne compte pas trop dessus alors...

— Ce n'est pas moi qui le dis, petit, c'est le marc, et le marc sait mieux que nous : ton avenir sera glorieux.

Puis se tournant vers ses compagnes de tripot, à demi comateuses dans les fauteuils en velours écroulés par les ans :

— C'est reparti, les filles !

*Le marc, ça ne s'explique pas. Les gens bles-
sés viennent me voir, alors j'observe le fond de
la tasse et puis je leur dis ce qui me vient, voilà
tout, je brode pour les consoler. Le petit m'a fait
de la peine, tout à l'heure. Il a perdu trop de gens.
Il ne sait pas encore que la vie retisse ailleurs
les liens perdus. Il apprendra ça, Tomichou : les
mères, les frères ressuscitent parfois sous d'autres
noms, amis, amantes, cousins, voisins. L'affection
se contrefiche de l'état civil et du livret de famille,
et ça, ce n'est pas le marc de café qui le dit : c'est
l'expérience.*

— Dijà ? Dijà tirmini li cours di l'ORT ? Sûr ?

Marcel fait les cent pas sous le portrait de Dior. Il lui semble impossible, illégitime voire même impertinent que quiconque ose prétendre être formé à la haute couture en seulement quelques semaines. J'essaye d'argumenter :

— L'ORT donne des cours accélérés, ça permet d'être employable rapidement. C'est fait exprès pour nous, les anciens déportés...

Pour Marcel, c'en est trop :

— Ixpri pour nous ! Ixpri pour nous ! Tu crois qui Lanvin Jeanne a suivi la route ixpri pour elle ? I Singir ? I Schiaparilli ? Tu vas y faire quoi dans li grandes misons di couture avec ta pitite formation di rien di tout, sirvir li cafi ?

C'est rare de voir le patron fâché. Il marche de la machine à coudre à la fenêtre à toute vitesse en triturant son mètre ruban puis s'arrête net, comme frappé par un éclair de génie :

— Li gens qui n'ont pas iti diporti, Tomi, ils vont où pour apprendre vriment la haute couture, à ton avis ?

Pas la peine de répondre, Marcel semble déjà avoir sa petite idée. Il ouvre frénétiquement les tiroirs de son bureau, fouille partout, dérange les piles, scrute les murs de l'atelier tapissés d'articles de journaux et soulève chaque bout de papier en répétant :

— Ils vont où, hein ? Ils vont où pour apprendre ?

D'un coup, il arrache du mille-feuilles un article jauni et me le brandit sous le nez comme un trophée :

— Ils vont là, Tomi ! Là !

Tout l'atelier se précipite derrière mon dos pour observer le papier. Il date de 1935 et s'ouvre par la photo d'une femme élégante en long manteau cintré et chapeau à voilette. Sandor commence à lire :

— Ce matin, Paris enterre Mme Alice Guerre-Lavigne, directrice de l'école éponyme... Ça veut dire quoi éponyme ?

— Ti-toi i continue.

L'article est formel : la dame Guerre-Lavigne en question fut de son vivant une couturière d'exception. Descendante de l'inventeur du mètre ruban imperméabilisé, elle-même a breveté une méthode de coupe révolutionnaire, d'où sa présence sur le mur des génies de Marcel. Elle a reçu des milliards de récompenses, dont trois médailles à l'Exposition universelle. Elle a également fondé une école de mode, nous y voilà, dont l'enseignement fait toujours autorité.

— Son pire Alixis Lavigne a igalement inventi le buste-manniquin, relève Marcel en guise d'imparable conclusion.

L'affaire est entendue : je dois me former chez Guerre-Lavigne, même si les cours y coûtent un rein.

— Elle se trouve où, cette fameuse école ? tousse mon père.

Il croit beaucoup en la géographie, mon père. Selon lui, l'adresse fait le moine, une boutique des beaux quartiers ne peut pas fourguer de la camelote.

— Dans le II$^e$ arrondissement, précise Sandor, c'est écrit dans l'article.

Mon père hoche la tête, favorablement impressionné. Pour une fois Marcel est d'accord avec lui : les locaux de Guerre-Lavigne à deux pas de la boutique Schiaparelli, c'est forcément bon signe. Elsa Schiaparelli aussi est épinglée en bonne place sur le mur de l'atelier, à cause du homard. Avant la guerre, cette femme avait imaginé une robe du soir inadmissible en organdi blanc avec un petit volant et une ceinture rose, une vraie robe de pucelle ou de demoiselle d'honneur sauf qu'un gros homard était dessiné dessus, pile entre les cuisses. Le homard, c'était l'idée d'un copain de Schiap', un peintre moustachu à moitié frappadingue. Il voulait souligner le point commun entre les femmes et ces crustacés et le point commun, selon lui, c'était qu'il fallait les faire rougir avant de les dévorer. On peut dire ce genre de choses, à Paris, on peut même les porter.

432

— Ci ça la haute couture ! s'exclame Marcel, enthousiasmé. Vive Schiaparilli, vive Guirre-Lavigne !

Mon père vire au blanc ; sans doute songe-t-il aux drôles de choses que je risque d'apprendre dans cette école pourtant si bien située. Marcel le noie alors sous un déluge d'arguments auxquels je ne comprends rien d'autre que « criativiti » et « avant-garde ». Puis il lui porte l'estocade :

— Li pali Garnii i prisque en face di l'icole. Franchiment y a pas plus chic.

— Le quoi ?

— Le palais Garnier, papa, l'Opéra quoi.

— Et les inscriptions ont lieu quand ?

Pour me rendre à l'école, chaque samedi, il faut quitter le quartier et marcher un certain temps. Quand ça ne sent plus l'oignon mais la rose et le musc, on est arrivé. Il est possible d'y aller en métro quoique je le déconseille : la rue, à Paris, c'est merveilleux. Attention, je ne dis pas que tout y est joli, non. Au coin de la rue de Charonne et du boulevard Philippe-Auguste, par exemple, officie un marchand de dentiers ambulant. D'occasion, les dentiers. Le vendeur les présente pendus à une ficelle tenue par deux grosses pinces à linge, les râteliers se balancent, quand un client intéressé en touche un les autres s'entrechoquent, une ribambelle de molaires en plastique et d'incisives fatiguées ressoudées à la colle forte. Le pire, c'est la pancarte : « Ici on peut essayer. » Elle me donne la nausée à chaque fois. La plupart du temps je change d'itinéraire pour ne pas passer devant l'échoppe atroce. Lorsque j'y suis obligé, je ferme les yeux et j'imagine à sa place la jolie marchande de jonquilles ou la vitrine du pâtissier – « pains anglais et viennois, gâteaux à la crème primés au concours depuis 1908 ». Si la danse des chicots persiste sous mon crâne, je dégaine la tour Eiffel, aucune image dégueulasse n'y résiste. Il est rare heureusement que j'aie à sortir les grands moyens : la fleuriste suffit la plupart du temps et d'ailleurs, lorsque je rouvre les yeux, elle est là en chair et en os devant moi, avec ses seaux débordant de lilas violets et ses cartons de muguets. À Paris, c'est toujours la beauté qui gagne. Elle t'éblouit partout, les carrosseries rutilantes des voitures, le soleil entre les branches des marronniers immenses, même à l'entrée du métro les merveilleux lampadaires verts grimpants comme des plantes vénéneuses... Il y a tellement à voir que c'en est fatigant. Suffit que tu te poses sur un banc pour te reposer un brin et là, Paris te porte le coup fatal : les jambes des filles.

Certaines sont fines, d'autres potelées, celles qui trottinent le plus vite vont à plat mais la plupart avancent perchées et c'est heureux – les perchées, ce sont mes préférées. Il y a d'abord le petit talon incurvé qui finit en croupe à l'arrière du pied, puis la bride qui monte sur la cheville et t'indique la direction alors tu regardes plus haut, naturellement, et tu tombes sur le galbe du mollet qui tiendrait juste dans le creux de ta main... L'autre jour, j'ai vu une fille qui portait des bas... Des bas dingues, transparents comme pas possible. Les GI ont lancé cette mode à la Libération, je le sais grâce au Professeur Dubesset qui nous enseigne la coupe et le modélisme à l'école Guerre-Lavigne. Il commence toujours sa leçon par une petite introduction pendant laquelle interdiction nous est faite de toucher l'aiguille, il faut juste écouter. « Les oreilles, pas les mains », il dit, puis il rajuste ses lunettes avant d'enquiller ses histoires sur un ton dramatique, ce gars-là pourrait raconter les feuilletons à la radio, dans la classe nous restons tous bouche bée. Bref, le bas amerloque n'est pas le bas français opaque, grossier, énervant : il fait briller la peau sans la dissimuler, comme un voile de poudre ou de cristal, à la minute où tu l'aperçois tu as envie de l'arracher. Il semblerait que ce soit assez difficile, d'ailleurs : d'après Dubesset, les bas américains sont fabriqués dans le même matériau que le parachute du GI qui est resté accroché au clocher de Sainte-Mère-Église le jour du Débarquement, c'est dire si c'est robuste, et soyeux avec ça. Ton œil glisse dessus jusqu'à ce que la jupe ou le manteau t'empêchent d'aller voir plus haut. Le reste, il faut le deviner et en ce moment, si j'en crois mon professeur, c'est plus facile que jadis.

— Pendant la guerre, la France a connu une pénurie d'étoffes, nous explique Dubesset en préambule à sa leçon du jour. De plus, il fallait aux femmes des vêtements pratiques, pas onéreux, peu voraces en tissu. Résultat : les femmes avaient des épaules carrées, des robes carrées et même...

435

Suspens, Jean Dubesset, dessine dans l'air avec sa règle un cube imaginaire :

— ... des chemisiers carrés. Pas de souplesse, pas de volants, que des angles droits.

Pour entrapercevoir un sein ou une hanche dans ces conditions géométriques, mieux valait avoir un œil de lynx. En revanche, vu que le tissu était rare et les jupes courtes, on devait voir les genoux de temps en temps, sur les vélos, sur les bancs, mais les genoux, franchement, un gros os et la peau tendue par-dessus, ça excite qui ?

— Depuis peu, continue le professeur en dessinant maintenant de larges volutes avec sa règle, les vêtements épousent la forme naturelle des femmes. Nous devons cette révolution à un génie de la mode dont vous avez tous entendu le nom...

Dior Christian. Un Normand, sa sœur a été déportée à Ravensbrück. Je le connais, Marcel nous a fait le topo et sa photo est épinglée sur le mur de l'atelier. Il a même la place d'honneur : pile au-dessus du Stockman, il regarde nos essayages d'un œil distrait et supérieur, le type dicte sa loi depuis 1947. Cette année-là, il a transformé les carrés en ronds et sa collection a marché du tonnerre. À la seconde où elles ont découvert ses modèles, toutes les femmes de France ont haï leur garde-robe de l'Occupation. Depuis, elles veulent du jupon virevoltant sur le haut des chevilles et de la robe qui ondule en corolle, de la taille bien prise et du décolleté glamour, elles veulent du Dior un point c'est tout.

— Le monde entier est tombé sous le charme du New Look, précise gravement l'enseignant en rajustant ses lunettes. Oui mais ! Une seule de ces jupes en pétales fait quarante mètres d'envergure. Quarante mètres, parfaitement, ni plus ni moins. Depuis 1947, c'est l'empoignade mondiale pour trouver du tissu.

Vrai qu'il n'a pas lésiné, le Dior. Il a cintré le haut mais l'entournure, mazette, la largeur ! Si ce n'est pas de la provocation ça y ressemble, va dégoter la marchandise avec le rationnement, les restrictions et tout le bazar, mais Dior s'en tamponne le coquillard, des effets secondaires de la guerre, et le résultat est fantastique : avant lui on ne voyait que la robe, maintenant on ne voit plus que la fille. Ses épaules sont soulignées, la veste suit la courbure de ses seins, et ses hanches n'en parlons pas, on en mangerait. Elle est presque nue, la fille Dior, mais en beaucoup, beaucoup plus excitant et, ma main à couper, là est le but secret de la manœuvre : montrer un corps appétissant, fier, vivant, un corps plein, inaltéré, invaincu, une femme-fleur repoussée sur la butte de Ravensbrück.

— Messieurs dames, c'est à vous. Exercice du jour : la ligne concave, à la Dior.

À reproduire ce n'est pas coton, la robe doit avoir l'allure d'un sablier, mais avec de l'entraînement c'est parfaitement faisable, d'ailleurs bien des Parisiennes se bricolent du Dior maison sur la table de leur cuisine grâce aux patrons du *Elle* et une fois dehors, elles t'attirent l'œil, impossible de ne pas les regarder. Alors après le cours, je prends mon temps. Je me pose sur un banc à côté de l'école, ou en terrasse, mais le café, le journal, ne sont que des prétextes. J'admire. Finalement c'est ça le plus beau, dans la rue à Paris : tu peux rester jour et nuit dehors à observer les jambes des filles et leur décolleté, leurs hanches appétissantes et leur taille fine, tu peux prendre toute la place sur le trottoir et personne, je dis bien personne, ne peut t'obliger à en descendre ni à baisser les yeux. Tu ne pollues pas. La rue t'appartient comme à n'importe qui et moi j'en profite, je reste planté à regarder passer les jolis sabliers concaves irrésistibles, je les suis du regard le plus loin possible, je ne les lâche pas, j'incruste dans mon cerveau leur démarche de lianes libres, la danse de leurs pieds sur le bitume et quand elles disparaissent avalées par la bouche du métro, c'est terrible. J'aimerais les retenir, les attraper par le bras. J'aimerais les prévenir mais je ne peux pas, personne n'y peut rien, les femmes disparaissent, toutes, pas la peine de les attendre, j'ai mis le temps mais maintenant j'ai compris : les filles, les voisines, les putes, les clientes, les passantes, les tantes, même les mères, en quelques secondes elles s'évanouissent au bout du quai et nous laissent à jamais seuls avec notre cœur crevé impossible à recoudre.

Mon père ne supporte pas que je dise ça. Ces soirs-là, quand j'ai trop regardé les filles à la sortie de l'école, quand je me sens seul même avec lui, il m'ordonne de me taire. Il est d'accord avec moi, mon père, les aimés disparaissent sans jamais revenir, mais lui a un truc pour ne pas souffrir trop, une astuce de dingue : il triche. Personne ne le sait mais moi si. Il parle encore à ma mère dans sa tête, comme si elle était encore là. Peut-être même qu'il cause à Gaby aussi, en secret. Il a une vie cachée à l'intérieur de sa vie, mon père.

*La chance, ma chérie... Tu y croyais, toi. La chance ou le destin, tu disais qu'ils étaient les deux faces de la pièce. La chance m'a souri, jadis. Avant la guerre, mon ami casquettier voulait que je le rejoigne à Paris pour ouvrir une boutique. Ce monsieur était un virtuose de la machine à coudre, à Paris sa morte-saison commençait un mois après celle des autres. Il m'a écrit de venir. Je n'ai pas répondu. Si seulement j'avais accepté, ma douce, si j'avais écouté la chance... Elle me parlait, à ce moment-là. Beaucoup de familles juives ont survécu, en France.*

*Ce jeune type, par exemple, pour lequel je travaille, il s'appelle Antoine mais tout le monde dit M. Antoine, il a l'âge de Tomi exactement. Il aurait pu être déporté lui aussi, avec son frère et sa sœur, mais leur mère s'est enfuie en zone libre. Le père seulement a été attrapé. Il était couturier, le père. Pas revenu. M. Antoine a laissé tomber ses études pour reprendre la boutique. Il me commande beaucoup de costumes en ce moment. Il les vend à ses anciens camarades de classe, les fils à papa des beaux quartiers, il sort le soir avec eux dans les clubs, il danse avec eux, il plaisante avec leurs copines et entre deux verres, il fait la promotion de ses vêtements. Au petit matin il nous passe les commandes ramassées pendant la nuit. Il sait à peine coudre mais il sait vendre, mazette, il ira loin le gamin ! Je lui fournis tant de costumes que j'ai dû prendre des ouvriers. La chance m'a rattrapé, ma douce, elle m'a placé où je devais être depuis le début, à Paris. J'ai juste perdu du temps en la contrariant. Du temps, et vous.*

*Tomas n'est pas comme moi, lui attrape la chance dès qu'elle pointe son nez et quand elle ne vient pas toute seule, il va la chercher, il la tord, il la soumet. En ce moment il s'agite comme un beau diable : il travaille chez Marcel, il travaille avec moi pour M. Antoine et par-dessus le marché il est retourné à l'école. Si. Crois-le si tu veux mais il en redemande. D'abord une formation haute couture, désormais des cours de modélisme dans un établissement de haut niveau... Il veut habiller la femme, uniquement la femme. Il s'obstine : le costume d'homme l'ennuie. La mode homme n'est pas drôle, d'après lui. Est-ce que j'ai vécu jusque-là pour entendre des stupidités pareilles, ma chérie ? La drôlerie n'a rien à faire là-dedans, ce qui importe c'est le tissu, un point c'est tout. Tu verrais les étoffes que nous travaillons pour M. Antoine ! Ce ne sont pas des ersatz, des saletés de guerre ou ces nouveaux trucs chimiques qu'ils inventent maintenant, du nylon ou je ne sais quoi, des agrégats bidouillés sur des paillasses... Comme si on pouvait égaler* la perfection du ver à soie ! La prétention des laborantins n'a pas de limites. À l'heure actuelle, tu n'en reviendrais pas, ils mettent de la rayonne partout, même dans les chemises pour hommes. De la rayonne ! Dans le coton ! C'est dégoûtant. Les tissus de M. Antoine ne viennent pas d'une éprouvette, ma chérie, c'est de la production d'avant-guerre, de la vraie belle étoffe naturelle qui respire. Son père, avant d'être arrêté, avait caché tous ses rouleaux chez le boucher d'en face, deux tonnes de marchandise. M. Antoine n'a eu qu'à rouvrir la cave à la Libération, les tissus n'avaient pas bougé. De l'excellente qualité. Ils n'attendaient plus que nous pour revivre. Malheureusement, Tomas se fiche totalement des matières. Ce qui lui plaît ce sont les formes, les rondeurs d'une jupe, le cintré d'une veste. Je le vois travailler chez Marcel, il s'applique tu sais, une fois la robe presque terminée, au moment de forcer la silhouette, un coup de fer sur le corsage et la ligne apparaît nettement, le bombé des seins, la courbe des hanches, on voit la femme distinctement, à cet instant-là Tomas sourit, ma douce, tu verrais comment ! Un sourire terrible, malin, irrépressible, un sourire de victoire on ne peut rien faire contre. Oui c'est cette ligne qui plaît à Tomi, la ligne de la femme, et peu importe le matériau. Même la rayonne ne le dérange pas. Le tissu mort il trouve ça moderne. On n'est jamais d'accord sur rien.

Nous sommes plusieurs tailleurs à travailler pour M. Antoine, tu sais. Moi je fais l'homme, les costumes, un autre gars fait la femme, les robes, le flou, les jupes, les manteaux. Eh bien ce type-là, il part pour Londres. Je l'ai appris hier. M. Antoine craint la rupture d'approvisionnement, il cherche à le remplacer dans les plus brefs délais. Il m'a demandé si je connaissais quelqu'un qui pourrait se charger de la femme. Je sens bien que la chance nous parle encore une fois, ma douce, je l'entends maintenant... Que va-t-il se passer si Tomas met un pied là-dedans ? La mode féminine, c'est mystérieux, c'est imprévisible, une dictature : un jour le vêtement est long, la saison d'après on raccourcit et le lendemain tout est à réinventer, il n'y a pas de règle. Peut-on sérieusement construire une vie là-dessus ? Tu les verrais, les Maggy Rouff, les Dior, les grands pontes, des gens de la haute qui font des robes comme ils achètent des tableaux, pour l'amour de l'art. Nous n'avons rien, nous ! La mode femme ce n'est pas notre monde...

Tout ça c'est la faute de Marcel. Il influence Tomi. C'est lui qui a déniché sa formation, puis l'école. Heureusement elle est d'un très bon niveau, l'école, il faut dire qu'elle est excellemment située. Pour y aller on passe juste devant l'Opéra Garnier, magnifique ce bâtiment. La façade te plairait, j'en suis sûr, surtout la statue, sur la droite. La Danse elle s'appelle, impossible de la manquer, il y a une sorte de faune sculpté, un lutin impertinent avec un tambourin, un sourire de démon. Il lève haut ses mains, tu verrais, on dirait qu'il veut attraper au vol tout le bonheur du monde et il regarde une fille qui danse à ses pieds. Il ne la regarde pas, non, il la dévore des yeux. Il n'y a pas qu'une fille, d'ailleurs, elles sont cinq à faire la ronde autour de lui, main dans la main, souriantes, les lèvres entrouvertes, déchaînées, elles se cambrent en rythme, elles balancent leur tête sans aucune gêne, leur cou s'offre blanc et nu, nu comme le reste car elles ne portent rien sur elles, imagine, pas une toge, pas un foulard, pas le moindre jupon, rien. La musique les emballe entièrement. Figure-toi que l'installation de La Danse à l'entrée de l'Opéra a provoqué un scandale épouvantable au siècle dernier. Les Parisiens ont hurlé à l'indécence, un passant a même jeté de l'encre sur la pierre blanche. La direction a reçu des courriers furieux jusqu'à ce qu'elle promette de se débarrasser de la sculpture, sur ordre de Napoléon III. En attendant, des pères de famille ont interdit à leurs femmes, à leurs filles, de retourner à l'Opéra. Je comprends. J'aurais fait pareil, tu le sais. Ces jeunes gens qui dansent à l'entrée, personne n'a plus prise sur eux et le faune au milieu, l'espiègle, on dirait qu'il va saisir la main des passantes d'un instant à l'autre et les entraîner en souriant dans sa ronde insolente où seul le plaisir compte, où les contraintes s'effacent, et les lois aussi, même les vêtements. Je comprends que les pères tremblent, qu'ils pétitionnent, qu'ils enragent. Leurs enfants, c'est tout ce qu'il leur reste alors ils préféreraient les voir tout près d'eux, sages, obéissants et habillés correctement.

La trace de l'encre s'est estompée maintenant. Aucun pétitionnaire n'a jamais réussi à éjecter La Danse de la façade de l'Opéra. La décision de censure s'est perdue, la guerre a éclaté, le temps

*a passé, les pères ont cédé, les filles sont retour-*
*nées aux concerts. La ronde continue à l'entrée*
*du palais Garnier. Voilà bien le problème, ma*
*douce : personne ne peut empêcher un diable de*
*danser alors... Alors je sais ce que tu me dirais,*
*je le sais.*

Mon père m'a trouvé une place chez son fameux Antoine. M. Antoine, le gars qui lui commande des costumes d'homme à tire-larigot. Nous avons le même âge à quelques semaines près sauf que lui, c'est quelqu'un : sa mère a un quatre-pièces-salle de bains rue de Charonne. Enfin c'est ce que mon père m'a dit. Il en parle souvent, du M. Antoine. La grande culture qu'il a, son entregent, la belle langue qu'il parle et les rimes, les rimes qui lui sortent de la bouche comme des fleurs, sans oublier ses études de médecine écourtées pour relancer la boutique familiale... Le fils qui reprend le flambeau du père, ça lui parle drôlement, à mon père. Il est persuadé que ce type est l'avenir de la couture, rien que ça. Seule certitude : l'avenir de la couture vient de perdre son tailleur pour femmes et me voilà pour le remplacer. Je suis un peu en avance au rendez-vous, alors j'attends dans le vestibule que môssieu termine avec une cliente. Je n'ai pas peur. Je n'ai jamais peur, moi. Jamais. Je suis sur mes gardes, c'est tout.

Lors de leur première rencontre, M. Antoine a donné à mon père un coupon vaguement satiné, aussi épais que filandreux, atroce à travailler, et quelques jours pour confectionner dans cette horreur une gabardine digne de ce nom. Le grand test. Mon père a sué sang et eau mais au final sa gabardine jetait des flammes. Je me demande bien ce qu'il va me demander, l'Antoine. À tous les coups il va se rendre compte que je ne sais rien faire. Pas grave, je ferai semblant. J'ai toujours fait semblant et je suis encore là alors ce n'est pas un petit con de bourgeois à salle de bains qui va m'impressionner.

Pour l'instant, monsieur l'enfant prodigue cause à sa cliente dans le salon d'essayage. Enfin quand je dis « salon d'essayage » c'est largement exagéré, je devrais plutôt dire « placard à balais avec vue sur cour ». Tu parles de l'avenir de la couture ! Ses locaux sont minables, franchement je m'attendais à mieux. L'avantage de l'exiguïté, c'est que j'entends tout ce qu'il se passe de l'autre côté du mur comme si j'étais assis sur les genoux du patron. Il détaille à la cliente le modèle qui lui irait le mieux, avec des basques, une taille bien près du corps, éventuellement un liseré là, ses propos n'ont rien de très olé olé mais le ton... Sa voix est espiègle, avec des pleins et des déliés, gazouillante – ce type pourrait réciter l'annuaire des Postes on trouverait ça très spirituel, limite osé. On dirait l'Indien à turban qui sifflote pour charmer le boa dans son panier. Et le serpent, en l'occurrence, se nomme Mme Leduc.

— Nous vous ferons un col rond, madame Leduc, un col dans les tons nacrés, avec un peu de rose peut-être... Mais oui du rose, bien sûr !

Quand ton col de couleur rose
Se donne à mon embrassement
Et ton œil languit doucement
D'une paupière à demi close
Mon âme se fond de désir...

Vous connaissez Joachim Du Bellay, Nadège ? Je peux vous appeler Nadège ?

Nadège Leduc ne répond pas vraiment, elle se contente de rire. Enfin au début elle riait, puis le rire est devenu un gloussement avant de se fondre au bout de dix minutes en un spasme délicieux. La dame semble désormais au bord de l'évanouissement. Je l'imagine racée, pas trop maigre, une brune avec des lèvres très rouges et des jambes interminables. De l'autre côté du mur, des pages se tournent. On feuillette un bouquin.

— Vous savez comment s'intitule ce poème, Nadège ? *Baiser*. Tout simplement.

Quand s'approche de la tienne
Ma lèvre, et que si près je suis
Que la fleur recueillir je puis
De ton haleine ambroisienne,
Il me semble être assis à table
Avec les dieux, tant je suis heureux...

Il va lui déclamer les quatre tomes ou quoi ? Et il chuchote maintenant, je n'entends plus rien ! Dans quel asile de fous suis-je tombé ?

— Kiss ? Tomas Kiss, vous êtes là ?

Je pousse la porte. Le patron est assis sur le bureau, il tend ses deux bras vers moi comme si j'étais le Messie en personne.

— Chère Nadège, permettez-moi de vous présenter Kiss fils, l'homme que j'attendais, un éminent spécialiste de la mode féminine...

Ben voyons ! Ce type est un grand mythomane. Il referme d'un coup l'*Anthologie de la poésie de la Renaissance*, se précipite vers moi, me serre vigoureusement la main et me pousse vers la cliente avec un sourire jusqu'aux oreilles. Elle... Elle est encore plus belle qu'imaginée. Pas moins de 40 ans, des cheveux noirs en bouclettes autour du front, des yeux timides mais son corps ! Rond, tendre et appétissant, fait pour enlacer et nu, enfin presque : elle porte seulement une culotte et une sorte de bustier à bretelles qui sépare sa poitrine en deux cônes pointus. Un soutien-gorge ! On m'en avait déjà parlé et c'est, je le confirme, ce que la civilisation fait de mieux à l'heure actuelle : quand Mme Leduc bouge, ses deux spirales vous transpercent le cœur. Et faut voir comme elles scintillent, on dirait deux étoiles merveilleuses, si Hugo était là il s'évanouirait sur place. Ma main à couper que c'est de la rayonne, le tissu. Des ingénieurs ont inventé ce truc et ça en jette terriblement, on dirait un genre de soie, en plus il paraît que c'est facile à laver. Et à toucher, je n'ose même pas imaginer... Il y a même des surpiqûres en cercles concentriques sur chaque nichon, comme des ronds dans l'eau. Je donnerais un bras pour savoir quelle machine il faut pour réaliser un truc comme ça.

La cliente file derrière le rideau et réapparaît vêtue d'une jupe droite et d'un chemisier serré sur ses deux obus. M. Antoine lui présente son manteau en s'inclinant légèrement comme devant une reine et en profite pour lui chuchoter à l'oreille :

— Partout où sera ta demeure,
Jusqu'à tant que je meure,
Mon paradis sera là...

À ce soir pour l'essayage, Nadège !

Elle se laisse voler un baiser et j'ai un pincement au cœur en songeant que je ne reverrai plus la rayonnante dame Leduc. Le patron attend que la porte se soit refermée, allume une cigarette et regarde sa montre :

— Quatorze minutes. Dans les temps. Elle a mis quatorze minutes pour craquer. Au-delà d'un quart d'heure je m'ennuie. Voyez-vous, Kiss, le plus difficile n'est pas de déshabiller les femmes mais bien de les habiller. Comme dit Cocteau, « c'est un règne difficile à maintenir que celui de l'élégance, on vous renverse aussi vite qu'on vous y a placé »... Qu'en pensez-vous, mon ami ?

J'en pense que je n'en pense strictement rien, que je ne sais pas du tout quel genre de tenues fabrique ce Cocteau et que je vais mourir sur place si l'Antoine continue à me tarabuster comme ça. Je baragouine un Bien sûr, bien sûr, heureusement il se fiche pas mal de ma réponse.

Il a commencé un petit croquis et marmonne dans sa barbe :

— Une robe farouche mais sensuelle, voilà ce qu'il lui faut, à la Leduc... Une robe avec un peu d'humour, aussi... Votre père est un maître, Kiss, vous avez une hérédité fantastique. Vous croyez à l'hérédité ?

Ce type parle trop mais il ne gribouille pas mal. En quatre coups de crayon apparaît Nadège Leduc totalement nue, la courbe appétissante de ses hanches, ses cheveux fous qui s'évadent du chignon... Si je savais dessiner, je collectionnerais les femmes dans un cahier pour ne plus jamais les perdre. Elles seraient figées là, inaltérables, coincées à plat sur le papier.

M. Antoine arrache la page et commence à griffonner des manches et un col.

— La robe n'a pas pour seule finalité d'habiller la femme, il faut également qu'elle dévoile sa personnalité. Le vêtement doit être une é-vo-ca-tion de la fille, une présence de celle qui va le porter... N'est-ce pas, Kiss ?

Bla-bla-bla. C'est bien ma veine, je suis tombé sur un philosophe. Et un philosophe idiot, pardessus le marché. Une robe, c'est tout le contraire d'une présence : c'est une absence caractérisée. Une belle absence, mais une absence quand même puisqu'il manque la fille qui va dedans, c'est du bon sens, ça, et le bon sens ne s'apprend pas dans l'*Anthologie de la poésie*. Sur le carnet s'étale maintenant une robe assez courte à volants.

— Ce n'est pas elle, murmure le philosophe en mordant son crayon. Ce n'est pas Nadège, il manque quelque chose...

Tu m'étonnes ! Cette robe-là n'évoque rien de Mme Leduc. Il manque l'essentiel, le moelleux de cette fille, sa rondeur coquine, l'envie de la croquer. Si on pouvait faire revenir les absentes avec un crayon ou un bout de tissu, ça se saurait. Quand elles tournent les talons, les filles, on a beau essayer de les retenir en pensée, de garder l'essentiel, leur allure, c'est fichu, on ne les rattrape jamais. Je le sais, moi, tout le monde le sait. On lui fera quand même ses quatre robes, à Mme Leduc, mais ce ne seront que des vêtements, pas des *é-vo-ca-tions*.

— Des fronces, suggère le patron. Il faudrait ajouter des fronces, cette fille est froncée, très froncée même, qu'en dites-vous, Kiss ?

Pas une mauvaise idée. On peut essayer.

— Sous la taille ? Ou des plis creux ? je demande.

— Bof. Trop sage. Moins de sagesse, plus de piment...

Du piment, voilà autre chose ! Il m'énerve. Il m'énerve et il m'enfume, avec ses cigarettes moisies.

— Pour le piment, monsieur, une petite ceinture ? C'est pratique une ceinture, et élégant.

— Bien sûr. Mais alors très fine. Et jetée sur les hanches, en négligé. La Leduc elle est séduisante mais spontanée, pas sophistiquée, vous voyez ?

— Un décolleté souple, alors.

— Éventuellement...

— Dans le dos ! Un décolleté pointu dans le dos !

— Et rond devant, le feu sous la glace, épatant !

Nous ne parlons pas exactement la même langue, avec l'Antoine, lui fait dans l'abstrait et moi je traduis mais on finit par avoir la même fille en tête, une donzelle à décolleté double, coquine, entière, elle danse sous nos paupières avec sa robe irrésistible, il n'y a plus qu'à la fabriquer et quelques heures plus tard, c'est bâti :

— *Labor omnia vincit improbus*, conclut le poète en plaçant la dernière épingle.

C'est bien le moment de me bassiner avec des citations ! Il ne le voit pas, sous son nez, le miracle, la fille partie réapparue ? Nadège Leduc est là, devant nous. Ses courbes, ses épaules rondes, sa grâce gênée, tout est dans la robe, dans la douceur du col, dans le tombé de la manche, et ce plongeant dans le dos... Elle saute aux yeux, Mme Leduc, elle est revenue ! C'est elle sur le Stockman, pleine d'épingles, avec ses deux obus étincelants, c'est elle qui se déploie, plus élégante que tout à l'heure, moins commune, aussi appétissante – avec cette robe-là elle ne glousse plus, elle sourit en regardant les hommes tomber comme des mouches à ses pieds.

— Pas mal, Kiss, pas mal du tout.

C'est bien mieux que pas mal, c'est magique. À nous deux, nous avons fait réapparaître la femme perdue. Dans la vie réelle, ça n'arrive pas, jamais on ne parvient à ramener celles qui partent, elles t'abandonnent, leur disparition te crève le cœur et c'est tout. Là, mon cœur n'est pas crevé du tout, il est plein, il déborde, comme si la vraie Nadège Leduc et ses spirales magiques venaient de sortir de mon lit. S'il ne m'embauche pas, l'Antoine, ni une ni deux je lui fais avaler son *Anthologie de la poésie* par les trous de nez.

*Moi je sais ce qu'est la haute couture, je le sais depuis longtemps. En 1942, notre père avait déjà été emmené, de tous côtés on prenait les gens. Alors un matin, mère a sorti sa paire de ciseaux et elle a découpé dans nos rideaux une jolie bande de taffetas violine. Au creux du tissu elle a étalé tous les bijoux qui lui restaient. Il y avait des petits anneaux avec des pierres brillantes et son sautoir, on sentait que plus rien ne serait comme avant. Délicatement, elle a rabattu un pan et piqué des coutures bien parallèles pour séparer chaque bague, chaque collier, que nul ne puisse les deviner au travers du tissu. Je me souviens du revers, en toile écrue. Une fois les ourlets minutieux terminés, elle a noué la pièce à la taille de ma sœur avec une double boucle un peu lâche qui retombait sur la hanche. Jamais je n'avais vu une ceinture pareille. Elle était splendide, et commode aussi, précieuse bien sûr mais pas tape-à-l'œil, originale et simple, aussi belle dehors que dedans... Sublime et pratique. C'est cela la haute couture, bien sûr, c'est cela que nous devons offrir aux femmes d'aujourd'hui, des vestes brodées de coquillages qui pèsent 30 kilos et gênent aux entournures, des jupons qui exigent 350 mètres de soie et des robes de grand gala que Mme la Baronne ne pourra pas enfiler sans l'aide de deux gouvernantes. Il y a actuellement cent créateurs inscrits à la Chambre syndicale de la haute couture, cent cerveaux, et qu'est-ce qu'ils sortent ? Du guindé. Les femmes n'en veulent plus, elles louchent sur le prêt-à-porter, elles rêvent d'un vestiaire séduisant, ingénieux, à leur service. Moi je vais leur en donner, des vêtements libres, à la Leduc et aux autres, des tenues merveilleuses pour briller, pour s'enfuir, pour vivre enfin... Quand ma mère a eu fini de nouer la ceinture à la taille de ma sœur, elle a vérifié que la boucle tenait bien, elle a fait bouffer les pans, elle nous a embrassés tous les trois et, une fois la porte ouverte, elle a dit : Courez maintenant.*

*Je cours encore, et avec des gars comme Kiss, rien ne pourra m'arrêter.*

Mon cher Hugo,

Voilà longtemps que je ne t'ai pas écrit, pardon, mais crois-moi je pense à toi souvent. Quand de mauvaises nouvelles me tombent sur le coin du nez, j'ai toujours envie de les partager avec toi, idem pour les bonnes. Et figure-toi qu'en ce moment, des bonnes nouvelles j'en ai plein. Premièrement j'ai trouvé un boulot, et pas n'importe lequel. Mon père m'a poussé chez son Antoine, un type, je le reconnais, hors du commun. Il travaille jour et nuit, a deux cents idées de vêtements à la minute et se voit déjà révolutionner la haute couture du sol au plafond. Pour l'instant, nous n'avons qu'une chambre de bonne en guise d'atelier et ses maîtresses comme clientes mais il croit tellement fort en lui-même que ça finit par être contagieux.

Ensuite… J'ai rencontré quelqu'un. Dimanche dernier, je sais, c'est un peu tôt pour en faire un plat, mais tout de même. Elle s'appelle Rosie, déjà le prénom est charmant et je ne t'ai encore rien dit du reste. C'est la cousine d'un ami du presseur de Marcel, sa mère coud en extra et son père est hongrois, bref il y a huit jours nous nous sommes retrouvés dans son appartement pour le goûter et là, mon ami, là... Je ne sais pas... Il y avait des chaussons d'homme sous le poêle, des biscuits prêts pour nous et dans l'air un parfum de thé chaud, quelque chose d'une famille. Rosie était au lit, elle a été fort malade ces derniers mois, mais son sourire, mazette, son sourire immense, ses yeux de cassis, ses bras ronds et doux dans le coton de la robe de chambre... Tu vas me dire, tout ça pour ça, une petite brunette dans un peignoir, eh bien oui mon vieux, mais à côté d'elle je me sentais chez moi. Tu ne peux pas savoir depuis combien de temps cela ne m'était pas arrivé... Cette fille, je te le dis comme je le pense, il me la faut. Une fois n'est pas coutume, j'aimerais être romantique comme toi pour pouvoir lui causer des étoiles, de la Voie lactée et de tous ces trucs, ou bien de bouquins compliqués, elle en avait une sacrée pile sur sa table de nuit. Malheureusement je ne suis que moi-même, j'espère vraiment que ça lui suffira. Sur ce je t'embrasse,

Ton Tomi

P-S : je la revois demain.

Cher Tomi,

Quel plaisir que ta lettre ! Le temps que tu reçoives ma réponse, je parie que cette jolie Rosie sera tombée sous ton charme. Si tel n'était pas le cas, rappelle-toi que je ne suis pas le mieux placé pour donner des conseils de séduction ; je ne sais toujours pas comment j'ai réussi à me fiancer moi-même (je mets tout sur le compte de l'alcool, à moins que les choses ne soient déjà écrites à l'avance et que, là-haut, Quelqu'un ait eu pitié de ma timidité). Sois loyal, mon ami, c'est tout ce que je peux te recommander, persévère comme tu sais le faire, rêve avec cette jeune femme, n'oublie pas de la faire rire et écris-moi davantage.

Ton Hugo

— Et si on voyageait dans le monde entier, tous les deux ? On prendrait une valise et le premier train à la gare de Lyon, on se réveillerait à Venise. Ou une péniche pour descendre la Seine ? Qu'en penses-tu, Tomi ?

— Pourquoi pas, même sans argent ça se tente. Il n'y aurait qu'à suivre le soleil jusqu'à Honfleur puis sauter dans un cargo... Je pourrais m'embaucher chez Balenciaga à Madrid et à New York n'en parlons pas, il y a du travail partout.

— Moi j'écrirais notre périple. Ça ferait un tabac, comme *Le Tour du monde en 80 jours*, tu connais ?

— Oui, enfin, vaguement...

— J'en connais des passages par cœur : « le *Carnatic*, ayant quitté Hong Kong, se dirigeait à toute vapeur vers les terres du Japon... » Le Japon c'est une étape obligatoire dans un tour du monde.

— Déjà on pourrait commencer par un plus petit tour, pour s'échauffer ? Le tour de France ?

Ou, attends, plus réaliste et faisable dès ce dimanche, le tour des tours : la tour Eiffel, la tour Saint-Jacques, un petit crochet par celles de Notre-Dame et hop...

— La Tour d'Argent ?

— Celle-là, on se la garde pour notre mariage, dans quelques années, quand j'aurai suffisamment économisé, tu veux bien ?

— Je veux bien quoi, le restaurant ou le mariage ?

— Les deux.

— Oui, et re-oui.

Nous nous sommes embrassés longtemps, longtemps, j'aurais aimé que ce voyage-là dure trois jours, minimum. Sauf qu'il y a eu une suite.

— Dis-moi, Tomas, si j'étais enceinte de toi, tu m'épouserais là, sur-le-champ ?

— Bien sûr mon amour joli.

— Vraiment ?

— Promis.

— Jure-le.

— Je le jure. Je dois cracher aussi ?

— Non merci. Écoute maintenant : je le suis.

— Tu es quoi ?

— Devine.

Et là je me suis évanoui, ou quasiment. En tout cas j'ignore comment je me suis retrouvé allongé dans la boutique de Marcel qui m'évente maintenant avec le dernier numéro du *Jardin des Modes*.

— Ditends-toi, pitit, ça va alli.

Sauf miracle, les choses ne risquent pas de s'arranger : mon père souhaitait me voir convoler à un âge respectable compris entre 25 et 31 ans, une fois ma situation bien établie, de préférence avec une Française du beau monde. Il faut se rendre à l'évidence : je ne coche aucune case.

— Sois confiant, mon garçon. Pirsonne ni misi un kopeck sur mon mariage, jadis, pourtant Yvonne i moi ça a marchi comme sur des roulittes. Comment i-t-ille, ta promise ?

— Elle est ravissante, Marcel, mais pas que : cultivée aussi, et drôle, et tendre, sucrée comme un bonbon, et ses bras, beaux, beaux, et doux, t'imagines pas...

— D'accord, d'accord, ci mirvilleux, mon garçon, Hirman va l'adori. Et quel âge a-t-ille, citte Rosie ?

— 17 ans. Presque.

— Ton pire va fire une crise cardiaque, ci garanti.

— Merci Marcel, tu m'aides beaucoup à me calmer.

Branle-bas de combat, tout l'atelier échafaude un plan de bataille : Marcel se chargera de contenir la fureur de mon paternel, David sort son whisky d'urgence de derrière la table de coupe, quant à Sandor, notre presseur préféré, il attaque le seul et vrai sujet :

— La robe, pour le mariage, qu'est-ce qui lui plairait ?

— Pas la moindre idée. Il faudrait quelque chose de très élégant et de vraiment unique, comme elle. Avec de l'envergure, une traîne, genre princesse...

— On fira ci qu'on pourra dans ton budgit : du Marie-Antoinitte, avec li moins di tissu possible.

PARIS,
FRANCE

1954

La haute couture. Nous y voilà. Mon patron en rêvait, de son inscription, il voulait sa place reconnue parmi les Chanel et les Dior, il l'a eue. Il a montré ses bilans, nos ateliers et tous les papiers nécessaires à la Chambre syndicale, il a été constant, insistant, séduisant, parrainé, irrésistible, il a cité Colbert, « la mode est pour la France ce que les mines d'or du Pérou sont pour l'Espagne », bref la Chambre syndicale de la haute couture a dit Amen, bienvenue monsieur Antoine. Maintenant il faut défiler devant la presse internationale, puis devant les acheteurs, enfin devant les clientes, deux fois par an les grands-messes – cent quatre vingts modèles à sortir pour le 21 janvier, mille boutons, dix mille épingles, la manutention surchauffe, M. Antoine est branché sur cent mille volts dès dix heures du matin, il y a le feu à tous les étages. Le soir ma tête brûle, Rosie pose sur mon front des compresses refroidies et demande au petit de la mettre en veilleuse :

— Tais-toi un peu, papa se repose. La haute couture c'est épuisant.

Haute. Couture. J'y suis.

Rosie retire délicatement les compresses et je sens ses mains fraîches sur mes tempes. Quand j'ai de l'ouvrage à finir après dîner, elle laisse tomber son bouquin pour préparer le matériel. Elle balaye les fils et les chutes en chantant. Parfois mon père vient donner un coup de main. Ces soirs-là il ne trouve plus rien à lui reprocher, pas même les biscuits trop cuits ou le petit qui joue avec nos ciseaux, planqué sous la table. Dans l'appartement il y a sans doute un peu de *chez nous* qui plane, est-ce grâce au parfum du tissu, aux gazouillis du gosse ou à ceux de Rosie, je ne sais pas, en tout cas personne n'a envie d'aller se coucher.

La première fois que j'ai vu Rosie, elle était alitée, seuls ses bras sortaient de sous les draps. Je me suis dit que ce serait bon, d'être attendu tous les soirs par ces bras-là. En vérité c'est bien mieux que bon : c'est délicieux, indispensable, une fois que tu y as goûté de nouveau tu ne peux plus t'en passer alors tu redoutes, et si ça partait d'un coup ? Le seul problème du bonheur, c'est la peur.

Je croyais que j'en avais fini avec elle. Je croyais que je l'avais traversée, la peur, ses lames rouillaient là-bas dans les collines de Thuringe. Elle est revenue doucement en même temps que l'amour, d'abord par intermittence, un matin dans notre lit tout chaud, un samedi soir au bal, coup de ciseaux imprévu dans la joie. Elle s'est vraiment installée au premier enfant. Dès que Rosie m'a montré le bébé, le nôtre, le premier, mon fils par ma faute arrivé, mon enfant merveilleux minuscule dans ses langes, j'ai senti l'entaille définitive au fond de mon ventre.

Nous avons organisé une fête, bien sûr. Dans l'appartement où nous vivions avec mon père les amis s'étaient tassés, les collègues, les voisins, deux violons et Marcel, notre monde en entier.

— Laisse-moi admirer le petit !

— Attends un peu, chacun son tour.

— Tu vas l'étouffer à le serrer comme ça !

— Heureusement il n'a pas ton nez, le pauvre.

— *Mazel tov !*

— Toi-même !

— À moi maintenant, laissez-en un peu aux autres.

— Décale-toi tu prends toute la place, on ne voit même plus la merveille.

— Il est si beau qu'il fait mal aux yeux, vrai !

— Et où veux-tu que je me mette ?

Il a fallu des planches pour allonger la table, pousser les cadeaux pour installer les gâteaux puis pousser les gâteaux à l'heure de la belote, une fois assis plus possible de bouger d'une semelle, on était à deux sur un tabouret. Seul notre fils passait de bras en bras, frotté de baisers, soulevé comme un trophée, léger comme une plume, les amis riaient en l'attrapant. Pas moi : sa vie pesait lourd entre mes mains.

Il a fallu trouver à se loger, Rosie, moi et le bébé. Pour obtenir vingt-cinq mètres carrés mon père a allongé quelques billets en rab, en ce moment il faut ruser, la pénurie est extrême, les gens dorment dans les caves, sous les ponts ils crèvent de froid la nuit, franchement ce studio c'est une chance, à part les rats. Rosie ne se plaint pas mais elle a peur pour le petit, surtout qu'un second est en route – si on ne faisait pas attention on en aurait treize à la douzaine, à tous les coups la vie nous fait un lot. Les gens disent Ne vous inquiétez pas, pour te rassurer ils sortent les proverbes, *Les bébés arrivent toujours avec leur trousseau*, *La Providence pourvoira à leurs besoins*. Personne ne te prévient que le trousseau a des ourlets de plomb et que la Providence ne lèvera pas le petit doigt pour t'aider : à toi de vêtir ta famille, de la loger, de la nourrir, de la protéger de tout. Les enfants sont des lests invisibles, une fois père tu as chaque jour plusieurs vies à sauver.

Le matin au réveil ma peur est déjà là, elle me suit dans le premier métro, dans les rues grises jusqu'au grand porche, collée à mes basques. C'est moi qui ouvre la porte de la maison chaque jour à sept heures. Les battants vitrés glissent sans bruit. Sur la plaque dorée, sous son nom, mon patron a fait ajouter « Haute Couture » en lettres couchées. J'entre. La peur reste sur le seuil.

Il n'y a personne encore à cette heure et il fait déjà bon, les radiateurs ronronnent dans l'atelier. Les toiles sont suspendues. Elles frémissent à peine sur mon passage comme un salut discret.

C'est mon moment favori – dans le silence je peux penser sans peine à toutes les filles qui dansent dans ma tête, ces filles qui doivent défiler en janvier, dans le calme doré du matin je les vois distinctement et en détail, le drapé des épaules et l'encolure du boléro, les volants biaisés des jupes et leur taille serrée, il n'y a qu'à fermer les yeux pour tout observer, tout capturer. C'est facile d'attraper les modèles à cette heure, après il n'y a plus qu'à les fabriquer et j'y arrive, j'y arrive toujours, mes points sont propres et nets, réguliers, solides, grisants, leur force se déploie en moi, elle prend la place de la peur, de la boue qui la nuit m'avale. Aucune tenue ne me résiste très longtemps. Une fois finie, je l'observe – elle est là, à la place du grand rien, elle est de moi cette sculpture, cette splendeur faite tissu, elle existe et moi aussi maintenant, j'existe plus fort que jamais – puis je passe au modèle suivant. Mon Stockman n'a jamais le temps de refroidir. Pas le choix : dehors vingt gars veulent ma place.

La concurrence arrive à l'atelier vers huit heures. Des tailleurs siciliens, des couturières de Ménilmontant, des modélistes polonais, un bataillon de bons faiseurs qui m'épient, je le sens. Je les surveille aussi, je me méfie, c'est eux ou moi, je connais la chanson, marche ou crève, alors je marche, je cours, je les double, tous leurs modèles je m'arrange pour y mettre la main. Je propose mon aide, sans attendre la réponse j'ajoute un point, je couds un ourlet, je m'incruste partout. Je veux que le patron entende : ce pan-ci c'est Kiss, et cette doublure ? Encore Kiss. Que les autres disparaissent. Le soir je suis le dernier à partir, je fais le tour des tables, parfois je brode un sequin ici ou là, je fignole un parement, je passe un dernier coup de balai, le patron apprécie :

— Mais vous êtes omniprésent, bon sang ! Dites-moi, Kiss, tant que je vous tiens, vous ne connaîtriez pas quelqu'un pour terminer fissa un tailleur-pantalon ? Avec la collection à finir toute la maison est débordée et la cliente n'en peut plus d'impatience.

Je vais faire bosser Marcel en extra, il viendra à la maison s'engueuler avec mon père en tirant l'aiguille et ça fera plaisir à tout le monde, y compris au patron qui aura son tailleur dans les temps et un souci de moins.

— Donnez-moi la pièce, monsieur, je m'occupe de tout.

Il me sourit.

— Vous fermerez, mon petit Kiss ?

— Bien sûr monsieur. Et avant de partir je poserai les bolducs pour la veste en reps, celle avec le col châle, on gagnera du temps.

— Je vais finir par croire que vous m'êtes indispensable, Tomas.

Par la fenêtre je vois la pluie tomber et la peur qui m'attend, dehors. La nuit dernière une femme est morte gelée avec son bébé, on en a parlé à la radio. Tant que je travaillerai dans cette baraque, ça ira.

Sur les photos on voit bien les chaises, des dizaines de chaises dorées et assis dessus un monde fou, le Tout-Paris installé en plein air. Quand je lui ai montré l'article, Herman a soupiré : une présentation haute couture ça se passe dans des salons, il dit. Dehors c'est trop moderne pour lui. Tomas nous a tout raconté comme si on y était, la cohue, la frénésie, les journalistes tellement nombreux qu'il a fallu les asseoir dans la cour, tout le monde ne rentrait pas. Les mannequins ont défilé sur les pavés, leurs jambes nues dans l'air piquant, le ciel bleu glacier, les robes bouillonnées comme des jupons coquins soulevés par le vent, les volutes irréelles sur les chemisiers, personne n'avait rien vu d'aussi frais depuis longtemps. Il y a eu des photos dans la presse, pléthore. J'ai tout découpé. La présentation a été magnifique, je le dis : un printemps-été digne des maîtres. Dans L'Aurore, on voit M. Antoine extatique en gros plan et dans le fond Tomas rajuster un drapé au décolleté d'une fille. J'en ai acheté quatre exemplaires, trois pour archiver, un pour *le mur. L'article est collé à droite de ma machine, pour faire de la place j'ai dû retirer la jupe réversible de Jacques Griffe et l'Antonia de Balmain mais peu importe : à cet endroit le soleil tape pile sur la photo et je vois beaucoup mieux le petit.*

— Pourquoi dehors, dis-moi ? Qu'est-ce qui lui a pris, à M. Antoine ? Un défilé de haute couture en plein air, franchement, et pourquoi pas sous l'eau ou les pieds au mur ?

— On n'est plus au XIXe siècle, papa...

— Ridicule ! Les habits risquent de s'abîmer et les clientes d'attraper le rhume, voilà.

— C'était parfait, je t'assure... D'habitude les modèles sont sages, sous les projos ils se succèdent en rang d'oignon, « 118 – Robe Espoir du soir », « 119 – Ensemble Lavallière », tout glacés ils sont, tout coincés. Dehors les vêtements sortaient du cadre, t'aurais vu, à l'air libre ils nous sautaient aux yeux ! Dans le soleil ils étaient encore plus beaux, plus vivants, plus colorés et moi aussi tu sais, quand je les regardais, moi aussi je me sentais décuplé, c'était un peu grâce à moi tout ça, je suivais chaque modèle sorti de mes mains et j'avais l'impression d'être plus fort, sans limites, je n'étais plus un numéro, je n'étais même plus Tomi, j'étais mieux que moi-même, papa, tu comprends ?

— Ça, c'est la magie de la couture, fils, juste la couture quand elle est bien faite, rien à voir avec le plein air. La couture nous transforme en sculpteurs, en artistes, tu commences à le sentir maintenant, la sueur que tu lui donnes elle te la rend en joie, en reconnaissance, en argent, en fierté, elle est comme ça la couture : par nature elle grandit les petits qui la font, elle prend des métèques elle en fait des messieurs, il suffit d'y travailler dur, et à l'intérieur s'il te plaît, entre quatre murs, pas besoin que les vêtements prennent froid en plus.

PARIS,
FRANCE

1964

C'est bien ma veine, elle ne tient pas en place. Et que je recoiffe ma frange, et que je m'allume une cigarette, qu'elle arrête bon sang ! Va arranger les manches sur une girouette pareille... Alors oui, on ne peut pas le nier, elle porte bien le manteau. Sur elle l'écossais est osé, pourtant c'est sobre l'écossais, mais ses seins, mazette, sa courbe est parfaite, même son col Claudine est affolant, elle est encore plus belle qu'au cinéma. Cela dit, ce n'est pas une raison pour gigoter : pendant l'essayage il s'agit de rester stoïque, question de respect. À force de remuer, elle colle des cheveux partout, je vais en baver pour les retirer, ils se prennent dans les boutons et il y en a, des boutons, sur ce modèle : double rangée.

— Marco, mon dé s'il te plaît.

— Voilà, monsieur Kiss.

— Plus court l'ourlet, je te prie.

Mon assistant s'attaque aux nervures des côtés, elles ont une forme triangulaire assez fine qui rajoute de la texture au niveau des hanches mais c'est délicat, pas question d'embrocher les cuisses de la cliente – surtout qu'elle va jambes nues, en l'occurrence, et quelles jambes... Marco est écarlate. S'il ne finit pas rapidement d'épingler ce manteau il va faire un malaise, garanti sur facture.

La blonde souffle. Les clientes VIP sont comme ça, je commence à les connaître vu que M. Antoine me les refile toutes, elles soupirent et il faut comprendre : abrégez. Celle-ci est du genre gentil, elle ne nous congédie pas comme des majordomes, elle se contente d'une petite moue de bébé triste, nous félicite, trouve le manteau *i-dé-al*, suggère qu'on lui en fasse un second en zèbre et nous raccompagne elle-même à la porte qui claque sur nos talons juste à temps pour sauver mon assistant de l'accident vasculaire.

— Monsieur Kiss, oh, c'était... Mais c'était... Vraiment... Magique !

— Merci, Marco, c'est vrai, une bien bonne idée que j'ai eue ce biais rosé, sur les poches plaquées il est vraiment parfait, quand le manteau fera la couverture du *Marie-Claire* je te garantis qu'on en vendra comme des petits pains. Dans toutes les rues du monde les carreaux écossais vont se multiplier, tout ça grâce au biais.

— Oui. Bien sûr. Magnifique votre biais, épatant, mais... je parlais de la cliente, quand même, monsieur Kiss, Brigitte Bardot quoi, *Et Dieu créa la femme*...

— Peut-être, Marco, peut-être que Dieu a créé la femme, mais qui a créé le manteau, hein, qui ?

*Au dîner il a raconté. J'ai essayé de ne pas entendre mais il a fait le geste, le bout de ses doigts se touchaient presque et il a dit :*

*— Avec mes deux mains jointes quasiment le tour de sa taille.*

*Elle est fine, Bardot, très fine, très belle avec ses cheveux, avec sa bouche, surtout sa bouche, pas seulement belle d'ailleurs, différente, incomparable, une femme comme on n'en voit jamais dans le quartier. Comment peut-il, moi après elle ? Elle et les autres... Il y en a plein des comme ça, là où il travaille. Sa maison de couture a déménagé dans le triangle d'or, les bureaux, les ateliers, la manutention, tout a été transporté en plein sur les Champs-Élysées. Il m'y a emmenée un dimanche, il m'a expliqué : un trottoir est souvent au soleil quand l'autre reste à l'ombre. Il voulait que je voie le lieu exact où il travaillait, côté pair, le meilleur. Ce jour-là le ciel était rose strié de lumière et chaque zébrure d'or, chaque grande ligne du soleil semblait pointer vers lui. « Sur les Champs » il répétait, et le nuage doré gonflait sa poitrine.*

*Il y avait beaucoup de filles qui se promenaient comme nous sur le bon trottoir, des filles du coin, fallait les voir, fluettes, élancées... C'est là qu'il bosse, mon mari, de l'autre côté du monde, côté soleil, là où on fait le tour de la taille des femmes à deux mains presque jointes.*

*D'habitude j'aime bien les dimanches. C'est le jour des cartes, des amis et du rire. Tomi et moi nous sommes rencontrés un jour comme ça, chez maman. J'avais 16 ans. Il avait accompagné mon cousin et m'a tendu un petit bouquet avant d'accrocher son pardessus dans l'entrée. Ma mère et moi attendions depuis des années que mon père rentre d'Allemagne, ou de Pologne, on ne savait pas trop où il avait été emmené, tout était prêt pour son retour, les gâteaux au pavot dans la boîte en fer, ses chaussons chaque matin mis au chaud, mais il ne rentrait pas. Nous commencions à peine à comprendre. Ça faisait longtemps qu'on n'avait pas vu un manteau d'homme à la maison.*

*À l'époque, Tomi venait de débuter chez M. Antoine. Moi j'étais encore convalescente, pas coiffée, mal fagotée. Il s'est assis au pied de mon lit et on a parlé hongrois en buvant du thé. Il avait l'air de connaître plein de gens importants dans la mode, il racontait leur vie comme si c'était la sienne. Moi je ne connaissais rien à la haute couture, rien ni personne à part Jacques Heim, le fils des fourreurs polonais du coin de la rue qui maintenant habillait Simone Signoret. Plus Tomas causait, plus je remontais le drap pour cacher mes frusques. Je lui ai tapé dans l'œil tout* de suite, malgré l'affreux peignoir et la pneumonie. Dans la vie personne ne sait pourquoi les choses s'enclenchent, il y avait quelque chose dans l'air sans doute, le parfum du thé ou le son de nos paroles, un air qu'on connaissait. Nos copains plaisantent : « C'est le peignoir ! C'est le peignoir tout râpé, ça le changeait des beaux habits ! »

Moi je sais ce qui m'a plu en lui, en plus du rire. Avec son costume rayé il ressemblait à un patron ou à un type de la pègre, quelqu'un à qui la vie ne pourrait pas résister. Les gens disent les yeux, la carrure, ils cherchent le lieu précis de la séduction, en vérité c'est la promesse qui nous attache. Avec Tomas il n'y aurait plus de peignoir râpé.

Il m'a beaucoup écrit, avec des mots français qu'il ramassait je ne sais où – mon trésor ma fanfreluche mon ruban mon cher amour Rosie. À force de s'écrire le bébé est arrivé. Il a beaucoup pleuré au début, et Tomas aussi. Il a voulu l'appeler Gabriel, Gabor à la française, c'était le seul prénom qui allait. Après j'ai su, pour le prénom, pour son frère, j'ai réalisé pour mon père et pour tous les autres – il n'y aurait pas de miracle. Ma mère aussi a compris, elle était désormais la femme de personne et elle a pleuré à son tour : elle rêvait pour moi d'un bon mari, pas d'un ancien déporté dont la moitié de l'âme était restée là-bas.

La journée, Tomas ne parle jamais du camp, ni même du temps d'avant où ses morts étaient vivants. Je n'en parle plus non plus. Jadis je faisais des erreurs, des fautes de curiosité. Il y a longtemps, notre cadet allait naître, il fallait racheter un lit, j'ai demandé à Tomi :

— Et ton frère, jadis, il dormait où ?

Tomas a cherché longtemps la réponse, les yeux écarquillés comme s'il rouvrait un lieu dangereux et sombre, enfin il a retrouvé son frère dans la vieille maison :

— Il dormait dans la chambre des parents, un petit lit beige en bois sculpté à côté du mien.

Il a mis longtemps à oublier de nouveau ce petit lit-là. Il y a eu des cris à la maison, des disputes aberrantes pour des détails, à cause des rats, à cause du froid, parce que la soupe tardait, parce qu'un voisin l'avait bousculé sans dire pardon. Maintenant j'ai compris : Tomi a le chagrin à retardement, comme une bombe en lui. Ça l'enrage tous ces petits lits qui macèrent au fond, ces lits vides jamais vengés, ça exhale, ça gonfle, il faut que ça sorte et c'est la fureur pour un rien, à l'atelier mon mari se contient mais en fin de journée ça craque, il explose, on l'entend hurler de loin qu'il a perdu son parapluie – grâce aux gueulantes tout le monde sait dans l'immeuble quand Tomas Kiss est rentré du travail.

Je fais tout pour qu'il ne s'énerve pas. Je m'occupe des petits, je cuisine les plats qu'il aime, je prépare ses pantoufles, que tout soit parfait quand il arrive et il arrive, avec ses soucis, sa colère, avec un cadeau pour moi, un foulard, un chemisier taillé dans un beau coupon qui restait, il arrive avec des cheveux blonds pris dans ses boutonnières et un salaire pour nous tirer d'affaire. Il souhaite que nos enfants fassent Polytechnique, minimum. Il veut devenir quelqu'un et moi je suis à ma place, à côté de lui, à l'attendre. Nous formons une équipe, lui dehors moi dedans, à l'assaut du soleil.

Mes copines m'interrogent : tu n'as pas peur qu'il ne rentre pas ? Elles pensent aux mannequins, aux jolies clientes, aux jeunes premières prêtes à beaucoup pour une tenue gratuite... Bien sûr que j'ai peur, chaque jour, surtout que son patron, M. Antoine, est un coureur de première catégorie, un baratineur pathologique, même le contraire de ce qu'il dit on ne peut pas le croire. Et prosélyte avec ça ! Quand vers dix-neuf heures il emmène ses petites amies au Bistrot du Caviar, il demande à mon Tomi :

— Alors, Kiss, c'est aujourd'hui que vous vous joignez à nous ?

Tomi décline poliment l'invitation. Chaque soir j'entends la porte se refermer et ses pas dans le couloir, chaque soir sans exception le miracle se produit, il revient de l'autre côté du monde. Maintenant je sais que c'est ça, un bon mari : un homme qui pourrait gober du béluga avec des tailles 36 et qui préfère rentrer en métro.

PARIS,
FRANCE

1974

— Monsieur Kiss ? Je peux entrer ?

Faut encore qu'on vienne m'enquiquiner. Pourtant j'ai fermé la porte, ça veut bien dire ce que ça veut dire, mais il y en a qui font semblant de ne pas comprendre.

— Monsieur Kiss ? Une petite urgence...

Toujours la même chanson : je suis à la tâche avec mes gars dans l'atelier, l'air nous caresse doux et chaud, nos mains s'affairent dans le silence blanc, blanches les blouses, blanche la poussière de tissu qui monte et t'enveloppe comme une soie, blanche l'âme de l'atelier qui lave tes pensées obscures, on entend seulement le froissement de la toile et le frémissement du fil tiré quand elle – la première vendeuse, la directrice commerciale, l'attachée de presse de la maison, au choix, si ce n'est l'une c'est l'autre, elles se relaient sur mon dos – quand elle arrive, donc, fendant l'air, crevant la bulle, brisant le silence, interrompant la danse des mains avec l'air de souffrir un quintal de désagréments dont elle extrait, les lèvres pincées, le plus épineux :

— Mme Dupré-Lamotte, comment dire...
Mme Dupré-Lamotte n'apprécie guère... Enfin
n'ayons pas peur des mots, elle n'aime pas le
shantung.

Je me contrefous de ce qu'aime ou n'aime pas
Mme Dupré-Lamotte. Moi j'aime ça, le shantung. Le patron aime ça. Le shantung ondoie,
irrégulier, grenu, il palpite à la lumière. Il faut y
penser, à la lumière sur le vêtement, aux éclairs
dorés qui dansent sur l'étoffe, et le shantung
danse bien – fin du débat.

— Mme Dupré-Lamotte n'aime pas...

La vendeuse en chef, puisque c'est elle, croit
que je ne l'ai pas entendue. Je l'ai très bien
entendue. Je ne discute pas, c'est tout. Le shantung ne se discute pas : il s'impose cette saison
à qui a du goût.

— Ne vous méprenez pas, monsieur Kiss,
Mme Dupré-Lamotte adore le modèle, bien sûr,
votre travail est admirable, d'ailleurs elle voudrait le même ensemble, le Roméo avec le petit
pantalon à pinces et le passepoil lamé assorti
à la veste, le même exactement, mais dans un
autre tissu que le shantung.

Ben voyons ! Le même ensemble, mais différent. Plus court, mais en gardant toute la longueur, sans boutons sur le col, hein, bien clos le
col, sans pressionnage ni crochets ni lanière ni
fermeture Éclair, mais qu'on puisse l'entrouvrir
un peu tout de même. Toujours la même ren-
gaine, je te dis. Est-ce que ça m'arrive, à moi,
de discutailler le menu quand je vais déjeuner
au bistrot ? Lorsqu'il y a des rognons de veau

à l'ardoise, spécialité du chef, cuisinés avec ce qu'il faut de madère et bien rosés par-dessus le marché, des rognons idéaux, est-ce que je récrimine ? Pourtant je déteste ça, les rognons, pardi c'est presque une allergie, pire que les rutabagas, je ne peux pas en voir la moitié d'un en peinture. Mais est-ce que je demande au chef de cuisiner rien que pour moi le MÊME plat, le même exactement, sauce bien épaisse et viande rosée, mais avec du goulasch à la place du veau ? Hein ? Est-ce que l'idée me viendrait de demander un truc pareil ? Bien sûr que non. Parce que ça n'existe pas, les rognons de goulasch au madère, ça ne ressemblerait à rien, ce serait immonde même, indigeste, immettable. Alors chez le bistrotier je reste poli, moi, je respecte : je prends une côte de bœuf et puis c'est tout.

— Mme Dupré-Lamotte souhaiterait vivement porter cet ensemble au mariage de son cher neveu Philibert, du Conseil, par ailleurs un excellent ami de M. Antoine...

S'il fallait faire des risettes à tous les familiers de M. Antoine, on n'en finirait plus. Monsieur connaît la terre entière, son carnet d'adresses est plus épais que le Bottin mondain et du champion de formule 1 à la vedette de la chanson, chacun est persuadé d'être son meilleur ami. Et puis on la connaît, la grosse Lamotte : jamais contente. Brigitte Bardot ne m'a jamais fait la moindre réflexion et pourtant ce n'est pas la moitié d'une vedette, la miss Bardot. Même Édith Piaf, même la femme du Shah, elles se regardent dans le miroir et disent Merci, monsieur Kiss. Dupré-Lamotte, elle, enfile la tenue et fait la moue. Une fois le shantung changé, je sais pertinemment ce qu'il va se passer, elle prendra en grippe la couleur des boutons, pourtant ils sont parfaits les boutons, on pourrait les jouer aux osselets tellement ils sont beaux mais elle, Mme Dupré-Lamotte, voudra forcément du cyan à la place du cobalt, enfin du léopard moins tacheté en doublure, tout cela dit en minaudant comme une jeune première et quand elle aura fini de glousser, elle exigera finalement la même robe que la vendeuse, laquelle a la moitié de son âge et le quart de sa corpulence.

Attention, je ne suis pas contre m'adapter à la clientèle, au contraire. Fendre un pantalon sur le cou-de-pied pour allonger une jambe courtaude, remonter une poche pour cacher la bedaine, pas de problème. Être tailleur, c'est caresser le client, tout le monde sait ça sauf les jeunes cons. La ruse fait partie du métier. Et le roi de la ruse, sans contestation possible, c'était Balenciaga. Un illusionniste de première, Balenciaga. Il a dessiné des encolures sans col, évasées sur les clavicules, là-dedans les femmes ont des cous de princesse, et ses manches ! Sept/huitièmes. Avec ça la plus dodue des dondons donne l'impression d'avoir des attaches de pur-sang. Je lui ai piqué toutes ses ruses, à Balenciaga, les manches raccourcies, les clavicules. Lui aussi a fauché, à Dior, à l'Espagne bien sûr, ses boléros, ses capes de torero, ses gants manches, et son rose, son fameux rose, qu'on ne vienne pas me dire qu'il l'a inventé... Ce rose-là vient du ciel, comme le bleu Lanvin vient de Florence, personne n'invente rien dans le métier, la couture c'est du vol, je suis un voleur moi, il faut bien vivre, et lui aussi, tout le monde. Cela dit, j'ai eu l'occasion de voir de près un fourreau Balenciaga : une magie. Un tube parfait surmonté d'un bustier, aérien, torsadé, du gazar, une vraie crème Chantilly doublée de soie, elle s'enfile comme un souffle mais en dessous, mazette, la machinerie démente, des mois de boulot, du faux flou structuré comme une cathédrale, cent vingt essayages par jour pendant des semaines pour arriver à cette sophistication, pourtant la fille a l'air habillée d'une aile de papillon... Un génie, Balenciaga. Cristóbal de son prénom. 1895-1972. Je lui ai piqué la charpente invisible et le souffle de soie, sans scrupule. Dans la couture comme ailleurs on chaparde, on ruse, on truque, c'est ainsi, mais le jeu doit en valoir la chandelle. La Dupré-Lamotte, même avec des manches rusées à la Cristóbal et des fentes sur le cou-de-pied, même avec une baguette magique et du tissu de sorcière, elle ressemblerait toujours à un tonneau. Pas question de modifier un poil de fil de shantung pour un tonneau.

— Puis-je vous rappeler, monsieur Kiss, sauf votre respect, que Mme Dupré-Lamotte achète à elle seule la moitié de la collection deux fois par an...

La vendeuse en chef n'a même pas fait semblant de mettre un point d'interrogation au bout de sa phrase. Elle me gâche le silence, avec ses mots. Les femmes parlent toujours trop. Les hommes aussi, d'ailleurs. Le silence de l'atelier est d'une qualité supérieure aux autres, il est confortable, ouatiné, il vibre du froissement des tissus ; c'est le seul silence supportable, nul ne devrait être autorisé à le saccager avec des récriminations pointues. Il faudrait placarder un panneau à l'entrée de ma salle : interdit aux phraseurs et aux agacés, interdit aux pressés, aux furieux, aux pourvoyeurs de mauvaises nouvelles. Plus personne n'y entrerait, à part moi et mes ouvriers. Nous travaillerions au calme, dans l'ordre, tranquillement. Indispensable, le calme. Nos vêtements ont besoin de sérénité pour pousser. Rien ne leur est plus néfaste que les péroraisons, l'emporte-pièce, l'imprévu bruyant. Dans le silence douillet ils restent à plat longtemps, caressés, taillés, épinglés, cousus, puis une nuit enfin ils se lèvent et enlacent le Stockman. Une épaule à arranger, des coutures, quelques retouches : ils sont mûrs pour être portés. Après, le bruit revient, et avec lui les ennuis. En couture les ennuis reviennent toujours. La maison en produit bien plus que de vêtements, avec la même frénétique passion qui confine à l'art – génération spontanée d'emmerdements à tous les étages. Ils se multiplient sans crier gare, ils surgissent par paquets de douze, en groupe, en grappe, en troupeau, dès qu'on a le dos tourné une brochette de tracasseries apparaît, mais seuls les enquiquinements les plus tordus, les galères authentiques, les pinaillages extra-larges se donnent rendez-vous chez moi, à l'atelier tailleur. Un jour, je croiserai sur mon chemin un emmerdement plus franc que les autres qui m'avouera enfin l'atroce vérité : mon atelier est l'étoile du Berger des ennuis, leur pôle magnétique. Le lieu de pèlerinage où ils sont heureux de tous se retrouver.

Il arrive par exemple qu'un modèle tendrement façonné pour le défilé printemps-été – au hasard, le fameux ensemble tailleur-pantalon en shantung merveilleux avec passepoil, revers plissé et broderie au bord extérieur – subisse un four épouvantable. Non seulement aucune cliente n'en veut mais le revers demande des heures à plisser, les rares ventes se font à perte, M. Antoine est au bord du *nervous breakdown*. À l'inverse, admettons que ce modèle remporte dès la fin du défilé un succès commercial du tonnerre : des dizaines de modèles sont commandés en quelques jours, dont 25 % restent à livrer. Malheureusement il ne reste plus un gramme du tissu enchanté dans l'Europe entière. *Nervous breakdown*, bis. La mode, c'est ça : un voile de shantung à pleurer de bonheur doublé de psychodrames de différentes natures. Contrôle fiscal inopiné, boulimie fulgurante du mannequin vedette, contrefaçons, on voit de tout. Rien qu'hier, deux des meilleurs brodeurs de la maison m'ont claqué leur démission pour aller faire du chant choral et du fromage de chèvre à Bagnères-de-Bigorre. Dans ce genre de cas exceptionnels, je ferme la porte de l'atelier, alors les emmerdements se glissent par la fenêtre.

— Monsieur Kiss ? Vous m'écoutez toujours ? Comment fait-on, pour le shantung ?

— Allez voir la Vieille, qu'elle nous trouve de la soie zibeline.

*La Vieille, c'est moi. Ils m'appellent tous comme ça derrière mon dos, je le sais. On ne me la fait pas, cinquante ans que je roule ma bosse dans la manutention, les meilleures maisons de couture de la capitale je les ai faites. Kiss veut urgemment de la zibeline, et puis quoi encore ? C'est pas écrit sur la fiche. Et quand c'est pas écrit, je donne pas. La manutention c'est précis, tout est comptabilisé : telle robe nécessite tel métrage de tel tissu, tels fils, tels boutons, telle ganse, elle nous coûtera tant, point barre. Je commande la fourniture, je paye et patatras, quand les marchandises arrivent ces messieurs dames des étages supérieurs changent d'avis. Ils changent d'avis comme de chemise, les patrons. Ils s'enflamment, ils flambent – peu importent les tarifs, Recommandez, Paulette, recommandez on verra après, des paroles tout ça, et au final c'est bibi qui se fait engueuler quand la robe coûte trop cher en matériaux. On ne me la fait pas, à moi, cinquante ans dans la manutention, j'ai fait Givenchy dans le temps, et Rochas avant qu'il n'arrête la couture.*

*Je le savais, moi, qu'il tiendrait pas le coup
avec des robes vendues 200 000 qui en coûtent
190 000. Elle sait compter Paulette. J'ai jamais
quitté Paris, moi, suis pas comme les patrons
toujours en l'air dans les avions, mais je connais
les fournisseurs du monde entier, les Costa de
Côme, Abraham à Genève, tous les fabricants.
Recommandez, Paulette... Ben voyons ! Plutôt
crever. Je recommande plus jamais, sauf si c'est
écrit signé. Y a pas de passe-droit qui tienne, pas
de Ma chère Paulette : la fiche signée, c'est tout.
On avait dit du shantung, j'ai donné le shantung,
Kiss l'aura pas sa zibeline. J'en ai bien sûr, j'ai
tout ici, tout et même plus, du wax et du damas,
du gourgouran des Indes et du brocart yunjin,
pas besoin de voyager, moi Paulette je fais le tour
du monde sans bouger de Paname. Un jour j'ai
même rentré de la fibre de baobab. Parfaitement,
du baobab, pour un bustier. J'ai toute la planète
en stock mais jamais je donnerai un centimètre
de trop, jamais. Ma comptabilité tombe pile-poil
impeccable. De la zibeline... En plus ce n'est pas
le genre de Kiss, de faire la girouette. Je le connais
depuis 1954 le gamin, la zibeline c'est pas son
choix. Lui, il aime le shantung, souple mais pas
trop, surtout pas trop. Il aime l'uni aussi, et la
couleur, mais faut pas que ce soit rêche. Le rêche,
il peut pas le supporter, au toucher ça le hérisse,
c'est viscéral, il devient dingue. Dans le métier la
dinguerie c'est banal : les gens normaux ont des
dégoûts modérés, ceux de la mode détestent dans
les grandes largeurs – déformation professionnelle.
Kiss a le dégoût du rêche, il n'aime que le doux.*

Il a l'air rugueux comme ça, le garçon, mais il a le cuir tendre...

Une fois de temps en temps, ça lui prend tôt le matin avant que j'arrive, il descend chez moi à la manutention. Il n'a rien à y faire, d'habitude le premier d'atelier reste dans son atelier et envoie l'arpette, les lapins de couloir sont faits pour ça, mais lui vient en personne. Il passe derrière mon guichet sous prétexte de vérifier ceci ou cela, il regarde les tissus, il les respire, il les caresse. Il me déplie tout. Il replie après, mais je devine à l'emballage, on me la fait pas à moi, cinquante ans de manutention... Un jour, je l'ai surpris la tête sur une percale orange de chez Nattier.

— C'est pas très exotique la percale, j'ai dit.

— Non, Paulette, ce n'est pas exotique mais c'est beau. C'est beau comme la chasuble d'Albert I$^{er}$.

Il pleurait un peu. Avec les gars du métier, faut pas chercher à comprendre. Après, Kiss m'a réclamé du ruban jacquard dans le même ton orange, il s'est mis en colère, « pas celui-là, un autre !, plus foncé, moins agrume, l'orangé du soleil brûlant, la couleur exacte de la lumière tissée », vingt-quatre modèles il m'a fait sortir. Les gens deviennent fous ici, ça leur fait du bien. Ils se toquent d'un coloris au quart de nuance près, ils s'obsèdent pour telle ou telle percale, ils ne parlent plus que d'elle. Je comprends. À travers le tissu le vrai monde s'estompe, on voit la vie floue. Adoucis les chagrins, filtrés les souvenirs, les enfants qui ne seront jamais polytechniciens et les parents perdus, les voyages qu'on a faits et ceux qu'on ne fera pas. Je l'aime bien, Kiss, il est fou comme nous tous, par nécessité. Mais il l'aura pas quand même, sa zibeline. J'ai rien contre, mais c'est pas écrit signé.

Moi c'est le jean que je déteste, seulement le jean. En ce moment c'est un raz-de-marée, sur les garçons, sur les filles, sur les dames, délavé, brut, stonewashed, en veux-tu en voilà, partout du bleu. Et Jackie Kennedy, Seigneur, même elle est contaminée ! De la Norvège au Brésil toutes les femmes s'en recouvrent, universel ils disent ! Le denim c'est la mort du voyage. Pas question d'en rentrer ici. Même avec la fiche faudra me passer sur le corps.

Pour la zibeline de Kiss je vais sonner la direction, qui va convoquer la vendeuse, qui va se faire sonner les cloches. Pas ma faute si elle a raté son affaire, quelle idée aussi de proposer un autre tissu à la place du shantung, tout ça pour assortir le tailleur aux cheveux de la cliente, ces filles ne savent plus quoi inventer pour conclure l'affaire, un rabais, un autre col, et puis quoi encore ? Le directeur va supprimer son pourcentage. La vendeuse va prendre son chapeau et la porte, l'arpette la rattrapera à la dernière seconde, il y aura des mots, quelques larmes, s'ensuivra la traditionnelle crise de nerfs, après quoi tout le monde remontera gentiment l'escalier et le directeur me signera la fiche. Kiss aura sa zibeline, les ouvriers des heures supplémentaires et la cliente son Roméo presque dans les temps. Dans une maison de couture tout finit toujours par s'arranger, puisqu'il faut bien livrer : c'est la grande supériorité de la mode sur la vie.

J'ai reçu une lettre d'Hugo : il me demande si je connais ce Courrèges dont tout le monde parle. Le type fait dans la mode futuriste, les combinaisons en PVC et les bottes d'astronaute, les filles ont l'air d'aller marcher sur la Lune alors qu'elles reviennent seulement de la boulangerie, je comprends qu'Hugo adore, les planètes ça a toujours été son truc. Mais les matières, bon sang ! Du plastique, du plastique et encore du plastique ! Personne n'a envie d'être emballé dans de l'alu comme un rôti ! Et puis ce n'est pas en remplaçant le jersey par le vinyle qu'on est forcément moderne. Les tissus naturels, voilà la vraie modernité. Le lin, la laine, la soie... La haute couture c'est le naturel, un point c'est tout. Rosie me dit que je parle de plus en plus souvent comme mon père, je n'ai pas l'impression que ce soit un compliment. Passons.

Hugo m'écrit aussi qu'il vient de trouver un nouveau travail en Ukraine, pour les militaires. Mon pote dans l'armée Rouge, j'aurai vraiment tout vu... Il est, plus précisément, chef commercial dans l'usine qui fabrique les manteaux des officiers soviétiques. Il m'écrit : « Pour de la confection, ce n'est pas si mal. » Ça signifie : « affreux mais nécessaire, il faut bien bouffer ». Mon Hugo cultive quelques ambitions encore, mais uniquement pour moi. *Kiss Haute Couture*, ma propre maison, dans chaque courrier ou presque il m'en parle... Il me pousse à quitter M. Antoine pour voler de mes propres ailes. J'en aurais les compétences, sûr, mais pas la force. Mon patron l'a, lui. Sur M. Antoine, la guerre a seulement ricoché, elle a dévié sa trajectoire, couture plutôt que médecine, mais elle ne l'a pas troué. Il peut supporter les deux collections par an, les clientes et les factures, les flux et reflux de la mode. Mes nerfs à moi ne tiendraient pas, je crois.

Doucement, je le sens, la peur gagne du terrain. Jadis elle s'arrêtait net au seuil de la maison de couture. À l'intérieur j'étais à l'abri, on pouvait me donner n'importe quel modèle j'arrivais à le réaliser, j'avais la fille en tête, celle qu'il fallait atteindre, et je fonçais vers elle, je l'attrapais toujours, à la fin je lui offrais la jupe en charmeuse ou le pantalon ajusté, même le chemisier à froufrous, j'arrivais à tout. Mais peu à peu la peur est entrée et j'ai commencé à perdre mes nerfs, avec le flou surtout. Toutes ces étoffes légères, ces soieries imprévisibles, ces vapeurs de mousseline, maintenant je ne peux plus les supporter. Ces tissus-là me coulent entre les doigts, ils s'envolent au dernier moment, ça ne m'excite plus du tout au contraire, impossible de deviner comment les pans vont tomber ni si le fini correspondra au modèle imaginé, ni si la fille, la seule qui mérite de porter la robe, celle qu'on a en tête, va finalement s'incarner au creux du tissu. J'ai peur de ne pas réussir à l'attraper et qu'elle s'échappe, qu'elle s'enfuie pour l'éternité. Ça me tue, cette pensée de la fille perdue à jamais. J'ai arrêté le flou, heureusement. Mme Jacotte a repris cette partie. Si j'avais dû continuer j'en aurais crevé, je crois.

Je m'occupe désormais exclusivement de l'atelier tailleur. Là, je suis en sécurité. Nous y fabriquons les robes en tissu plus épais, les ensembles, les manteaux, les jupes droites et les pantalons raides, tout ce qui tombe d'équerre, tout ce qui se tient sans dégouliner, et les vestes naturellement. Une veste, c'est fiable. C'est structuré une veste. Dans le meilleur des cas ses pièces s'assemblent comme tu l'as prévu, le vêtement grandit sans surprise et tu grandis avec lui, à la fin le modèle est debout, parfait, ton rêve réalisé, la fille s'incarne dedans pile comme tu l'avais imaginé. C'est merveilleux quand le tissu se développe comme un puzzle magique ajusté à ton songe... Néanmoins, même à l'atelier tailleur l'angoisse est là, surtout en période de collection. Des dizaines de tenues inédites à fabriquer dare-dare pour les présenter au monde entier, à chaque fois le chemin est à rouvrir entre la fille dont on rêve et le vêtement réel, et puis les vraies gens interfèrent, la directrice des ventes pense que, le patron veut une modification, il change d'avis et flanque tout ton travail par terre, alors tu sens que le modèle peut t'échapper, la peur rampe, elle s'insinue, elle t'asphyxie douce- ment et de plus en plus à mesure que les jours passent et que la date du défilé se rapproche, il faut l'amadouer, la circonscrire, la dissimuler, si la main du premier d'atelier se met à trembler c'est toute la collection qui risque de partir en quenouille. Nous avons environ huit semaines pour sortir l'ensemble des modèles – deux mois à tenir la peur en laisse.

— C'est l'histoire de Simone Bensoussan qui discute avec son fils de 25 ans...

J'ai embauché Samy pour sa double com- pétence d'apiéceur-humoriste. Il faut toujours un rigolo dans un atelier pour faire diversion quand la tension monte trop haut. Les modèles automne-hiver sont présentés en juillet et ceux du printemps-été en janvier, Samy est donc prié de renouveler son répertoire de blagues deux fois l'an, minimum.

— Le gamin Bensoussan a fait la Sorbonne, Sciences-Politiques et puis l'Ena, alors le jour de son dernier diplôme sa mère est très fière, elle le prend entre quat-z-yeux : « Mon garçon, toutes tes études c'est merveilleux, mais mainte- nant qu'il est temps de choisir ta voie, dis-moi, raconte tout à ta mère, vers quelle branche vas-tu t'orienter : confection pour hommes ou confection pour dames ? »

Quand aucune plaisanterie ne parviendra plus à chasser l'angoisse, même ici à l'atelier tailleur, lorsque je n'arriverai plus à attraper les filles qui dansent dans ma tête, je poserai mon dé à coudre pour ne jamais le reprendre. En attendant il va chauffer encore une fois.

Mai : tout commence avec les tissus. Pour une collection complète il nous en faut mille mètres et des meilleurs, alors deux mois avant la présentation les placiers en étoffes débarquent comme les hirondelles au printemps, les marchands de lainage, les soyeux, la confrérie au complet défile dans les bureaux avec ses échantillons merveilleux à ne plus savoir qu'en faire. M. Antoine préside la cérémonie. Mme Jacotte est là pour le flou, et moi pour le tailleur. Le représentant déplie son premier coupon, velours légèrement gaufré, nouveauté du catalogue, couleur inédite : « céruléum lunaire » – savent plus quoi inventer pour faire moderne –, il place le panneau sous un rayon de soleil et l'ébouriffe lentement dans un sens, puis dans l'autre. Les fibres du velours plient comme les herbes dans la rivière et foncent sous la main. On s'approche de la fenêtre pour mieux voir. Le VRP laisse passer un ange, ces types font un de ces cinémas, puis d'un grand geste du bras extrait un autre tissu, et un autre, encore un autre, sa valise semble ne pas avoir de fond et ce n'est pas la seule magie : les couleurs vibrent, mandarine, turquoise, lilas, saphir, et les matières ! On se roulerait dedans.

— Et maintenant les mohairs, annonce le représentant, soudain grave. Les plus beaux, les plus originaux, ceux de Zika Ascher bien sûr, laine et nylon mélangés, de vraies ailes de libellule. Je n'insiste pas, vous connaissez tous le talent de ce fabricant...

Le talent d'Ascher, oui, mais il n'y a pas que ça. Il n'y a jamais que ça. Zika Ascher est un Pragois, ancien champion de ski. En 1939, ce veinard-là était en Norvège, il dévalait les pistes quand la Tchécoslovaquie a été annexée, du coup il a continué tout schuss jusqu'à Londres et s'est installé là-bas avec sa femme. C'est elle, Lida, qui a commencé à dessiner sur des étoffes, des fleurs, de la calligraphie, ce qui lui passait par la tête, puis ils ont cherché à diversifier leurs motifs pour mieux vendre. Alors Ascher a téléphoné aux plus grands peintres du monde, sans les connaître, au flan, il est entré dans un troquet, a demandé un jeton et décroché le combiné. *Allô, monsieur Pablo ? C'est Zika Asher au bout du fil.* Il a fait semblant de ne pas être impressionné, pardi !, il a fait comme s'il s'y connaissait depuis toujours en tissu et en art, comme s'il était parfaitement logique qu'un illustre inconnu, qu'un ex-skieur reconverti dans les schmattès demande à Picasso des croquis originaux pour orner ses étoffes. Et il a accepté, Picasso, et Matisse aussi, et Braque. Voilà ce qui a sauvé Ascher, voilà ce qui lui a permis et lui permet encore d'écraser la concurrence : la chance, et l'audace.

— La grande tendance de cette saison, susurre le représentant, c'est le cognac. Pas la boisson, n'est-ce pas, la couleur...

Il y a aussi des éclats de blanc et des finis bouclés, du crêpe marocain affreusement léger qui ravit Mme Jacotte et du tricot de jersey angora à tomber par terre mais surtout, surtout, un cuir clair, caressant. Maison Léonard, du délicat. À la moindre oscillation il ondule, un peu plus il s'illuminerait. M. Antoine se racle la gorge, le silence s'installe.

— Cette lumière... Ce vacillement...

Monsieur est touché par la grâce ; l'heure du récital est venue.

— « ... Que j'aime voir, chère indolente,
De ton corps si beau,
Comme une étoffe vacillante,
Miroiter la peau... »

Dans la pièce, plus personne n'ose bouger une oreille afin de ne pas déranger les Muses.

— Cette chamoisette est fascinante. Mutine, luxurieuse même, comment dire... Baudelairienne, baudelairienne en diable, on en croquerait, qu'en dites-vous, Kiss ?

Délavée juste ce qu'il faut, et pas trop difficile à travailler, voilà ce que j'en dis. Éclatante en plus de ça, duveteuse comme la peau des pêches. Peu importe la terminologie, le patron et moi sommes d'accord : il nous faut ce tissu. Dans un coin de sa tête et de la mienne, des filles aux contours encore indistincts, des filles-fruits douces et veloutées se sont mises en marche, nimbées de la poitrine aux chevilles d'un halo crémeux.

— C'est un cuir très féminin, ajoute le représentant qui aurait mieux fait de se taire.

Dans la maison, on se fiche comme d'une guigne que le tissu soit étiqueté pour homme ou femme. Au début, juste après la guerre, le stock de M. Antoine regorgeait de tissus de costume, du masculin pur sucre, les rouleaux que son père avait cachés chez le boucher pendant la guerre. Il fallait bien écluser cette belle marchandise virile alors les clientes ont eu des petites jupes à chevrons et des vestes de tailleur. Elles étaient filles quand même, terriblement filles même, c'est la courbe qui compte, la courbe et la lumière, rien d'autre. Après... Après, on a continué. Juliette Greco a enfilé un costume de jeune premier et nos belles mannequins des sahariennes, des vestes d'hommes d'affaires, des pantalons de golfeurs, aux épaules charnues des filles on a dessiné des entournures étroites, des pattes de militaires, des détails qui brouillaient tout sauf le style, le désir, le plaisir de porter cette tenue-ci. Les journalistes ont appelé ça « l'unisexe », pour nous c'était simplement la liberté. En ce moment, la presse nous pompe l'air avec le retour des « vraies femmes », comme s'il y en avait des fausses, tout ça ce sont des mots creux qu'on applique de force sur les gens. Il a compris, mon patron, qu'au fond il n'y a pas d'hommes, pas de femmes – juste de la chaleur à trouver où l'on peut, juste la vie qui te froisse et des tissus qui te consolent, des jours à satin et des jours mérinos. Un jour, j'en suis convaincu, chacun portera ce qui l'aide à vivre, peu importe que ce soit une robe ou une cravate, parce que en vérité c'est l'authentique fonction du vêtement, t'aider à vivre, c'est sa puissance même, ce qui l'extrait du lot grossier des objets domestiques et le rend surpuissant. Le vêtement te sauve du froid et de la honte, il est ce qui reste quand tu n'as plus rien, ce qui te transforme, ce qui t'élève. Monsieur a compris ça aussi, je ne sais pas comment mais il l'a compris. On se dispute souvent, lui et moi, mais jamais sur l'essentiel. C'est pour cette raison aussi que je lui reste fidèle, pour les vêtements qu'il crée, de vrais vêtements, bienveillants et sublimes, ni pour homme ni pour femme, des vêtements pour les vivants.

Il faudrait que j'explique ça à Hugo dans ma prochaine lettre mais ça le déprimerait peut-être. Les frusques militaires dont il assure la commercialisation en URSS ne sont ni bienveillantes ni sublimes, loin de là. J'explique : quand il fait beau, les généraux soviétiques sortent la capote de laine à liseré, col pointu ouvert sur la chemise, ceinturon de cuir, boutons dorés, il faut aimer ce style, personnellement la mode martiale russe est loin d'être mon genre mais il faut le reconnaître honnêtement : l'ensemble est portable. En revanche quand il pleut, misère, quand le ciel bas et lourd se déchaîne sur les majors, ceux-ci n'ont pour se couvrir qu'une seule option autorisée par le règlement : l'imperméable désastreux dont Hugo est le promoteur en chef, un modèle à mi-chemin entre le tablier à manches longues et la camisole à basques, ceinturé trop haut, cousu à mi-poitrine, coupé à la serpette, cinq tailles au choix mais une seule couleur indécise mêlant le glauque au verdâtre. Le tissu est à vomir, il déteint quand il ne rétrécit pas, c'est Hugo lui-même qui me l'affirme, enfin il le suggère dans ses courriers et moi je lis entre les lignes – entre nous rien n'a changé, les mots traversent nos silences, même par écrit, même à des milliers de kilomètres de distance. Je sais, donc, que l'ami Hugo vit un cauchemar textile. Ses clients gradés, pourtant rompus à la discipline et soumis à l'inflexible loi du vêtement militaire, préfèrent encore crever de pneumonie sous la pluie soviétique qu'enfiler la pelure réglementaire. Les bons de commande de l'ami Hugo prennent la poussière, ses trenchs atroces pourrissent dans les entrepôts alors pour leur fourguer cette marchandise coûte que coûte, il court les casernes à tous les coins de l'URSS, arrose les intendants et trinque avec eux, sa valise regorge de tissu affreux et de vodka à l'herbe de bison. De temps en temps, son épouse l'accompagne aux déjeuners d'affaires, après le dessert elle ramène mon brave Hugo en brouette, imbibé jusqu'à la trame.

Les soirs d'hiver, quand je rentre du travail et que les étoiles surplombent l'Arc de Triomphe, je pense à lui. En ce moment, les Soviétiques balancent des sondes sur la Lune, des robots sur Vénus et même sur Mars – Brejnev a monté des équipes de cosmonautes de premier choix pour faire la nique à l'Amérique. Hugo serait devenu ce genre de gars-là s'il avait pu continuer ses études. La voûte céleste c'était son truc, bien davantage que le tissu imperméable... Mais sur lui comme sur moi, la guerre n'a pas seulement ripé : elle nous a fendus irrémédiablement et avec l'âge, en secret, nos failles s'agrandissent.

*Cher Tomi,*

*D'abord bravo, trois fois bravo ! Après le tailleur de la princesse Grace et le costume de mariage de John Lennon, Mme Pompidou, la première dame, carrément ! Mon Tomi, tailleur préféré des vedettes ! Où vas-tu donc t'arrêter ? Tu m'étonnes que ton patron ait doublé ton salaire... Finalement les hommes sont aussi imprévisibles que les étoiles, personne ne sait qui va s'extraire du nuage de poussière pour se mettre à briller. Parfois il y a une justice, les plus talentueux, les pugnaces, les acharnés comme toi se hissent au sommet, mais souvent... Souvent le destin se mélange les pinceaux, voilà le fond de ma pensée, mon ami. Figure-toi que je songe régulièrement au bourreau, et de plus en plus à mesure que les années passent... Pourtant c'était il y a un siècle, nous étions encore à Bergen-Belsen, quelques semaines après la Libération, tu te souviens ? Bien sûr que tu te souviens. Tu m'avais convaincu de sortir du camp, pour manger. Tu avais tout le temps faim, à l'époque. L'heure du déjeuner arrivait, on* s'apprêtait à entrer dans un restaurant, c'était ton grand plaisir, manger de tout et partir au galop sans payer. Nous méritions bien ça, bouffer sur le dos des Allemands... Mais juste avant d'entrer dans le troquet on l'a vu au bout de l'avenue. On aurait pu le manquer tellement il était banal, un brun pas très grand, entre deux âges, mais sa démarche était reconnaissable entre mille, une jambe plus courte que l'autre, le bourreau du camp, celui qui passait la corde au cou des condamnés sur la place d'appel, il se baladait juste là sous notre nez, je le revois comme si c'était hier... Tu es parti comme un dingue à sa poursuite et moi sur tes talons, on aurait dû le rattraper bien sûr avec sa patte folle mais je ne sais pas, il s'est engouffré dans les petites rues, et ces petites rues débouchaient sur une grande place très passante, il y avait foule, je ne comprends toujours pas comment on a pu le perdre de vue. Peut-être était-il caché dans le hall d'un immeuble, peut-être près de nous fondu dans la masse, après tout il ressemblait à n'importe qui, à part la jambe. Tu te souviens des Amerloques, ils étaient sympas ces soldats, ils l'ont cherché avec nous en vain pendant des heures... C'était il y a vingt ans, tu te rends compte ? Déjà. Aujourd'hui le gars est peut-être mort. Peut-être vit-il tranquillement quelque part en Europe, dans une gentille maison avec sa femme, des enfants, un emploi de bureau, on ne sait pas. Si ça se trouve il gagne très bien sa vie. Certains de nos tortionnaires ont connu une carrière éblouissante après la guerre. Von Braun, le grand superviseur des V2, n'a pas *été jugé. Des milliers de gars sont morts dans le tunnel de Dora en fabriquant ses fusées, sous ses ordres, sous ses yeux. Encore très récemment, ce type était l'un des pontes de la NASA. Dans mon boulot à moi je me retrouve souvent seul le soir dans une chambre avec mes échantillons de tissu, et ce n'est pas gai, tu imagines, tout seul avec ce tissu, je ne sais pas vraiment comment j'en suis arrivé là alors j'ouvre une bouteille, je regarde les étoiles, je t'écris des lettres que je ne t'envoie pas et je me demande ce qu'est devenu le bourreau.*

*Porte-toi bien, mon ami, je t'embrasse.*

*Ton Hugo*

Et un beau matin, M. Antoine se volatilise. « Exil créatif », il appelle ça. Sans crier gare, après avoir fait dérouler aux représentants de tissus tous leurs échantillons et cité le tiers du panthéon littéraire en alexandrins, mon patron empoche sa boîte de couleurs, dévale les escaliers comme un diable et disparaît sans finir sa cigarette en criant un dernier vers surexcité. Une blonde l'attend sur le trottoir dans sa décapotable. Il revient quelques jours plus tard tout bronzé, avec de l'électricité dans le sang et un carton boursouflé contenant trois cent vingt-six croquis qu'il nous commente un par un. Le directeur financier, la responsable en chef des vendeuses ainsi que Mme Jacotte et moi-même sommes conviés au déballage du précieux carton, lequel contient la substantifique moelle de notre future collection haute couture, ses lignes directrices, ses *principes* comme le répète le patron, bref, le magma ébouriffant sorti de son esprit surchauffé.

Lorsque Monsieur commente ses dessins, une dépression fulgurante me submerge. Rien que le regarder me fatigue – il se balance sur son fauteuil, fume Marlboro sur Marlboro et ne s'immobilise au milieu du feu sacré que pour lâcher d'inquiétantes prophéties. Pour la saison future, par exemple, il voit des « jambes surnaturelles » et des « bustes sardanapalesques », il voit des manteaux « attrapeurs de ciel » et des vestes « profilées vers l'avenir ». D'après ses cogitations personnelles, qu'il corrobore par une fréquentation assidue de la gent féminine, il est aussi temps de « révolutionner la longueur ».

— Chaque femme est multiple, déclame-t-il. Chaque jour, chaque minute, ni tout à fait une autre, ni tout à fait la même. Versatilité. Diversité. Changement. Ce sera le principe de la collection : mille créatures en une, vous saisissez ? Le vêtement de notre prochaine collection doit refléter cette multitude. Il doit être court, long et médium tout à la fois.

Court, long et moyen à la fois, mais bien sûr ! À fabriquer ça va être coton. Je n'écoute plus, j'imagine : de secrets rouages placés dans la poche de la veste, des filins transparents comme le nylon reliés à l'ourlet de la jupe permettant de la descendre et de la remonter à loisir comme un store... À moins qu'une télécommande à champ magnétique dissimulée sous les aisselles... La robe serait tissée de fins fils de fer, la cliente n'aurait qu'à baisser les bras pour actionner le bouton marche/arrêt et raccourcir sa robe, voire même la déboutonner. Le jour où elle oublierait la télécommande chez elle, son mari pourrait la piloter à distance, comme le *Soyouz* des Russes... Quand je rebranche mon cerveau sur la réunion en cours, M. Antoine développe toujours sa théorie des longueurs. D'après lui, la cliente contemporaine, lasse du règne sans partage de la minijupe, est mûre pour une garde-robe diversifiée lui permettant de se couvrir plus ou moins en fonction de sa silhouette, de son humeur, de l'endroit où elle se rend, de la personne qu'elle rencontre, de l'heure qu'il est et d'autres variables que notre patron énumère et auxquelles il ne manque que l'âge du capitaine. Son laïus dure, au bas mot, la moitié de l'après-midi. Le jus de crâne qu'il a produit pendant ces quelques jours d'exil créatif est tout bonnement renversant.

— Quant aux mousselines, elles seront plus qu'aériennes, elles seront évanescentes, elles seront d'après-demain, elles seront... New Flou, voilà. Le New Flou sera la clé de voûte de la collection hiver, son principe vital, je dirais même mieux : son œuf de Colomb, vous me suivez ?

La direction de la maison au grand complet hoche la tête comme un seul homme. Si un maître d'école pervers surgissait à cet instant pour nous soumettre à une interrogation surprise, personne ne serait fichu de dire ce que Monsieur souhaite concrètement pour la saison prochaine. C'est son principal problème, d'ailleurs : il manœuvre dans une dimension parallèle à la nôtre, échafaudant des idées compliquées et des concepts anglophiles en une pyramide aussi sublime qu'obscure. Il faut un certain temps pour trouver la sortie.

— Je vois aussi...

Une fois que Monsieur a fini de *voir* commence un travail délicat : traduire ses fulgurances dans un langage opérationnel, puis étouffer dans l'œuf, fût-il de Colomb, ses idées les plus farfelues afin de conserver uniquement les modèles humainement réalisables avec les pauvres moyens que la couture nous offre depuis la nuit des temps, à savoir un cerveau, deux mains, du fil et des aiguilles. Au terme de cette discussion qui dure le temps qu'il faut (Monsieur ne se laisse pas facilement manœuvrer), lui et moi avons réglé nos fréquences. Les filles dont il rêve, je les vois aussi, et de près maintenant : elles ont des attaches plus fines que des fées et des hanches qu'on voudrait embrasser, elles sont lumineuses, elles sont fluettes, elles dansent dans ma tête comme des lucioles. Les manteaux « légers à en attraper le ciel » sont devenus des capes en dentelle, des blazers à fente haute et à manches ballon ; les jambes « surnaturelles » entreront dans des pantalons suffisamment longs et échancrés pour amincir les rondes et transformer les minces en lianes. Quant à la « révolution des longueurs », elle devrait accoucher de plusieurs cabans en cuir pêche déclinés chacun dans trois tailles différentes – mini, midi, maxi.

Le soleil s'est couché et j'ai la migraine. Pis : le patron persiste avec ses vestes « fuselées vers l'avant », et puis quoi encore ? Pour moi, c'est niet. Infaisable. Il n'a pas de baguette magique, Tomi.

— Ne soyez pas modeste, Kiss, vous êtes un as. Vous y arriverez, comme d'habitude, et vous verrez : toutes les clientes s'arracheront les vestes fuselées.

C'est le troisième problème de Monsieur : non seulement il est sibyllin et têtu comme deux mules, mais il tape souvent dans le mille. Alors il voit, il voit, il voit, et moi je pédale derrière ; il est là, le seul et véritable principe vital de nos collections.

Préparation de la collection automne-hiver 1974, jour 1 : je cherche mon salut dans le *Grand Larousse*. « Fuselé : qui a la forme d'un fuseau, mince et galbé. » Je suis bien avancé. « Fuseau : instrument conique utilisé pour filer, tordre et enrouler le fil. » Comme si je l'ignorais ! Ce que je voudrais apprendre, moi, c'est comment on fait du conique avec du coton. On ne peut jamais compter sur les mots pour nous sortir de la mouise...

Jour 2 : J'ai beau m'acharner sur mes aiguilles, rien ne sort.

Jour 3 : Pas fermé l'œil cette nuit à cause de ce maudit fuselage.

Jour 4 :

— Dites-moi, monsieur Kiss, vous connaissez celle d'Abraham qui a des insomnies ?

— Je t'écoute Samy.

— C'est l'histoire d'Abraham qui a des insomnies, bon, son ami Isaac lui conseille de compter les moutons. Une semaine plus tard, Abraham a encore plus de cernes, il se plaint à Isaac : « Dis donc, j'ai compté les bestiaux comme tu me l'avais dit, ça ne fonctionne pas du tout ! », « Comment t'as fait ton compte ? », s'étonne Isaac. « Eh bien, arrivé à cinq mille moutons, je me suis dit qu'il ne fallait pas laisser passer une aussi belle affaire alors j'ai tondu toute leur laine et j'en ai fait des pardessus, maintenant je me casse la tête pour savoir où je vais trouver des doublures pas cher ! »

— Très drôle, Samy, vraiment. Va me chercher un triple café bien serré, veux-tu ?

— Priez sainte Catherine, Kiss.

Conseil de la Vieille de la manutention quand, après cinq jours d'interminables recherches, j'ignore toujours comment, mais bon sang, comment ? on peut techniquement *fuseler* une veste. Or le patron, enchanté de son idée, veut désormais en faire le concept-clé de la collection d'hiver. « Veste profilée », « modernité », « abstraction », il n'a que ces mots-là à la bouche. La direction a donc fait mousser ladite veste fuselée aux vendeuses, qui l'ont quasiment vendue aux clientes, et l'attachée de presse, misère, l'attachée de presse s'en est vantée auprès des journalistes qui attendent maintenant la chose comme le Messie, sauf que je n'ai pas l'ombre de la queue

520

d'un fuselage et l'essayage des toiles débute dans trois jours. Les toiles, ce sont les vêtements de la collection fabriqués dans un tissu tout bête, tout blanc, coton lin, juste pour se rendre compte des volumes et des proportions. Ça n'a l'air de rien et c'est presque tout. Sainte Catherine, donc.

Catherine est la sainte patronne de notre corporation – tailleurs et couturiers, drapiers, marchands de laine. C'était la plus jolie fille de l'Empire romain, paraît-il. Brune, bouclée, avec ça maligne comme pas une et folle du Christ. L'empereur voulait l'épouser et qu'elle cesse de le bassiner avec son Dieu unique. Elle a refusé la conversion et la noce, il l'a emprisonnée, affamée, déchiquetée puis décapitée pour faire bonne mesure. Pugnace, la Catherine. En cas de désastre imminent et/ou de profond découragement, tout professionnel de l'aiguille peut l'invoquer s'il est chrétien voire même dans le cas contraire – Samy l'apiéceur communiste bouffeur de curé ne se prive jamais de sonner cette pauvre Catherine, ce n'est plus une sainte c'est un réflexe, dans le métier tout le monde a oublié à quel point la bienheureuse était catholique. C'est la Vieille qui m'a raconté sainte Catherine. Parce qu'on parle, le matin, la Vieille et moi, avant que les autres n'arrivent.

— Vous savez prier, au moins, monsieur Kiss ?

— Non.

— Pas grave, faites n'importe comment, elle comprendra.

Outre les tailleurs, marchands de draps, etc., Catherine veille aussi sur les notaires, les philosophes, les filles célibataires et les plombiers, c'est dire si sa bienveillance méprise les frontières. Les maisons de couture abritant de rares plombiers reconvertis dont je fais partie, plusieurs furieux philosophes, pléthore de filles à marier et quelques authentiques tailleurs, il y a fête dans tous les ateliers le 25 novembre, jour de la Sainte-Catherine. Fleurissent alors les chapeaux biscornus et les bouteilles de champagne, on pousse les tables, on remise les toiles et les épingles, parfois on danse jusqu'aux petites heures.

À chaque Sainte-Catherine, je pense à Esther Blum. Je ne sais pas pourquoi, cette fille me hante, pourtant elle est morte depuis longtemps, Esther Blum, une petite main, toute petite, débutante... Toujours un livre corné dans la poche, des grands yeux à penser des milliards de trucs sans le dire et quand elle parlait, une mitraillette, essaye un peu de couper une mitraillette... J'ai toujours été mal à l'aise avec elle, à cause des yeux peut-être, ou de toutes ces choses qu'elle avait l'air de penser de moi. Maintenant elle est morte, Esther, mais elle est toujours dans ma tête, pourtant c'était personne cette fille, une ombre dans la maison, mais il y a des gens comme ça, on a l'impression de les connaître depuis longtemps. Elle était juive Esther, vraiment juive, un samedi j'étais tombé sur elle devant la synagogue de la place des Vosges. Elle y allait chaque semaine deux fois. Elle voulait un mari plus jeune qu'elle pour ne pas lui survivre, et surtout pas goy. C'était ce genre de fille certaine de son fait, avec tout un tas d'idées plantées de biais et ancrées bien profond. Un juif sérieux elle cherchait, qui l'épouserait selon la tradition. Pendant les préparations de collection, les filles lui conseillaient de broder un de ses cheveux dans la robe de mariée, histoire de mettre toutes les chances de son côté. Esther refusait, offusquée de ces superstitions ridicules : Dieu lui-même allait lui envoyer le Prince Charmant. Eh bien le 25 novembre, même Esther Blum la pieuse coiffait sainte Catherine, parce que l'ambiance, parce que le chapeau et le champagne, parce que la religion en France ce n'est pas si important. Les athées de mon atelier boivent aussi un coup une fois l'an à la santé de la sainte et tout le monde trouve ça normal. Ça me plaît de vivre dans ce pays-là, où la majorité des gens ne se soucie de Dieu que lorsqu'il s'agit de trinquer.

Sur ma carte d'identité désormais, il y a marqué Français, point. Pas « juif », pas « ISR », pas de numéro, rien. Français point. Mes enfants aussi sont français point – Gabriel comme l'archange, Marcel comme ça se prononce. Je leur ai appris à ne jamais dire qu'ils sont juifs, pas circoncis non plus, incognito. On n'est ni croyants ni pratiquants mais ça n'empêche pas de rester prudents. La tolérance, elle est comme le petit manteau du Joseph de la fable :

fragile. Un jour tu es citoyen, le lendemain une peste. C'est pour cette raison que j'ai refusé, pour la maison. Je m'explique : quand j'ai commencé à gagner de l'argent dans la haute couture, plus d'argent que mon père, plus que ce que je n'aurais jamais imaginé gagner dans ma vie, Rosie a voulu qu'on achète une maison.

— Fini la location, elle disait, chez nous, vraiment.

Ça lui paraissait logique, *chez nous vraiment*, logique et rassurant, un endroit rien qu'à nous avec un petit jardin et des arbres pour que les enfants grimpent dedans, au pire un trois-quatre pièces dans un immeuble tranquille avec vue sur le square. Pour le prix de l'appartement j'ai acheté une Renault Floride coupé sport. Rosie m'a fait dormir sur le canapé pendant six mois. Elle n'a pas compris. Je sais, moi, que la maison on peut toujours te la prendre, du jour au lendemain tu n'as plus rien, en revanche la voiture tu pars avec, et vite, au cas où.

— Alors, monsieur Kiss, cette veste, elle avance ?

Le patron aussi est juif. Lui non plus n'en parle pas. Il a épousé une Française point et la trompe avec toutes les nationalités possibles et imaginables. Pareil pour son équipe, ses salariés, ses amis, Monsieur se contrefout des origines comme des obédiences. Autour de lui gravitent des Arméniens et des Normands, de fervents bouffeurs de curés et des sionistes. Son masseur est hindou, son expert-comptable protestant et son médecin aumônier bénévole aux Scouts de France. D'ailleurs il est souvent sollicité, le toubib, surtout en période de collection. Dans ces moments-là, mon patron est fébrile. Il monte et descend les escaliers, claque les portes, en fermant la fenêtre il est capable de casser un carreau alors son médecin se déplace au bureau pour lui administrer divers décontractants : un jour une décoction, le lendemain il rajoute trois cachets, deux fois par an l'ordonnance enfle ainsi jusqu'à ce que la nouvelle collection soit fin prête à être montrée. La veille du défilé, la prescription est mirobolante : pilules et poudres, infusions, massages, piqûres, toute la pharmacie au complet. Il n'y a que l'eau de Lourdes que le bon docteur Morize ne lui prescrive jamais et vu l'état actuel du patron, il faudrait peut-être y songer : on ne comprend quasiment plus ce qu'il dit.

— Nous attendons votre fuselé avec une tumultueuse impatience, monsieur Kiss. Plus que tumultueuse, d'ailleurs, nous l'attendons de pied d'argile et de main ferme.

Quand le langage poétique de Monsieur dépasse l'entendement, c'est que son anxiété a franchi un seuil critique et dans ces moments-là, aucun remède humain n'a plus d'effet sur lui. Il faudrait un miracle pour le rasséréner or le Seigneur, quelle que soit sa religion et s'Il existait, nous aurait depuis longtemps délivrés des présentations de collections et des fuselages diaboliques.

— Bien sûr, monsieur, rassurez-vous, la veste sera prête, plus que prête même, elle sera parfaite, ce n'est plus qu'une question d'heures.

En haute couture, mentir n'est jamais pécher.

J'ai bien compris ce que voulait le patron avec son fuselage : un vêtement en mouvement, une flèche, comme un coup de vent, la fille emportée vers l'horizon, légère, féerique. Mais la veste résiste. J'essaye de renforcer la toile pour donner de l'allant mais l'échec est total, à chaque coup le montage apparaît et quand il n'apparaît pas les pans du devant forment une boule, pas du tout l'effet horizon, c'est atroce, c'est raté, la fin de la journée arrive et j'ai envie de déchiqueter la toile. Hier, j'y ai passé la nuit. Mes gars avaient débauché, il n'y avait plus que moi dans l'atelier. Moi et la toile. Et la fille bien sûr, la fille à habiller, elle était là dans ma tête, toute proche maintenant, je voyais sa peau de pêche et son sourire, elle me regardait, elle attendait de se glisser dans la veste profilée, la veste incroyable, étonnante, soufflée comme une bulle de savon, bien finie bien cousue, celle qui allait lui donner l'assurance de marcher vite le nez en l'air, les gens ne verraient qu'elle là-dedans, ils oublieraient la veste mais pas la fille, malheureusement le tissu résistait et la fille a disparu. Je me suis retrouvé seul avec le réel accablant : veste plate, personne dedans. La nuit, quand on n'y arrive pas, c'est atroce. Dehors les passants plaisantent malgré l'averse, les voitures glissent sur la chaussée mouillée, les couples se disputent ou s'embrassent sous leur parapluie et plus personne ne peut rien pour toi.

Demain, au mieux le jour suivant lors des essayages, tout le monde se rendra compte de la catastrophe : pas de veste *profilée vers l'avenir*, juste une veste normale, bêtement verticale, déception de la direction, du patron des vendeuses des clientes de la presse, déception générale, catastrophe pour la collection, pour le chiffre d'affaires, pour la maison en entier et ce sera ma faute parce que j'ai échoué, parce que j'ai menti, parce que dès le début je suis l'imposteur, je suis l'usurpateur, il fallait bien qu'un matin ça se sache et voilà le grain de sable dans la machine, l'aiguille cassée qui me perd.

Les gens se fourvoient totalement sur la haute couture : ils imaginent un océan de paillettes, une cascade de glamour, en réalité c'est le feu infernal qui te brûle. Un jour j'ai vu Coco Chanel à la télévision, bien raide, toute sèche, une brindille, elle racontait ce feu-là. Elle disait : la mode, c'est quelque chose au bord du suicide.

Elle avait raison la mère Coco, parfaitement raison, sauf qu'une veste ratée ne lui a jamais coûté grand-chose, à elle. Rien ne l'a jamais carbonisée, ni sa collection désastreuse de 1954 ni même toute la boue d'avant, son Allemand et ses manœuvres. Elle est toujours restée à l'abri, en Suisse, au Ritz, pas comme nous qui pédalons derrière les patrons, nous qui ne passons jamais aux actualités, nous tous qui venons du trou noir crasseux de la vie et qui du jour au lendemain, à cause d'une saloperie de toile impossible à fuseler, pouvons y retourner.

— Vraiment, monsieur Kiss ? La veste est presque terminée ? C'est merveilleux ! Vous voyez bien que ce n'était pas si compliqué. À moins que vous n'ayez effectivement prié sainte Catherine et qu'elle vous ait entendu...

Je n'ai pas prié depuis le *heder* et ce n'est pas aujourd'hui que ça va me reprendre, même si je n'ai pas plus de veste profilée sur mon Stockman que de beurre en branche. Je suis comme mon patron, moi, je ne prie pas, je ne dis pas toujours la vérité non plus, je ne vais pas à la synagogue, je ne mange pas casher, je ne respecte pas le shabbat, rien de rien. Je pourrais dire que tout ce qui était juif en moi s'est effacé mais ce serait mentir. Il me reste quelque chose, au fond des os. Quand mon père allume les bougies par exemple – il les allume de temps en temps même s'il est un homme, parce qu'il n'y a pas de femme chez lui et justement parce qu'il n'y a pas de femme – la lumière tremble sur la cire, je me souviens brusquement de la lumière et du son des mots, *Baroukh ata Ado-naï Elo-hénou Mélèkh haolam achère kidéchanou bémitsvotav vetsivanou lehadlik ner chel Shabbat Kodech*, je me rappelle les mots et les gens derrière les mots et je sens comme une faute qui m'écrase. J'ai honte de les oublier si bien. Régulièrement, je reçois des courriers de l'ORT, du Joint, de tout un tombereau d'associations caritatives juives qui récoltent des fonds pour les malheureux d'aujourd'hui. Je laisse moisir l'enveloppe long-temps sur la table basse puis je l'ouvre enfin. Et je fais un chèque. Je le dois. Je leur dois. C'est la *Tsedaka*, l'aumône obligatoire pour les juifs. Et moi je suis juif malgré tout. Je suis juif par hérédité, par loyauté par culpabilité, pour les morts, pour les justes, par respect et par dette, je suis juif au-delà de ma volonté, juif parce que c'est comme ça. Je suis juif toujours et de loin, à la limite d'un cercle dont je ne peux pas m'échapper.

Esther Blum était dans le cercle, elle, en plein milieu. Esther la petite main qui m'obsède, la seule de la maison à croire fièrement et à pra-tiquer dans les règles de l'art, à être juive sans peur, sans arrière-pensée, sans ombre, en toute conscience. À force d'implorer le Très-Haut, elle a fini par trouver un homme à la synagogue. Ils se sont mariés sous le dais et sont morts tout de suite après, renversés par un bus. Esther Blum. Longtemps j'ai cru qu'elle me rappelait quelqu'un, sans réussir à savoir qui... Je pense souvent à elle. J'imagine sa tête ensanglantée, son corps plié et blanc. Sur son Stockman le tailleur n'était même pas à moitié terminé. Il y a des filles qui n'ont jamais de chance. La veille de l'accident, elle avait fait tomber sa paire de ciseaux. Très mauvais présage, la chute de ciseaux, surtout la pointe en bas, signe de mort imminente, on sait tous ça dans le métier. À l'annonce du décès, la plupart des collègues ont incriminé le mauvais œil, d'autres le malheureux hasard, d'autres encore la volonté incompréhensible de Dieu. Un silence de cachot nous est tombé dessus et c'est dans ce silence-là qu'on a travaillé longtemps, ceux qui croyaient aux sorts et ceux qui n'y croyaient pas, on a turbiné le jour de shabbat, même à l'heure de la messe du dimanche, bouchées doubles pour finir le tailleur interrompu d'Esther et ses autres modèles en plus des nôtres. Cette année-là aussi, la collection a été terminée pile dans les temps. La seule vraie religion ici, c'est la couture.

— J'ai hâte de voir vos prouesses, Kiss... Très hâte de tenir cette veste profilée dans mes mains. Elle va être le clou de la collection, son point culminant, son climax, j'ose le dire vulgairement : son pompon.

Tout en parlant le patron hoche la tête, très excité – un pivert sous amphétamines, syndrome typique d'une préparation de collection, pas la peine d'essayer d'en placer une.

— J'étais convaincu que vous y arriveriez, vous savez. C'est pour ça que je vous ai toujours soutenu, toujours promu parmi les autres. Vous êtes le meilleur, Kiss, ça reste entre nous... Et tenez, puisque vous avez si bien avancé, pas la peine d'attendre trois jours, finalement nous ferons les essayages demain matin à la première heure. Je vais inviter la direction au complet, et même les salariés, non, non, pas de fausse modestie, vous le méritez amplement, mon ami.

En réalité la seule juive authentique qui reste dans notre maison de couture depuis la mort d'Esther, c'est la maison elle-même, où se rejoue la vieille tragédie du peuple par Dieu distingué : à chaque jour son lot de problèmes insolubles devant lesquels l'Élu n'a que deux options, rire ou pleurer.

*Pense-t-il à moi, après tout ce temps ? Sans doute pas. Tomas… Le soir où il m'a tiré dessus a dû tomber dans le trou noir de sa mémoire, avec le reste.* Pardon, Serena, *j'aurais aimé entendre ces mots-là. Mais quand je suis sortie de l'hôpital de Beregszász, il était parti. Il s'est enfui sans s'excuser, sans dire au revoir, sans prévenir personne, avec son père. Les hommes font ça parfois, ils blessent puis ils font semblant d'oublier, parfois ils y arrivent. J'ai appris qu'il s'était installé à Paris, ça ne m'étonne pas : la France est un bon pays pour renaître. Moi j'ai choisi Israël et vingt ans après je pense à lui encore, malgré tout les mêmes mots reviennent, les mots d'avant la nuit où il a tiré. J'ai cherché longtemps l'homme sur lequel ces mots-là pourraient s'accrocher sans jamais le trouver vraiment. Je n'ai pas fait d'enfant. Lui en a eu sans doute, je le vois autour de moi, la majorité des survivants se sont empressés de mettre au monde des garçons et des filles auxquels ils n'ont rien dit de leur déportation – beaucoup d'enfants et peu de mots. Moi j'ai fait l'inverse.*

J'ai disséqué ma mémoire, j'ai raconté en hongrois, en yiddish, en hébreu, je traquais la langue adaptée et les phrases justes pour dire ce qu'il nous est arrivé – capturer la vérité des faits et celle des sensations. Je pensais qu'alors les mots sortis de moi refroidiraient ma colère et me délivreraient des morts, qu'ils prendraient sur eux ma douleur. En vérité l'inverse se produit. À mesure que mon écriture s'améliore mon chagrin augmente. Année après année je m'éloigne des mots raides et creux, je me débarrasse des clichés, page après page je m'approche du réel, j'exhume maintenant le passé sans presque l'abîmer et il m'accable de nouveau. Je me suis trompée de vie : les mots ne consolent de rien, au contraire, chaque livre réussi m'affaiblit davantage.

Peut-être Tomas avait-il raison de tout miser sur l'oubli. Une fois seulement j'aimerais le revoir, pour lui demander, en avoir le cœur net, peut-on vraiment vider sa mémoire comme un sac et dans ce cas, où se réfugient nos fantômes ?

Des crans, voilà. Sur plusieurs rangs, de part et d'autre des boutonnières, des crans pour créer du volume, par là-dessus des volants taillés exprès pour se soulever à chaque pas et le tour est joué : fuselée la veste, et pas qu'un peu, elle semble avancer comme poussée par le vent. L'idée s'est levée comme ça, la seconde d'avant je crevais et bam ! la magie, la fulgurance magistrale sortie d'on ne sait où. Grâce aux crans, la veste s'est profilée gentiment, la fille qui dansait dans ma tête est revenue se glisser dedans, c'était flagrant qu'elle y était, fallait voir la courbe de la poitrine, ce n'était plus du tissu bête, du coton mort et têtu, c'était de l'habité. Impossible de dormir après ça, la foudre dans les veines, je suis rentré à la maison à pied.

Le lendemain, lors de l'essayage, le patron était ravi : il n'a quasiment rien demandé, quelques micro-modifications seulement, trois fois rien. C'est rare, trois fois rien. D'habitude M. Antoine fait dans la surenchère, dix commentaires à la seconde – « trop long, beaucoup trop long, un bon demi-centimètre à ôter, pas assez plongeant, trop plissé, pas assez plié, les poches en arrière plutôt qu'en avant, un chouia court, un poil plus latéral, mon croquis était mieux cintré » – on n'en sort pas. Lorsque le patron ne dit rien ou presque pendant l'essayage des toiles, il arrive qu'une douce illusion vienne bercer le tailleur, en qui sommeille toujours un enfant naïf doublé d'un monstre d'orgueil. En l'absence de demande expresse de modifications, il se persuade que son modèle est parfait ou bien béni entre tous et qu'il se développera sans heurt jusqu'au jour du défilé. Erreur de débutant : les ennuis nous attendent toujours tapis dans un coin, prêts à bondir. D'abord il faut refaire le vêtement, cette fois dans le bon tissu, ce qui n'est pas une mince affaire. On ressort l'étoffe qui nous avait inspirés quelques semaines auparavant, la plupart du temps plus personne n'en veut – les aléas de la passion. Cinquante nouveaux échantillons sont extraits des tiroirs, on coupe les cheveux en quatre et au passage on s'en arrache quelques-uns, finalement ma veste fuselée hérite d'un alpaga bleu. Une sale bête, l'alpaga. Il se cabre, il résiste, dans ce tissu les crans sont hérissés comme les piquants d'un cactus, ainsi montée la veste n'est plus fuselée, elle a la chair de poule. Des heures pour la mater. Une fois le tissu calmé, le mannequin débarque, une jolie brune rembourrée où il faut, les seins comme deux pommes, au défilé elle fera mouche, dans l'alpaga elle est divine, on touche à la perfection quand Monsieur, victime d'une de ses régulières mais incompréhensibles tocades, décide de remplacer la brune par une blonde maigrichonne, avec seins en poire et omoplates saillantes, misère ! Il y a des milliards de retouches à faire.

Ma veste, par ailleurs, doit aller avec une jupe à empiècement de dentelle, incrustée de broderie et la broderie, comme chacun sait, retient le tissu – on se retrouve systématiquement avec un centimètre disparu au dernier moment. Pour corser le tout, Monsieur a du temps libre pendant que nous trimons, et son temps libre est malheureusement propice à la réflexion. Il change l'ordre des mannequins, rappelle la belle brune et congédie la blonde. Heureusement la couturière de mon atelier en charge de la jupe est une experte : les gradations sont savamment recalculées, un polytechnicien s'y perdrait mais les équations de cette femme tombent rond comme un ballon, puis ses mains blanches et rapides glissent sur le tissu, coups d'épingle, coups de ciseaux, de ses doigts fins naissent des points furtifs, les frontières invisibles du vêtement qui semble finalement tenir comme par magie. De vieilles dames aux doigts tordus nous rejoignent avec leurs aiguilles : les meilleures brodeuses de Paris ont les cheveux blancs et marchent avec une canne, jusqu'à une heure du matin elles brodent des perles d'or et des jours merveilleux. Enfin la dentelle est incrustée, millimètre par millimètre. C'est infernal la dentelle, infernal mais indispensable et elle tient bien maintenant, malgré la souplesse atroce de la maille, malgré les perles minuscules et fourbes qui gênent sur le biais, malgré la panne vive qui ondule comme une anguille et se sauve. Les douze derniers jours sont passés comme une seule heure, c'est l'instant crucial des ultimes essayages. Le patron, renfrogné, tournicote autour du Stockman.

— La veste, moui... La jupe... La jupe n'est pas bonne. L'équilibre n'y est pas.

Le patron débloque complètement. Elle est bonne, plus que bonne même, délicieuse. Il persiste :

— La jupe penche.

Elle ne penche pas. Elle est parfaite.

— Elle penche, il répète. Il vous faut des lunettes, monsieur Kiss.

Impossible. J'ai dix sur dix aux deux yeux, j'apercevrais un pois chiche à deux kilomètres. On sort le mètre ruban, les mesures de la jupe sont reprises et celles du mannequin par la même occasion, tour de taille, tour de cuisses, même le tour du cou et l'espace entre les seins tant qu'on y est. Tout est d'équerre.

— Je crois bien que c'est le sol, monsieur.

— Le sol ? Elle est excellente celle-là ! Le sol ! Qu'allez-vous inventer, monsieur Kiss, allons allons !

Il sourit faussement. En dedans il est fou de rage. Mon cœur s'accélère, je sors un niveau : le plancher n'est pas droit. Ce n'est pas moi, je le savais, pas moi, pas ma faute, non, pas ma faute, je respire de nouveau, c'est le sol et c'est

tout, mais « ça » ne lui va toujours pas. « Ça »,
c'est maintenant le padding, le rembourrage de
la veste qui hier encore lui convenait parfaitement, « ça », c'est la manche qui ne tombe pas
bien, l'épaule trop renflée à moins qu'elle ne le
soit pas assez, on ne sait plus très bien, voilà
deux heures qu'on bouillonne dans la marmite
et *l'harmonie des saveurs* n'y est toujours pas.

« L'harmonie des saveurs », c'est la dernière
théorie du patron qui, d'après les rumeurs,
s'est entiché d'une très jolie cuisinière, passion récente qui expliquerait l'inflation dans
sa bouche du lexique gastronomique incongru.

— Chaque élément doit être harmonieuse-
ment lié à l'autre comme dans une sauce, et
CECI ruine l'ensemble, dit-il en pointant sur le
padding une cuillère invisible.

Tout le monde se précipite afin d'effacer la
faute de goût, on allège, on rectifie, on allonge,
on assaisonne, « toujours pas ça » il grince,
« l'harmonie, monsieur Kiss, les saveurs ! ».
Cette épaule va nous tuer, la transpiration me
coule dans le dos et Mme Jacotte blêmit à vue
d'œil, on retire l'épaulette et c'est pire encore,
on la remet, on la tasse, on la tend, l'ambiance
tourne vinaigre, à force de tirer sur ce mauvais
padding le patron finit par l'arracher à moitié
et soudain tout le monde s'extasie – la manche
maintenant en lambeaux tombe pile comme il
faut. Monsieur nous a refait le coup de la tarte
Tatin et on a tous perdu deux ans de vie. Nous
repartons exsangues aux ateliers pour modifier
le padding selon la recette du patron.

Faire, défaire, refaire, améliorer, soupirer : entre mes couturiers et leur modèle c'est une danse furieuse qui a lieu dans le silence et maintenant d'autres s'y joignent, bottiers, bijoutiers, plumassiers, chacun ajoute sa touche à la tenue, le jour de la présentation à la presse approche dangereusement, c'est dans soixante-douze heures désormais, c'est après-demain, c'est demain. Il ne reste plus qu'un coup de fer à mettre sur les vestes, sur les jupes et les manteaux et ils seront fin prêts à défiler. C'est alors qu'il advient, suivant la loi sacrée de la haute couture, la sainte loi de l'emmerdement maximal, le coup du sort, le coup foireux, le coup de fer malencontreux qui laisse non pas un trou mais presque pire : une odieuse dégoulinure, une trace noirâtre sur la manche droite du blazer. J'aimerais planter ma paire de ciseaux dans la main qui a guidé le fer, lui écraser la semelle brûlante sur la paume mais dans la vie normale ce genre de chose ne se fait pas, alors j'envoie le fautif à coups de pied aux fesses chez le Russe.

Avant, j'y allais moi-même. À mes débuts je faisais tout. Je connais bien le Russe, un ancien prisonnier de guerre, il tient commerce rue de Montreuil, pressing, laverie, détachage. Sa boutique est minable, sombre et minuscule, un couloir mal éclairé tapissé du sol au plafond de boîtes et de fioles parfaitement alignées, bazar maniaque au milieu duquel il encastre non sans mal ses deux mètres de haut. Ajoutez à cela une barbe touffue, une carrure de catcheur, des yeux brûlants surmontés de sourcils invisibles et voilà Fédor, qu'on n'aimerait pas croiser le soir au fond d'une ruelle obscure.

— Date de la tache ?

— Aujourd'hui, 14 heures.

Les yeux de Fédor envoient des éclairs. Le gars déteste la crasse, il la hait, il l'abomine, pire : il a fait d'elle son ennemie personnelle.

— Café ? Cirage ? Feutre ?

— Fer à repasser, je ne comprends pas...

— Température au moment critique ?

— Tiède, ou à peu près.

— Dans trois heures, chef, ce sera prêt.

Le Russe appelle tout le monde chef mais c'est lui, le patron véritable : jamais je ne l'ai vu échouer, jamais il ne fait patienter le client plus que prévu. Rapide, fiable, impeccable, aucun blanchisseur ne peut rivaliser avec lui. D'ailleurs les coursiers des meilleures maisons se refilent son adresse sous le manteau, en cas de désastre ils font la queue devant son magasin, je parierais que le registre de ses clients recoupe nom pour nom celui de la Chambre syndicale de la haute couture. Il faut voir Fédor saisir avec délicatesse la robe de taffetas ou le pantalon lamé, écarter sa frange hirsute, scruter la tache de ses yeux fous et disparaître au bout du couloir en oscillant sur ses grosses jambes pour en ressortir peu de temps plus tard avec le vêtement immaculé, souple et brillant comme un poisson d'argent entre ses mains immenses. Le *domovoï* des fables russes, l'elfe domestique des isbas s'est secrètement réincarné au 59, rue de Montreuil. Personne ne sait par quel enchantement ce gars réussit à ravoir des tissus fragiles, à effacer des dégueulasseries irrécupérables ; à chaque question d'admirateur il répond par un silence de sorcier. Longtemps j'ai cru que son obscure arrière-boutique dissimulait quelque onguent magique, au moins un grimoire de ses philtres nettoyants, jusqu'à ce qu'il me confie l'origine de son prodigieux savoir-faire :

— Neuf mois à la blanchisserie d'Auschwitz, chef.

Le merveilleux dans la couture, ce ne sont pas les vêtements qui y sont faits, ce sont les gens qui les font.

Il arrive de temps à autre qu'un grand désespoir me prenne, quand les tissus trahissent, quand le patron tempête, quand dans la maison on ne parle plus que de chiffres, de business et de comptes – berger dans les Pyrénées, finalement, pourquoi pas ? Mais l'énergie revient toujours. Elle vient des autres, de tous ceux qui veillent sur le vêtement, les fées silencieuses aux aiguilles magiques et aux doigts piqués, les elfes nettoyeurs, les anges gardiens de la coupe seulement armés de leur minutie et de leurs lourds ciseaux, ce sont eux qui me poussent, leur intelligence discrète, leurs savants calculs, leurs recettes d'alchimistes, leurs nuits sur l'ouvrage, leurs mains araignées infatigables et expertes, la couture c'est eux d'abord, eux surtout, leur courage dans l'ombre, leur obstination folle à servir l'habit, à le terminer, à l'embellir, à le sauver de la benne enfin, combat forcené, sublime, anonyme, invisible et que je vois, moi, depuis longtemps et pour toujours, même les yeux fermés.

*Il ne dort pas, mon Tomas. Il ne dort jamais. J'ai un mari sans sommeil, voilà tout. Il se couche les yeux grands ouverts puis il s'écroule, quelques minutes et soudain il remue bras et jambes, il court dans les draps en criant, jadis je pensais que ses cauchemars venaient de l'atelier, maintenant je sais qu'ils surgissent de plus loin encore : les bergers allemands le poursuivent, ils vont l'attraper, il m'appelle à l'aide. Je lui caresse les cheveux pour qu'il se réveille, trois minutes plus tard il retombe dans ce sommeil terrifié où les gendarmes hongrois le jettent hors de chez lui, où sa mère disparaît au bout du quai, où l'aiguille de la machine à coudre se casse, où son numéro résonne dans le haut-parleur, ainsi jusqu'au matin. Le médecin lui a prescrit des somnifères qu'il refuse. Il a peur de rester enfermé dans le cauchemar, alors c'est moi qui les prends, de temps en temps, pour dormir un peu. Il n'aime pas ça. Il voudrait que je sois tout le temps là, jour et nuit, de pire en pire.*

*Au départ, personne ne misait une cacahuète sur notre mariage. Ma mère a pleuré à l'annonce.*

*Le père de Tomi s'est désolé d'hériter d'une si piètre belle-fille : à 17 ans je ne savais même pas faire cuire un œuf. Sur notre photo de mariage tout le monde tire une tête d'enterrement, sauf nous. On était juste heureux. Tout le reste, on l'a appris sur le tas.*

*Maintenant je sais cuisiner comme il faut, mieux que ça même, les nokedlis et le tarhonya, les biscuits au sucre croquants dessus et moelleux dedans, monsieur est difficile. Chaque matin je lui prépare sa boîte qu'il dévore à la pause, sauf quand il déjeune chez Camille, et même dans ces cas-là il me téléphone après, à midi quarante-cinq tout pile. Tous les jours, sans exception, midi quarante-cinq, il m'appelle. Il veut s'assurer que je vais bien, que personne ne m'ennuie, que je suis toujours là. Où veut-il que je sois ? Même à la maison il me cherche sans cesse, il a peur de me perdre. Si je le laissais faire il coudrait des clochettes à l'ourlet de mon peignoir et je parcourrais l'appartement comme le Grand Prêtre des temps anciens, en tintant de tous côtés. Je suis toujours là, bien sûr ! J'ai toujours été là. D'abord dans le taudis à courir après les rats, puis dans le petit studio de Montreuil avec les w.-c. au rez-de-chaussée, maintenant dans le grand appartement, toujours là moi, seul le cadre change – chaque soir je l'attends. Quand il a du retard je lis, je mitonne, je nourris les perruches, c'est Tomi qui me les a offertes, je découpe les articles qui m'intéressent et ceux qui pourraient l'intéresser, lui. Je me demande s'il sera heureux de sa journée ou habité par d'anciennes colères. De temps en temps, je songe à mes belles-filles, les femmes de mes fils. Elles travaillent, elles. Moi j'aurais pu faire carrière aussi, cuisinière, archiviste, comptable, infirmière, ornithologue, psychologue, pourquoi pas ? Auprès de Tomas je suis tout cela à la fois.*

*L'autre jour c'était la dentelle qui l'énervait. La dentelle, tout un poème... Il faut commander les panneaux chez des ouvrières spécialisées en la matière, c'est long à faire et en haute couture le temps presse, mais chaque saison il s'obstine. Quand son patron n'y pense pas c'est lui qui insiste pour en ajouter ici et là.*

*— Pourquoi en mets-tu partout si ça te rend nerveux ? je lui demande.*

*Il argumente : en 1957 c'était pour faire comme Dior, en 1964 elle était terriblement à la mode, aujourd'hui les clientes en raffolent toujours et puis la dentelle c'est de l'art, c'est le chic, c'est la France, d'Alençon à Villedieu-les-Poêles on en fabrique, quand mon mari a épuisé tous les arguments cohérents il clôt le débat avec un aphorisme de son cru :*

*— La dentelle, ça sert toujours.*

*Jadis, j'imaginais le pire. Pour être si féru de guipure il devait avoir une maîtresse dans la partie, une dentellière gironde irrésistible dissimulée dans une garçonnière, une ensorceleuse aux mains expertes, tu parles ! Au fond d'un immeuble décati trois ancêtres tricoteuses qui carburent au café noir. Ce sont elles, les dentellières aux doigts experts chez qui mon mari s'approvisionne. Je le sais parce que je l'ai fait suivre par une copine, il y a quelques années, un jour où il allait chez elles* chercher la marchandise, dans le XI<sup>e</sup>. Seul le passé l'ensorcelle, mon mari, je l'ai compris avec l'âge.

J'ai cessé de m'inquiéter il y a longtemps. Je ne crains plus ni les rides, ni les disputes, ni les jolies filles qui passent, encore moins les boudins qui lui sautent au cou pour une robe en disant : Je suis laide, sauvez-moi ! Ce genre de choses arrive dans son métier, mais je n'ai pas peur. Je vois bien maintenant que le lien qui nous unit s'est noué avant nous, ailleurs, là-bas d'où viennent nos familles, qu'il est tissé d'autres fils que l'amour seul. Tomi mon mari, mon ami, mon protecteur, Tomi mon père, mon amant, mon enfant, notre histoire est une pelote à elle seule, qui serait assez fort pour détricoter ça ?

Cette année, il nous a acheté une maison dans le Sud, pour les vacances, pour la retraite. Je la lui ai réclamée pendant dix ans et le jour où j'ai arrêté de la demander, monsieur s'est décidé. Maintenant il croit que c'est son idée et tout le monde est content – ce truc-là aussi, je l'ai appris sur le tas. Autour de la villa il fait planter un tas de grands arbres coupe-vent et des rosiers grimpants sur les murs nus. Il dit : J'habille la maison, pour qu'on vieillisse au chaud.

Nous y voilà, le grand jour, le jour J, J comme joie, tu parles ! Le jour M plutôt, comme merdier majuscule : rien n'est prêt. Dans les loges les filles sont encore en petite culotte, un œil fardé l'autre nu, dans le vrombissement des sèche-cheveux Mme Jacotte recoud une boutonnière, une lanière de cuir s'effiloche, il faut la ciseler au cutter, on a perdu le torque qui va au cou de la mariée – c'est bien le moment, nous sommes en retard, cinq mille heures de travail acharné dans quelques minutes jetées en pâture au public. La maison tremble tout entière, le directeur, les vendeuses, l'attachée de presse, le patron, surtout le patron, trois piqûres ne lui ont pas suffi, il a perdu sa voix, son briquet et son calme, il marche de long en large suivi par deux assistants fébriles et son magnétiseur personnel, pas un pour tranquilliser l'autre. Seuls points fixes dans la fourmilière, les mannequins colorent leur bouche lentement, sans ciller face au miroir, comme si nous étions dans les temps, comme si nous ne risquions pas nos vies et que n'importait d'autre à cet instant que la ligne rose du crayon sur leurs lèvres.

Dehors ils sont déjà tous là, on entend leurs talons claquer dans la cour. Clientes, acheteurs, français, américains, reporters, magazines/quotidiens/revues spécialisées, les agences avec leurs photographes, les radios et bien sûr la télévision. Ils se bousculent, les invités, ils s'énervent, on a installé des barrières métalliques et des policiers en tenue de part et d'autre de la grande porte mais ils débordent en brandissant leur carton comme un pavé : ils veulent entrer sous la coupole de verre, s'asseoir et voir l'automne-hiver, vite, ils ont hâte d'être épatés ou dépités, peu importe mais que ce soit violent, que ça change de la vie plate, que ça emporte que ça agace que ça fascine, sublime ou atroce mais surtout rien entre les deux. Il est là, l'autre plaisir des modeux, aussi délicieux qu'admirer : critiquer. Critiquer, oui, descendre en flammes ou comparer en fine bouche, défaire à petits coups de lame toute la perfection bâtie dans l'atelier. Aujourd'hui dans la haute couture personne n'est plus conquis d'avance, fini ce temps-là. Les modèles se démodent à peine créés, les journalistes n'en ont plus que pour les jeunes créateurs, les Japonais, les excentriques… Les « jeunes créateurs », tu parles ! Ces petits cons-là surdimensionnent, ils noient le corps sous le tissu, c'est lâche, c'est superposé, c'est ouvert, c'est infernal, et devant la veste à trois manches la presse s'extasie. Quant aux clientes… Désormais elles se font rares, même les plus fortunées comptent leurs sous, les croisières coûtent de plus en plus cher, mon cher Tomas, et puis quoi c'est la crise et le prêt-à-porter, ma foi... Tout le monde se fout éperdument du temps qu'on a passé sur la veste à crans, tout ce qu'on a souffert pour attraper les filles crème qui dansaient dans notre tête, dans le public ils n'en savent rien, rien du tout. Après le défilé ils diront juste j'aime/je n'aime pas, et notre sort sera scellé.

Les portes s'ouvrent, ils entrent. Une horde sauvage d'élégants, un coup de sac par-ci, un coup de coude avec le sourire et pousse-toi-de-là-que-je-m'y-mette, tout le monde veut être devant. Le soleil cogne sur la verrière. J'ai placé mon père et Marcel dans le fond sous un projecteur, côte à côte ils ruissellent dignement, droits comme des *i* dans leurs costumes resplendissants, on dirait que l'endroit leur appartient tout entier. Les spectateurs privilégiés qui ont réussi à atteindre leur place au premier rang extraient de leur poche d'affreux ventilateurs gris qui brassent l'air surchauffé. Ils sont prêts à nous juger. Ils veulent vérifier sur pièces si les modèles sont aussi audacieux qu'on le dit, aussi modernes qu'il le faut. Ils gigotent, ils s'impatientent, les femmes croisent et décroisent leurs jambes comme des lames. J'entends ce bruit-là, plus fort que le grincement des chaises sur le parquet, le son de leur haine qui s'approche. Bien des maisons ne se sont jamais relevées de leurs critiques ou de leur silence. De tous nos grands anciens il n'en reste aucun. Poiret est mort en 1929 quasiment ruiné. Vionnet a été liquidée. Worth a vendu à Paquin qui a disparu dans la foulée, Schiaparelli a coulé. Les génies de la couture ne vieillissent bien qu'en photo, poinçonnés au mur de ceux qui les admirent. En réalité ils crèvent aussi. Une mauvaise collection peut nous tuer.

Maintenant les filles sont prêtes, alignées dans la coulisse dans le bon ordre, la plus renversante en premier, puis les deux maîtresses de Monsieur, en quatrième cette perche brune, étonnante, une statue chinoise vivante... Je l'aime bien, celle-là. Elle connaît le boulot, ce n'est pas toujours le cas. Les pistonnées, les néophytes, si elles ratent leur passage notre modèle part au rancart, aucune cliente n'en voudra, notre travail à la poubelle, des mois pour rien, vie ou mort de la maison mais elles s'en fichent, ces petites grues, elles croient que la mode est affaire de chiffons. Quand elles sifflent leur coupe de champagne vautrées sur une chaise, après le défilé, j'aimerais leur loger une balle entre les deux yeux. La Chinoise sait, elle. Il faudrait plus de professionnelles de cette trempe. La chaleur est torride maintenant, le patron s'éponge en croassant ses derniers conseils, « à deux sur le plateau et souriez, la malice, *girls*, la malice ! », c'est l'étuve mais les filles restent fraîches comme des boutons de roses avec leurs manteaux de laine et leurs pantalons d'hiver. L'habilleuse en chef rajuste un col. Je jette un œil derrière le rideau : au fond de la salle mon père ne respire plus, sévère comme au tribunal. Marcel serre un mouchoir dans son poing. Les yeux ronds des projecteurs se tournent vers le podium. Le silence se fait, c'est l'heure.

*Les gamines nous envient. Mannequin elles en rêvent toutes, même les petites, même les moches. Surtout les moches. Mais tout le monde ne peut pas y parvenir, ce n'est pas qu'une question de plastique. Moi-même je n'ai pas un visage parfait – trop hautes les pommettes, trop fendus les yeux, trois gouttes d'Asie dans mes veines – mais mes mensurations mettent tout le monde d'accord et puis le plus important, je sais porter les modèles. Il faut sentir la tenue, voilà. L'interpréter, lâchons le mot : lui donner vie. Sans nous un morceau de tissu, sur nous un vêtement. En plus de cela, bien sûr, le b.a.-ba du défilé : savoir attendre et supporter jusqu'à la dernière seconde coups d'épingle et coups de ciseaux, marcher intelligemment (un pas désinvolte si le modèle est onéreux pour faire oublier son prix ; si le modèle est basique une lenteur impériale comme si vous portiez l'hermine de l'empereur). Enfin sourire aux hommes sans agacer leur femme – subtil mais crucial, en matière de haute couture la femme choisit toujours le modèle mais c'est souvent l'homme qui le paye, surtout* ne vexer personne. Je maîtrise cet art, moi, pourtant je ne suis pas la vedette du défilé. Les meilleures tenues ne sont jamais accrochées à mon perroquet. Les robes de mariée reviennent aux Christie, aux Lucky, aux Fred, aux Pat. On me réserve les choses moins tape-à-l'œil, les tailleurs dont la perfection se fait discrète, les modèles qui n'ouvrent jamais la présentation. Des filles comme moi, il y en a beaucoup. Nous formons le gros de la cabine – celles qui portent elles-mêmes leur beauty-case, celles qui mangent à la cantine, celles qui n'épouseront jamais l'acteur irrésistible assis au premier rang. Ce n'est pas grave. Les gamines qui nous envient rêvent de gloire, de notoriété, d'argent, elles n'ont rien compris au mannequinat. Peu importe que personne ne nous reconnaisse dans la rue, peu importe que l'on ne puisse pas s'offrir les vêtements que l'on porte, le vrai bonheur de la mode c'est la mode elle-même, sa perfection que l'on crée et qui rejaillit sur nous. Là est l'orgueil véritable des mannequins comme moi sans prénom : nous participons au sacre bisannuel de la beauté et à l'heure où le podium s'illumine comme la nef d'une cathédrale, cette couronne invisible un instant nous fait reines.

Ils aiment. Ça se voit, ça se sent. Modèle après modèle ils oublient de noter. Doucement la salle épouse la collection. Les filles ont pris confiance, maintenant elles survolent le podium, plus rien ne peut arrêter la danse gracieuse de leurs pieds. Elles s'avancent sous la verrière et virevoltent, les plis délicats de leurs robes recouvrent le tapis gris, effacent les cendriers pleins, le réel. Disparus les ventilateurs hideux et les chaises en plastique, la haine et ses stylos grinçants s'estompent. La laideur se dissout à mesure que se déploie la danse lente des tissus, les cuirs lumineux, les flous romantiques fleuris sur les cols durs, les crans jamais vus, l'alpaga mousseux, les jours de grands-mères ciselés sur le métal astronautique. Il n'y a plus de passé, plus de futur, plus de femmes ni d'hommes, plus d'angoisse – juste des créatures souriantes, sublimes, invincibles, arrachées au temps, qui vont et viennent infiniment sur le podium sans jamais disparaître, juste le monde réordonné, embelli, lavé de sa saleté, un monde de rêve sorti de nos mains, parfaitement protégé sous la cloche bien close d'argent translucide.

La mariée a fini son tour. Le public se lève et exulte, mon père aussi est debout, il applaudit. Marcel a disparu sous son mouchoir. M. Antoine s'avance seul sur le podium, pâle, vidé, il va se remplir de l'ovation mais dans les coulisses personne ne s'y trompe : elles sont pour nous les mains qui claquent, pour nous les vivats et les compliments, nous les horlogers de la perfection, les vrais faiseurs de feu, nous les tailleurs hongrois, les mannequins mandchous, les blanchisseurs russes, nous les vieilles brodeuses aux doigts noueux, les apiéceurs, les modélistes, les coupeurs, secondes ou troisièmes mains, nous les bijoutiers bottiers modistes pailleteurs italiens espagnols polonais, nous les petits, les invisibles, les cafards, les *Stücke*, nous les juifs du monde entier sommes, le temps du défilé, la couture elle-même, nous sommes la mode, nous sommes le bon goût, nous sommes Paris et la beauté – l'origine d'un monde parfait dont je profite quelques instants, intensément, terriblement, minutes suspendues idéales que j'aimerais voir durer la vie entière.

*Tu verrais, ma douce, l'envers de ses vestes...*
*Un entrelacs de fils, une forêt dense, et quand*
*on y regarde de plus près, une symétrie... Une*
*symétrie renversante. Hier au défilé, le manne-*
*quin ouvrait grands les pans du blazer, les gens*
*admiraient le chemisier dessous mais le plus beau*
*vraiment, c'était l'intérieur de la veste. Marcel a*
*pleuré comme un veau, à chaque fois c'est pareil,*
*il n'a jamais assez d'un mouchoir pour s'éponger.*
*Ce type, vu de dehors c'est un tailleur normal,*
*mais en dedans une vraie mère juive, passons.*
*Il faut se rendre à l'évidence, ma chérie : le petit*
*m'a surpassé. Hier, juste après la fin de la présen-*
*tation, au moment du champagne, quelqu'un a*
*crié « Où est M. Kiss ? », je ne me suis même pas*
*retourné. M. Kiss ne me désignera plus jamais.*
*C'est le paradoxe du grand âge : on existe moins,*
*même si on sait davantage. Oui ma douce, je sais*
*davantage, avec le temps on devine mieux, on*
*comprend avec plus d'acuité... Dans le journal*
*ce matin, un chroniqueur a titré « La collection*
*d'hiver court après la femme d'après-demain ».*

*Idioties ! Je sais exactement, moi, après quoi Tomi court. Il court après vous, il court après toi, ma douce, après les tantes, après les filles et les femmes, après les mal mortes, les pas cousues. Il faudrait leur expliquer, aux journalistes goys, pour le linceul. Comme tous les défunts vous auriez dû être couvertes, une tunique toute simple mais fermée bien comme il faut, close à grands points des deux côtés avec du fil solide, alors vous auriez pu partir tranquilles et laisser vivre les endeuillés – vous en haut nous en bas, chacun chez soi. Mais vous avez été laissées nues empilées incendiées, or sans ourlet impossible de partir, ainsi restez-vous des fantômes parmi nous. Je vous vois, moi. Et Tomas aussi vous voit, mais lui ne le supporte pas. Il voudrait vous oublier. Il voudrait se séparer de vous, ne plus souffrir et pour cela vous attraper, coudre votre linceul une bonne fois pour toutes. Il croit qu'il peut le faire, il s'est toujours vu trop fort alors chaque jour il essaye, il s'obstine, il vous court après avec ses modèles – des jupes, des vestes, des manteaux, des blousons, des blazers, à plis, à crans, courts ou longs – il se tue à la tâche, du matin au soir sur ses aiguilles et plus ça va pire c'est : il est le premier à l'atelier et ferme en dernier. Chaque collection, il pense y arriver. Vrai qu'ils sont beaux, ses modèles. Bien taillés, bien finis, pas une surpiqûre relâchée, du sublime rien que pour vous, pour vous protéger, vous parer, vous envelopper une dernière fois dans les règles de l'art et vous laisser partir bien couvertes, que vous le laissiez enfin vivre en paix, mais cet ourlet-là est impossible. Il arrive trop tard. Saison après saison, vous revenez en lui sous une forme ou une autre et vous reviendrez toujours. Je le sais, moi, parce que je suis arrivé au bout de mon chemin et qu'à la fin des jours les vérités pénibles nous apparaissent clairement, comme surgies du brouillard nécessaire à la vie : nos fantômes sont à jamais décousus et leur absence une plaie qui ne se suture pas, même avec des mains d'or.*

CANNES,
FRANCE

Septembre 2017

— Alors ça y est, tu as fini de l'écrire notre livre ?

— Oui Tomi, je t'ai posé le manuscrit sur la commode.

La petite cousine a écrit un livre sur ma vie. C'est son métier, écrire, elle sait faire. Elle m'a posé mille questions, elle a tout noté, elle a dépiauté les papiers, elle est même allée dans le camp, à Dora. Elle voulait que je l'accompagne. Elle est mignonne. Il n'est pas encore né, le type qui me fera retourner là-bas, même maintenant qu'il n'y a quasiment plus une baraque debout et un mémorial flambant neuf, même maintenant que ça ne se ressemble plus. Pas question d'y remettre un pied. Jamais je n'ai accompagné de groupes en Allemagne et à Auschwitz, jamais témoigné dans les collèges, jamais. Ce ne sont pas les sollicitations qui ont manqué pourtant, les commémorations, les interviews, radios, télés, depuis des années on court après les déportés vivants – et de vivant voilà longtemps qu'il n'y a quasiment plus que moi. Et moi je ne parlais pas. Mon silence était une vieille promesse ; on ne faillit pas aux vieilles promesses, surtout quand on les fait à soi-même.

En 1946 nous sommes rentrés chez nous, à Beregszász. C'est moi qui y tenais, mon père était contre. Je voulais retrouver ma famille, ma maison, mon pays, j'étais jeune, j'étais bête. Arrivés là-bas nous n'avions plus de famille, plus de maison, plus de pays, que des souvenirs et c'était la pire chose à garder, les souvenirs. À l'intérieur de moi ils brûlaient comme un grand feu. Alors mon père a décidé de fuir. Il a asséché notre puits sous prétexte de travaux et une nuit, une nuit sans lune, il m'a annoncé :

— Ce soir, c'est confiture.

Ce n'était pas banal, comme menu, mais j'ai tout de suite compris. Les dollars et l'or que mon oncle avait jetés à la flotte la veille de notre départ pour le ghetto y étaient peut-être encore, avec un peu de chance ce pécule-là nous attendait au fond dans son pot de marmelade. Ça paierait les passeurs et les faux papiers. Alors j'ai jeté dans le puits une vieille échelle qui traînait et je suis descendu. En bas la boue était collante, opaque et lourde, il fallait fouiller à deux mains ; l'idée m'est venue là. C'est de cette vase dont j'avais besoin, une glaise épaisse pour éteindre mes souvenirs et recouvrir ma vie. Mon père chuchotait, Dépêche-toi, il avait peur qu'on nous surprenne. Je n'ai pas obéi. J'ai pris mon temps. J'ai retrouvé le bocal, l'argent et l'or, pas rouillé du tout, impeccable, puis je me suis assis dans la glaise et j'ai fait l'inventaire de ce qui me restait, les souvenirs des gens, de la maison et du pays, les bons moments et les mauvais, le camp et les choses qui m'étaient arrivées là-bas. Tout le précieux de ma vie, le grave, l'important, le beau comme le douloureux, mon frère et ma mère, mon passé en entier j'en ai fait un baluchon serré et je l'ai enterré à la place du trésor, bien profond sous la boue. Les barreaux de l'échelle ont cédé sous mon poids quand je suis remonté dans le boyau gluant avec le pot de confiture plein de billets et ma mémoire vidée. Nous avons quitté le pays le lendemain et je n'ai plus jamais parlé des choses d'avant, ni des gens.

— Notre livre sortira en janvier, Tomi. Il faudrait que tu le lises, pour voir si ce que j'ai écrit te plaît.

— Ça me plaira, ma poule, garanti sur facture… Et puis je manque de temps pour bouquiner tu sais, il y a le jardinage, le vélo… Une heure par jour figure-toi. Tu en connais beaucoup, des vieux comme moi qui pédalent encore ?

— Non, mon Tomi, aucun.

Bien oublier, c'est ce qui m'a fait tenir. Ceux qui se sont trop souvenus sont morts. Serena a écrit sept livres sur le passé et le huitième l'a tuée. C'est Hugo qui me l'a annoncé il y a quelques années. Hugo mon ami, mon frère silencieux, lui aussi est parti, ça m'a fait comme une amputation quand il est mort. Moi j'ai tenu. Bouche cousue, cerveau troué. La nuit, c'était plus dur de ne pas penser, les cauchemars ne m'ont jamais lâché, mais la journée j'ai longtemps réussi à tout oublier. Parfois la mémoire est revenue pour me torturer – quand mon père est mort tout a ressurgi, j'ai plongé. À l'époque, le toubib m'a conseillé de « tout sortir pour m'en sortir ». Il était ravi de sa formule, ce con. Les gens croient trop aux bénéfices du bla-bla, de nos jours pour un oui ou pour un non il faut s'allonger sur le divan et raconter sa vie. On oublie les vertus carapaces du silence. C'est lui et lui seul qui m'a sauvé, le silence. Enfouir, c'est tout. Après la mort de mon père j'ai enfoui de nouveau et j'ai vécu. Maintenant je suis âgé, plus âgé que lui ne l'a jamais été, davantage que tous les hommes de ma famille avant moi, autant qu'on peut l'être : 88 ans, des décennies d'amnésie.

À dire vrai, oublier est devenu plus ardu avec le temps. Ces dernières années les souvenirs enterrés s'infiltrent malgré moi, pas uniquement la nuit mais le matin, le midi, à n'importe quel moment ils s'accrochent à un parfum, à un goût, à un geste. Je remets une bûche dans la cheminée et la fumée du crématoire envahit le salon. Une dernière cuillerée de soupe – succulente la soupe de Rosie, elle me la sert dans de la porcelaine fleurie – et j'entends grincer le fond de la gamelle d'acier. Le passé me fissure chaque jour davantage. Parfois je me promène dans le jardin et derrière un arbre mon frère pointe sa petite tête de pirate blond. Il veut jouer. Il a toujours 8 ans. Il me regarde longuement et dans ses yeux je lis : Qu'as-tu fait pour moi ? Passé un certain âge, les morts reviennent s'installer chez nous. Ils nous rappellent à nos devoirs et finissent par nous emmener. Pour eux j'ai accepté le livre, pour mon frère, pour ma mère, pour tous ceux dont le souvenir aurait pu disparaître avec moi. Bientôt ils seront tous bien serrés dans les pages, à l'abri des bibliothèques et pour longtemps. Je ne crois pas aux mots, non, même une armée de mots ne peut changer le monde, ils nous trahissent trop souvent, mais au moins ils nous survivent.

— Tu crois que ça intéressera les gens, mes vieilles histoires ?

— Ce ne sont pas des vieilles histoires, Tomi.

Elle n'a pas tort, la petite. Aujourd'hui, de nouveau, on cherche des boucs émissaires. L'étranger redevient un microbe contre lequel il faut se prémunir, partout Dieu reprend le pouvoir. L'actualité s'écrit sur une vieille toile puante ; point après point le pire se dessine, il revient sans que personne y croie. À l'époque je me souviens, aucun d'entre nous n'y croyait non plus.

— Seuls les vieux comme toi peuvent rappeler ça aux jeunes, me dit la petite, des anciens aux gamins les livres font le lien.

Elle croit aux mots, elle, elle écrit pour les vivants. Alors pour ses vivants et pour mes morts je suis retourné remuer la vase. J'ai tiré du puits les gens et les lieux, les événements, tout était intact conservé dans la boue, les souvenirs au cœur brûlant. La petite cousine les a écrits. Quand elle est repartie avec ses cahiers noircis, je suis allé me coucher. Je me suis relevé trois

mois après. Se rappeler, c'est raviver les braises :
même longtemps après elles brûlent encore.

— Le manuscrit n'est pas si long, Tomi, en
quelques jours tu l'auras lu.
— Bien sûr... Mais je te fais confiance. Juste
une chose : ne donne pas de leçon. Raconte seulement. Maintenant mets deux biscuits dans ta
poche et allons au jardin, je te prie.
Je ne lirai pas notre livre, non. Je connais trop
bien mon passé et je ne veux plus souffrir. Je
préfère observer les nuages, respirer mes fleurs,
profiter du temps qui me reste. Je ne couds
même plus, pas un bouton depuis des lustres !
J'ai couru longtemps, d'un pays à l'autre, après
l'argent, après les filles qui dansaient dans ma
tête... Pas facile de les attraper, les modèles
qu'on avait imaginés avec M. Antoine, à la fin
j'avais tout le temps peur de les rater. Ça serait
forcément arrivé, un jour. Arrêter de coudre m'a
fait moins mal.
— Regarde les collines, petite, c'est beau
non ? Et les oiseaux ? Rosie les appelle par leur
nom, passereau mésange fauvette pinson et j'en
passe, elle les connaît tous personnellement et
les nourrit, faut voir comment ! Des graines
des tartines des cacahuètes, c'est quatre étoiles
matin et soir, elle s'occupe presque mieux d'eux
que de moi.
— Tu exagères, Tomi.
— Oui. J'ai eu une chance folle en vérité :
non seulement j'ai eu une vie entière mais je
l'ai passée avec Rosie et maintenant, maintenant

c'est encore pire qu'avant, si on m'enlevait ma femme ça m'arracherait le cœur. Tu pourras leur écrire ça, aux jeunes : il y a le temps qui passe, la routine, les disputes, et puis ce jour incroyable arrive où de nouveau nous ne faisons plus qu'un comme au début de l'amour.

— Je croyais que tu ne voulais pas donner de leçon ?

— Ce n'est pas une leçon, petite, mais la vérité toute nue. Assieds-toi sur le banc on va souffler un peu, tu vas voir on y est très bien installés.

Récemment j'ai fait couper tous mes arbres, trop de travail de les entretenir. Je n'en ai sauvé qu'un seul, le plus haut, le plus beau. Posé sur la colline il domine, il voit tout. La lumière le caresse, les oiseaux se posent sur ses branches et nos petits-enfants aussi. C'est l'arbre le plus heureux du monde. Chaque jour nous lui rendons visite, Rosie et moi. Quand il fait beau nous nous asseyons sur le banc dans son ombre, face à la maison. Parfois mon père apparaît sur le seuil, parfois ma mère à la fenêtre dans son peignoir clair. Je les vois, je nous vois et je me sens coupable d'être heureux. Car je suis heureux comme jamais sous l'arbre, heureux d'un rien – entendre battre mon cœur et respirer l'air chaud.

— Alors, il n'est pas confortable mon banc ?

— Très confortable, Tomi, plus que confortable même, moelleux. C'est simple : on dirait un canapé.

— Moque-toi !

Je pourrais passer mes journées ici, à sentir ma vie couler. La petite ne comprend pas, c'est logique. Les gens normaux éprouvent rarement la simple joie de vivre. L'existence leur est naturelle, jamais ils ne sentent la fumée du crématoire ni n'entendent le bruit de la gamelle, jamais ils n'aperçoivent leurs morts. Moi je sens le camp, je l'entends, j'entre malgré moi dans le boyau noir du souvenir mais quand j'en sors, le bonheur d'être en vie se jette sur moi, il m'emplit, il m'étouffe.

— En vérité, cousine, je n'en reviens pas d'avoir vécu et de vivre encore.

— Tu voudras qu'on ajoute ça, dans le bouquin ?

— Pourquoi pas... Certains jours figure-toi, je me demande ce que je serais devenu sans la déportation. Un plombier peut-être, un petit gars en salopette, un dilettante sans doute, en tout cas un type heureux sans le savoir. À toi je peux le dire, puisque tu sais déjà tout : ce bonheur que je sens si fort maintenant, c'est au camp que je le dois, comme les autres bonheurs de ma vie. La couture, ma carrière, la France, même mon mariage, le bien comme le mal, tout s'est noué là-bas. Tu leur diras ça aux gens, dans le bouquin, que du même point peuvent naître le meilleur et le pire, que la vie est retorse, tortueuse, inextricable, qu'elle te rend fou de chagrin, qu'elle te remplit de joie, en vérité c'est du fil la vie, tu comprends ? Du fil, tout simplement, et contrairement à ce que dit le proverbe on ne sait jamais, jamais entends-tu, où passera l'aiguille. Moi je parle la couture couramment mais tu traduiras ça comme il faut dans la langue des livres et en attendant, fais-moi plaisir, petite, reprends un pain au sucre et n'en parlons plus.

12190

*Composition*
NORD COMPO

*Achevé d'imprimer en Espagne*
*par* BLACK PRINT
*le 3 novembre 2020.*

Dépôt légal : décembre 2018.
EAN 9782290165829
OTP L21EPLN002445A006

ÉDITIONS J'AI LU
87, quai Panhard-et-Levassor, 75013 Paris

Diffusion France et étranger : Flammarion